LES QUARANTE SIGNES DE LA PLUIE

W0375657

DU MÊME AUTEUR
CHEZ LE MÊME ÉDITEUR

Mars la Rouge
Mars la Verte
Mars la Bleue
S.O.S. Antarctica
Les Martiens
Chroniques des années noires

Kim Stanley Robinson

LES QUARANTE SIGNES DE LA PLUIE

Roman

Traduit de l'anglais (Etats-Unis) par Dominique Haas

PRESSES DE LA CITÉ

Titre original : *Forty Signs of Rain*

Tous mes remerciements à Guy Guthridge, Grant Heidrich, Charles Hess, Dick Ill, Chris McKay, Oliver Morton, Lisa Nowell, Ann Russell, Mark Schwartz, Sharon Strauss et Jim Shea pour leur aide.

Le Code de la propriété intellectuelle n'autorisant, aux termes des paragraphes 2 et 3 de l'article L. 122-5, d'une part, que les « copies ou reproductions strictement réservées à l'usage privé du copiste et non destinées à une utilisation collective », et, d'autre part, sous réserve du nom de l'auteur et de la source, que les « analyses et les courtes citations justifiées par le caractère critique, polémique, pédagogique, scientifique ou d'information », toute représentation ou reproduction intégrale ou partielle, faite sans le consentement de l'auteur ou de ses ayants droit ou ayants cause, est illicite (article L. 122-4). Cette représentation ou reproduction, par quelque procédé que ce soit, constituerait donc une contrefaçon sanctionnée par les articles L. 335-2 et suivants du Code de la propriété intellectuelle.

© Kim Stanley Robinson, 2004

© Presses de la Cité, un département de place des éditeurs, 2006, pour la traduction française
ISBN10 : 2-258-06891-6
ISBN13 : 978-2-258-06891-9

1

Le Bouddha arrive

La Terre baigne dans un déluge de lumière : un torrent impétueux de photons – une moyenne de 342 joules à la seconde par mètre carré. Il faut 4 185 joules pour élever d'un degré la température d'un kilogramme d'eau. Si l'atmosphère de la Terre captait toute cette énergie, la température du globe s'élèverait de dix degrés en une journée.

Par bonheur, une forte proportion de cette énergie est renvoyée dans l'espace, en fonction de l'albédo – ou réflexivité – et de la composition chimique de l'atmosphère, qui sont eux-mêmes variables.

Une bonne partie de l'albédo de la Terre est fournie par les calottes polaires. Si la glace et la neige des pôles devaient se restreindre de façon significative, une partie plus importante de l'énergie solaire resterait piégée sur Terre. Le soleil pénétrerait dans des océans jusque-là recouverts de glace et réchaufferait l'eau. Ce qui – amorçant une boucle de rétroaction positive – aurait pour effet d'élever encore la température et de faire fondre encore davantage de glace.

La glace compactée de l'océan Arctique renvoie dans l'espace un pourcentage non négligeable de l'afflux total d'énergie solaire. Quand les sous-marins nucléaires ont commencé à mesurer l'épaisseur de la calotte glaciaire de l'océan Arctique, dans les années 1950, elle était d'un peu plus de neuf mètres en moyenne au cœur de l'hiver. A la fin du siècle, elle n'était plus que de la moitié : quatre mètres cinquante. Et puis, un mois d'août, la glace se disloqua, et de grands icebergs tabulaires dérivèrent au gré des courants, s'entrechoquant et se morcelant, laissant de grandes étendues d'eau exposées au soleil continuel de l'été polaire. L'année suivante, la dislocation se produisit en juillet, et, à certains moments, plus de la moitié de la surface de l'océan Arctique était de l'eau offerte au soleil de minuit. La troisième année, le phénomène se reproduisit dès le mois de mai.

C'était l'année dernière.

Tous les jours de semaine commencent de la même façon. Par la sonnerie du réveil qui fait voler en éclats des rêves aussitôt dissipés. La chambre plongée dans la lumière obscure qui précède l'aube. La douche bien chaude où on se traîne et sous laquelle on essaie de se réveiller. L'eau brûlante sur la nuque, ah, le meilleur moment de la journée, hélas trop vite passé, saleté de pendule dont les aiguilles tournent inexorablement. Lambeaux d'un rêve, on était jusqu'au cou dans un problème qui se dérobe à présent, exactement comme on tentait de s'y dérober dans le rêve. Enfui dans les couloirs de la mémoire. Les rêves ne veulent pas qu'on se souvienne d'eux.

Evaluation de la nuit de sommeil : pas si bonne que ça, décida Anna Quibler. Elle était déjà épuisée. Joe avait pleuré deux fois, et bien que Charlie se soit levé, dans le cadre du programme de conditionnement comportemental destiné à faire comprendre à Joe que maman ne viendrait plus jamais le voir la nuit, Anna s'était évidemment réveillée aussi, et avait vaguement entendu les paroles de réconfort de Charlie:

« Alors, mon petit bonhomme, qu'est-ce qu'il y a? Allez, Joe, rendors-toi, va. On est au beau milieu de la nuit, là. Il ne se passera rien avant demain matin, alors tu ferais mieux de dormir. Ça ne sert à rien de geindre comme ça, pourquoi tu chiales, hein? Dors, bordel de merde! »

Un discours pour le moins musclé, mais ça faisait partie du programme. Après ça, elle s'était tournée et retournée pendant de longues minutes, essayant bravement de ne pas penser au boulot. Dans le temps, elle se récitait *Le Corbeau* d'Edgar Poe, qu'elle avait appris au lycée et qui avait sur elle un effet agréablement soporifique, mais une nuit, au lieu de *nevermore*, « jamais plus », elle s'était dit : « Et le corbeau dit *Livermore* », parce qu'elle avait la tête farcie de problèmes avec des gens de sa boîte, dont Lawrence Livermore. Après ça, *Le Corbeau* avait perdu toutes ses propriétés somnifères : le seul fait d'y penser la ramenait, par association d'idées, à son travail. Les pensées d'Anna avaient une fâcheuse tendance à tourner autour des enjeux professionnels.

Fin de la douche, hélas ! Elle se sécha, s'habilla en trois minutes et descendit préparer la boîte à déjeuner de Nick, son aîné. Elle n'eut pas à se casser beaucoup la tête. Il tenait à manger exactement la même chose tous les jours : un sandwich au beurre de cacahuète, une tranche de viande reconstituée, cinq carottes, une pomme, du lait chocolaté, un yaourt, un bâtonnet de fromage et un cookie. Deux minutes de préparation, y compris le temps de fourrer le tout dans un sachet isotherme pour que ça reste bien au frais. En prenant la brique réfrigérante dans le freezer, elle vit les rangées de flacons de plastique pleins de son propre lait, congelé, que Charlie réchaufferait et donnerait à Joe pendant la journée, quand elle serait au bureau. Ce qui lui rappela – comme si elle pouvait l'oublier, avec ses mamelles gonflées à éclater – qu'elle devait donner la tétée au loupiot avant de partir. Elle remonta au premier, prit Joe dans son berceau, s'assit sur le divan, à côté.

— Et voilà, mon petit trésor, un quart d'heure de sommeil en rab pour la nounou.

Joe, pour qui c'était la routine, s'accrocha à son téton comme une sangsue sans ouvrir l'œil, en continuant à dormir à poings fermés. Un vrai petit ange. Il avait déjà bien grandi, mais elle pouvait encore le tenir dans ses bras et le regarder se lover contre elle comme quand il était un nouveau-né. Elle ne pouvait plus dire qu'ils ne faisaient qu'un ; ils étaient bien deux, à présent, et c'était une petite boule de muscles, pleine d'énergie, qui la pompait littéralement. Sauf en cet instant : la sensation de chaleur liée à l'aspiration anesthésiait son corps, mais une partie de son esprit était déjà au travail, alors elle détacha son fils et lui donna l'autre sein pendant encore quatre minutes. Les premiers mois, elle était obligée de lui pincer le nez pour lui faire lâcher prise, mais maintenant, il suffisait de lui tapoter le nez. Pour le premier sein, du moins. Pour le second, il était plus récalcitrant. Elle regarda la grande aiguille de la pendule murale achever son tour de cadran et repartir pour un autre. Quand il aurait fini de téter, il se rendormirait et ronfloterait allègrement jusqu'à près de neuf heures, à en croire Charlie.

Elle le remit dans son berceau, se reboutonna et déposa un baiser sur la tête de chacun de ses hommes. Charlie marmonna :

— Prends bien soin de toi, et tu m'appelles, hein.

Ensuite, elle se retrouva en bas de l'escalier, et puis de l'autre côté de la porte, sa grande besace de travail en bandoulière.

L'air frais sur son visage et ses cheveux humides la réveilla pour de bon. C'était la fin du printemps, et le matin, en mai, n'était plus qu'à peine vif. Fraîcheur néanmoins délicieuse, par comparaison avec la chaleur humide à venir. De gros nuages gris passaient au ras des bâtiments, le long de Wisconsin Avenue, mais le seul grondement audible était celui des camions qui descendaient vers le sud. Une aube encore timide éclaboussait les vitres bleu métallisé des gratte-ciel au-dessus de la station de métro de Bethesda, et tout en marchant d'un pas rapide Anna se dit, comme bien souvent, que c'était l'un des meilleurs moments de la journée. Cette réflexion comportait des implications dérangeantes, mais elle les chassa et savoura la fraîcheur de l'air et la vision du tapis de nuages qui se déroulait au-dessus de la ville.

Elle passa devant l'entrée de l'escalator du métro afin de prolonger sa promenade d'une cinquantaine de mètres, descendit les quelques marches qui menaient vers l'arrêt d'autobus et les grands escaliers mécaniques qui plongeaient dans le crépuscule d'un gigantesque tube de béton cannelé : la station de métro. Le passe dans la fente du portillon, *thwack !* pousser le tourniquet tripode, récupérer la carte recrachée par le lecteur, et puis droit sur l'escalator qui descendait vers les quais. La rame n'arriverait pas tout de suite – on l'entendait bien avant son entrée dans la station, et le temps que les lumières encastrées dans le plafond du quai commencent à clignoter, on pouvait déjà sentir le souffle d'air chassé par la motrice –, alors elle n'avait pas besoin de courir. Elle s'assit sur un banc de ciment placé juste devant l'emplacement de la voiture qui, à la station de Metro Center, s'arrêterait au niveau des escalators donnant sur la ligne Orange, en direction de l'est.

A cette heure-ci, elle trouverait probablement une place assise, alors elle ouvrit son ordinateur portable et jeta un coup d'œil à l'une des cinquante mille demandes de financement que la NSF, la Fondation nationale pour la science, recevait tous les ans : « Analyse mathématique et algorithmique des codons palindromiques en tant que prédicteurs de l'expression génique des protéines »... Le projet consistait à mettre au point un algorithme qui avait réussi à plusieurs reprises à prévoir les protéines qu'exprimerait une séquence de l'ADN humain. Si ça marchait, cette opération prédictive pourrait se révéler très utile, parce que les gènes codaient pour une quantité prodigieuse de protéines, on ne savait pas comment, et selon des variations encore incompréhensibles. Anna était dubitative, mais la génomique n'était pas son domaine. Il faudrait donner ça à Frank Vanderwal. Elle fit une note en ce sens et la plaça dans une série de mémos à lui envoyer. Elle ouvrait le dossier suivant lorsque la rame arriva.

Monter, chercher une place assise, changer à Metro Center, descendre à la station de Ballston, à Arlington, Virginie : la routine, effectuée sans pensée consciente, tout en parcourant les demandes de subvention qu'elle avait téléchargées sur son ordinateur portable. La première lui faisait encore l'impression d'être la plus intéressante du lot de la matinée. Elle était impatiente d'avoir l'avis de Frank.

Sortir d'une station de métro est à peu près la même chose partout : monter un interminable escalator, vers un ovale de ciel gris, et la chaleur. Se retrouver brusquement dans la frénésie d'un environnement urbain.

A la station de Ballston, l'escalator émergeait dans un hall immense entouré de portes de verre : le rez-de-chaussée d'un bâtiment. Anna le traversa sans le voir et alla tout droit vers une agréable petite boutique qui vendait des pâtisseries et des sandwiches emballés sous vide plutôt meilleurs que la plupart. Elle acheta de quoi déjeuner et ressortit pour l'arrêt rituel au Starbucks, de l'autre côté de la rue.

Ce Starbucks entre tous bénéficiait d'employés obsédés jusqu'à la maniaquerie par la vitesse et la précision ; ils fonctionnaient comme un orchestre bien réglé, et pour Anna, qui appréciait l'efficacité – et l'appréciait de plus en plus au fil des ans –, c'était une joie de tous les instants. Elle trouvait admirable et réconfortant qu'un groupe de jeunes gens puissent transformer un boulot potentiellement abrutissant en une sorte de performance athlétique plutôt musclée. Et elle appréciait encore plus d'avancer rapidement dans la longue queue, de voir la caissière la remarquer alors qu'il y avait encore deux personnes devant elle et annoncer : « Un grand *latte*, demi-déca zéro pour cent, sans mousse ! », et, son tour venu, lui demander si elle voulait autre chose aujourd'hui. Comment ne pas se fendre d'un grand sourire en répondant « non » ?

Ensuite, retour vers l'entrée ouest du bâtiment de la NSF, une tasse en carton épais à la main. Dans le hall, elle montra son badge à l'employé de la sécurité, traversa le hall et se dirigea vers les ascenseurs sud.

Anna aimait l'intérieur du bâtiment de la NSF. Un vaste espace dégagé, aussi vaste à lui seul que certains immeubles, entourant un gigantesque atrium central octogonal, qui montait jusqu'au ciel, douze étages plus haut, et sur lequel donnaient les baies vitrées des bureaux tournés vers l'intérieur. Un immense mobile fait de barres de métal incurvées peintes de couleurs primaires occupait la partie supérieure. Au rez-de-chaussée se trouvaient des boutiques, elles aussi tournées vers l'atrium : une pizzeria, un coiffeur, une banque et une agence de voyages.

Un mouvement attira le regard d'Anna en direction de la porte située du côté opposé : une envolée de marron, un éclair d'airain, et, dans le même instant, un chœur grave, sonore, emplit le gigantesque volume d'un *blaaaa* vibrant. On aurait dit que le bâtiment tout entier était devenu une sorte d'énorme trompe.

Un groupe de Tibétains, à ce qu'il semblait, défilait dans l'atrium : des hommes et des femmes en robes marron et coiffés de chapeaux jaunes, coniques, avec des sortes d'ailes. Certains soufflaient dans de longues trompes droites, à l'air antique, d'autres tapaient sur des tambours ou balançaient des encensoirs, répandant des nuages de fumée de bois de santal. C'était comme si une parade passant dans la rue était entrée par erreur. Ils traversèrent l'atrium en chantant, en esquissant une sorte de danse à la fois glissante et saccadée, en tournant sur eux-mêmes, mais tout cela majestueusement, comme au ralenti.

Ils se dirigèrent vers l'agence de voyages, et Anna se demanda fugitivement s'ils étaient venus acheter leurs billets de retour. Et puis elle vit que la vitrine de l'agence était vide.

Ce qui lui procura un bref pincement au cœur, parce qu'elle avait toujours été pleine d'affiches colorées de plages tropicales et de châteaux en Europe qui changeaient tous les mois, comme les photos des calendriers, et Anna avait souvent mangé sur le pouce, plantée devant, en imaginant les voyages auxquels ils avaient renoncé, Charlie et elle, à la naissance de Nick. Elle s'était parfois dit que, compte tenu de la violence politique et bactériologique que recouvraient souvent ces jolies photos, ce voyage mental valait peut-être mieux.

En tout cas, la vitrine et la petite pièce située derrière étaient maintenant vides ; la procession de Tibétains se massa sur le seuil de la porte, dans un crescendo de chants et d'instruments de cuivre. Les notes incroyablement basses vibraient si fortement dans l'air qu'elles paraissaient presque visibles, comme le basson de la piste sonore de *Fantasia*, le dessin animé.

Anna se rapprocha, chassant le petit regret provoqué par la disparition de l'agence de voyages. De nouveaux occupants qui emplissaient l'air de chants et d'encens, et qui soufflaient dans des trompes à s'en faire exploser le cœur... intéressant.

La petite troupe entourait un vieil homme au visage basané, pareil à une vieille pomme flétrie. Il sourit, et Anna vit que le labyrinthe de ses rides cartographiait une vie entière passée à sourire ainsi.

Il leva la main droite. La musique se tut, abandonnant derrière elle l'écho déchiqueté d'une note hyperbasse qui fit à Anna l'impression d'un papillotement au creux de l'estomac.

Le vieil homme fit un pas en avant, se détachant du groupe, et s'inclina quatre fois, en direction des quatre points cardinaux, les mains jointes devant lui. Il abaissa son menton sur sa poitrine et chanta sur une note aussi grave que celle des trompes, qui se divisa en deux sons : une note de tête éclatante, clairement distincte, et une basse profonde, sonore, toutes les deux aussi surprenantes de la part de ce frêle vieillard. Il s'approcha de la porte de l'agence, toucha les montants, d'un côté, puis de l'autre, et s'exclama sèchement :

— *Rig yal ba ! Chos min gon pa !*

Les autres lui répondirent en chœur :

— *Jetsun Gyatso !*

Le vieil homme s'inclina devant eux. Et, tous ensemble :

— *Om !*

Ils entrèrent en file indienne dans la petite boutique, les joueurs de trompe faisant pivoter leurs longs instruments de musique pour les insinuer dans l'ouverture.

Un jeune moine ressortit. Il prit un petit carton rectangulaire dans sa large manche, décolla les rubans protecteurs des adhésifs double face collés au dos et le fixa soigneusement à la vitrine, à côté de la porte. Puis il rentra à l'intérieur.

Anna s'approcha de la vitre. Sur le carton était inscrit :

AMBASSADE DU KHEMBALUNG

Une ambassade ! Et d'un pays dont elle n'avait jamais entendu parler. D'un autre côté, ça n'avait rien d'étonnant. Les nouveaux pays poussaient comme des champignons, ces temps-ci. C'était l'une des stratégies préférées des Nations unies, en matière de règlement de conflit. Peut-être la création de ce Khembalung était-elle consécutive à la conclusion d'un accord dans une partie troublée de l'Asie.

Enfin, d'où que viennent ses ressortissants, c'était un drôle d'endroit pour une ambassade. On était loin du quartier des ambassades de Massachusetts Avenue, avec son architecture improbable, ses drapeaux étranges et ses jardins paysagers onéreux. Très loin de Georgetown, de Dupont Circle, du carrefour

Adams-Morgan, de Foggy Bottom, de la colline du Capitole ou de n'importe lequel des lieux d'implantation traditionnels d'une ambassade digne de ce nom. Franchement, Arlington... pis encore: le bâtiment de la NSF!

Enfin, c'était peut-être une nation scientifique.

Satisfaite de cette idée, contente qu'il y ait du nouveau dans le bâtiment, Anna se rapprocha encore et essaya de lire les petits caractères en bas du panonceau.

Celui qui l'avait collé sur la vitrine ressortit. C'était un jeune homme au visage rond et au crâne rasé. Il regarda Anna. Il avait des yeux noirs, expressifs, et une petite bouche mobile à la Betty Boop.

— Je peux vous aider? demanda-t-il avec ce qui évoqua pour Anna un accent indien.

— Oui, répondit-elle. J'ai assisté à votre cérémonie d'arrivée, et ça m'a intriguée. Je me demandais d'où vous veniez.

— Merci de votre intérêt, répondit poliment le jeune homme avec un sourire et une inclinaison de tête. Nous venons du Khembalung.

— Oui, c'est ce que j'ai vu, mais...

— Ah... Notre pays est une nation insulaire, située dans le golfe du Bengale, près du delta du Gange.

— Je vois, répondit Anna, surprise. (Elle les aurait plutôt vus dans l'Himalaya.) J'avoue que c'est la première fois que j'en entends parler.

— Ce n'est pas une grande île. Disons que le statut de nation nous a été accordé récemment. Nous venons seulement de réussir à constituer une représentation.

— Bonne idée. A vrai dire, je m'étonne de voir une ambassade s'installer ici. Je n'aurais jamais pensé que l'endroit s'y prêtait.

— Nous l'avons choisi avec beaucoup de soin, répondit le jeune moine.

Ils se regardèrent un moment.

— C'est vraiment intéressant, dit enfin Anna. Eh bien, je vous souhaite une bonne installation. Je me réjouis que vous soyez parmi nous.

— Merci, dit-il en opinant du chef.

Anna prit congé sur un hochement de tête, mais, comme elle s'éloignait, quelque chose attira son regard, et elle se retourna à nouveau. Le jeune moine était encore sur le seuil de la porte et regardait en direction de la pizzeria, de l'autre côté de l'atrium, avec une petite grimace de désespoir.

Anna reconnut aussitôt cette expression. A la naissance de Nick, son fils aîné, elle était restée à la maison avec lui, les premiers mois de sa vie se fondant maintenant pour elle dans une sorte de brouillard. Son travail lui avait manqué, elle ne pouvait pas travailler de chez elle, et comme à la fin de son congé maternité il était clair qu'ils avaient besoin d'elle au bureau, elle avait repris le collier, jonglant avec Charlie et des baby-sitters pour s'occuper de Nick. Finalement, ils avaient trouvé une crèche à Bethesda, près du métro. Au début, Nick poussait des hurlements à fendre l'âme chaque fois qu'elle l'y déposait. Avec le temps, il avait paru s'y faire. Et elle s'y était habituée, elle aussi, comme on finit toujours par encaisser la petite souffrance quotidienne de la séparation. C'était comme ça, et voilà tout.

Et puis, un jour qu'elle avait emmené Nick à la crèche – c'était devenu habituel, à ce moment-là –, il n'avait pas pleuré quand elle lui avait dit au revoir, il n'avait même pas eu l'air ennuyé, ni même donné l'impression de s'en rendre compte. Mais, elle n'aurait su dire pourquoi, elle s'était arrêtée pour le regarder par une fenêtre, et là, sur son visage, elle avait lu un mélange de désespoir et de détermination – la détermination de ne pas pleurer, de survivre à une nouvelle et interminable journée d'ennui –, une expression à briser le cœur, sur le visage d'un tout petit enfant comme ça. Et ça lui avait bel et bien brisé le cœur. Elle n'avait pu retenir ses larmes, elle avait même failli faire demi-tour pour retourner le serrer dans ses bras et le réconforter. Et puis elle avait réfléchi à la peine que lui feraient de nouveaux adieux, et avec une horrible sensation de déchirement, une sorte de désespoir englobant le monde entier, elle était partie.

C'est exactement l'expression qu'elle venait de lire sur le visage de ce jeune homme. Elle s'arrêta net, avec la même impression de recevoir un coup de poignard en plein cœur que cinq ans plus tôt. Qui pouvait dire ce qui avait obligé ces gens à venir du bout du monde? Comment savoir ce qu'ils avaient abandonné derrière eux?

Elle revint vers lui.

En la voyant approcher, il se redonna une contenance.

— Oui?

— Ecoutez, dit-elle, il y a longtemps que je travaille ici. Si vous voulez, plus tard, quand vous voudrez, je pourrai vous montrer quelques endroits où on mange bien, dans le coin.

— Oh oui, merci, dit-il. Ce serait vraiment gentil.

— Y a-t-il un jour où ça vous arrangerait?

— Eh bien... nous finirons tôt ou tard par avoir faim, aujourd'hui, dit-il avec un sourire.

Un doux sourire, pas comme celui de Nick.

Elle lui sourit à son tour, se sentant contente.

— Je reviendrai vers une heure et je vous emmènerai dans un bon endroit, si vous voulez.

— C'est vraiment gentil. Nous apprécions beaucoup.

Elle hocha la tête.

— Alors, à une heure.

Dit-elle en revoyant mentalement son emploi du temps pour la journée. Le sandwich, bien emballé, pourrait attendre dans le petit frigo de son bureau.

Elle retourna vers les ascenseurs sud. Elle attendait quand Frank Vanderwal la rejoignit. Ils se saluèrent, et elle dit:

— Hé, j'ai un sujet intéressant pour toi.

Il leva comiquement les yeux au ciel.

— Il y a quelque chose pour un vieux blasé comme moi?

— Je crois, oui. Au fait, tu as vu nos nouveaux voisins? demanda-t-elle avec un geste en direction de l'atrium. On a perdu l'agence de voyages, mais on a gagné l'ambassade d'un petit pays asiatique.

— Une ambassade, ici?

— Je ne suis pas sûre qu'ils connaissent grand-chose à Washington.

Frank eut son célèbre sourire torve, radicalement différent du doux sourire du jeune moine. Un rictus sardonique, entendu.

— Je vois. Des ambassadeurs de Shangri-La [1], c'est ça ?

Puis la flèche indiquant l'arrivée d'un ascenseur s'alluma, et la porte s'ouvrit.

— Enfin, ça peut toujours être utile.

---

1. Shangri-La, les *Horizons perdus* du roman de James Hilton, puis du film de Frank Capra, vallée édénique de l'Himalaya où règnent harmonie et bonheur. [*N.d.l.T.*]

Des primates dans des ascenseurs. Les gens entraient dans la cabine et restaient plantés là, à regarder les numéros s'allumer sur l'afficheur, sans échanger une parole, comme toujours.

Cette observation amena le sociobiologiste qui sommeillait en Frank Vanderwal à s'interroger pour la énième fois sur la nature de leur espèce. Ils étaient des mammifères, des primates sociaux : une variété de chimpanzés sans poils. Leur corps, leur cerveau, leur société avaient évolué en Afrique de l'Est pendant près de deux millions d'années, alors que le climat changeait et que la forêt omniprésente laissait place à des savanes ouvertes.

Ça expliquait bien des choses. Evidemment, ils étaient désespérés de se retrouver piégés dans cette petite boîte en mouvement. Rien dans la savane ne les avait préparés à cette expérience. L'activité qui y ressemblait le plus aurait pu être de crapahuter dans une grotte, sans doute derrière un chaman portant une torche, tout le monde tremblant de crainte, et très probablement sous l'influence d'une drogue psychotrope, dans le cadre d'un rituel religieux. Un tremblement de terre, au cours d'une de ces excursions dans le monde souterrain, voilà à peu près comment une créature de la savane aurait pu interpréter un trajet dans un ascenseur moderne. Pas étonnant qu'il y règne un silence aussi gêné. Ils étaient en présence du sacré. Et cinq mille ans de civilisation n'avaient pas suffi à l'évolution pour modifier ces réactions mentales, il s'en fallait de beaucoup. Ils n'arrivaient, encore aujourd'hui, qu'à faire ce dont ils étaient capables dans la savane.

Anna Quibler rompit le tabou sur le langage, ce qui était possible quand tous les compagnons de voyage étaient des collègues. Elle poursuivit son histoire en disant à Frank :

— Je suis allée me présenter. Ils viennent d'une île qui se trouve dans le golfe du Bengale.

— Ils t'ont dit pourquoi ils avaient loué ce local-là ?

— Juste qu'ils l'avaient choisi avec beaucoup de soin.

— En fonction de quels critères ?

— Ça, je ne le leur ai pas demandé. Enfin, au regard des événements, on peut supposer que la proximité de la NSF n'y est pas pour rien, tu ne crois pas ?

Frank eut un reniflement.

— C'est un remake de la blague de la starlette et du scénariste hollywoodien, non [1] ?

Anna fronça le nez, ce qui étonna Frank. Elle avait une certaine éducation, mais elle n'était pas prude. Et puis il comprit : sa réprobation ne concernait pas la blague, mais l'idée que ces nouveaux arrivants puissent en être réduits à ça.

— Je pense qu'ils ont des raisons plus profondes, dit-elle. Je crois que ce sera intéressant de les avoir ici.

L'espèce *Homo sapiens* présente un dimorphisme sexuel. Et pas seulement physique. Pour Frank, les découvertes archéologiques semblaient montrer que les rôles sociaux des deux sexes avaient divergé prématurément. La divergence avait pu entraîner des processus de pensée différents, et il devait être possible de caractériser avec une certaine plausibilité l'existence d'approches distinctes même dans des activités non sexuellement différenciées, comme la science. Il se pouvait donc qu'il y ait une façon mâle et une façon femelle, substantiellement différentes, de faire de la science.

Frank laissa ainsi vagabonder ses pensées le temps que l'ascenseur arrive à leur étage puis tandis qu'ils suivaient, Anna et lui, le couloir qui menait vers leurs bureaux respectifs. Anna était aussi grande que lui, bien foutue, mais le dimorphisme

1. Pour ceux qui auraient vécu dans la grotte citée plus haut depuis l'invention du cinématographe par les frères Lumière, en voici une version non politiquement correcte (mais *made in Europe*) : « A quoi reconnaît-on une starlette belge ? C'est celle qui couche avec le scénariste. » [*N.d.l.T.*]

s'étendait jusqu'à leurs habitudes de pensée et leur pratique scientifique. C'était peut-être pour ça qu'il était un peu mal à l'aise avec elle. Ça ne résumait pas son attitude vis-à-vis d'elle, mais Anna avait une façon de pratiquer la science qu'il trouvait ennuyeuse. Ce n'était pas qu'elle fût chaleureuse et floue, selon la vision traditionnelle de la pensée féminine ; tout au contraire. Les travaux scientifiques d'Anna – elle cosignait encore souvent des articles sur les statistiques, malgré sa charge de travail – traduisaient une rigueur proche du perfectionnisme, qui faisait d'elle une chercheuse minutieuse et une statisticienne de premier ordre, rapide, futée, compétente dans tout un éventail de domaines, et vraiment excellente dans nombre d'entre eux. Sans doute la meilleure chercheuse qu'on pouvait espérer trouver à un poste aussi bizarre que la direction de la division bio-informatique de la NSF, presque trop bonne – trop précise, toujours prête à tout remettre en cause, ce qui l'empêchait de suivre une stratégie déterminée les yeux fermés. Cela dit, encore une fois, à la NSF, c'était peut-être un atout.

En tout cas, elle y mettait une intensité considérable. C'était une sorte de puritaine de la science, rationnelle au dernier degré. Bien sûr, ce n'était qu'une apparence. Comme chez les premiers puritains, l'hyperrationnel coexistait chez elle avec l'ouverture émotionnelle, l'intensité et la variabilité qui constituaient le paradigme interactionnel et le rôle social de l'Américaine type. Toute femme de science était donc potentiellement une sorte de monsieur Spock, la raison affichée et l'affect en retrait, les deux coexistant à part égale.

Cela dit, Frank devait bien admettre que cette dualité était moins ostensible chez Anna que chez beaucoup de scientifiques de sa connaissance. Plutôt bien intégrée, en fait. Il avait passé des heures, au cours des douze derniers mois, à travailler avec elle, et ils avaient eu beaucoup de discussions intéressantes sur leur travail. Non, il l'appréciait vraiment beaucoup. S'il avait des réticences, ce n'était pas dû à une de ses manies irritantes, comme cette façon qu'elle avait de pinailler ou de couper les cheveux en quatre – non, c'était plutôt que son attitude hyperscientifique, combinée à l'expression de sa passion féminine, évoquait une science complète, voire une humanité complète. Elle le faisait penser à lui-même.

Pas à la partie sociale qu'il laissait voir aux autres, mais à sa vie intérieure telle qu'il la vivait. Il était aussi extrême qu'elle, par certains côtés, rationnels et émotionnels. C'était ce qui le mettait mal à l'aise : elle était trop comme lui. Elle lui rappelait des aspects de lui-même sur lesquels il n'avait guère envie de se pencher. Mais il ne pouvait empêcher ses pensées de vagabonder. C'était un de ses problèmes.

Ils étaient arrivés au bout du sixième étage, où se trouvaient leurs bureaux. Celui de Frank était un cube dans un volume plus vaste; celui d'Anna, situé juste en face, était un vrai bureau. Elle avait une pièce pour elle toute seule, avec un coin à l'entrée pour sa secrétaire, Aleesha. Les deux espaces de travail, comme tout dans ce labyrinthe de réduits et d'espaces de communication – comme dans toutes les boîtes de recherche du monde –, étaient pleins d'ordinateurs, de tables, d'armoires de classement et d'étagères bourrées de livres. Le décor beige standard, basique, était censé souligner la pureté de la science.

Dans son cas, il était humanisé, et même enjolivé, par les grandes baies vitrées qui donnaient sur l'intérieur du bâtiment, offrant une vue plongeante sur l'atrium central et tous les autres bureaux. Cette combinaison d'un espace dégagé et de la vue sur cinquante ou cent autres êtres humains faisait de chaque bureau une tranche ou une réminiscence de la savane, et constituait donc un environnement plus confortable pour ses habitants, au niveau primitif. Frank ne pensait pas que cet aspect ait pu être consciemment recherché, mais il admirait l'instinct de l'architecte qui avait su faire en sorte que les occupants du bâtiment soient aussi productifs que possible.

Il s'assit à son bureau. Il avait décalé l'écran de son ordinateur par rapport à l'axe de sa fenêtre, de façon à pouvoir se concentrer dessus si nécessaire, mais il se perdit un instant dans la contemplation des bureaux, de l'autre côté de l'atrium. Son année à la NSF tirait à sa fin, et même si sa charge de travail ne diminuait pas, elle commençait à perdre de son importance pour lui. Toutes les surfaces horizontales disparaissaient sous des piles d'articles et des tirages d'imprimante, organisés selon un système complexe qui lui était propre. Il avait du pain sur la planche. Et là, au lieu de travailler, il bayait aux corneilles.

Le mobile coloré qui occupait le haut de l'atrium était rudimentaire au point d'en être pénible, avec ses formes basiques et ses couleurs primaires qui évoquaient un gribouillis de gamin de maternelle. Parmi ses nombreuses activités, Frank pratiquait l'escalade, et il s'occupait souvent l'esprit en imaginant les mouvements qu'il devrait faire pour escalader le mobile. Il y avait des passages difficiles, mais dans l'ensemble, ça ferait une voie amusante.

De l'autre côté du mobile, il voyait ce qui se passait dans les autres bureaux. Cent huit ; il les avait comptés. Des gens tapaient sur des ordinateurs, parlaient à deux ou trois, ou tout seuls, au téléphone, lisaient, se regroupaient dans des salles de réunion autour de tables couvertes de papiers en regardant des présentations PowerPoint ou en bavardant. Surtout en bavardant. Si un Martien était tombé dans les bureaux de la NSF, il en aurait conclu que la science consistait essentiellement en parlotes autour d'une table.

Ce qui était loin d'être la vérité, et c'était l'une des raisons pour lesquelles Frank s'ennuyait. En réalité, la science se faisait dans des laboratoires, et généralement dans tous les endroits où on procédait à des expériences. Ce qui se passait ici, c'était autre chose, une espèce de métascience, disons, qui coordonnait les activités scientifiques, les reliait à d'autres actions humaines ou les finançait. Quelque chose comme ça. A vrai dire, il avait du mal à être plus précis.

L'odeur du *latte* qu'Anna avait rapporté du Starbucks flottait jusqu'à lui depuis le bureau voisin, et il l'entendait parler au téléphone. Elle passait beaucoup de temps au téléphone, elle aussi. « Je ne sais pas. J'ignore la taille des autres échantillons... Non, ils ne sont pas négligeables sur le plan statistique, pour ça, il faudrait qu'ils soient inférieurs à la marge d'erreur... Ce que vous voulez dire, c'est qu'ils sont juste insignifiants sur le plan statistique... D'accord, c'est ça, posez-lui la question. Bonne idée. »

Pendant ce temps, Aleesha, son assistante, était aussi au téléphone, démêlant patiemment quelque problème de son plus beau contralto *made in* Washington DC. C'était un fait patent, quoique rarement reconnu : une bonne partie des tâches effectuées quotidiennement à la NSF étaient assurées par des équipes d'Afro-Américaines qui affichaient une attitude on ne peut plus dubitative quant à l'importance de leur boulot à tous. Aleesha, par exemple, faisait preuve d'un scepticisme courtois que Frank avait souvent essayé de singer, mais il désespérait d'y parvenir un jour, hélas !

Anna apparut dans l'ouverture de la porte et tapota au montant, comme toujours, pour faire comme si cet espace était un bureau.

— Frank, je t'ai envoyé un doc. Tu sais, l'histoire d'algorithme dont je t'ai parlé...

— Je vais voir s'il est arrivé.

Il tapa sur la touche « relever » et constata qu'il avait reçu un message de *aquibler@nsf.gov.* Il adorait cette adresse.

— Exact, je l'ai. Je vais regarder ça tout de suite.

— Merci.

Elle s'apprêtait à s'en aller lorsqu'elle se ravisa.

— Je voulais te demander... Quand est-ce que tu envisages de retourner à San Diego ?

— Fin juillet, ou fin août.

— Tu vas me manquer. Ecoute, je sais que c'est la belle vie, là-bas, pour toi, mais on apprécierait que tu envisages de rempiler pour un an, ou même que tu restes définitivement, si tu veux. Evidemment, tu dois avoir beaucoup de fers au feu...

— C'est vrai. J'apprécie la proposition. J'ai beaucoup aimé mon séjour ici, mais il va probablement falloir que je rentre. Enfin, je vais y réfléchir quand même, répondit Frank, sans s'engager.

Il était rigoureusement hors de question qu'il reste au-delà de l'année prévue.

— Merci. Ce serait chic que tu restes ici, avec nous.

Une partie importante du travail de la NSF était effectuée par des chercheurs invités, missionnés par leurs organismes d'origine pour chapeauter des programmes dans leur domaine d'expertise pour des périodes d'une année ou deux. Les demandes de subvention arrivaient par milliers, et les directeurs de programmes de recherche comme Frank les parcouraient, les triaient, organisaient des panels d'experts extérieurs dans des domaines donnés et menaient les réunions au cours desquelles ces experts notaient les sujets. C'était une étape majeure du processus de révision par les pairs, processus que Frank approuvait sans réserve – en principe. Mais une année, c'était largement suffisant.

Anna, qui l'avait observé, dit :

— J'imagine que c'est une espèce de course du rat dans le labyrinthe.

— Bof, pas plus qu'ailleurs. A vrai dire, si j'étais chez moi, ce serait probablement encore pire.

Ils éclatèrent de rire.

— Et en plus, tu devrais t'occuper de ton journal.

— Exact. Toujours en retard, ajouta Frank avec un geste en direction d'une pile de documents : trois papiers pour la *Review of Bioinformatics*, deux pour le *Journal of Sociobiology*. Encore heureux que les autres rédacteurs tiennent mieux leurs délais que moi.

Anna hocha la tête. La rédaction en chef d'un journal était un privilège et un honneur, bien que généralement bénévole – en réalité, on était souvent obligé de payer son abonnement si on voulait avoir des exemplaires de la revue à la parution de laquelle on avait soi-même contribué. C'était encore une des nombreuses activités non rémunérées de la science, une partie de son économie extensive de crédit social.

— Je comprends, poursuivit Anna. Enfin, on ne pourra pas dire que je n'aurai pas essayé de te retenir. Qu'est-ce que tu veux ? Quand on reçoit des visiteurs particulièrement géniaux, on essaie de les garder.

— Bien sûr, répondit Frank en opinant du chef, mal à l'aise.

Touché, malgré lui. Il attachait de l'importance à l'opinion d'Anna. Il fit rouler son fauteuil vers son écran comme pour se remettre au boulot, alors elle se retourna et sortit.

Il cliqua sur le fichier qu'Anna lui avait envoyé. Il reconnut aussitôt le nom de l'un des chercheurs.

— Hé, Anna ! appela-t-il.

— Oui ? fit-elle en réapparaissant dans l'ouverture de la porte.

— Je connais l'un des types de ce dossier. Le responsable du projet est un type de Caltech, mais le vrai boulot est fait par un de ses étudiants.

— Ah bon ?

C'était une situation classique : un jeune chercheur utilisant le prestige d'un de ses directeurs de recherche pour faire avancer un projet.

— Et il se trouve que je connais l'étudiant. J'étais membre de son jury de thèse, il y a quelques années.

— Ça ne suffit pas pour qu'il y ait conflit d'intérêts.

— Non, convint Frank tout en poursuivant sa lecture. Mais il travaillait aussi sur un contrat temporaire chez Torrey Pines Generique, qui est une compagnie de San Diego à la création de laquelle j'ai participé.

— Ah. Et tu as toujours des billes dedans ?

— Non. Enfin, mes actions sont placées dans un blind trust[1] pour la durée de mon séjour ici, alors je ne peux pas l'affirmer, mais je ne crois pas.

— Mais tu n'es ni au comité d'administration, ni consultant ?

— Non, non. Et son contrat là-bas a dû prendre fin, de toute façon.

— Alors, ça va. Tu peux y aller.

Aucun membre de la communauté scientifique ne pouvait se permettre d'être trop pointilleux sur le chapitre du conflit d'intérêts. Sans cela, on ne trouverait jamais personne pour évaluer quoi que ce soit, l'hyperspécialisation rendant les champs de recherche tellement exigus qu'au sein d'un projet quelconque tout le monde semblait connaître tout le monde. En conséquence, tant qu'il n'y avait pas de liens financiers ou institutionnels avec un individu donné, on considérait comme possible de procéder à l'évaluation de son travail dans les différents systèmes de revue par les pairs.

Mais Frank voulait s'en assurer. Yann Pierzinski était un jeune biomathématicien très talentueux – l'un de ces étudiants en doctorat qui vous donnaient vite la quasi-certitude qu'il était promis à une belle carrière, et qu'on n'avait pas fini d'entendre parler de lui. Et voilà, c'était arrivé, et son sujet présentait un intérêt particulier pour Frank.

1. Au Canada : « Fiducie sans droit de regard ». Formule non transposable en droit français, qui permet d'isoler des avoirs dont la gestion est confiée à un tiers et sur lesquels leur propriétaire ne peut juridiquement exercer aucune influence. [*N.d.l.T.*]

— D'accord, dit-il à Anna. Je vais le mettre dans la moulinette.

Quand Anna fut sortie, il rouvrit le dossier. « Analyse mathématique et algorithmique des codons palindromiques en tant que prédicteurs de l'expression génique des protéines. » Une demande de subvention pour un projet de recherche sur un algorithme censé prévoir pour quelles protéines codait un gène donné.

Très intéressant. C'était une tentative de résolution d'un mystère fondamental dans le domaine de la biologie, un pas en terrain inconnu. Dont l'exploration avait jusqu'alors résisté à toutes les biotechnologies, même les plus solides. Les trois milliards de paires de base du génome humain encodaient sur leur chemin des centaines de milliers de gènes ; et la plupart de ces gènes contenaient des instructions pour l'assemblage d'au moins une protéine, les briques qui constituaient les matériaux de construction élémentaires de la chimie organique et de la vie même. Mais quels gènes codaient pour quelles protéines, comment ils le faisaient, et pourquoi certains gènes exprimaient plus d'une protéine, ou des protéines différentes selon les circonstances – tous ces problèmes étaient très mal compris, quand ils ne constituaient pas des énigmes rigoureusement irrésolues. Cette ignorance faisait de l'essentiel de la biotechnologie une procédure interminable et très coûteuse d'essais et d'erreurs. Une clé permettant de déchiffrer n'importe quelle partie du mystère pouvait être très précieuse.

Frank déroula rapidement les pages de l'application ; il s'y sentait comme chez lui. Yann Pierzinski, docteur en biomathématiques, Caltech. Encore postdoctorant avec son directeur de thèse, un type que Frank en était arrivé à considérer comme une espèce de fumiste qui s'appropriait tout le crédit des travaux des autres, voire pire. C'était intéressant ; Pierzinski était donc allé chez Torrey Pines travailler sous contrat pour un chercheur en bio-informatique que Frank ne connaissait pas... Hum, peut-être une tentative pour échapper à son directeur de thèse. Enfin, maintenant, il était de retour.

Frank plongea dans la partie substantielle du projet. Pierzinski travaillait sur son algorithme depuis sa thèse. Le mécanisme chimique de la création des protéines était, de fait, une sorte d'algorithme naturel. Frank pesa la proposition, étape par étape. C'était sa valeur ajoutée personnelle ; sa passion depuis qu'il était tout gosse. Les énigmes qu'il résolvait alors étaient de simples codes, mais il avait toujours aimé ce travail, et il l'aimait peut-être plus que jamais, parce qu'il lui offrait un dérivatif à ses propres problèmes. Les raisons pour lesquelles il recherchait cette évasion lui demeuraient obscures ; en tout cas, quand il revenait de ces excursions, il se sentait régénéré, comme si, finalement, il avait trouvé sa place.

Il aimait aussi voir des schémas émerger dans le chaos aléatoire du monde. C'est pour ça qu'il avait récemment commencé à s'intéresser à la sociobiologie ; il espérait pouvoir y trouver des algorithmes qui lui permettraient de briser le code du comportement humain. Jusque-là, cette quête n'avait pas été très satisfaisante, surtout parce que les éléments du comportement humain susceptibles de faire l'objet d'une expérience contrôlée étaient si peu nombreux qu'on ne pouvait même pas tester de théorie. C'était vraiment dommage. Il appelait de tous ses vœux une clarification dans ce domaine.

Cela dit, au niveau des quatre éléments constitutifs du génome, dans la longue danse de la cytosine, de l'adénine, de la guanine et de la thymine, beaucoup de choses semblaient justifier une explication mathématique et une expérimentation, dont les résultats pourraient être communiqués à d'autres chercheurs, et mis en application. En d'autres termes, les idées de Pierzinski pourraient être testées, et on verrait bien si elles marchaient.

De cette frénésie de cogitation, il sortit affamé et la vessie pleine. Il était tout à fait sûr que ce projet comportait un réel potentiel. Et ça lui donnait des idées.

Il se leva avec raideur, alla aux toilettes, revint. C'était déjà le milieu de l'après-midi. En partant tôt, il pourrait plus ou moins échapper aux embouteillages, passer chez lui, manger un morceau en vitesse et aller à Great Falls. A ce moment-là, la chaleur serait un peu moins torride et les grimpeurs auraient pratiquement déserté les parois de la gorge. Il pourrait grimper jusque bien après le coucher du soleil, et réfléchir encore à cet algorithme, à l'endroit où il réfléchissait le mieux, ces temps-ci : sur les vieilles parois de schiste coriace du dernier coin du district de Columbia où un lambeau de nature avait survécu.

2

Au cœur de l'hyperpuissance

Les mathématiques donnent parfois l'impression d'être un univers à part. Mais comme nous y avons accès par l'intermédiaire de notre cerveau, qui est notre interface avec le monde, elles nous paraissent faire partie intégrante du monde, en être la structure, ou la recette.

Depuis les temps historiques, l'humanité se livre à une exploration de plus en plus approfondie des divers domaines mathématiques, au gré d'un processus cumulatif et collectif, une conversation ininterrompue entre les espèces et la réalité. La découverte du calcul. L'invention de l'arithmétique formelle et de la logique symbolique, deux façons de mettre en équation les stratégies instinctives de la raison humaine, les rendant aussi distinctes et solides que des démonstrations géométriques. Les tentatives d'élaboration d'un système cohérent et consistant. L'invention de la théorie des ensembles et l'élaboration des divers paradoxes engendrés par le fait de considérer les ensembles comme des parties d'eux-mêmes. La découverte de l'incomplétude de tous les systèmes. Le système de programmation pas à pas des nouvelles machines à calculer. Tout cela donna lieu à un amalgame de mathématiques et de logique, de symboles et de méthodes issus des deux univers, se combinant au gré d'opérations souvent longues et compliquées que nous appelons des algorithmes.

Lors du développement des algorithmes, nous avons aussi fait des découvertes dans le monde réel : la double hélice constitutive de nos cellules. L'ADN. Un demi-siècle plus tard, le génome entier était déchiffré, paire de base par paire de base ; trois milliards de paires de base, dont certaines parties, appelées des gènes, servaient de paquets d'instructions pour la création des protéines.

Nous avons donc réussi à séquencer le génome, mais les détails de son expression et de sa croissance demeurent un mystère pour nous. Nous savons que ces paires spiralées de cytosine, de guanine, d'adénine et de thymine sont des programmes pour la croissance, pour le développement de la vie, codées en séquences d'éléments appariés. Nous connaissons les éléments ; nous voyons les organismes. Et pourtant, tout reste à découvrir sur le code qui lie les uns aux autres.

Les mathématiques poursuivent leur développement sous l'impulsion de leur propre logique interne, apparemment indépendante de tout le reste. Mais il est déjà arrivé plusieurs fois que des développements purement mathématiques se révèlent par la suite décrire puissamment des mécanismes naturels dont on ignorait tout ou que l'on ne pouvait expliquer lors de leur élaboration mathématique. C'est curieux de remettre en question tout ce qu'on croit savoir sur la relation entre les maths et la réalité, l'esprit et le cosmos.

On ne découvrira peut-être jamais d'explication satisfaisante à cette mystérieuse collusion entre la nature et les mathématiques complexes. En attendant, les opérations appelées algorithmes se compliquent de plus en plus et deviennent de plus en plus intéressantes pour ceux qui les conçoivent. S'agit-il de portraits, de recettes, de formules magiques ? La réalité utilise-t-elle des algorithmes, les gènes utilisent-ils des algorithmes ? Les mathématiciens sont incapables de le dire, et pour la plupart, ça n'a pas l'air de les préoccuper. Quoi que ça puisse être, ils aiment ça.

Leo Mulhouse embrassa sa femme, Roxanne, et sortit de la chambre à coucher. Dans le salon, la lumière grisâtre d'avant l'aube. Sur le balcon, criaillement des mouettes, grondement des vagues s'écrasant sur la falaise, en contrebas. L'immense ardoise grise de l'océan Pacifique.

Leo s'était pour ainsi dire marié dans cette maison qui dominait la mer à Leucadia, en Californie; Roxanne l'avait héritée de sa mère. Leo aimait la vue spectaculaire qu'on avait de la falaise, mais la petite bande de pelouse qui longeait le porche ne faisait qu'une quinzaine de pas de largeur, et au-delà c'était le vide: un gouffre d'air et rien d'autre, jusqu'à l'océan gris en furie, vingt-cinq mètres plus bas. Et la falaise n'était pas si stable que ça. Il regrettait que la maison n'ait pas été construite un peu plus en retrait sur le terrain.

Retour à l'intérieur. Remplir de café son mug de voyage, et en voiture. Sur Europa tourner à droite au Pannikin, et tout droit jusqu'au boulot.

Ce tronçon de Pacific Coast Highway du comté de San Diego était magnifique, au petit matin, quel que soit le temps: quand le jeune soleil irisait la mer d'un camaïeu de bleus pâles, sous les nuages épars, fléchés de lumière, et même quand il pleuvait, ou par temps de brume, quand une palette de gris subtils, à la fois limitée et riche, caressait l'œil. Les aubes grises étaient de loin les plus fréquentes, maintenant que le climat de la région semblait s'installer dans une sorte d'El Niño permanent – l'Hyperniño, comme on l'appelait. Le climat méditerranéen paraissait abandonner le monde, même autour de la Méditerranée, disait-on. Les habitants des côtes souffraient de problèmes liés au déficit de luminosité, et prenaient de la vitamine D et des antidépresseurs pour contrer les effets du manque de lumière, alors que quinze kilomètres à l'intérieur des terres, c'était un désert sans un nuage, où on bronzait jusqu'à l'os, d'un bout de l'année à l'autre. Décidément, le June Gloom, la grisaille de juin, avait l'air bien parti... pour s'éterniser.

Leo Mulhouse prenait toujours la quatre-voies qui longeait la côte. Il aimait le spectacle de l'océan, et l'effet de montagnes russes en réduction, la légère sensation d'apesanteur par laquelle s'amorçaient les descentes rapides vers les lagunes, suivies par les remontées vers Cardiff, Solano Beach et Del Mar. C'était à cette heure-là que ces villes étaient les plus belles : elles étaient désertes, et on aurait dit qu'on venait de les débarbouiller. Le crissement des pneus sur la route mouillée, le couinement humide des essuie-glaces, le rugissement des vagues au loin, tout s'alliait pour produire une sorte d'expérience aquatique, pour faire ressembler le trajet en voiture à un moment de grâce, mouette parmi les nuages, la voie du surf, monter sur l'épaule des vagues et dévaler les creux, chevaucher la houle de terre toujours recommencée, prête à s'écraser dans la mer.

En haut de la grande colline qui montait vers Torrey Pines, puis le long du terrain de golf, un virage sec à droite, et il était arrivé. Torrey Pines Generique. Ensuite, le parking souterrain, le ventre de la bête – la boîte de biotechnologie.

Pour entrer, il fallait montrer patte blanche : se soumettre à des procédures de sécurité draconiennes. Pour savoir avec quoi vous ressortiez, encore fallait-il savoir avec quoi vous étiez entré. Et donc, le détecteur de métaux, l'inspection par une équipe de sécurité blasée armée de gobelets de café gigantesques, l'allumage de l'ordinateur portable, la vérification du matos et des logiciels par des experts, le coup de truffe de Clyde, le chien du matin, dressé à détecter la signature des molécules : autant de contrôles aujourd'hui standard dans le domaine de la biotechnologie, après certains incidents d'espionnage industriel restés fameux. Les enjeux étaient trop élevés pour qu'on fasse confiance à qui que ce soit.

Leo se retrouva enfin dans les longs couloirs blancs du complexe. Il posa son mug de café sur son bureau, alluma son ordinateur, partit vérifier les expériences en cours. La plus importante était en voie d'achèvement, et le résultat lui tenait particulièrement à cœur. Ils procédaient au criblage à haut débit de certaines protéines parmi les milliers listées dans la base de données de l'UCSD, l'université de San Diego, Californie, dans l'espoir d'identifier celles qui activeraient des cellules données, de façon à leur faire exprimer plus de lipoprotéines à haute densité – dix fois plus, peut-être. Dix fois plus de HDL, de « bon cholestérol », de quoi sauver la vie à des tas de gens atteints d'une kyrielle de maladies – l'artériosclérose, l'obésité, le diabète, et même la maladie d'Alzheimer. Un traitement capable de combattre, voire de guérir, n'importe laquelle de ces maladies vaudrait des milliards de dollars ; une thérapie qui les soulagerait toutes vaudrait... eh bien, ce qui était sûr, c'est que ça expliquait le haut degré de sécurité auquel était soumis le complexe.

L'expérience était en cours mais pas encore terminée, de sorte que Leo retourna dans son bureau, but son café et lut *Bioworld Today* en ligne, sur son ordinateur. Les robots de criblage à haut débit, les protocoles d'analyse d'hormones artificielles, les analyses protéomiques – chacun des articles aurait pu décrire une expérience en cours chez Torrey Pines Generique. Toute l'industrie cherchait des moyens d'améliorer la chasse aux protéines thérapeutiques et de les administrer aux êtres vivants. La moitié des articles de la journée traitaient de l'un ou l'autre de ces sujets, comme dans toutes les autres éditions du newszine. C'étaient des problèmes récalcitrants, qui se dressaient entre le concept de biotechnologie et la médecine proprement dite. S'ils n'arrivaient pas à les résoudre, tout le concept et l'industrie qui était basée dessus pouvaient suivre le même chemin que l'énergie nucléaire et dégénérer complètement. D'un autre côté, s'ils les réglaient, ça pourrait devenir quelque chose qui se rapprocherait plus ou moins de l'industrie informatique en termes de retour sur investissement – sans parler des impacts sur la santé, évidemment !

Lorsque Leo retourna au labo, deux de ses assistants, Marta et Brian, étaient debout devant une paillasse, en blouse blanche et gants de caoutchouc, et s'affairaient avec des pipettes sur une batterie de flacons.

— Salut, les gars.

— Salut, Leo.

Marta pointa sa pipette comme un curseur PowerPoint sur la petite vitre du long réfrigérateur placé sous le plan de travail.

— Prêts pour la vérification ?

— Et comment ! Vous pouvez m'aider ?

— Juste une seconde, répondit Marta en s'affairant un peu plus loin sur la paillasse.

— Il vaudrait mieux que ça marche, dit Brian. Parce que Derek vient de raconter à la presse que c'était la méthode d'autothérapie de la décennie.

— Non, c'est une blague ? répondit Leo, surpris.

— Pas le moins du monde.

— Ce n'est pas possible !

— Si, si.

— Mais comment a-t-il pu faire une chose pareille ?

— Ce sont les termes mêmes du communiqué de presse. Et il a aussi appelé ses journalistes préférés. C'est sur sa page Web. Les blogs parlent déjà des implications. Les paris sont lancés. Certains ne nous donnent pas un mois avant de nous faire racheter par un gros labo pharmaceutique...

— Oh non, Bri ! Ce ne sont vraiment pas des choses à dire !

— Désolé, mais tu connais Derek. On ne parle plus que de ça.

Brian indiqua, d'un geste, l'écran de l'un des ordinateurs posés sur la paillasse. Leo y jeta un coup d'œil.

— Ce n'était pas sur *Bioworld Today*...

— Ça y sera demain.

L'onglet de la page « Dernières nouvelles » du site de la boîte clignotait. Leo se pencha, cliqua dessus. Ouais – l'édito du jour. L'usine à HDL, panacée potentielle contre l'obésité, le diabète, la maladie d'Alzheimer, les maladies de cœur...

— Oh mon Dieu, marmonna Leo en s'empourprant. Oh mon Dieu... Mais pourquoi il fait ça ?

— Il veut que ça devienne la réalité.

— Bon, d'accord, mais on n'est encore sûrs de rien !

— Il veut que tu le fasses devenir vrai, Leo, insista Marta avec son sourire en coin. Lui c'est Bip Bip, toi tu es Vil Coyote, et il veut te faire passer en courant par-dessus le bord de la falaise, comme ça tu seras obligé de construire le pont qui te permettra d'éviter de t'écraser en bas...

— Sauf que ça rate toujours ! Vil Coyote se rétame à tous les coups au fond du canyon !

Marta le regarda en rigolant. Elle l'aimait bien, mais c'était une coriace.

— Allez, dit-elle. Cette fois, ça va marcher.

Leo hocha la tête, essaya de se calmer. Il appréciait Marta et son moral d'acier, et il s'efforçait toujours de rester aussi positif qu'on pouvait humainement l'être, en toutes circonstances, mais là, ça commençait à devenir duraille. Enfin, il se fendit de son plus large sourire et dit :

— Ouais, c'est vrai, vous êtes formidables.

Il enfila des gants en latex.

— Tu te rappelles la fois où il a annoncé qu'on avait vaincu l'hémophilie A ? demanda Brian.

— Tais-toi, je t'en prie...

— Et la fois où il a annoncé par voie de presse qu'il avait décapité des souris à mille tours/minute pour prouver à quel point notre thérapie marchait bien ?

— L'expérience de la guillotine rotative ?

— Pitié ! implora Leo. Arrête ça.

Il prit une pipette et essaya de se concentrer sur son travail. Prélever, injecter, prélever, injecter – l'essentiel du travail, à ce stade, était malheureusement robotisé, ce qui dégageait le cerveau, laissant le champ libre à toutes les réflexions, bienvenues ou non. Au bout d'un moment, Leo les laissa continuer seuls et retourna dans son bureau relever son courrier électronique, puis parcourir, impuissant, la partie du communiqué de Derek qu'il réussit à lire sans avoir envie de vomir.

— Mais pourquoi est-il allé raconter ça, pourquoi, pourquoi, *pourquoi* ? fit-il tout haut.

Cette question n'attendait pas de réponse, mais Marta et Brian étaient devant la porte de son bureau, et Marta répondit, implacablement :

— Je te l'ai dit : il croit qu'il peut nous forcer la main.

— Sauf que ça ne dépend pas de nous, objecta Leo. Ça ne dépend pas de nous, mais des gènes. Si le gène modifié n'atteint pas la cellule qu'on essaie de cibler, on ne peut rien faire.

— Tu n'as plus qu'à trouver le truc qui permettra d'y arriver.

— Tu veux dire : construisez-le et ils viendront ?

— C'est ça. Dis-le, et ils se démerderont pour le faire.

Dans le labo, une minuterie sonna, faisant un bruit qui rappelait étrangement le cri du Bip Bip : *meep-meep !* Ils mirent le cap vers l'incubateur et lurent le graphe déroulant au fur et à mesure que la machine le crachait, tel le reçu d'un distributeur automatique – comme les billets d'un distributeur automatique, en fait, si les résultats étaient bons. L'énorme tas de dollars qui leur tomberait dessus s'ils avaient tiré le bon numéro.

Et pour être bons, les chiffres l'étaient. Ils étaient même excellents. Il allait falloir qu'ils vérifient, mais ils faisaient cette série d'expériences depuis tellement longtemps qu'ils savaient à quoi les données brutes devaient ressembler. Or elles étaient vraiment bonnes. Ils étaient donc maintenant comme Vil Coyote, debout au milieu du vide, en train de regarder avec stupéfaction les spectateurs, parce qu'un pont s'était magiquement étendu hors de la falaise, venant à sa rencontre pour le sauver. Et les sauver, eux, de l'interminable plongeon d'un démenti dans la presse et de la chute libre au Nasdaq qui l'aurait aussitôt suivi.

Sauf que Vil Coyote se réjouissait toujours trop vite. Le Bip Bip avait toujours un mouvement d'avance. L'angoisse...

— Et merde ! s'exclama Leo, la main tremblante. Sans Derek, je délirerais de joie, là, tout de suite... Regardez ça, dit-il en indiquant une ligne. On n'a jamais obtenu un résultat pareil.

— Tu vois ? Derek savait que ça marcherait comme ça.

— Tu parles qu'il le savait !

— De sacrés bons chiffres, renchérit Brian avec un sourire. L'article est déjà presque rédigé, en plus. Je n'ai plus qu'à intégrer ces données et à fignoler la conclusion.

— Elle sera simple, si ça se corrobore, dit Marta.

— Le seul problème, reprit Leo en hochant la tête, c'est qu'elle ne devra pas laisser ignorer que même si cette partie-là marche, le traitement n'est pas encore à notre portée parce que nous ne tenons pas l'apport ciblé. On pourrait y arriver, mais on ne sait pas l'administrer à des organismes vivants, à l'endroit précis où on en a besoin.

— Tu n'as pas lu tout l'article sur le Web, répondit Marta avec, à nouveau, son sourire rageur.

— Qu'est-ce que tu veux dire?

Leo n'était pas d'humeur à jouer aux devinettes. Son estomac venait de se contracter d'un coup à la taille d'une noisette, à peu près.

Marta se mit à rire, ce qui était sa façon de manifester sa sympathie sans l'exprimer par des paroles :

— Il va acheter Urtech.

— Urtech? C'est quoi?

— Ils maîtrisent une méthode d'apport ciblé qui marche.

— Comment ça? Qu'est-ce que ça pourrait bien être?

— C'est nouveau. Ils viennent d'obtenir le brevet.

— Oh non.

— Oh si.

— Oh mon Dieu. Ça n'a pas été validé?

— Sauf par le brevet. Et l'offre d'achat de Derek, maintenant.

— *Oh mon Dieu!* Mais pourquoi fait-il ce genre de choses?

— Parce qu'il a envie de devenir le PDG du plus grand labo pharmaceutique de tous les temps. Comme il l'a dit à *People*.

— Ben voyons!

Torrey Pines Generique, comme la plupart des start-up du secteur de la biotechnologie, était sous-capitalisée, et ne pouvait se permettre que quelques coups de dés. L'un d'eux devait impérativement paraître suffisamment prometteur pour attirer le capital qui lui permettrait de continuer la partie. C'est à ça qu'ils s'épuisaient depuis cinq ans, depuis la création de la boîte, et voilà, grâce aux résultats de ces expériences, que leurs efforts commençaient à se révéler payants. Ils devaient maintenant trouver le moyen d'insérer le gène qu'ils avaient réussi à modifier dans les cellules du patient, de telle sorte que son organisme accroisse lui-même la production des protéines voulues, et en quantité voulue. Si ça marchait, il n'y aurait pas de réaction immunitaire, et le patient ne serait pas seulement soigné, il serait *guéri*.

Stupéfiant.

Mais – parce qu'il y avait un *mais*, et même un énorme *mais* – ils n'avaient pas résolu le problème de l'insertion de l'ADN modifié dans les cellules du patient. Leo et son équipe n'étaient pas physiologistes, et ils n'y étaient pas arrivés. Personne n'y était arrivé. C'était précisément pour empêcher ce genre d'intrusion qu'était conçu le système immunitaire. A vrai dire, l'une des méthodes d'insertion de l'ADN modifié dans l'organisme consistait à l'introduire dans un virus et à administrer au patient une infection virale, bénigne, en fin de compte, parce que l'ADN modifié aurait atteint sa cible. Sauf que, comme l'organisme s'ingéniait à combattre les infections virales, ce n'était pas une bonne solution. Et personne n'avait envie de prendre un risque avec le système immunitaire de gens déjà malades.

Et voilà : ils étaient dans le même bateau que tout le monde depuis un bon moment déjà, à la poursuite du Saint-Graal de la thérapie génique, un « procédé d'apport ciblé non viral ». La firme qui le découvrirait et le brevetterait détiendrait ipso facto la licence pour des dizaines de process industriels, et il était très probable que l'un des grands groupes pharmaceutiques achèterait la boîte, faisant la fortune de tous ceux qui bossaient dedans, et les gardant même, pour la plupart. Par la suite, même si le groupe démantelait le labo, ne conservant que le procédé, les employés de la start-up auraient assez de fric pour en rigoler – prendre leur retraite et passer le restant de leurs jours à faire du surf, ou fonder une autre start-up dans l'espoir de toucher à nouveau le jackpot. A ce stade, ça relèverait plus du hobby ou de la philanthropie que de la lutte pour la survie, à quoi ressemblait souvent leur boulot avant qu'ils ne décrochent le pactole.

La traque au procédé d'apport ciblé non viral était donc définitivement lancée, dans des centaines de labos du monde entier. Et voilà que Derek avait acheté un de ces labos. Leo regarda l'info sur le site Web de la boîte. Derek avait dû l'acheter au feeling, parce que s'il avait été prouvé que ledit labo détenait la méthode, il n'aurait jamais pu se l'offrir. Une boîte de biotech encore plus petite que Torrey Pines, Urtech, basée à Bethesda – Leo n'en avait jamais entendu parler –, dans le Maryland, avait convaincu Derek qu'elle avait trouvé un moyen d'introduire l'ADN modifié dans l'organisme humain. Derek avait acheté la boîte sans consulter Leo, son principal chercheur. Il avait dû prendre conseil auprès de son vice-président, le docteur Sam Houston, un vieil ami et partenaire des premiers jours. Un homme qui n'avait pas mis les pieds dans un labo depuis dix ans.

C'était donc vrai.

Leo resta assis à son bureau en essayant de dénouer le nœud que faisait son estomac. Ils allaient devoir assimiler cette nouvelle compagnie. Apprendre leur technique, la mettre à l'épreuve. Elle avait été brevetée, remarqua Leo, ce qui voulait dire qu'ils en étaient les propriétaires exclusifs, ils en détenaient les secrets de fabrication – un concept que beaucoup de chercheurs en activité avaient du mal à accepter. Une méthode scientifique secrète? N'y avait-il pas une contradiction dans les termes? Certes, les brevets étaient enregistrés quelque part, et celui-ci finirait par tomber dans le domaine public. Ce n'était donc pas une recette magique. Mais à ce stade, le secret devait être bien gardé. Et on ne pouvait être sûr de rien. Il n'y avait pas eu beaucoup de publications à ce sujet, pour ce que Leo en savait. Quelques papiers en préparation, quelques autres déjà soumis, un article accepté – il faudrait qu'il en prenne connaissance le plus vite possible – et un brevet. Ils les accordaient parfois tellement vite. Bref, l'approche n'était étayée que par un ou deux articles.

Un secret scientifique.

— Bordel de merde! s'exclama Leo.

Derek avait acheté chat en poche. Et c'était à Leo de fouiller dans la poche en question.

On frappa à la porte ouverte de son bureau. Un coup hésitant. Il leva les yeux.

— Oh, salut, Yann. Ça va?

— Ça va, Leo. Merci. J'étais juste venu te dire au revoir. Je repars pour Pasadena. J'ai fini mon travail ici.

— Oh, dommage. Je suis sûr que tu aurais pu nous aider à comprendre quel genre de chat nous venons d'acheter.

— Vraiment?

Le visage de Yann s'illumina comme celui d'un gamin. C'était un matheux dans l'âme, et il en avait ce que Leo considérait comme la personnalité type: intelligent, complètement à côté de ses pompes, enthousiaste, une idée à la minute. Il n'affichait pas ses qualités; pour les découvrir, il fallait l'amener à se déboutonner. Comme l'avait dit Marta, avec toute la mansuétude dont elle était capable, sans l'inclinaison de tête et le rythme kalachnikov sur lequel il parlait, on n'aurait jamais dit un matheux. Enfin, ça n'avait pas d'importance; Leo l'aimait bien, et son travail sur l'identification des protéines, vraiment intéressant, recelait un fort potentiel.

— A vrai dire, je ne sais pas encore sur quoi nous avons mis la main, admit Leo. C'est probablement un problème de biologie, mais qui sait? En tout cas, une chose est sûre, c'est que tu nous as bien aidés avec nos protocoles de sélection.

— Merci. J'apprécie. Il se pourrait que je revienne, de toute façon. J'ai un projet en cours avec l'équipe de mathématiciens de Sam qui pourrait se développer. Si ça marche, ils vont essayer de me faire signer un nouveau contrat de mission. Enfin, c'est ce qu'il m'a dit.

— Ravi de l'apprendre. Amuse-toi bien à Pasadena, en attendant.

— Oh, pour ça, pas de problème. A bientôt!

Et c'est sur ces mots que leur meilleur biomathématicien les quitta.

Charlie Quibler avait à peine ouvert un œil quand Anna était partie travailler. Il se leva une heure plus tard, lorsque son propre réveil sonna. Il réveilla péniblement Nick, l'habilla, le fit manger, attacha Joe encore endormi dans son siège bébé pendant que Nick montait par l'autre portière de la voiture.

— Tu as ton sac à dos? Ton déjeuner?

Ce n'était pas toujours le cas. Enfin, ils partirent pour l'école de Nick, où ils le déposèrent, et rentrèrent à la maison pour s'effondrer sur le canapé, Joe n'ayant pas ouvert l'œil une seconde pendant tout ce temps. Une heure plus tard à peu près, il ouvrirait l'œil, affamé, et réveillerait Charlie en hurlant, ce qui marquerait le véritable début de la journée, réduisant tout ce qui précédait à un rêve pénible au scénario immuable.

Charlie dirait alors: « P'tit Joe et papa! » Ou bien: « Joe et papa à la maison, c'est parti! » Ou encore: « Et si on s'occupait du petit déjeuner? Voilà ce qu'on va faire, tu vas jouer dans ton parc pendant une minute, le temps que je réchauffe un peu du *Lait de Maman.* »

Ça avait toujours marché comme un charme avec Nick, et il y avait des moments où Charlie oubliait et mettait Joe dans le vieux parc en plastique bleu, dans le salon, mais s'il avait le malheur de faire ça, Joe poussait un hurlement scandalisé à la seconde où il réalisait ce qui lui arrivait. Joe refusait d'être associé avec des choses de bébé; le simple fait de le mettre dans le siège enfant, dans le porte-bébé ou dans la poussette produisait le même résultat, rigoureusement invariable. Quand une autre solution était possible, Joe rejetait le truc de bébé comme un affront à sa dignité.

Charlie gardait donc Joe avec lui, dans la cuisine, et Joe lui rampait entre les pieds, explorait la porte qui bloquait l'escalier, abrupt, de la cave. Evoluant, d'une façon générale, comme une boule de flipper humaine. Anna avait scotché du bull-pack sur tous les angles saillants. On aurait dit que la cuisine venait d'être livrée et n'avait pas été complètement déballée.

— Aïe, aïe, aïe ! Attention ! Ne fais pas ça ! Arrête ! Ton biberon sera prêt dans une seconde.

— Ba !

— C'est ça, biberon.

C'était satisfaisant, et Joe se laissa tomber sur son gros derrière juste sous les pieds de Charlie. Qui le contourna pour aller prendre un cube de lait d'Anna congelé dans le freezer et le mettre au bain-marie, sur la plaque électrique du fond. Anna conservait son lait dans des flacons de plastique récupérables, eux-mêmes remplis de sachets de plastique jetables bouchés avec des tétines en caoutchouc marron dans lesquelles Charlie avait percé plusieurs petits trous avec une épingle, et coiffées d'un capuchon de plastique pour les protéger de la contamination dans le freezer. Des microbes dans le freezer? Charlie se mordait la langue pour ne pas poser la question à Anna. Il y avait un cahier de labo sur le plan de travail, où Charlie notait les heures des repas de Joe, et les quantités qu'il lui avait données. Anna disait qu'elle aimait savoir ces choses-là, que ça lui permettait de savoir combien de lait elle devait se tirer au travail. Charlie remplit donc le cahier pendant que l'eau commençait à bouillir, en pensant comme chaque fois que le but était avant tout de faire plaisir à Anna, et que s'il suffisait pour ça de lui fournir des rapports quantifiés, il aurait eu mauvaise grâce à le lui refuser.

D'une brève aspiration sur la tétine, il testait la température du lait décongelé lorsque son téléphone se mit à sonner. Il mit son oreillette et répondit.

— Salut, Charlie ! C'est Roy.

— Oh, salut, Roy ! Quoi de neuf?

— Eh bien, on a ton dernier rapport, ici, et je m'apprêtais à le lire quand je me suis dit que j'allais d'abord voir ce qui m'attendait, comment tu avais résolu le problème du GIEC.

— Ah oui. Tous les nouveaux éléments un tant soit peu significatifs sont dans la troisième partie.

Le projet de loi sur lequel Charlie avait fait un mémo pour Phil stipulait que les Etats-Unis agissent conformément aux recommandations du Groupe d'experts intergouvernemental sur l'évolution du climat.

— Aurais-tu en quelque sorte enterré le passage selon lequel nous devrions nous conformer aux découvertes du GIEC ?

— Je ne pense pas que la croûte terrestre soit assez épaisse pour enfouir ça. J'ai essayé de le replacer dans un contexte qui le fasse paraître inévitable : l'environnement global auquel nous appartenons, le changement de climat indéniable, le fait que les Nations unies soient les mieux placées pour gérer les problèmes à l'échelle planétaire, et que nous ne pouvons pas faire autrement que de les soutenir, sans quoi le monde entier va cuire dans son jus, ce genre de choses...

— D'accord, mais ça n'a jamais marché jusque-là, hein ? Allez, Charlie, c'est l'année préélectorale de Phil, c'est sa mesure phare, et tu es son spécialiste du climat. S'il n'arrive pas à faire passer ce projet de loi auprès du comité, alors là, on est vraiment dans la merde !

— Ouais, je sais... Oh, une petite seconde !

Charlie aspira à nouveau un petit coup sur la tétine. Le lait était pratiquement à la température du corps.

— Un peu trop tôt pour biberonner, non, Charlie ? Qu'est-ce que tu bois, là ?

— Eh bien, je tète le lait de ma femme, si tu veux le savoir.

— Hein ? Qu'est-ce que tu racontes ?

— Je teste la température du biberon de Joe. Il faut décongeler le lait et le lui donner juste à la bonne température, sinon ça ne va pas.

— Quoi, tu bois le lait de ta femme au biberon ?

— Exactement.

— Et comment c'est ?

— Pas mal. Un peu léger, mais sucré. Un mélange puissant de protéines, de graisse et de sucre. L'aliment idéal, sans aucun doute.

— J'imagine, ricana Roy. Tu t'es déjà servi à la source?

— J'ai essayé, évidemment. Qui ne l'a jamais fait? Mais Anna n'aime pas ça. Elle dit que ça délivre un message confus, et que si je continue, elle va me sevrer en même temps que Joe.

— Ah, ah! Ouais, il faut envisager le problème à long terme.

— Exactement. En réalité, la fois où j'ai essayé, Joe s'était endormi en tétant, et elle ne pouvait pas bouger, de peur de le réveiller. Elle sifflait et crachait comme une chatte en furie pour que j'arrête, mais pour que ça marche, il faut aspirer rudement fort. Bref, c'est un coup à prendre, et je n'y étais pas encore arrivé quand Joe s'est réveillé et m'a vu. On s'est figés, Anna et moi, pensant qu'il allait pétocher, mais il s'est contenté de tendre la main et de me tapoter la tête.

— Il avait tout compris!

— Ouais. C'était comme s'il me disait: « Je sais ce que tu éprouves, papa, et je vais partager cet incroyable filon avec toi. » Pas vrai, Joe? dit-il en tendant à son fils le biberon de lait réchauffé.

Il eut un sourire en regardant Joe le prendre d'une main et le renverser en arrière, le coude tendu, comme Popeye s'envoyant une giclée d'épinards en boîte. Avec tous les petits trous que Charlie avait faits dans la tétine, Joe pouvait liquider un biberon en quelques minutes, et il semblait y prendre un plaisir gigantesque. L'afflux de sucre, sans doute.

— Mouais. Tu me fais l'effet d'un type un peu tordu, m'enfin, si c'est l'idée que tu te fais du bonheur domestique... Bon, en attendant, on compte sur toi, ici, et c'est peut-être la proposition de loi la plus importante que Phil fera au cours de cette session parlementaire.

— Tu parles! C'est beaucoup plus que ça; franchement, c'est l'une des rares chances qui nous restent d'éviter le désastre absolu...

— Tu prêches un converti!

— J'espère bien.

— D'accord, d'accord. Bon, je lis ton papier et je te rappelle le plus vite possible. Je voudrais avancer sur le sujet. La présentation au comité est programmée pour mardi.

— Parfait. Je serai joignable au téléphone toute la journée.

— C'est noté. Je te rappelle. En attendant, réfléchis à la façon dont on pourrait enterrer le truc du GIEC encore plus profondément.

— Entendu. Mais regarde d'abord ce que j'ai fait.

— Sûr. Au revoir.

— Salut!

Charlie ôta son oreillette et éteignit la plaque chauffante. Joe finit son biberon, l'inspecta et l'envoya négligemment balader.

— Ben mon vieux, t'es un rapide, commenta Charlie, comme chaque fois.

Ces journées passées ensemble leur procuraient, à l'un comme à l'autre, la grande satisfaction de pouvoir faire et refaire toujours les mêmes choses, et de prononcer les mêmes paroles pour les commenter. Joe ne tenait pas autant aux rites et aux rythmes que Nick avant lui. En réalité, il appréciait une sorte de variation structurée, ou du moins c'est ainsi que Charlie voyait les choses, mais le plaisir de la répétition était toujours présent.

Il n'y avait pas à dire, ses garçons étaient très différents. Quand Nick avait l'âge de Joe, Charlie devait le tenir dans ses bras, la tête coincée au creux de son coude, pour lui donner son biberon, parce que Nick avait un curieux moment de rejet, même quand il avait faim. Il pleurnichait et refusait la tétine, peut-être parce que ce n'était qu'un substitut au téton maternel, peut-être parce que Charlie avait mis des mois à comprendre qu'il fallait percer beaucoup de trous supplémentaires dans les tétines. En tout cas, il refusait et se tortillait, tournant vivement la tête d'un côté et de l'autre, et plus il avait faim, plus il s'agitait, jusqu'à ce que, d'un sursaut, comme un poisson se jetant sur un appât, il frappe, se cramponne et se mette à téter désespérément. C'était une routine assez frustrante, une partie du bouleversement plus vaste, centré sur la perte de liberté, qui avait si violemment frappé Charlie la première fois, bien qu'il ait maintenant du mal à retrouver pourquoi. L'image de ces centaines de séances avec un Nick récalcitrant, repoussant son biberon, concrétisait à la perfection toutes les joies compromises et tous les agacements du papa poule qu'il était devenu.

Avec Joe, la vie était relativement moins compliquée. D'abord, Charlie était plus habitué, et Joe, même s'il était parfois difficile à sa façon, n'était pas du genre à cracher sur un biberon.

Il avait maintenant décidé de réessayer de passer par-dessus la barrière antichute pour pouvoir enfin plonger, la tête la première, dans l'escalier de la cave, mais Charlie se précipita pour le détourner de son projet et le cornaquer vers la salle à manger, ignorant ses hurlements de protestation tandis qu'il nettoyait le plan de travail de la cuisine.

— Ça va, ça va ! Du calme ! Allez, on va faire un tour ! On va faire un tour !

— Non !

— Allez... Oh, attends ! Mais c'est le jour du Gymboree ! Et ensuite, on ira déjeuner au parc, et puis on pourra faire un tour dans...

— NON !

C'était sa façon de dire oui.

Charlie dut se bagarrer pour le fourrer dans le porte-bébé. L'opération consistait essentiellement à contrôler ses jambes, ce qui n'était pas facile. Joe était costaud, un petit animal râblé, aux muscles compacts, et même s'il ne criait pas aussi fort que Nick, le maîtriser n'était pas une petite affaire.

— Le Gymboree, Joe ! Tu adores ça ! Et après on ira se promener, se promener dans le parc !

Et ils se mirent en route.

D'abord le Gymboree, situé dans un grand bâtiment juste sur Wisconsin. C'était un endroit où les enfants se retrouvaient entre eux quand ils n'allaient pas à la crèche. La séance durait une heure. Charlie avait toujours l'impression un peu déprimante de devoir payer pour permettre à son gamin de jouer avec d'autres enfants, mais c'était comme ça ; sans le Gymboree, tous ces gamins seraient restés chacun de son côté.

Joe disparut dans les tunnels d'une grande jungle d'agrès en plastique. C'était peut-être un substitut commercial à une communauté réelle, mais ça, Joe ne le savait pas. Tout ce qu'il voyait, c'est qu'il y avait plein de trucs pour jouer et pour crapahuter, et il vibrionnait autour des structures multicolores, rampait dans des tubes, grimpait sur des choses, ignorant les autres gamins au point de les traiter comme des parties amovibles du dispositif, ce qui posait parfois des problèmes.

— Oups ! Demande pardon, Joe. Pardon !

Et il filait, échappant à Charlie. Il n'y avait pas une seconde à perdre. Encore une fois, le contraste avec Nick n'aurait pas pu être plus frappant. Nick ne bougeait presque pas au Gymboree. Une fois, il avait trouvé une balle rouge, géante, et il était resté là, les bras passés autour, pendant toute l'heure de la séance. Toutes les mamans le regardaient avec compassion (ou non), et la monitrice, Ally, avait eu beau faire, elle n'avait pas réussi à l'intéresser à autre chose. Nick refusait obstinément de lâcher sa balle rouge mystique.

C'était embarrassant. Enfin, Charlie avait l'habitude. Le problème n'était pas seulement que Nick restait statique, ou l'hyperactivité de Joe ; c'était surtout que Charlie était toujours le seul papa. Sans lui, ç'aurait été un endroit exclusivement dédié aux mamans, assez confortable, d'ailleurs. Il savait que sa présence entachait ce confort. C'était souvent comme ça, dans les environnements liés à la petite enfance. A sa connaissance, il était le seul homme à l'intérieur du Beltway, le périphérique, à passer les heures ouvrables, en semaine, avec des enfants d'âge préscolaire. Ça ne se faisait pas, c'était tout. Ce n'était pas pour ça qu'on venait s'installer à Washington. Ce n'était pas pour ça que Charlie était venu s'installer là, d'ailleurs, mais ils en avaient parlé, Anna et lui, avant la naissance de Nick, et ils étaient arrivés à la conclusion que Charlie pourrait continuer à travailler – à temps partiel, en tout cas, en s'occupant de leur enfant. Le téléphone et l'e-mail n'étaient pas faits pour les chiens, il pourrait être en contact permanent avec le bureau de Chase. Phil n'avait-il pas lui-même perfectionné les techniques de télétravail quand il était le Sénateur du Monde, toujours sur les routes ? Aussi ce brave homme avait-il chaleureusement approuvé le projet de Charlie. Contrairement au sien, le boulot d'Anna exigeait qu'elle soit à son bureau au moins cinquante heures par semaine, et souvent plus. C'est ainsi que Charlie s'était porté volontaire, et avec joie, pour être le parent qui restait à la maison. Ce serait une aventure.

Ça, pour une aventure, c'en avait été une, il n'y avait pas à dire. Mais la première fois a un charme ; or il y avait plus d'un an qu'il avait remis ça avec leur petit deuxième, et ce qui avait été un vrai choc et l'avait entièrement absorbé avec le premier n'était plus maintenant qu'une routine dont il se sentait prisonnier. Ça commençait à lui taper sur le système. Joe commençait à lui taper sur le système.

Et voilà ; Charlie était là, au Gymboree, à traîner avec les mamans et les nounous. Une situation agréable, en théorie, mais dans la pratique un défi diplomatique de première. Personne ne voulait qu'il y ait de malentendu. Personne ne considérerait comme une coïncidence qu'il finisse par se retrouver en train de parler régulièrement à l'une des plus belles femmes de l'endroit, ou à n'importe qui en particulier, du reste. Charlie jouait le jeu, sauf que le comportement de Joe l'empêchait de contrôler la situation. Et voilà qu'il recommençait, justement : il suivait une petite fille aux cheveux noirs et à la physionomie parfaite de futur top model. Charlie ne pouvait pas faire autrement que d'aller s'assurer qu'il ne se jetait pas sur elle, comme il avait la manie de le faire avec les filles qui lui plaisaient. Et, bien sûr, la petite fille avait une jolie maman, ou plutôt une nounou, en l'occurrence : une jeune fille au pair, blonde, d'une vingtaine d'années, à qui Charlie avait déjà parlé. Il sentait le regard des autres femmes braqué sur lui ; pas une seule adulte de cet endroit ne croyait à sa possible innocence.

— Salut, Asta !

— Bonjour, Charlie.

Il commençait même à douter de lui. Asta était une de ces petites Allemandes pleines de vivacité, qui donnaient l'impression d'avoir dix ans d'avance sur les Américaines du même âge en termes d'expérience, ce qui n'était pas un mince exploit, compte tenu de la façon d'être des adolescentes américaines, ces temps-ci. Charlie éprouva un petit sursaut d'indignation et se retint de crier : Ce n'est pas moi qui cours après les filles, c'est mon fils ! C'est mon fils, l'agresseur hyperactif qui embête les nanas ! Mais évidemment il ne pouvait pas faire ça, et maintenant, même Asta le regardait avec méfiance, peut-être parce que, la première fois qu'ils avaient parlé de leurs enfants, il lui avait fait une remarque flatteuse sur les cheveux de sa fille. Il se sentit rougir à nouveau, se rappela le regard de surprise amusée qu'elle lui avait jeté en rectifiant sa méprise.

Il échappa à ce souvenir gênant en chantant avec les autres. C'était fait pour calmer un peu les enfants avant la fin de la séance, avant qu'il ne faille les capturer au lasso et les ligoter sur leur siège bébé pour le retour à la maison en voiture. Joe prit l'annonce d'Ally comme le signal de plonger dans la structure tubulaire, où on ne pouvait le suivre, et d'où il était impossible de l'extraire. Il n'en émergerait que lorsque Ally commencerait à chanter « Ring Around the Rosie », une affreuse chanson inspirée par la Grande Peste de Londres, dont il raffolait. Ils firent donc la ronde, Ally menant la danse et Charlie évitant tous les regards, sauf celui de Joe. Les enfants et leurs mamans braillèrent en chœur les dernières paroles : « Ashes, ashes, we all fall, DOWN ! »

Et – cendres, cendres – ils se laissèrent tous tomber à terre.

Ensuite, ils allèrent au parc.

C'était une pelouse entourant un bac à sable carré, avec des agrès pour les enfants, situé juste à l'ouest de Wisconsin Avenue, à quelques pâtés de maisons de chez eux. Des courts de tennis s'étendaient au sud. Le long de Wisconsin, il y avait une caserne de pompiers, et, à l'ouest, un champ bordé par l'un des nombreux ruisseaux qui couraient encore à travers le damier des rues.

À la mi-journée, le parc était presque toujours occupé par quelques enfants, parfois tout petits, des mamans et des nounous. Beaucoup plus de nounous que de mamans, la plupart originaires des Antilles, apparemment. Elles étaient assises ensemble sur les bancs, se reposant et bavardant dans la chaleur étouffante. Les gamins jouaient tout seuls dans le bac à sable, ou s'ennuyaient.

Joe empêchait Charlie de tomber. Nick était ravi de rester assis au même endroit pendant des périodes prolongées, et quand il jouait il faisait preuve d'une prudence pathologique. Sur un pont de bois rebondissant, Charlie avait vu son petit poing blanchir alors qu'il se crispait sur la rambarde faite d'une chaîne. Contrairement à lui, Joe avait tout de suite repéré l'endroit du pont qui le propulserait le plus haut – pas au milieu, mais au tiers –, et il restait là, à sauter, sauter sur place en rythme avec les oscillations du pont jusqu'à ce qu'il ait pris beaucoup d'élan. Et s'il arborait une expression de désespoir, ce n'était pas du tout pour la même raison que Nick : c'était par frustration de ne pas pouvoir monter plus haut. Il avait l'habitude d'utiliser son corps comme objet d'expérience. Charlie ne comptait plus les fois où il avait dû le tirer d'un mauvais pas, et s'il s'était un peu calmé, c'était seulement parce qu'il n'aimait pas la façon dont son père lui criait dessus. « Tu ne peux pas rester un peu tranquille ? hurlait Charlie. Qu'est-ce que tu crois ? Que tu es en acier ? »

Or donc Joe rebondissait sur le point faible du pont trampoline pendant que la petite fille triste dont la nounou passait des heures au téléphone faisait lentement le tour du manège. Charlie évitait de rencontrer son regard avide et foudroyait la nounou du regard en se disant qu'il devrait peut-être épingler un mot dans les vêtements de la petite fille : *Votre enfant erre sur terre, solitaire et désolée, à deux ans – HONTE À VOUS !*

Alors que lui, il était un bon père. Voilà ce qu'aurait voulu dire ce mot, et c'est pourquoi il ne l'écrirait jamais. Il était un bon père, mais il s'ennuyait à crever. Non, ce n'était pas tout à fait vrai. C'était un stéréotype déplaisant. Il s'efforçait donc de se concentrer sur son numéro deux, et de jouer avec lui. C'était vraiment injuste, mais on n'y pouvait rien : les parents s'occupaient moins de leur deuxième enfant. Pour le premier, malgré le choc immense de la perte de liberté dont il fallait bien se remettre, certes, il y avait tout de même le spectacle envoûtant de son propre rejeton – ce petit être dont les gènes étaient un mélange à parts égales des siens et de ceux de sa compagne. On avait vraiment du mal à réaliser qu'un processus pareil puisse fonctionner, et pourtant le gamin était là, et il marchait dans le monde sous l'aspect provisoire d'une espèce d'animal de compagnie, un petit animal qui ne parlait pas mais qui exerçait une fascination incomparable.

Alors que pour le deuxième, comme ils disaient tous, on se bornait plus ou moins à l'empêcher de manger la litière du chat. Ce à quoi ils n'arrivaient pas toujours, dans le cas de Joe. Mais il ne fallait pas s'en faire. Ces petits animaux survivraient. Ils s'en sortiraient peut-être même très bien. Et en attendant, on pouvait toujours lire le journal.

Enfin, en attendant, justement, Joe et papa étaient là, au parc, alors autant essayer d'en tirer le meilleur parti. Et il était vrai qu'il était plus amusant de jouer avec Joe qu'avec Nick, au même âge. Joe pouvait courir après Charlie pendant des heures, demander à ce qu'il lui coure après, jouer à la bagarre, se bagarrer, descendre le toboggan et remonter les marches comme un mobile animé d'un mouvement perpétuel. Tout ça en plein mois de mai, à Washington, alors que le thermomètre s'appliquait à battre des records et que le soleil implacable, tapant à la verticale, traversait des couches d'un air tellement chargé d'humidité qu'il diffractait la lumière. Il se retrouvait en sueur et haletant, d'accord, mais Joe ne se faisait jamais prier. Au moins, on n'avait pas le temps de s'embêter.

Après un dernier tour de piste, ils s'affalèrent sur l'herbe pour pique-niquer. Ils adoraient tous les deux ce moment où Charlie donnait la becquée à Joe : des jus de fruits et des petits pots pour bébé, de la compote, un ou deux Chocapic qu'il pouvait manger tout seul. Il se nourrissait encore principalement du lait de sa mère.

Ce festin terminé, Joe tenta de se relever pour recommencer à jouer.

— Oh non, Joe, on ne pourrait pas se reposer un peu ?

— Non !

Mais, alourdi par son déjeuner, il se mit à tituber, comme s'il avait trop bu. Aussi brutale qu'un coup sur la tête, l'heure de la sieste le collerait bientôt au tapis.

Le téléphone de Charlie bipa. Le cordon de l'oreillette pendouillant devant le visage, il décrocha.

— Allô ?

— Salut, Charlie ! T'es où ?

— Salut, Roy. Je suis au parc, comme d'hab. Quoi de neuf ?

— Eh bien, j'ai lu ta dernière version, et j'aurais voulu t'en parler, là, parce qu'il faut qu'on transmette le projet au bureau du sénateur Winston pour qu'ils avisent.

— Tu penses que c'est une bonne idée ?

— C'est Phil qui nous a dit de faire comme ça.

— D'accord. Alors, de quoi veux-tu discuter?

Il y eut une pause. Roy cherchait un point du rapport.

— Ah, voilà. Je cite: « Le Congrès est très préoccupé par la lenteur du passage de l'Amérique des hydrocarbures aux carburants à base d'hydrates de carbone et craint qu'il n'en résulte rapidement des changements de climat chaotiques, avec un impact profondément négatif sur l'économie des Etats-Unis... », fermez les guillemets. On nous a dit qu'Ellington était préoccupé, pas *très* préoccupé. Tu ne crois pas qu'il faudrait changer ça?

— Non, nous sommes très préoccupés. Et lui aussi. C'est juste qu'il ne le sait pas.

— D'accord. Alors, plus loin, au troisième paragraphe, dans les clauses opérationnelles, je cite: « Les Etats-Unis indexeront les réductions d'hydrocarbures sur celles de la Chine et de l'Inde selon un rapport de deux à un, et apporteront le financement correspondant aux centrales marémotrices ou éoliennes construites dans ces pays et dans tous les pays dont l'indice de développement est inférieur à cinq, ces centrales devant être gérées par une agence intergouvernementale dont les Etats-Unis devront faire partie à titre de membre permanent; quatrièmement, ces mesures seront combinées avec la production d'énergie... »

— Stop, mets plutôt « génération d'énergie ».

— « La génération d'énergie », d'accord... « sans impact sur le climat, de telle sorte que toutes les économies réalisées sur l'atténuation des risques environnementaux dans les pays participants, telles que déterminées par le GIEC, soient intégralement portées au crédit des quotas américains, et qu'un minimum de cinquante millions de dollars d'économies soient attribués annuellement spécifiquement à la construction de centrales de génération d'énergie sans impact climatique; et qu'un minimum de cinquante millions de dollars d'économies soient attribués annuellement spécifiquement à la réalisation de pièges à carbone, autrement dit à tous les projets d'ingénierie environnementale conçus pour capturer le gaz carbonique de l'atmosphère et le séquestrer, en toute sécurité, dans les forêts, les gisements de houille, les océans ou tout autre endroit... »

— Ouais. Les pièges à carbone constituent vraiment un enjeu crucial. Va savoir si nous n'aurons plus d'autre solution, en fin de compte, que de laver l'atmosphère du CO_2 qu'elle contient. Alors on ferait peut-être mieux d'inverser ces deux clauses. Mettre les pièges à carbone en premier et les centrales énergétiques à impact climatique neutre après, dans ce paragraphe.

— Tu crois ?

— Oui, absolument. Il se pourrait que les pièges à carbone soient le seul moyen d'empêcher nos enfants, et tous les enfants de cette planète, pendant les mille ans à venir, de patauger dans un marécage. De vivre toute leur vie sur Vénus.

— Ouais, un genre de Washington DC... D'accord, on intervertit. Bon, alors ça va pour ce paragraphe. Et c'est tout pour le texte. Maintenant, la question suivante est : qu'est-ce qu'on peut proposer à Winston et à sa bande pour leur faire accepter cette version ?

— Demandez aux gars de Winston de vous fournir la liste de leurs candidats, choisissez les deux moins agressifs, et dites-leur qu'on a réussi à les faire accepter par Phil, mais seulement à condition qu'ils acceptent d'abord nos modifications.

— Et tu crois qu'ils vont marcher ?

— Non, mais... attends... Joe ?

Charlie ne voyait plus Joe nulle part. Il se pencha pour jeter un coup d'œil sous la structure d'escalade, regarda de l'autre côté. Pas de Joe.

— Roy, je te rappelle. Il faut que je retrouve Joe. Je ne sais pas où il est passé.

— D'ac. J'attends ton appel.

Charlie coupa la communication, enleva son oreillette et la fourra dans sa poche.

— JOE !

Il se tourna vers les nounous antillaises, mais aucune ne semblait avoir remarqué quoi que ce soit, ou ne voulut croiser son regard. Rien à espérer de ce côté-là. Il alla voir plus loin, derrière la caserne de pompiers. Ah ah ! Joe était là, qui fonçait vers Wisconsin Avenue – et sa circulation !

— JOE! ARRÊTE!

Il avait hurlé de toute la force de ses poumons. Il vit que Joe l'avait entendu, à en juger par l'accélération du rythme de ses petites jambes pompant hors de sa grosse couche-culotte.

Charlie se lança à sa poursuite.

— JOE! hurla-t-il en trébuchant sur l'herbe. JOE! ARRÊTE-TOI TOUT DE SUITE!

Il ne pensait pas que Joe s'arrêterait, mais peut-être qu'en essayant d'aller encore plus vite il tomberait.

Raté. Joe était bien lancé, et courait comme un canard qui aurait essayé de fuir un danger sans prendre son envol. Il était sur le trottoir, le long de la caserne de pompiers, et la voie était dégagée jusqu'à Wisconsin, où les voitures et les camions filaient à toute allure, comme toujours.

Charlie se rapprochait. La caserne de pompiers était derrière lui. Il vit de gros camions foncer sur eux. Le temps qu'il rattrape Joe, il était tellement près du bord du trottoir que Charlie n'eut que le temps de l'agripper par le dos de sa chemise et de le soulever, lui faisant décrire un arc de cercle dans l'air et le ramenant vers lui alors qu'ils tombaient tous les deux en tas sur le trottoir.

— Oh! hurla Joe.

— QU'EST-CE QUE TU AS FAIT? lui hurla Charlie en pleine figure. QU'EST-CE QUI T'A PRIS? NE REFAIS PLUS JAMAIS ÇA!

Stupéfait, Joe cessa un instant de brailler pour regarder son père. Puis il se remit à hurler, le visage écarlate.

Charlie s'assit en tailleur et serra le petit garçon en larmes dans ses bras. Il tremblait, son cœur battait la chamade. Il le sentait palpiter follement dans sa poitrine. Obéissant à un vieux réflexe, il appuya son pouce sur les veines de son poignet et regarda la trotteuse de sa montre décrire le quart du cadran. Multiplia par quatre. Impossible. Cent quatre-vingts pulsations/minute. C'était impossible. Il suait par tous les pores de sa peau. Il hoquetait.

Le défilé de voitures et de camions passait toujours en rugissant à quelques centimètres d'eux. Wisconsin Avenue était une voie très fréquentée par les camions qui passaient par là en quittant le Beltway pour se rendre dans le centre-ville. La voie de droite, le long du trottoir, en était pleine, et ils roulaient à plus de soixante kilomètres à l'heure.

— Pourquoi tu me fais des coups pareils? gémit Charlie dans les cheveux de son garçon.

Tout à coup, il fut empli de terreur, et d'une sorte de désespoir, ou de noire appréhension.

— C'est dingue, c'est tout!

— Oh, fit Joe.

De grands soupirs frémissants les ébranlèrent tous les deux.

Puis le portable de Charlie se mit à sonner. Il mit son oreillette et prit la communication.

— Allô?

— Salut, chou!

— Oh, salut, bébé.

— Qu'est-ce qu'il y a qui ne va pas?

— Oh, rien, rien du tout. C'est juste que je viens de courir après Joe. On est au parc.

— Eh bien, vous devez crever de chaud. C'est le moment le plus chaud de la journée, non?

— Ouais, ou pas loin, en tout cas. Enfin, on s'amusait bien, alors on est restés. Mais on va rentrer, maintenant.

— Ecoute, je ne vais pas te retenir longtemps. Je voulais juste m'assurer qu'on n'avait rien de prévu ce week-end.

— Pas que je sache.

— Bon, eh bien tant mieux. Parce qu'il s'est passé quelque chose d'intéressant, ce matin. J'ai rencontré un groupe de gens, en bas, des nouveaux venus dans le bâtiment. On dirait des Tibétains, je trouve, mais ils vivent sur une île. Ils ont pris le bureau du rez-de-chaussée, celui de l'agence de voyages, tu sais.

— Mmm, ça a l'air chouette, dis donc.

— Oui. Je vais déjeuner avec eux, et si ça se présente bien, je les inviterai peut-être à dîner chez nous, un de ces soirs, si ça ne t'ennuie pas.

— Non, c'est une bonne idée. Comme tu le sens. Ça a l'air intéressant.

— Génial. Bon, ben d'accord. Je vais les retrouver, là. Je te raconterai.

— Okay. Bien.

— Okay. Bisous, p'tit chou.

— Salut, trésor. On s'rappelle.

Charlie raccrocha.

Après dix inspirations géantes, il se leva, Joe blotti dans ses bras. Le petit garçon enfouit son visage dans le cou de son père. Charlie rebroussa chemin, les jambes flageolantes. Ça faisait entre cinquante et cent mètres. Des rigoles de sueur coulaient le long de ses côtes, et de son front jusque dans ses yeux. Il s'essuya tant bien que mal sur la chemise de Joe. Joe transpirait, lui aussi. Charlie retrouva leurs affaires, fourra Joe dans son porte-bébé. Pour une fois, il ne résista pas.

— Pa'don, papa, dit-il.

Il s'endormit à la seconde où Charlie le colla sur son dos.

Charlie se mit en marche, la tête de Joe collée au creux de son cou, une sensation qu'il avait toujours trouvée plaisante jusque-là. Parfois, l'enfant lui suçait même la nuque. Mais là, ce contact revêtait une signification si forte qu'il ne pouvait la supporter, c'était une gigantesque aura brumeuse de danger et d'amour. Il ne put retenir ses larmes. Il s'essuya les yeux et secoua ses doigts comme pour chasser ce cauchemar. Des otages du destin, se dit-il. On se marie, on a des gamins, qu'on livre en otages au destin. Pas moyen d'y échapper, rien à faire. C'est le prix à payer pour ce genre d'amour, et voilà tout. Son fils était complètement dingue, et il ne l'en aimait que davantage.

Il marcha vite pendant près d'une heure, à travers ces quartiers qu'il en était arrivé à si bien connaître au fil de ses années de solitude dans ce rôle de papa poule. Sous les arbres subsistaient les vestiges d'un mode de vie plus ancien, comme un réseau de lignes éphémères : les voies ferrées, le réseau de canaux, les pistes des Indiens, et même des cerfs, tout cela était encore visible. Charlie les arpentait sans les voir. Le monde ductile fondait autour de lui dans la chaleur. La sueur lubrifiait le moindre de ses mouvements.

Il reprit lentement le fil de sa vie. Une journée comme les autres, pour Joe et papa.

Les rues résidentielles de Bethesda et de Chevy Chase étaient vraiment belles, à tous les points de vue. Surtout grâce aux grands arbres, et à l'herbe sur laquelle il marchait. Du vert partout. Par un après-midi de semaine comme celui-ci, il n'y avait pratiquement personne dehors. Les faibles déclivités étaient idéales pour la marche. Ils étaient un peu protégés de la chaleur par les arbres majestueux. Le ciel au-dessus était comme chauffé à blanc. C'étaient certainement des arbres de deuxième ou même de troisième venue, il ne devait pas y avoir beaucoup de très vieux arbres, à l'est du Mississippi. Enfin, c'étaient quand même des arbres anciens, et ils étaient grands. Charlie n'avait jamais oublié la Californie de son enfance, où les paysages ouverts étaient la norme, et recherchés, si bien que d'un côté il éprouvait un sentiment de claustrophobie dans la forêt omniprésente – il aurait payé cher pour voir un paysage sans sapins – et en même temps, pour lui, ça restait toujours exotique et fascinant, limite menaçant ou inquiétant. Voir les feuilles tavelées de lumière, à tous les niveaux, du sol à la canopée, tout en haut, était une révélation perpétuelle, pour lui ; rien dans sa contrée natale ou dans ses connaissances livresques sur les forêts ne l'avait préparé à ce veinage de l'espace, immense et délicat. Enfin, il aurait fait n'importe quoi pour voir des montagnes dans le lointain. Elles lui manquaient comme on peut manquer d'oxygène. Aujourd'hui plus que jamais, il avait l'impression d'étouffer, de hoqueter.

Son téléphone sonna à nouveau. Il tira son oreillette de sa poche, se la fourra dans l'oreille et répondit :

— Allô ?

— Hé, Charlie, je ne voudrais pas t'embêter, mais ça va, avec Joe ?

— Oh oui, merci, Roy. Merci de t'en inquiéter, en tout cas. J'avais oublié de te rappeler.

— Alors tu l'as retrouvé.

— Ouais, ouais. Juste avant qu'il ne se jette sous les roues des voitures. J'étais mal, je t'assure, et du coup, j'ai oublié de te rappeler.

— Bah, ce n'est pas grave. C'est juste que je me demandais, tu comprends, si on pouvait finir de revoir ce papier, là.

— Je suppose, soupira Charlie. Pour te dire la vérité, Roy, mon vieux, je ne suis pas sûr que ce soit si bon que ça pour moi, en ce moment, ce travail à domicile...

— Oh, tu t'en sors bien. Tu es l'étalon or de Phil. Mais écoute, si ça ne va pas, tout de suite, on peut...

— Non, non, Joe dort sur mon dos. Ça va. C'est juste que j'ai cru mourir de trouille.

— Ça, j'imagine. Ecoute, on peut en reparler plus tard. Sauf que je dois te prévenir, on n'a pas la vie devant nous pour finaliser le document, ou bien Phil risque de se faire prendre de vitesse. Il faut aussi qu'on montre notre copie au docteur Strangelove.

C'était le surnom qu'ils donnaient au conseiller scientifique du Président.

— Je sais. Bon, d'accord, vas-y, je pourrai toujours te dire ce que j'en pense, de toute façon.

C'est ainsi que, pendant un moment, il écouta Roy lui lire des phrases de son papier, puis il discuta avec lui des tenants et des aboutissants, des révisions possibles. Roy était le chef de bureau de Phil depuis le jour où Wade Norton avait pris son bâton de pèlerin et était devenu un conseiller *in absentia.* C'était un homme intelligent, bardé d'une foule de connaissances glanées au fil des années passées à la direction du Comité pour les ressources naturelles (jadis appelé Comité pour l'environnement, jusqu'à ce que le congrès Gingrich le rebaptise), et l'un des chouchous de Charlie. Et Charlie s'était tellement investi dans la proposition de loi sur le climat qu'il en avait une vision globale. A vrai dire, il était content de l'entendre, à présent, rien que l'entendre, sans avoir le texte écrit devant les yeux pour le distraire. C'était comme si on lui avait raconté une histoire avant de dormir.

Cela dit, au final, il ne pouvait pas répondre à certaines des questions de Roy sans voir le texte.

— Désolé, je te rappelle en rentrant.

— D'accord; mais n'oublie pas. Il faut qu'on finisse ça.

— Compte sur moi.

Ils raccrochèrent.

Pour rentrer chez lui, il dut prendre par le sud, le long du quartier qui avait poussé autour de la station de métro de Bethesda, un entrelacs de restaurants et d'immeubles d'habitations qui entouraient le trou dans le sol par lequel les gens et l'argent jaillissaient miraculeusement, bousculant tout: changeant le tracé des rues, réhabilitant des pâtés de maisons entiers, crevant le dais des arbres avec tout un lacis de gratte-ciel et établissant une nouvelle architecture purement urbaine dans la forêt interminable.

Il s'arrêta chez Second Story Books, la plus grande et la meilleure des nombreuses librairies d'occasion du coin. Ce n'était qu'une habitude ; il y était venu tellement souvent avec Joe endormi sur le dos qu'il avait inventorié tout le stock et en était réduit à vérifier les livres cachés derrière la rangée de devant, ou à ranger par ordre alphabétique les sections qu'il préférait. Personne dans la boutique suprêmement arrogante et négligée ne s'intéressait à ce qu'il faisait là. D'une certaine façon, c'était apaisant.

Pour finir, il renonça à faire semblant de se sentir normal et rentra chez lui. Là, il eut un peu de mal à décider s'il devait enlever le porte-bébé en espérant ne pas réveiller Joe prématurément, ou le garder sur son dos et travailler sur le plan de travail qu'il avait installé à côté de son bureau dans ce but même. L'inconfort du poids de Joe était plus que compensé par le silence, et, comme il le faisait généralement, il s'installa, son gamin somnolent sur le dos.

Lorsqu'il eut ouvert son document et revu les données de l'étude des Nations unies sur le rapport coût/bénéfices des usines marémotrices, il rappela Roy et ils mirent la dernière main au document. La version révisée était prête, Phil n'avait plus qu'à la relire, et ils pourraient la montrer au sénateur Winston et au docteur Strangelove.

— Merci, Charlie. Ça m'a l'air bien.

— Oui, je trouve ça pas mal, moi aussi. Ce sera intéressant de voir ce que Phil en dira. Je me demande si nous ne poussons pas le bouchon un peu trop loin, là.

— Pour moi, il devrait être d'accord. Non, ce que je me demande, c'est ce que l'équipe de Winston va en penser.

— Ils vont péter un câble.

— Ça se pourrait. Ils sont pires que Winston lui-même. Des bureaucrates dans toute leur splendeur.

— Ouais, peut-être. Moi, je crois plutôt que ce sont juste des fondamentalistes ignares.

— Exact. Bon, eh bien on va leur faire voir.

— Espérons-le.

— Charlie, mon bonhomme, tu as l'air crevé. J'imagine que Joe ne va pas tarder à se réveiller.
— Ouais.
— Tu n'arrêtes pas, hein ?
— Non.
— Mais tu es un héros, tu es le plus grand papa poule de Washington tout entière.
— Avec toute la concurrence qu'il y a ! rigola Charlie.
Roy se mit à rire aussi, content d'avoir réussi à remonter le moral à Charlie.
— Bon, c'est déjà ça.
— Enfin, c'est gentil quand même de me dire ça. La plupart des gens ne le remarquent pas ; c'est juste un truc un peu bizarre que je fais.
— Ça aussi, c'est vrai. Mais les gens n'ont pas idée de ce que ça recouvre.
— Non, ils n'en ont pas idée. Les vraies mamans sont seules à le savoir, mais elles me tiennent pour quantité négligeable.
— Elles seraient pourtant mieux placées que quiconque pour le savoir.
— Eh bien, d'une certaine façon, elles ont raison. Qu'y a-t-il d'exceptionnel au fait que je fasse ça ? Après tout, je cherche peut-être juste à me faire plaindre. Ça s'est révélé plus difficile que je ne pensais. Un vrai choc psychologique.
— Parce que...
— Eh bien, j'avais trente-huit ans à la naissance de Nick, et j'avais toujours fait tout ce que je voulais depuis l'âge de dix-huit ans. Vingt années de liberté américaine blanche, masculine, exactement comme ce que tu vis, jeune homme, et puis Nick est arrivé, et tout à coup je me suis retrouvé sous les ordres d'un tyran fou et incapable de dire un mot. Réfléchis un peu à ça : aujourd'hui, tu peux aller où tu veux, faire ce que tu veux, t'amuser, pas vrai ?
— Exact. Ce soir, je vais à une soirée organisée par des nouveaux arrivants à Brookings. Je m'attends à ce que ce soit assez dingue.
— D'accord, ne remue pas le couteau dans la plaie. Parce que moi, je serai dans la même pièce que tous les autres soirs depuis plus de sept ans, à quelques jours près.

— Alors maintenant, tu devrais y être habitué, non?

— Eh bien, oui. C'est vrai. C'était plus dur avec Nick, quand je me rappelais ce que c'était que la liberté.

— Tu t'es métamorphosé dans la maternité.

— Ouais. Mais le morphing fait mal, mon vieux, exactement comme dans les *X-Men*. Je me souviens de la première fête des mères, après la naissance de Nick. J'étais encore complètement sous le choc, et Anna a été obligée de partir je ne sais plus où, ce jour-là, peut-être pour aller voir sa mère, je ne sais plus, en tout cas, j'essayais de donner son biberon à Nick et il refusait, comme d'habitude. Et tout d'un coup, je me suis rendu compte que je ne serais plus jamais libre, jusqu'à la fin de mes jours, mais que, comme je n'étais pas une maman, il n'y aurait jamais un jour de fête pour rendre hommage à mes efforts parce que la fête des pères, ce n'est pas la même chose. Bref, Nick tournait la tête dans tous les sens alors qu'il avait désespérément besoin de téter, et là j'ai vraiment flippé, Roy. J'ai balancé le biberon sur le mur.

— Tu l'as balancé?

— Ouais. Enfin, je l'ai fait rouler par terre, et il a heurté le mur selon l'angle qu'il ne fallait pas ou je ne sais quoi, et il a explosé, comme ça. Le bouchon a sauté, le lait a jailli, et il y en avait partout dans la pièce. Je n'aurais jamais cru qu'un tout petit biberon comme ça puisse en contenir autant. Encore aujourd'hui, quand je fais le ménage dans le salon, je tombe parfois sur des petites taches de lait séché par-ci, par-là, sur la cheminée ou sur le bas des fenêtres. Et ça me rappelle comment j'ai pété les plombs le jour de la fête des mères.

— Ha. Le moment du morphing. Mon pauvre Charlie, tu es vraiment un spécimen pathétique de virilité américaine qui pleurniche pour avoir sa carte de fête des mères. Enfin, cramponne-toi un peu – plus que dix-sept ans et tu seras à nouveau libre.

— Mmm, chic alors! Sauf qu'à ce moment-là, je n'en aurai plus envie.

— Tu n'en as déjà plus envie. Tu adores cette vie, tu le sais bien. Mais... ah, Phil est là, il faut que j'y aille. Salut!

— Salut!

Après avoir bavardé avec Charlie, Anna s'absorba dans son travail, selon son habitude, et elle faillit oublier son rendez-vous à déjeuner avec les gens du Khembalung; mais comme elle était coutumière du fait, elle avait réglé son réveil à une heure, et quand il sonna, elle sauvegarda et descendit. En arrivant devant la vitrine, elle vit que le personnel de la nouvelle ambassade défaisait encore ses paquets, dans des nuages de poussière ou de fumée d'encens. Assis par terre, le jeune moine auquel elle avait parlé et son compagnon plus âgé inspectaient un carton contenant des colliers et autres objets.

Ils la remarquèrent et levèrent les yeux avec curiosité, puis le jeune homme hocha la tête, se souvenant qu'ils avaient parlé ensemble, le matin même, après la cérémonie.

— Toujours intéressé par une pizza? demanda Anna. Si ça vous convient, bien sûr.

— Oh oui, répondit le jeune moine.

Les deux hommes se levèrent, le plus âgé en plusieurs étapes, parce qu'il avait une jambe raide.

— Nous adorons la pizza.

Le vieil homme hocha poliment la tête et jeta un coup d'œil à son jeune assistant, qui lui répondit rapidement, dans une langue qui, sans être vraiment gutturale, semblait surtout produite au fond de la bouche.

Comme ils traversaient l'atrium en direction de la Pizza Uno, Anna demanda, d'un ton incertain:

— On mange des pizzas, là d'où vous venez?

— Non, répondit le jeune moine avec un sourire. Mais au Népal, j'en ai mangé dans les maisons de thé.

— Vous êtes végétarien ?

— Non. Le bouddhisme tibétain n'a jamais été végétarien. Il n'y avait pas assez de légumes.

— Vous êtes donc tibétains ! Je pensais vous avoir entendu dire que vous étiez une nation insulaire.

— En effet. Mais à l'origine, nous venons du Tibet. Les anciens, comme Rudra Cakrin, dit-il avec un geste en direction du vieux moine, sont partis quand les Chinois ont envahi le pays. Les autres, comme moi, sont nés en Inde, sur l'île de Khembalung même.

— Je vois.

Ils entrèrent dans le restaurant, où de grands box étaient séparés par des cloisons en bois. Ils en choisirent un, et Anna s'assit en face des deux hommes.

— Je m'appelle Drepung, dit le jeune homme. Et le Rinpoché, notre ambassadeur en Amérique, est Gyatso Sonam Rudra Cakrin.

— Anna Quibler, dit Anna, en leur serrant la main.

Ils avaient de grosses pattes calleuses.

Une serveuse s'approcha. Elle ne sembla même pas remarquer l'étrange accoutrement des deux hommes et attendit leur commande avec une indifférence superbe. Après une rapide consultation marmonnée, Drepung demanda à Anna des suggestions, et ils optèrent finalement pour une sélection de pizzas sur lesquelles il y avait de tout.

Anna reposa son verre d'eau.

— Parlez-moi du Khembalung, et de votre nouvelle ambassade.

Drepung hocha la tête.

— Je regrette que Rudra Cakrin ne puisse vous en parler lui-même, malheureusement, il a encore besoin de prendre des cours d'anglais. Pour l'instant, ce n'est pas très efficace. Enfin, vous savez que la Chine a envahi le Tibet en 1950, et que le dalaï-lama s'est réfugié en Inde en 1959 ?

— Oui, ça me dit quelque chose.

— Eh bien, pendant ces années, et depuis, beaucoup de Tibétains se sont installés en Inde pour fuir les Chinois, et se rapprocher du dalaï-lama. L'Inde nous a offert l'hospitalité, mais quand le conflit frontalier entre la Chine et l'Inde a éclaté, en 1960, la situation est devenue très inconfortable pour l'Inde. Le gouvernement était déjà en difficulté à cause du Pakistan, et une controverse sérieuse avec la Chine aurait été...

Il chercha le mot, agitant la main.

— Ç'aurait été trop? avança Anna.

— Oui. Beaucoup, beaucoup trop. Alors, le soutien que l'Inde apportait aux Tibétains en exil...

Rudra Cakrin émit un petit sifflement.

— Qui, bien que très appréciable, était déjà très modeste, s'est encore réduit, continua Drepung. La communauté tibétaine de Dharamsala a dû se faire aussi discrète que possible. Le dalaï-lama et son gouvernement ont fait de leur mieux, et beaucoup de Tibétains ont été déplacés dans d'autres régions d'Inde, dans le Sud surtout, mais aussi ailleurs. Quelques années ont encore passé, et il y a eu, comment dire?... des dissensions au sein de la communauté tibétaine en exil. Les causes de divergence étaient trop compliquées pour que je tente de vous les expliquer; c'est tout juste si j'y comprends quelque chose moi-même. Mais en fin de compte, un groupe dit du Chapeau Jaune a saisi l'offre de s'installer sur cette île qui est maintenant la nôtre. C'était juste avant la guerre de 1970 entre l'Inde et le Pakistan, malheureusement, et le moment était mal choisi. Tout s'est passé dans l'indifférence générale pendant un certain temps. Enfin, à partir de ce moment, l'île était à nous. Ou plutôt, nous étions sous une espèce de protectorat indien, comme le Sikkim, mais en moins formellement organisé.

— Khembalung est le nom d'origine de l'île?

— Non. Je ne pense pas qu'elle ait eu un nom, avant. La majeure partie de notre secte a vécu à un moment donné dans la vallée de Khembalung. C'est pourquoi nous avons gardé ce nom, et que nous nous sommes plus ou moins détachés du gouvernement du dalaï-lama à Dharamsala.

En entendant prononcer le nom de « dalaï-lama », le vieux moine fit la grimace et prononça quelques mots en tibétain.

— Le dalaï-lama est toujours notre chef, expliqua Drepung. C'est avec ses proches que nous avons un différend d'ordre religieux. La question est de savoir comment le soutenir au mieux.

— Je croyais que l'embouchure du Gange se trouvait à Bénarès ? avança Anna.

— Principalement, mais vous savez que le delta est très large. La partie occidentale se trouve en Inde. Dans une partie du Bengale. Beaucoup d'îles. Les Sundarbans ? Vous n'en avez pas entendu parler ?

Leurs pizzas étaient arrivées, et Drepung continua à parler entre de grosses bouchées.

— Les Sundarbans sont des îles peu peuplées. Enfin, certaines d'entre elles. Il n'y avait pas d'habitants sur la nôtre.

— Vous voulez dire qu'elle était inhabitable ?

— Non, non. Elle était manifestement habitable.

Rudra Cakrin grommela quelque chose.

— Les gens qui ont le choix, beaucoup de choix possibles, diraient peut-être qu'elles étaient inhabitables, poursuivit Drepung. Et il se pourrait qu'elles le deviennent. Elles sont plus adaptées aux tigres. Mais nous nous en sommes bien tirés, là-bas. Nous sommes devenus comme les tigres. Avec le temps, nous avons construit une jolie ville. Un petit potala au bord de la mer, pour Rudra Cakrin et les autres lamas. Des écoles, des maisons, et même un hôpital. Tout ça. Et des barrages contre l'océan. Toute l'île a été entourée de digues. Beaucoup de travail. Et très dur, dit-il en hochant la tête comme s'il avait payé de sa personne. Des conseillers néerlandais nous ont aidés. Très aimables. Chez nous, vous savez ? Le Khembalung est passé d'une époque à l'autre. Mais maintenant...

Il agita à nouveau la main comme un bateau sur l'eau, reprit une part de pizza, mordit dedans.

— Le réchauffement global ? risqua Anna.

Il hocha la tête. Avala.

— Nos amis néerlandais nous ont conseillé de fonder une ambassade ici, pour nous joindre à leur campagne de lobbying afin d'influencer la politique américaine sur ces questions.

Anna mordit dans sa pizza pour ne pas trahir la pensée qui venait de lui passer par la tête : les Néerlandais devaient être eux-mêmes plutôt désespérés, pour en être réduits à rechercher ce genre d'aide. Elle rumina cette idée tout en mâchant.

— Et vous voilà, dit-elle enfin. Vous étiez déjà venus en Amérique, avant ?

Drepung secoua la tête.

— Aucun de nous n'était jamais venu.

— Ça doit être assez impressionnant.

— Je suis allé à Calcutta, fit-il en fronçant les sourcils.

— Oh, je vois.

— C'est très différent, évidemment.

— Ça, j'en suis sûre.

Elle l'aimait bien ; elle aimait son anglo-indien musical, son visage rond, ses grands yeux liquides, son sourire spontané. Malgré leur crâne rasé, qui leur donnait un air de famille, les deux hommes offraient un contraste saisissant : Drepung était jeune, grand, et son visage semblait avoir conservé sa graisse de bébé, alors que Rudra Cakrin était vieux, petit, ratatiné, avec un visage presque décharné, aux pommettes saillantes, à la mâchoire étroite et aux méplats sillonnés d'un million de rides.

Mais c'étaient des rides d'expression : de rire et de surprise, car un perpétuel étonnement lui faisait ouvrir des yeux ronds et lui plissait le front. Malgré les grommellements et les marmonnements que lui inspiraient les propos de Drepung, il semblait assez jovial. En tout cas, il avait attaqué sa pizza avec le même enthousiasme que son jeune assistant.

— J'imagine que le fait de quitter le Tibet pour une île tropicale a représenté un choc plus violent que de venir de l'île jusqu'ici, dit Anna.

— Je suppose. Mais comme je suis né au Khembalung, je ne peux rien affirmer. Enfin, les anciens, comme Rudra, qui est venu du Tibet, semblent s'être bien adaptés. Le seul fait d'avoir un chez-soi est une bénédiction, je pense que vous serez d'accord.

Anna acquiesça. Les deux hommes irradiaient une sorte de calme. Ils étaient assis dans le box comme si rien ne les pressait d'aller ailleurs. Un tel état d'esprit était inimaginable pour Anna, qui vivait toujours à cent à l'heure. Elle essaya de se mettre en phase avec leur décontraction. Ils étaient détendus, ici, à Arlington, Virginie, alors qu'ils avaient vécu toute leur vie dans une île, dans le delta du Gange. Enfin, ils devaient être habitués au climat. Mais tout le reste devait rudement les changer.

Et un examen plus attentif révélait qu'ils étaient un peu sur leurs gardes quand même. Drepung jetait des coups d'œil furtifs à leur serveuse, aux badauds et à Anna, avec une sorte de défiance qui lui rappelait l'expression douloureuse qu'elle avait surprise chez lui, ce matin-là.

— Comment se fait-il que vous ayez loué un local dans cet immeuble ?

Drepung marqua une pause et réfléchit à sa question pendant un temps étonnamment long. Rudra Cakrin lui posa une question, il répondit, et Rudra ajouta encore quelque chose.

— On nous a aussi conseillés, pour ça, répondit Drepung. Le Centre Pew sur les changements climatiques globaux nous a aidés. Leur bureau se trouve sur Wilson Boulevard, près d'ici.

— Je ne savais pas. Et ils vous ont aidés à rencontrer des gens ?

— Oui, les Hollandais, et d'autres nations insulaires, comme les Fidji et les Tuvalu.

— Tuvalu ?

— Un tout petit pays, dans le Pacifique. Ils n'ont sûrement pas beaucoup aidé la cause en affirmant que le niveau de la mer s'était élevé dans leur zone du Pacifique mais pas ailleurs, et en demandant une compensation financière à l'Australie et aux autres pays.

— Dans leur zone du Pacifique seulement ?

— Les mesures n'ont pas confirmé cette allégation, répondit Drepung avec un sourire. Mais je peux vous assurer que si vous êtes sur le trajet des cyclones et que les marées de printemps vous atteignent, vous pouvez avoir l'impression que le niveau de la mer a beaucoup monté.

— Ça, je vous crois !

Anna réfléchit à tout ça en mangeant. C'était bon de savoir qu'ils ne s'étaient pas contentés de louer le premier bureau vide qu'ils avaient trouvé. Cela dit, leur démarche à Washington lui paraissait un peu dérisoire.

— Vous devriez rencontrer mon mari, dit-elle. Il travaille pour un sénateur qui s'intéresse beaucoup à toutes ces questions, quelqu'un de très coopératif, le président du Comité des relations extérieures.

— Ah, le sénateur Chase?
— Oui. Vous le connaissez?
— Il est venu nous voir, au Khembalung.
— Vraiment? Eh bien, ça ne m'étonne pas. Il est allé... euh, dans toutes sortes d'endroits. Enfin, mon mari, Charlie, travaille pour lui comme conseiller en matière de politique environnementale. Ce serait bien que vous lui parliez et qu'il vous donne son avis sur votre situation. Il aura sûrement des tas d'idées sur ce que vous pourriez faire.
— Ce serait un honneur.
— Sans aller jusque-là, il pourrait vous être utile.
— Utile, oui. Nous pourrions peut-être vous inviter à dîner à notre résidence.
— Oh, je vous remercie. Ce serait formidable. Mais nous avons deux petits garçons, et nous n'avons plus de baby-sitter, alors, franchement, il serait beaucoup plus simple que vous veniez chez nous, avec quelques-uns de vos collègues. A vrai dire, j'en ai déjà parlé à Charlie, et il a hâte de faire votre connaissance. Nous habitons Bethesda, juste à la limite du district. Ce n'est pas loin.
— La ligne Rouge.
— C'est ça: la ligne Rouge, et vous descendez à Bethesda. Je vous indiquerai le chemin à partir de là.
Elle sortit son agenda, vérifia les semaines à venir. Très remplies, comme toujours.
— Si on disait vendredi en huit? Le vendredi, on peut se détendre un peu.
— Merci, fit Drepung en inclinant la tête.
Il eut un échange en tibétain avec Rudra Cakrin.
— C'est vraiment très aimable de votre part. Et le jour de la pleine lune, en plus.
— Vraiment? Nous n'y faisons pas très attention, vous savez.
— Oh nous, si. Les marées, vous comprenez.

3

Mérite intellectuel

L'eau des océans circule selon des schémas de recyclage réguliers, déterminés par la force de Coriolis et par la position des continents. Les courants de surface peuvent se déplacer en sens inverse des courants de fond, et c'est même souvent le cas, ce qui forme des systèmes un peu semblables à des tapis roulants géants. Le plus grand est déjà célèbre, sur une partie, du moins : le Gulf Stream est un segment d'un courant de surface chaud qui remonte tout le long de l'Atlantique vers le nord, jusqu'en Norvège et au Groenland. Là, l'eau se refroidit, retombe au fond et entreprend un long voyage vers le sud sur le plancher de l'océan Atlantique, jusqu'au cap de Bonne-Espérance puis vers l'Australie, à l'est, après quoi elle remonte dans le Pacifique, où elle rejoint le courant de surface, retourne vers l'Atlantique et entame un nouveau périple vers le nord. Le circuit d'une molécule d'eau s'effectue en un millier d'années environ.

En se refroidissant, l'eau salée tombe plus facilement vers le fond que l'eau douce. Les vents dominants chassent vers l'ouest, par-dessus l'Amérique centrale, les nuages nés dans le golfe du Mexique, qui libèrent leurs eaux dans le Pacifique, de sorte que la salinité de l'eau qui reste dans l'Atlantique s'accroît. L'eau qui se refroidit dans l'Atlantique Nord tombe donc facilement vers le fond, ajoutant à la puissance du Gulf Stream. Si les eaux de surface de l'Atlantique Nord devaient se radoucir rapidement, elles s'enfonceraient moins facilement en se refroidissant, ce qui ralentirait tout le tapis roulant. Le Gulf Stream, n'ayant nulle part où aller, ralentirait et s'enfoncerait davantage au sud. Le climat changerait partout, deviendrait plus venteux et plus sec dans l'hémisphère Nord, plus froid par endroits, surtout en Europe.

Le soudain dessalement de l'Atlantique Nord peut paraître très improbable, mais il s'est déjà produit. A la fin de la dernière période glaciaire, par exemple, la fonte de la calotte polaire a créé de grands lacs peu profonds qui ont fini par déborder leurs barrages de glace et se sont déversés dans les océans. Le bouclier canadien porte encore les cicatrices de trois ou quatre de ces inondations cataclysmiques qui suivirent l'une le cours du Mississippi, la deuxième celui de l'Hudson, la troisième celui du Saint-Laurent.

Ces courants auraient apparemment ralenti les tapis roulants du courant océanique mondial, changeant le climat de la planète entière, parfois en trois brèves années.

Et si, aujourd'hui, la glace de mer du continent arctique se disloquait et dérivait vers le sud, au-delà du Groenland, apportant suffisamment d'eau fraîche dans l'Atlantique Nord pour ralentir à nouveau le Gulf Stream ?

Frank Vanderwal suivait la météo avec une sorte de fascination morbide. Son ami Kenzo Hayakawa, un vieux camarade d'escalade avec qui il avait partagé une chambre d'étudiant, avait fait un passage à la NOAA[1] avant de venir travailler au neuvième étage de la NSF, avec les spécialistes du climat, et Frank passait parfois le voir pour lui dire bonjour et venir aux nouvelles. Prendre la température, comme il disait. Les choses commençaient vraiment à devenir dingues, sur cette planète : on assistait à des catastrophes climatiques un peu partout, il se produisait des événements violents, subits, presque quotidiennement, les situations problématiques chroniques se succédaient à un tel rythme qu'il ne se passait pas un jour sans qu'il y en ait une dans un coin du monde. L'Hyperniño, des sécheresses dramatiques en Inde et au Pérou, des feux de brousse provoqués de façon répétitive par la foudre en Malaisie ; et puis la routine : un typhon qui détruisait la majeure partie de Mindanao, une vague de froid qui anéantissait les récoltes et faisait éclater les tuyaux d'irrigation dans tout le Texas, et ainsi de suite. Tous les jours, il se passait quelque chose.

Comme nombre de climatologues et météorologues que Frank avait rencontrés, Kenzo annonçait toutes ces nouvelles avec des airs de propriétaire, comme s'il était le conservateur du temps. Il aimait la nature et partager les informations sur

1. Equivalent aux Etats-Unis de Météo France chez nous.

les phénomènes qui la concernaient, surtout s'ils semblaient venir à l'appui de sa théorie selon laquelle le réchauffement anthropogénique de l'atmosphère avait suffi à modifier pour de bon les schémas des moussons dans l'océan Indien, provoquant des répercussions à l'échelon mondial. Ce qui impliquait, en pratique, à peu près tout ce qui se produisait. Cette semaine, par exemple, c'étaient des tornades, jusque-là presque exclusivement réservées à l'Amérique du Nord, comme s'il s'agissait d'une sorte d'artéfact monstrueux de la topographie et de la latitude de ce continent, et que l'on observait maintenant en Afrique de l'Est et en Asie centrale. La semaine précédente, c'était l'affaiblissement du grand courant océanique mondial dans l'océan Indien et non plus seulement dans l'Atlantique.

« C'est incroyable, disait Frank.

— Je sais. C'est génial, non ? »

Avant de rentrer chez lui, à la fin de la journée, Frank passait souvent devant une autre source d'informations, la petite pièce pleine d'armoires de classement et de photocopieurs, rebaptisée « Rayon des statistiques désastreuses ». Quelqu'un avait commencé à scotcher sur les murs beiges des photocopies de pages reprenant des statistiques intéressantes et autres informations quantitatives récentes. Personne ne savait qui avait initié cette tradition, mais tout le monde avait suivi.

Les plus anciens documents étaient des gros titres de journaux, du genre :

D'APRÈS LE PRÉSIDENT DE LA BANQUE MONDIALE, QUATRE MILLIARDS D'ÊTRES HUMAINS VIVENT AVEC MOINS DE DEUX DOLLARS PAR JOUR.

Ou bien :

AMÉRIQUE : CINQ POUR CENT DE LA POPULATION MONDIALE, CINQUANTE POUR CENT DES DÉTENTEURS DE CAPITAUX.

Il y avait aussi des tableaux ou des graphiques trouvés dans la presse, et de brefs articles parus dans des publications scientifiques.

Quand Frank passa, ce jour-là, Edgardo était planté devant la machine à café, comme ça lui arrivait souvent, et il regardait les dernières infos. Dont la une d'un journal :

D'APRÈS LE CANADIAN FOOD PROJECT, LES 352 PLUS GROSSES FORTUNES DE LA PLANÈTE POSSÈDENT AUTANT QUE LES DEUX MILLIARDS LES PLUS PAUVRES

— Je ne crois pas ça possible, déclara Edgardo.

— Pourquoi ? demanda Frank.

— Parce que les deux milliards les plus pauvres n'ont rien, alors que les trois cent cinquante-deux plus grosses fortunes représentent un gros pourcentage du capital mondial. Pour moi, il faudrait prendre au moins les quatre milliards d'individus les plus pauvres pour arriver à l'équivalent.

Anna entra au moment où il prononçait ces mots, et s'approcha du photocopieur en fronçant le nez. Frank savait qu'elle n'aimait pas ce genre de conversation. Sans doute par aversion pour ceux qui enfonçaient des portes ouvertes. Ou par méfiance envers ce type de données. C'était peut-être elle qui avait scotché cette brève : 72,8 % DE TOUTES LES STATISTIQUES SONT FAUSSES.

Frank, pour l'asticoter, dit :

— Alors, Anna, qu'est-ce que tu en penses ?

— De quoi ?

Edgardo lui indiqua le gros titre et répéta sa remarque.

— Je ne sais pas, répondit Anna. Peut-être qu'en additionnant deux milliards de petits cabanons on arrive à l'équivalent des trois cents plus grosses fortunes.

— Pas ces trois cents-là. Tu as lu la dernière édition du *Forbes 500* ?

Anna secoua la tête avec agacement, comme pour dire : Bien sûr que non, à quoi bon perdre mon temps ? Mais Edgardo était accro à la Bourse et au monde financier en général. Il tapota un autre article scotché au mur : LA VALEUR AJOUTÉE CRÉÉE PAR LES TRAVAILLEURS AMÉRICAINS EST DE TRENTE-TROIS DOLLARS DE L'HEURE.

— Je me demande comment ils définissent la valeur ajoutée, répondit Anna.

— Le profit, répondit Frank.

Edgardo secoua la tête.

— Tu auras beau trafiquer les comptes et tirer un trait sur le profit, tu n'élimineras pas la valeur ajoutée, la valeur créée au-delà du salaire du travail.

— Il y avait une page là-dedans qui disait que l'ouvrier américain moyen travaillait mille neuf cent cinquante heures par an, reprit Anna. Même ça, je dis que c'est discutable, parce que ça ferait quarante heures de travail par semaine, quarante-neuf semaines par an.

— ... Trois semaines de vacances par an, commenta Frank. Ça me paraît coller.

— D'accord, mais où est la moyenne? Et tous les employés à temps partiel?

— Il doit y avoir un nombre équivalent de gens qui font des heures supplémentaires.

— Tu crois? Je pensais que les heures supplémentaires appartenaient au passé.

— Tu en fais bien, toi.

— D'accord, mais je ne suis pas payée pour ça.

Les deux hommes la regardèrent en rigolant.

— Ils auraient dû utiliser la médiane, dit-elle. La moyenne est une mesure biaisée de tendance centrale. Enfin, à en croire ces chiffres, ça ferait... l'employé moyen générerait une valeur ajoutée annuelle de soixante-quatre mille trois cent cinquante dollars, calcula rapidement Anna, de tête.

— Et quel est le salaire moyen? demanda Edgardo. Trente mille?

— Peut-être même moins, répondit Frank.

— On n'en sait rien, objecta Anna.

— Disons trente mille. Et combien ça génère de taxes et d'impôts?

— Dix mille, par là? Peut-être pas tout à fait.

— Disons dix mille, répondit Edgardo. Alors, regarde: tu travailles tous les jours de l'année, à part trois minables petites semaines de rien du tout. Tu génères une centaine de milliers de dollars. Ton patron en prend les deux tiers et t'en donne un tiers, dont tu redonnes un tiers au gouvernement. Avec ça, ton gouvernement construit des routes et des écoles, paye des flics et des retraites, pendant qu'avec sa part ton patron se construit un manoir sur une île, quelque part. Alors, évidemment, tu te plains de l'inefficacité du Big Brother hypertrophié qui te sert de gouvernement, et tu votes toujours pour le parti des propriétaires. C'est stupide, non ? fit-il en regardant Frank et Anna avec un grand sourire.

Anna secoua la tête.

— Les gens ne voient pas ça comme ça.

— Mais les statistiques sont là !

— La plupart des gens ne les rapprochent pas comme ça. Et puis, tu en as bricolé la moitié !

— Elles sont assez proches pour que les gens comprennent ça ! Mais on ne les éduque pas à réfléchir ! En réalité, on les éduque même à *ne pas* réfléchir. Et d'abord, c'est rien que des cons.

Même Frank n'était pas disposé à aller aussi loin :

— Toute la question, c'est ce que tu peux voir, dit-il. Tu vois ton patron, tu vois ta paye à la fin du mois, ça, tu l'as sous le nez. Tu peux le toucher du doigt. Et puis tu es obligé d'en rendre une partie au gouvernement. Alors que la valeur ajoutée que tu as créée, tu ne la connais jamais parce qu'elle est tout de suite escamotée. Dans le traficotage des chiffres.

— Mais il n'est question que des riches partout, aux infos ! Tout le monde peut voir qu'ils en ont plus qu'ils n'en ont gagné, parce que personne ne peut gagner autant !

— Les seules choses que les gens peuvent comprendre sont celles qu'ils sentent, insista Frank. On est programmés pour comprendre la vie dans la savane. Quelqu'un te donne un bout de bidoche, c'est un ami. Quelqu'un te pique ta bidoche, c'est un ennemi. Les idées abstraites comme la valeur ajoutée ou les statistiques sur la valeur d'une année de travail ne sont tout simplement pas aussi réelles que ce qu'on peut voir et toucher. Les gens ne peuvent apprécier que ce qu'ils appréhendent par leurs cinq sens. C'est le résultat de notre évolution.

— C'est bien ce que je dis, répondit Edgardo avec chaleur. Nous sommes stupides !

— Il faut que j'y retourne, dit Anna avant de partir.
Elle n'appréciait vraiment pas ce genre de conversation.

Frank rentra chez lui, dans sa petite Honda à pile à combustible. Old Dominion Parkway, l'autoroute, était déjà encombrée. Il prit le Beltway et arriva au Swink's New Mill, un grand ensemble où il avait loué un appartement pour l'année qu'il devait passer à la NSF.

Il se gara dans le parking de l'immeuble et prit l'ascenseur jusqu'au quatorzième. Son appartement donnait sur le Potomac – une belle vue et un appartement sympathique, loué à un jeune employé du Département d'Etat parti en mission à Brasília. L'ameublement minimaliste suggérait que le bonhomme n'y vivait pas très souvent. Mais il y avait une cuisine agréable, beaucoup de rangements, tout était fonctionnel, et Frank n'y était quasiment que pour dormir, de toute façon, alors il n'attachait pas tellement d'importance à la décoration.

Il avait pris un de ces petits journaux gratuits à la boîte, et il mangeait du fromage blanc à même le pot tout en parcourant la rubrique des annonces personnelles. C'était une mauvaise habitude qu'il traînait depuis des années. Leur lecture le fascinait. Elles lui procuraient des aperçus sur un monde souterrain d'une diversité sexuelle florissante, un sous-groupe culturel qui avait intégré les conséquences de la suppression des contraintes biologiques dans le paysage techno-urbain, et qui était donc apte – et tout disposé – à créer une sorte de panmixie polymorphe. Ces gens existaient-ils vraiment, où n'était-ce que la vie fantasmatique collective d'âmes solitaires de son espèce ? Il n'avait jamais contacté aucun des annonceurs pour essayer d'en avoir le cœur net. Il soupçonnait le pire, et préférait encore la solitude. Pourtant, les annonces consacrées aux gens désireux d'entamer une relation durable allaient bien au-delà des fantasmes sexuels, et lui faisaient parfois un effet frappant. « En quête d'une relation durable. » L'espèce avait depuis longtemps évolué vers la monogamie, c'était inscrit dans sa structure mentale. Toutes les cultures manifestaient la même renversante tendance à la création d'un couple. Ce n'était pas une obligation culturelle, mais un instinct biologique. A ce niveau, il aurait aussi bien pu y avoir des cigognes.

Il lisait donc les annonces, mais n'y répondait jamais. Il n'était là que depuis un an. C'est à San Diego qu'il était chez lui. Ça n'aurait pas eu de sens d'entreprendre quelque chose de ce genre ici, quoi qu'il puisse lire ou éprouver.

Et puis les annonces lui faisaient l'effet d'un repoussoir.

EN QUÊTE D'UN MARI. CÉLIBATAIRE, BLANCHE, INFIRMIÈRE DIPLÔMÉE, CHERCHE UN HOMME TRAVAILLEUR, SÉDUISANT, CÉLIBATAIRE, BLANC, POUR RELATION DURABLE. DOIT ÊTRE TÉMOIN DE JÉHOVAH CONVAINCU.

HOMME NOIR, CÉLIBATAIRE, 1,65 M, CALME, TIMIDE, UN PEU TROP SÉRIEUX, CHERCHE FEMME, ÂGE INDIFFÉRENT. PAS TRÈS SÉDUISANT, PAS TRÈS RICHE, MAIS SYMPA. AIME LE CINÉMA, SURTOUT LES FILMS ÉTRANGERS, L'OPÉRA, LE THÉÂTRE, LA MUSIQUE, LA LECTURE, LES SOIRÉES TRANQUILLES.

Ces annonces avaient peu de chance de recevoir beaucoup de réponses. Mais, comme toutes les autres, elles exprimaient aussi clairement que faire se pouvait des besoins fondamentaux, des besoins de primates. Frank aurait pu rédiger la version première de ce texte, et il l'avait fait, une fois. Il l'avait même envoyé à un journal, pour rire, évidemment, et pour faire rire tous ceux qui jetaient sur ces confessions le même regard analytique que lui. Et puis, évidemment, si une femme, en lisant ça, appréciait la blague et lui passait un coup de fil, eh bien, ç'aurait été bon signe.

HOMO SAPIENS MÂLE CHERCHE COMPAGNE *HOMO SAPIENS* POUR CONVERSATIONS ET COMPORTEMENTS D'ÉPOUILLAGE, ÉVENTUELLEMENT ACCOUPLEMENT ET REPRODUCTION. DOIT ÊTRE HEUREUSE, COURIR VITE.

Bon, personne n'avait répondu.

Il sortit sur le balcon, dans la chaleur torride de la fin de l'après-midi. Plus que deux mois et il pourrait reprendre sa vraie vie, chez lui. Il avait hâte d'y être. De flotter dans le Pacifique. De se promener sur le campus de la belle université de San Diego, dans sa chaleur fraîche, de déjeuner entre les eucalyptus avec de vieux collègues.

Cette pensée lui rappela le projet de recherche de Yann Pierzinski. Il rentra, alluma son ordinateur portable et se connecta sur Google afin d'essayer d'en savoir plus long sur lui et sur ce qu'il était devenu. Puis il rouvrit son application et se repositionna sur le passage qui exposait la partie de l'algorithme à développer. Récursion primitive bornée... intéressant.

Après réflexion, il appela Derek Gaspar, à Torrey Pines Generique.

— Quoi de neuf? demanda Derek, après les civilités d'usage.

— Eh bien, je viens de recevoir une demande de subvention d'un gars de chez toi, et je me demandais si tu pouvais me parler un peu de lui.

— D'un de mes gars? Qui ça?

— Un certain Yann Pierzinski. Ça te dit quelque chose?

— Jamais entendu parler. Tu dis qu'il travaille chez nous?

— Il a été chez vous, en contrat de projet. Il travaillait avec Simpson. C'est un postdoc de Caltech.

— Ah oui, j'y suis. Un mathématicien. Il a fait un papier sur les algorithmes dans *Biomathematics*.

— Ouais, c'est le premier document sur lequel on tombe avec Google.

— Evidemment. Je ne peux pas connaître tous ceux qui ont travaillé avec nous ici. Ça fait des centaines de gens, tu sais.

— C'est sûr.

— Alors, qu'est-ce qu'il a à proposer? Tu vas lui accorder une subvention?

— Ça ne dépend pas de moi, tu le sais bien. On verra ce que dit le panel. Mais en attendant, tu devrais peut-être y jeter un coup d'œil.

— Ah, alors le sujet te botte?

— Ça pourrait être intéressant. Enfin, je pense. Difficile à dire à ce stade. Mais ne le laisse pas tomber.

— Eh bien, d'après nos dossiers, il serait déjà retourné à Pasadena, finir le travail qu'il avait commencé là-bas, je suppose. Comme tu disais, il n'avait qu'un contrat de projet, chez nous.

— Ah ha. Mon vieux, tes groupes de recherche ont été éviscérés.

— Pas éviscérés, mon cher Frank. Bon, on est un peu en string dans certains domaines, mais on a gardé l'indispensable. C'est vrai qu'on a dû faire des coupes sombres. Kenton voulait son retour sur investissement, et il n'aurait pas pu choisir un plus mauvais moment. On a eu du mal à revenir de cette phase II en Inde. Ça a été vraiment difficile. C'est l'une des raisons pour lesquelles je serais drôlement content que tu reviennes parmi nous.

— Je ne travaille plus pour Torrey Pines.

— Non, je sais, mais tu pourrais peut-être nous rejoindre quand tu reviendras dans la région.

— Peut-être. Si vous obtenez de nouveaux financements.

— Je me démène pour ça, crois-moi. C'est pour ça que je voudrais bien que tu reviennes au bercail.

— On verra. On en reparlera quand je serai dans le coin. En attendant, ne sabrez plus vos autres projets de recherche. Ça pourrait attirer de nouveaux financements.

— C'est ce que j'espère. D'ici là, je fais de mon mieux, crois-moi. On essaie de tenir le coup le temps que quelque chose se présente.

— Ouais. Eh bien, tiens bon. Je vais venir chercher un nouvel appartement dans les prochaines semaines ; je passerai te voir à ce moment-là.

— Super. Prends rendez-vous avec Susan.

Frank raccrocha et se cala contre son dossier en réfléchissant. Derek était comme beaucoup de PDG de la première génération de start-up du domaine de la biotechnologie. Il venait du département biologie de l'université de San Diego, et tout ce qu'il savait de la gestion d'une entreprise, il l'avait appris sur le tas. Il y avait des gens qui s'en sortaient magnifiquement, d'autres non, mais tous avaient tendance à perdre pied avec l'avancement de la recherche scientifique et devaient croire sur parole ce qui était vraiment possible ou non dans les labos. Derek aurait sûrement eu bien besoin d'une politique directrice à Torrey Pines Generique.

Frank se remit à étudier la demande de subvention. Elle comportait, typiquement, des éléments de l'algorithme manquant. C'était à ça que servirait la bourse, à financer les travaux qui permettraient de mener le projet à bien. Et tant qu'ils en étaient au stade prépubère, il y avait des gens qui préféraient, par mesure de précaution, rester dans le vague sur certains aspects cruciaux de leur travail. Alors il ne pouvait pas en être sûr, mais il voyait là le potentiel d'une méthode très puissante. Un peu plus tôt, dans la journée, il avait cru voir un moyen de combler l'un des vides que Pierzinski avait laissés, et si ça marchait comme il le pensait...

— Hum-hum..., dit-il à la pièce vide.

Si la situation était encore fluide quand il retournerait à San Diego, il pourrait peut-être monter quelque chose d'assez plaisant. Il fallait s'attendre à certains problèmes, évidemment. Les directives de la NSF stipulaient expressément que, si tous les copyrights, brevets ou revenus des projets appartenaient au titulaire de la bourse, la NSF conservait un droit d'usage public des travaux subventionnés. Cela afin d'empêcher un individu ou une boîte privée de faire des profits énormes sur un projet pour lequel on lui aurait accordé une subvention. Pas question que le privé contrôle un projet qui aurait été financé avec de l'argent public.

Et puis, le responsable de projet était le directeur de thèse de Pierzinski à Caltech, le gars qui allait tirer tout le prestige du travail de son étudiant, selon sa bonne habitude. D'accord, c'était donnant-donnant: le conseiller apportait sa crédibilité à l'étudiant, une sorte de blanc-seing pour demander une bourse. Son nom et son prestige étaient sa contribution au projet. L'étudiant fournissait son travail, parfois tout le boulot, parfois juste une partie. Dans le cas précis, Frank avait l'impression que c'était lui qui faisait tout.

En tout cas, la demande de subvention émanait de Caltech. Si les travaux aboutissaient à quelque chose de brevetable, même si Pierzinski s'en allait, Caltech et le responsable de projet en conserveraient les droits, conjointement avec la NSF Conclusion, si, par une manœuvre quelconque, Pierzinski entrait à Torrey Pines Generique, il vaudrait mieux que cette demande de subvention soit rejetée. Si l'algorithme marchait et devenait brevetable, pour qu'ils en aient le contrôle il ne fallait pas que la subvention soit accordée.

Ce raisonnement le mettait dans tous ses états. A vrai dire, il faisait les cent pas et allait et venait vers son minibalcon lorsqu'il se rappela qu'il avait prévu d'aller à Great Falls. Il finit rapidement son fromage blanc, tira son matériel d'escalade du placard où il était rangé, se changea et reprit sa voiture.

Great Falls, la grande cascade du Potomac, était une longue chute d'eau blanche qui dégringolait entre quelques îles selon un circuit compliqué. Cette complexité constituait sa principale caractéristique visuelle, parce qu'elle n'était pas très grande en termes de hauteur totale, ou même de débit d'eau. Son rugissement était ce qu'elle avait de plus spectaculaire.

Elle projetait un crachin qui semblait condenser et agglomérer l'humidité, de sorte que, paradoxalement, il y faisait moins humide que partout ailleurs, bien que le sol, sous les pieds, soit trempé et mousseux. Frank longea la gorge en remontant le courant. Sous la cascade, le fleuve se regroupait et empruntait un défilé appelé Mather Gorge, une ravine dont la paroi sud, abrupte, attirait les grimpeurs. La préférée de Frank était une section baptisée Carter Rock. Il n'était pas difficile de trouver un bon point d'accrochage, généralement un gros tronc d'arbre près du bord de la falaise, et de descendre en rappel jusqu'au fond, puis de remonter en libre, ou en clipsant un jumar sur la corde pour s'assurer soi-même, ce qui était plus pénible.

On pouvait aussi grimper en équipe, bien sûr, et c'est ce que faisaient beaucoup de grimpeurs, mais il y avait à peu près autant de grimpeurs en solitaire, comme Frank, que de duos. Certains escaladaient même la paroi en solitaire et en libre, se dispensant de toute protection. Frank aimait prendre un peu plus de précautions que ça, mais il avait grimpé là tellement souvent, maintenant, qu'il lui arrivait de descendre en rappel et de remonter en libre, à côté de sa corde, se racontant qu'il pourrait toujours s'y cramponner s'il perdait prise. Les rares routes disponibles à cet endroit étaient pleines de craie et de graisse, tellement on les avait empruntées. Il décida, cette fois, de se mousquetonner à la corde avec le jumar.

La rivière et sa gorge créaient une bande de ciel dégagé d'une largeur inhabituelle dans la zone métropolitaine. C'est surtout pour ça que Frank avait l'impression d'y être à sa place : à flanc de paroi, sur une voie, près de l'eau, et à ciel ouvert. Hors de l'environnement étouffant de la forêt de grands arbres, qui était l'une des choses que Frank détestait le plus sur la côte Est. Il y avait des moments où il aurait donné un de ses doigts pour voir la campagne à découvert.

Or donc, il descendit en rappel vers l'amoncellement de gros blocs de pierre, au pied de la paroi, s'enduisit les mains de magnésie et commença à gravir le mur de vieux schiste à grain fin. Peu à peu, son humeur s'améliora. Quand il grimpait, il avait une faculté de concentration sur son environnement immédiat rigoureusement inconcevable à tout autre moment. Comme quand il faisait des maths, sauf que dans ces moments-là il n'était simplement nulle part. Là, il était bien sur ces roches, et rien que sur ces roches.

Il avait souvent escaladé cette voie. A près de 5,8 ou 5,9 pour les passages les plus difficiles, et beaucoup plus facile partout ailleurs. Il avait du mal à trouver des passages vraiment délicats, mais ça n'avait pas d'importance. Même le fait qu'il grimpait pour sortir d'une ravine et non pour monter sur un pic ne faisait rien. Le rugissement incessant, le crachin, rien de tout ça ne comptait. Seule importait l'escalade proprement dite.

C'étaient surtout ses jambes qui travaillaient. Trouver les prises pour les pieds, insinuer le bout des chaussons d'escalade dans les failles ou sur des bosses, chercher des prises pour les mains – et monter, monter toujours, n'utilisant ses mains que pour garder son équilibre, et en quelque sorte pour s'assurer tactilement qu'il voyait bien ce qu'il pensait voir, que les prises pour les pieds qu'il pensait utiliser feraient l'affaire. Grimper était une extase de concentration, une sorte de dévotion, ou de prière. Ou simplement une retraite dans les compétences suprêmes du cerveau primitif. Dont bien des choses avaient subsisté.

Mais c'était le soir. La fin d'une journée d'été étouffante. Le soleil n'allait pas tarder à se coucher, l'air même devenait jaune. Il sortit de la gorge et s'assit au bord, sentant que la sueur sur son visage n'arrivait pas à sécher.

Il y avait un kayakiste, tout en bas, dans le fleuve. Une femme, apparemment. Il aurait été bien en peine de dire comment il le savait au juste – elle avait un casque, les épaules larges et la poitrine plate –, et pourtant il en était sûr. Encore une compétence héritée de la savane. Il y avait même des anthropologues pour conjecturer que c'était pour permettre ce genre d'identification rapide des opportunités de reproduction que le néocortex s'était développé. Que le cerveau ait tellement évolué, et avec une telle rapidité, rien que pour permettre de marquer l'autre sexe à la culotte, si l'on peut dire... c'était une pensée déprimante au vu des résultats.

Cette femme remontait le courant en pagayant avec régularité, dans l'eau sifflante qui paraissait ne redevenir liquide qu'autour d'elle. En amont, des rapides escarpés menaient à une éruption de blancheur, juste au pied des chutes proprement dites.

La kayakiste s'avança à contre-courant, en pagayant plus fortement, dans une zone plus large, où elle garda sa position contre le courant alors qu'elle étudiait la cascade, devant elle. Puis elle plaça un démarrage subit, à l'assaut d'une artère blanche d'eau calme et lisse, de la section inférieure, une sorte de rampe à travers les remous, menant à une terrasse dans cette effervescence. En arrivant à ce petit plat, elle put à nouveau se stabiliser, au prix d'un léger effort, afin de reprendre des forces pour bondir à nouveau, comme un saumon.

Quittant abruptement l'étrange refuge de ce plat, elle attaqua une autre rampe qui menait à un plateau plus vaste d'eau noire, inerte, un bassin où bouillonnait apparemment un tourbillon à contre-courant, qui lui permettrait de se reposer. Elle n'avait pas la place à cet endroit de prendre son élan pour un nouveau saut vers le haut, et elle semblait coincée; mais peut-être ne faisait-elle qu'étudier sa voie, ou attendre un moment où le courant serait moins fort, parce que tout à coup elle attaqua l'eau avec une sorte de fureur, propulsant son kayak vers le déversoir suivant. Cinq ou sept secondes d'affolement plus tard, elle refit une pause sur un plat, un petit refuge en forme de banc où le courant n'était pas amorti par un tourbillon, à en juger par l'intensité avec laquelle elle pagayait pour s'y maintenir. Après quelques brèves secondes, elle devrait attaquer une rampe sur sa droite ou lâcher prise, repoussée à bas de son perchoir. Alors elle plaça un nouveau démarrage et lutta contre le courant, d'abord en se déplaçant aussi vite qu'un boxeur, le kayak décrivant un angle impossible, miraculeux. Puis il fut brutalement rabattu vers le bas, ce qui l'obligea à négocier un rapide virage et à entreprendre une chevauchée sauvage, rebondissant le long des cascades selon une voie différente, plus abrupte que celle par laquelle elle était montée, perdant en quelques secondes haletantes l'altitude qu'elle avait conquise au prix d'une ou deux minutes d'efforts acharnés.

— Waouh, fit Frank, soufflé.

Elle était déjà presque à mi-chemin de la tapisserie sifflante de la rivière, juste en dessous de lui, et il résista à l'impulsion de lui faire un signe, ou de se lever pour l'applaudir. Il ne voulait pas s'imposer à un autre athlète manifestement absorbé dans son propre espace. Mais il tira son téléphone portable et tenta une recherche d'orientation par GPS, se disant que si elle avait un portable avec un transpondeur dans son kayak, il devait être très proche de la position de son propre téléphone cellulaire. Il vérifia sa position, ajouta trente mètres au nord, n'obtint rien. Idem vingt mètres plus loin, à l'est.

— Tant pis, dit-il.

Il se leva, prêt à repartir. Le soleil se couchait, maintenant, et les étendues planes du fleuve étaient orangé clair. Il était temps de rentrer chez lui et d'essayer de dormir.

— Recherche kayakiste aperçue en train de remonter le courant à Great Falls. C'était magnifique. Je vous aime. Répondez-moi, s'il vous plaît.

Mais il n'enverrait pas cette annonce aux journaux gratuits. Il se contenta de la prononcer comme une invocation au soleil couchant. En bas, la kayakiste faisait demi-tour et repartait à l'assaut du courant.

On pourrait dire que la science est ennuyeuse, et même qu'elle fait exprès de l'être, dans son désir de se situer au-delà de toute controverse. Elle cherche à donner des phénomènes naturels une explication que tout le monde pourra admettre et faire sienne. Son but est d'énoncer des affirmations d'un point de vue qui ne soit pas celui d'un individu particulier, des affirmations telles que n'importe quel être intelligent amené à vérifier leur véracité ne puisse que la reconnaître. Totalement. Le monde, réduit à sa description – présenté comme ça, ça commence à devenir intéressant.

Et ça l'est vraiment. Rien de ce qui touche à l'humain ne saurait être ennuyeux. Cela dit, toute science comporte une routine quotidienne dont les détails peuvent être fastidieux, même pour ses praticiens. Et beaucoup de ces travaux, comme la plupart des tâches en ce bas monde, s'accompagnenι de temps perdu, de fausses pistes, de culs-de-sac, de matériels défectueux, de techniques spécieuses, de données erronées, et d'une quantité phénoménale de labeur minutieux. Elle ne forme un tout cohérent que dans les articles qui en décrivent les étapes pas à pas, avec un luxe de détails méticuleux, répétitifs, comme la démonstration d'un théorème. Cette étape est le résultat profondément artificiel d'un long processus de peaufinage.

Dans le cas de Leo et de son labo, et de l'affaire de l'apport ciblé non viral du Maryland, plusieurs centaines d'heures de travail, et de nombreuses autres de traitement informatique, avaient été consacrées aux tentatives de répétition d'une expérience décrite dans un article crucial intitulé « Insertion in vivo de cADN 1568rr dans des souris CBA/H, BALB/c et C57BL/6 ».

A la fin de la manip, Leo avait confirmé la théorie qu'il avait échafaudée à l'instant même où il avait lu l'article décrivant l'expérience.

— C'est un putain d'artéfact.

Marta et Brian regardaient les tirages d'imprimante. Marta avait tué quelques centaines des plus belles souris du labo de Jackson en essayant de confirmer la théorie de Leo, et elle avait l'air plus meurtrière que jamais. Il était recommandé d'éviter de s'approcher d'elle les jours où elle devait sacrifier des souris. Le mieux était de s'abstenir de lui parler.

Brian poussa un soupir.

— Pour que ça marche, il faut en bourrer les souris à les faire éclater, dit Leo. Enfin quoi, regarde-les : on dirait des hamsters. Ou des cochons d'Inde. On dirait que leurs petits yeux vont leur jaillir de la tête.

— Pas étonnant, dit Brian. Il n'y a que deux millilitres de sang dans une souris, et on leur en injecte un !

Leo secoua la tête.

— Au nom du diable, comment s'en sont-ils tirés ?

— Les CBA sont assez rondes et velues.

— Quoi, tu veux dire qu'elles sont élevées spécialement pour dissimuler les artéfacts ?

— Non.

— C'est un artéfact !

— Bah, quelle importance, de toute façon ?

Un artéfact était un résultat d'expérience spécifique à la méthodologie de l'expérience en question et qui n'illustrait rien en dehors de ça. Un genre d'accident, ou de faux résultat, voire, dans quelques cas restés dans les annales, un élément d'une mystification délibérée.

Brian veillait donc à ne pas utiliser ce terme à tort et à travers. Il se pouvait que ce ne soit qu'un vrai résultat obtenu d'une façon qui le rendait inutile pour ce qu'ils voulaient en faire. Ça arrivait tout le temps quand on essayait de changer en traitement les informations acquises sur certains processus biologiques, et tous ces résultats expérimentaux n'étaient pas forcément des artéfacts. Ils étaient simplement inexploitables.

Mais ils n'en étaient pas encore là. Voilà pourquoi l'expérimentation humaine comportait tellement d'expériences et d'étapes, effectuées et atteintes avec prudence ; toutes ces études en double aveugle, faites avec le maximum de patients, afin d'obtenir de bonnes données statistiques... Le genre d'étude ambitieuse, à long terme, menée pendant un demi-siècle sur des centaines d'infirmières suédoises, qui avaient toutes les mêmes habitudes, n'était que très rarement possible. Et jamais quand les substances testées étaient toutes nouvelles – en réalité, quand elles étaient encore brevetées et commercialisées sous un nom différent de leur dénomination scientifique.

C'est pourquoi toutes les entreprises émergentes de biotechnologie et toutes les start-up pharmaceutiques finançaient les meilleures études de phase I qu'elles pouvaient se permettre. Elles épluchaient les publications et menaient des expériences sur des échantillons de laboratoire, avec des ordinateurs, puis sur des souris ou d'autres animaux de laboratoire, à la recherche de données susceptibles de faire l'objet d'une analyse fiable, qui leur apprendrait quelque chose sur l'effet d'un nouveau médicament potentiel sur les individus. Ensuite venait l'expérimentation humaine.

C'était généralement l'affaire de deux à dix ans de travail, et ça pouvait coûter jusqu'à cinq cents millions de dollars, même si, moins ça coûtait, mieux c'était, évidemment. Si ça coûtait plus cher, et si ça prenait plus longtemps, alors il était à peu près certain que la nouvelle méthode ou le nouveau médicament serait abandonné ; l'argent viendrait à manquer, et les chercheurs impliqués seraient redéployés sur un autre sujet de recherche, par force.

Mais, dans ce cas précis, Leo avait affaire à une méthode que Derek Gaspar avait achetée cinquante et un millions de dollars, et il ne pourrait y avoir d'expérimentation de phase I sur des sujets humains. Impossible.

— Personne ne se laisserait gonfler comme un ballon ou un putain de pneu de trottinette ! Tes reins n'y résisteraient pas, ou tu mourrais d'une espèce d'œdème !

— Il va falloir qu'on annonce la mauvaise nouvelle à Derek.

— Ça ne va pas lui plaire.

— Je ne vois pas à qui ça plairait. Cinquante et un millions de dollars ? Il va détester ça !

— Claquer autant d'argent, tu te rends compte ? Il faut vraiment être idiot.

— Qu'est-ce qui est le pire ? Avoir pour PDG un savant qui est un mauvais homme d'affaires, ou un homme d'affaires qui est un mauvais chercheur ?

— Et quand le mec est les deux à la fois ?

Ils restèrent assis autour de la paillasse, à regarder les cages à souris et les dizaines de mètres de listing. Au bout du comptoir, un dessin de Dilbert leur faisait la nique. Le fait que les dessins scotchés aux murs soient des tranches de la vie de bureau et pas des dessins absurdes de Glenn Baxter n'était pas anodin.

— Et toute rencontre en face à face concernant cette communication particulière est contre-indiquée, dit Brian.

— Sans blague, répondit Leo.

— De toute façon, tu ne peux pas obtenir de rendez-vous avec lui, renifla Marta.

— Ha, ha.

Leo était assez éloigné du centre du pouvoir de Torrey Pines Generique pour qu'il lui soit réellement difficile d'envisager de rencontrer Derek.

— C'est vrai, insista Marta. Autant essayer d'obtenir un rendez-vous chez le docteur.

— Ce qui est stupide, remarqua Brian. Le sort de la boîte est complètement suspendu à ce qui se passe dans ce labo !

— Pas totalement, objecta Leo.

— Bien sûr que si ! Mais ce n'est pas ce que ces types ont appris à l'école de gestion. Le labo n'est qu'un lieu de production comme tant d'autres. La direction dit à la production ce qu'elle doit produire, et l'unité de production le fabrique. Tout ce que l'unité de production pourrait dire serait considéré comme nul et non avenu.

— Comme si la chaîne de fabrication décidait ce qu'elle veut produire, avança Marta.

— C'est ça. D'où l'inanité de la théorie de gestion d'entreprise à notre époque.

— Je vais lui envoyer un mail, décida Leo.

Leo envoya donc un mail à Derek concernant ce que Brian et Marta appelaient le problème des souris surgonflées. Derek, d'après ce qu'on leur dit par la suite, manqua imploser comme un de leurs sujets d'expérience. Comme si on lui avait injecté deux bons litres d'indignation vertueuse génétiquement modifiée.

« C'est dans la littérature ! aurait-il hurlé au nez du docteur Sam Houston, son vice-président chargé de la recherche et du développement. C'était dans le *Journal of Immunology* ! Il y a eu deux articles, qui ont été revus par la profession, ils ont obtenu un brevet pour ça ! Je suis personnellement allé là-bas, dans le Maryland, et j'ai tout vérifié par moi-même ! Ça marchait, là-bas, bordel de merde ! Alors faites-le marcher ici ! »

— Le « faire marcher » ? releva Marta quand elle apprit cette histoire. Ça veut dire ce que je pense ?

— Eh oui, tu sais bien, répondit Leo avec une ironie mordante. C'est le « tech » de biotech, non ?

— Hmm, fit Brian, intéressé malgré lui.

Après tout, les manipulations génétiques et cellulaires auxquelles ils se livraient avaient rarement été tentées auparavant « juste pour voir », même s'il leur arrivait aussi de le faire. Ils étaient là pour réussir à faire certaines choses dans les cellules, et avec un peu de chance, par la suite, dans un organisme vivant. La biotechnologie, *bio techno logos*, ou comment mettre un outil dans un organisme vivant. Le génie génétique impliquait la conception et la fabrication d'un nouvel élément dans l'ADN d'un organisme vivant, afin de modifier son métabolisme.

Ils étaient venus à bout de la génétique ; il était maintenant temps de passer à l'ingénierie.

C'est ainsi que Leo, Brian, Marta et tout le personnel du labo de Leo, et même de quelques autres labos de la boîte, empoignèrent le problème à bras-le-corps. Parfois, en fin de journée, quand le soleil frôlant l'horizon crevait enfin les nuages, au-dessus de la mer, derrière les vitres teintées, il les trouvait assis autour de deux bureaux couverts de papiers, de tirages d'imprimantes et de listings. Ils parlaient de leurs travaux, comparaient leurs derniers résultats et essayaient d'y comprendre quelque chose. Parfois, l'un d'eux se levait et esquissait sur le tableau blanc un schéma illustrant sa vision du problème, à un niveau si profond qu'il échapperait toujours à leurs sens physiques. Et les autres commentaient en buvant du café et en réfléchissant.

Pendant un moment, ils passèrent en revue les hypothèses des expérimentateurs de départ :

— Le flushing n'a peut-être pas besoin d'être aussi élevé.

— Peut-être que la solution pourrait être plus forte. J'ai l'impression qu'ils ont plafonné assez bas.

— Mais c'est à cause de ce qui est arrivé au...

— Regardez, le groupe de l'université de Washington a découvert que, quand ils travaillaient sur...

— Ouais. C'est vrai. Et merde !

— Le fait est que ça marche quand on répète leurs expériences. Je veux dire, la transmission se produit in vitro, et dans les souris.

— Et si on essayait de prélever du sang, de le retraiter et de le réinjecter ?

— Ou des hépatocytes ?

— L'assimilation s'effectue au niveau du sang.

— Ce qu'il faudrait, c'est qu'on arrive à réaliser des paquets d'inserts avec un ligand vraiment spécifique des cellules ciblées. Si on pouvait trouver cette spécificité parmi toutes les protéines possibles, sans être obligés de refaire tout le cirque des approches successives...

— Dommage que Pierzinski ne soit plus là. Il pourrait parcourir toute la gamme des possibilités avec son système.

— Eh bien, pourquoi on ne l'appellerait pas pour lui demander de tenter le coup ?

— D'accord, mais qui a le temps de faire ce genre de chose ?

— Il travaille toujours sur un article avec Eleanor, à l'université. A San Diego, je veux dire, précisa Marta. Je lui en parlerai la prochaine fois qu'il viendra.

Brian répondit, sur le mode plaisant :

— Et si on tentait de procéder à l'insertion loin des organes, dans un membre ? On pourrait mettre un garrot à une jambe, ou à un avant-bras, y injecter la dose complète, attendre qu'elle imprègne les cellules endothéliales qui tapissent les veines et les artères du membre, puis enlever le garrot. Le patient pisserait l'eau en excédent et il aurait encore un certain nombre de cellules modifiées. Ce ne serait pas pire que de descendre quelques bières, hein ?

— Tu aurais sacrément mal à la main.

— Si ce n'était que ça...

— Et dans la jambe, tu risquerais de faire une phlébite. C'est comme ça que ça arrive, non ?

— Bon, eh bien, il n'y aurait qu'à essayer avec la main.

— Intéressant, commenta Leo. On peut toujours tenter le coup. Les autres options me paraissent toutes pires. Enfin, juste pour être sûrs, je pense qu'on devrait quand même refaire les tests de l'expérience d'origine sur les souris, en variant les volumes et les dosages.

C'est ainsi que la réunion prit fin et que chacun rentra sous sa tente, à son bureau ou dans son labo, en réfléchissant à de nouvelles méthodes d'expérimentation. Se procurer des souris, réserver du temps de traitement machine, séquencer des gènes et des emplois du temps ; quand on consacrait sa vie à la science, les heures, les jours, et les semaines filaient. C'était l'impression dominante : on n'aurait jamais le temps de tout faire. Etait-ce différent des autres genres de travaux ? Les articles presque achevés étaient réécrits, vérifiés, écrits à nouveau, et finalement envoyés, avec tous les problèmes soigneusement passés sous silence. Souvent, le labo ressemblait à la rédaction d'un journal du temps jadis, avec la date limite qui se rapprochait inexorablement, et tous ces journalistes affamés qui préparaient le prochain emballage pour le poisson. Sauf que les gens n'emballaient pas leur poisson dans ce genre de journaux ; ils les mettraient de côté, les classeraient par catégorie, vérifieraient toutes leurs assertions, les citeraient – et signaleraient les erreurs à qui de droit.

La liste de CHOSES À FAIRE de Leo s'allongeait et diminuait, rallongeait et se raccourcissait à nouveau, rallongeait encore et refusait de se raccourcir. Il passait beaucoup moins de temps qu'il n'aurait voulu chez lui, à Leucadia, avec Roxanne. Roxanne comprenait, mais même si ça ne l'ennuyait pas, elle, ça l'ennuyait, lui.

Il appela le labo de Jackson et commanda de nouvelles souris, de souche différente, chacune avec son numéro individuel, son code barre et son génome. Il fit programmer son temps de traitement informatique et expliqua aux techniciens comment l'utiliser, en avançant certaines tâches, en en retardant d'autres, pour faire passer le projet en priorité.

Certains jours, il allait dans l'animalerie du labo, il ouvrait une cage et prenait une souris. La petite bête se tortillait et reniflait comme elles font toujours, en jouant des moustaches. Il la prenait rapidement par la peau du cou entre le pouce et l'index, et, d'une torsion brusque, lui brisait la nuque, la tuant net.

Ça n'avait rien d'exceptionnel. Au cours de leurs expériences, Brian, Marta, les autres et lui-même mettaient un garrot à trois cents souris et leur faisaient une injection, après quoi ils leur prélevaient du sang, les tuaient, les disséquaient et analysaient leurs tissus. C'était un aspect du processus dont ils ne parlaient pas, même Brian. Marta, en particulier, en était verte de dégoût ; pire qu'avant ses règles, comme le dit Brian (une fois), en rigolant. Elle écoutait de la musique toute la journée avec son casque, si fort que tout le monde, dans le labo, l'entendait. Terrible, du rap, du hip-hop, de la techno, n'importe quoi. Si elle n'entendait rien, elle ne ressentait rien, blaguait Brian, juste à côté d'elle, pendant que Marta était loin de tout, tremblante de rage, ou quelque chose comme ça.

Mais ce n'était pas une blague, même si les souris n'existaient que pour être tuées, même si elles étaient sacrifiées de la façon la plus humaine possible, et généralement quelques mois à peine avant leur mort naturelle. Il n'y avait pas vraiment de quoi en faire une histoire, et pourtant, il n'était pas question de plaisanter avec ça. Il arrivait à Brian de se payer la tête de Marta (quand elle ne pouvait pas l'entendre), mais il ne risquait pas de blaguer à ce sujet-là. En réalité, il tenait à dire « tuer » plutôt que « sacrifier », même dans ses articles et ses notes, pour que ce qu'ils faisaient soit bien clair. Généralement, ils leur brisaient la nuque ; on ne pouvait pas leur faire une injection pour les « endormir », parce que les échantillons de tissus devaient rester vierges de toute contamination. Ils étaient donc obligés de leur tordre le cou, comme des tigres bondissant sur une proie. Marta restait aussi atone que si elle avait porté un masque quand elle le faisait – habilement, au demeurant. Si c'était bien fait, ça les paralysait. C'était donc rapide et indolore – enfin, rapide, à coup sûr. Plus aucune sensation en dessous de la tête, plus de respiration, une perte de conscience immédiate, ou du moins on pouvait l'espérer. Il n'y avait que les tueurs de souris pour ruminer ça. Les victimes étaient mortes, et leur petit cadavre offert à la science depuis des générations. Le labo avait leurs pedigrees pour le prouver. La plupart des chercheurs impliqués rentraient chez eux et pensaient à autre chose. Généralement, les souris étaient mises à mort le matin, ce qui leur laissait la journée pour travailler sur les échantillons. Le temps que les chercheurs rentrent chez eux, l'expérience était plus ou moins oubliée, ses effets amortis. Mais ces jours-là, les gens comme Marta rentraient chez eux et s'abrutissaient avec des drogues – c'était elle qui le disait –, avec la musique la plus violente qu'ils pouvaient trouver, cent dix décibels d'oubli. Ou bien ils allaient surfer. Ils n'en parlaient à personne, ou plutôt, la plupart n'en parlaient pas – sauf Marta –, parce que ça aurait paru à la fois un peu idiot et vaguement honteux. Si ça les perturbait tellement, pourquoi continuaient-ils à le faire ? Pourquoi restaient-ils dans ce métier ?

Sauf que ce métier était de la science. De la biologie, l'étude de la vie, de l'amélioration de la vie, de son allongement ! Et dans la plupart des labos, les souris étaient tuées par les techniciens du bas de l'échelle, ce qui en faisait un sale boulot temporaire qu'il fallait bien faire avant de passer à quelque chose de mieux.

Il fallait bien que quelqu'un le fasse. Voilà ce qu'ils se disaient.

En attendant, pendant qu'ils travaillaient sur ce problème, leurs bons résultats avec les « cellules-usines » à HDL avaient été intégrés dans l'article qu'ils avaient écrit et envoyé aux étages supérieurs, au service juridique de Torrey Pines, où il avait été stoppé. Les relances de Leo avaient toutes obtenu la même réponse par e-mail : « Encore en cours de relecture – attendez pour publier. »

— Ils veulent voir ce qu'ils peuvent breveter là-dedans, avança Brian.

— Ils ne nous laisseront pas publier tant que nous n'aurons pas la méthode d'apport ciblé et un brevet, pronostiqua Marta.

— Mais ça n'arrivera peut-être jamais ! s'écria Leo. C'est du bon travail, c'est intéressant ! Ça pourrait permettre une grande avancée !

— C'est exactement ce qu'ils ne veulent pas, répondit Brian.

— Ils ne veulent pas d'une grande avancée qui ne serait pas la nôtre.

— Et merde !

Ce n'était pas la première fois que ça lui arrivait, mais Leo ne s'y était jamais habitué. Se reposer sur ses lauriers, la recherche privée, la science secrète – c'était antinaturel. Contraire à tous ses principes. Pour lui, la science ça consistait à trouver des choses et à les publier pour que tout le monde puisse les voir, les tester, les critiquer et les utiliser.

Mais c'était en passe de devenir la procédure opérationnelle standard. La sécurité dans le bâtiment était affolante : même les e-mails sortants devaient être soumis à approbation, sans parler des ordinateurs portables, des attachés-cases et des cartons qui quittaient le bâtiment.

« Quand on sort, il faut mettre son cerveau à la consigne, disait Brian.

— Moi, ça m'est égal, répondait Marta.

— Moi, je veux juste être publié, insistait sombrement Leo.

— Si tu veux publier ce papier, tu as intérêt à trouver une méthode d'apport ciblé. »

Alors ils continuaient à travailler sur la méthode d'Urtech. Et les nouvelles expériences portaient peu à peu leurs fruits. Les volumes et les dosages étaient bardés de paramètres rigoureux de toutes parts. La méthode d'injection au garrot n'insérait en réalité pas beaucoup d'ADN copie dans les cellules endothéliales des animaux étudiés, et beaucoup de l'ADN inséré était endommagé par le procédé, et vite éliminé par l'organisme.

Bref, la méthode du Maryland était encore un artéfact.

Mais il s'était écoulé suffisamment de temps, à présent, pour que Derek puisse faire comme s'il ne s'était jamais rien passé. Un nouveau trimestre commençait, ils avaient d'autres chats à fouetter, et pour le moment on pouvait continuer à affirmer avec un semblant de crédibilité que c'était un travail en cours et pas un échec complet. Ce n'était pas comme si un autre labo avait résolu le problème de l'apport ciblé, après tout. C'était un problème ardu. Ou du moins, c'était ce que Derek pouvait dire, avec une parfaite sincérité, et c'était ce qu'il disait quand quelqu'un était assez dépourvu de tact pour mettre la question sur le tapis. On pouvait continuer à ignorer ceux qui gémissaient sur le blog du site Internet de la boîte.

Mais les analystes de Wall Street, des grandes firmes pharmaceutiques et des sociétés de capital-risque concernées, on ne pouvait pas les ignorer. Et même s'ils ne disaient rien ouvertement, l'argent des investisseurs commençait à aller ailleurs. Les actions de Torrey Pines se mirent à chuter, et comme elles chutaient, elles continuèrent à chuter, de plus en plus vite. Les biotechs étaient capricieuses, et Torrey Pines n'avait pas généré de vaches à lait potentielles. Ça restait une start-up. Cinquante et un millions de dollars avaient été fourrés sous le tapis, mais il suffisait d'avoir un peu de mémoire pour voir la grosse bosse sous la carpette.

Non. Torrey Pines Generique était vraiment en difficulté.

Au labo de Leo, ils avaient fait de leur mieux. Leur mission était de réussir à transformer certaines lignées cellulaires en usines à protéines exceptionnellement prolifiques, et ils l'avaient fait. L'apport ciblé ne faisait pas partie du marché, ils n'étaient pas physiologistes, et ils n'avaient pas les moyens de faire cette partie du boulot. Pour ça, Torrey Pines avait besoin d'une branche complètement différente, un domaine scientifique rigoureusement distinct. Ce n'était pas une expertise qu'on pouvait acheter pour cinquante et un millions de dollars. Ou du moins, ç'aurait été possible, mais Derek avait acheté l'expertise qu'il ne fallait pas. Et à cause de ça, une méthode qui aurait dû rapporter des millions de dollars restait en plan juste au bord du gouffre ; et toute la compagnie risquait de basculer dedans.

Mais ça, Leo n'y pouvait rien. Il ne pouvait même pas publier ses résultats.

La petite maison des Quibler se trouvait au bout d'une rue bordée de maisons toutes identiques et anonymes, derrière leurs persiennes baissées, qui ne laissaient pas filtrer le moindre indice concernant leurs habitants. Un étranger aurait pu les croire inhabitées : pas de voitures dans les allées, pas d'enfants dans les jardins, pas âme qui vive dans les cours ou sous les porches. Il aurait aussi bien pu s'agir de complexes murés en Arabie Saoudite, protégeant leurs occupants du désert extérieur.

En se promenant dans ces rues, Joe sur le dos, Charlie supposait, comme toujours, que ces maisons appartenaient surtout à des gens qui travaillaient dans le district, et qui étaient soit au travail, soit en vacances. Leurs maisons n'étaient que des endroits où dormir. Charlie était comme ça, lui aussi, avant l'arrivée des garçons. C'était comme ça que tout le monde vivait à Bethesda, à l'ouest de Wisconsin Avenue – tout du long, jusqu'au Pacifique. Enfin, ça, Charlie n'avait aucun moyen de le vérifier, et d'ailleurs il ne le pensait pas ; il avait tendance à limiter cette vision à Bethesda uniquement.

En attendant, il allait à pied à l'épicerie en secouant la tête, comme toujours.

— On se croirait dans une ville fantôme, Joe. On se croirait dans un épisode de *La Quatrième Dimension* où on serait les deux seuls êtres vivants sur Terre.

Et puis il tourna au coin de la rue, et cette idée vira au ridicule. Le centre commercial. Les portes en verre s'ouvrirent automatiquement devant eux, et ils se retrouvèrent dans un gigantesque supermarché.

Joe, tout excité par l'endroit, comme chaque fois, se redressa dans son porte-bébé, les genoux sur les épaules de Charlie, et lui bourra les oreilles de coups de poing comme s'il cornaquait un éléphant. Charlie tendit les bras en arrière, le souleva, le déposa dans le siège bébé du Caddie et l'attacha avec la petite ceinture rouge. Un détail rudement utile, soit dit en passant.

Bon. Donc, des bouddhistes venaient dîner. Des Asiatiques de l'embouchure du Gange. Il n'avait pas idée de ce qu'il allait leur faire à manger. Il supposait qu'ils étaient végétariens. Il arrivait de temps en temps qu'Anna invite des gens de la NSF à dîner, et elle était toujours un peu à court d'idées quant au menu. Mais Charlie aimait bien ça. Il aimait faire la cuisine, même s'il n'était pas très bon cuisinier (ça ne s'était pas arrangé avec l'arrivée des garçons). Il manquait de temps. Ils avaient, Anna et lui, fait et refait leur répertoire de recettes jusqu'à ce qu'ils en aient ras-le-bol, et pourtant ils n'avaient pas fait de progrès. Alors maintenant, ils achetaient souvent des plats à emporter, ou ils mangeaient aussi simplement que Nick; ou bien Charlie essayait quelque chose de nouveau... et le ratait. Ces invités étaient une occasion de retenter le coup.

Il décida de ressusciter une vieille recette de ses années de fac : des pâtes avec une sauce aux olives et au basilic qu'ils avaient mangées en Italie, chez une amie. Il parcourut les travées familières du magasin, à la recherche des ingrédients nécessaires. Il aurait dû faire une liste. En temps normal, il n'était pas rare qu'il rentre chez lui en oubliant le principal, mais aujourd'hui il tenait à s'éviter ça. Seulement il avait beaucoup de choses en tête, et il faisait des commentaires tout haut de temps en temps. La présence de Joe faisait passer pour anodine cette manie de parler tout seul dans les endroits publics : « D'aaaccord, alors, des tomates pelées entières, des olives Kalamata, de l'huile d'olive vierge extra, première pression à froid... première pression, la seule digne de nos palais raffinés. » Et puis, prenant l'accent italien de leur amie : « Bon, qu'est-ce qué z'oublie, hmm, hmm, oh, les pasta ! Ma il né faut zamais trrop les couire, mamma mia ! Oh, et du pain, et du vin aussi. Enfin, essayons de ne pas trop nous charger. N'oublions pas qu'il va falloir rentrer chez nous avec tout ça, pas vrai, mon vieux Joe ? »

Les provisions fourrées dans le sac à dos, sous le porte-bébé, et dans des sacs en plastique – un dans chaque main –, Charlie ramena Joe par les rues désertes, en chantant « I Can't Give You Anything but Love », l'une des chansons préférées de Joe. Et puis, les marches du porche remontées, ils furent de nouveau chez eux.

Leur rue se terminait en impasse dans un petit triangle d'arbres à côté de Woodson Avenue, une voie importante qui déversait son flot de voitures dans Wisconsin South. C'était un joli endroit, à la fois paisible et à portée de vue de Wisconsin. Un vieil immeuble de trois étages enroulait sa grande barrière de brique autour de leur cour, les abritant du vacarme de la circulation tout en déversant sur eux, par ses empilements de fenêtres, une centaine d'espèces de webcasts : autant de vies quotidiennes beaucoup trop individuelles et anodines pour être intéressantes. Pas de *Fenêtre sur cour*, ici, grâce au ciel ! La muraille d'appartements constituait une sorte de morne économiseur d'écran. Des arbres auraient été plus jolis, mais c'était un peu la même chose. Le monde extérieur était sans intérêt. Chaque famille nucléaire vivait chez elle comme dans un univers de poche, à l'intérieur d'une sorte d'horizon événementiel : personne ne la voyait, elle ne voyait personne. Des millions d'univers miniatures, dispersés à la surface de la planète comme autant de points de lumière sur des photos satellites de nuit.

Mais, ce soir, l'intégrité de la bulle Quibler allait être violée. Par des visiteurs venus de loin, des extraterrestres ! Quand la sonnette de la porte retentit, c'est tout juste s'ils reconnurent le son.

Comme Anna était occupée avec Joe et une couche, à l'étage au-dessus, c'est Charlie qui sortit de la cuisine et traversa la maison en courant pour aller ouvrir la porte. Quatre hommes en pantalon et chemise blanc cassé étaient debout sur le seuil. Ils auraient aussi bien pu débarquer de Calcutta. Seule leur veste était de ce marron que Charlie associait aux moines tibétains. Joe, qui avait couru vers le haut de l'escalier en entendant le coup de sonnette, les regardait, tout émoustillé, cramponné à un barreau de la rampe. Dans le salon, Nick, frappé de mutisme, remit rapidement le nez dans son livre, mais il jetait fréquemment des coups d'œil par-dessus alors que Charlie faisait entrer les étrangers et les invitait à se mettre à leur aise. Il leur proposa à boire, ils optèrent pour des bières, et quand il revint, Anna et Joe étaient en bas, avec eux. Deux de leurs visiteurs étaient assis par terre, sur le parquet du salon. Ils écartèrent en riant la proposition d'Anna de prendre place sur les petits canapés, et posèrent leurs bouteilles de bière sur la table basse.

Le plus âgé et le plus jeune des moines étaient adossés au radiateur, à la hauteur de Joe, et bientôt ils s'affairèrent avec sa gigantesque collection de cubes – une véritable montagne de cubes unis ou peints, des parallélogrammes, des cylindres et autres polyèdres, qu'ils assemblèrent rapidement pour en faire des murailles, des tours, s'accommodant des interventions de Joe façon mini-Godzilla.

Le jeune, Drepung, répondait aux questions d'Anna et faisait la traduction pour le vieux, Rudra Cakrin. Rudra était l'ambassadeur officiel du Khembalung, mais il ne parlait apparemment pas anglais, alors que les deux autres, d'âge moyen, Sucandra et Padma Sambhava, le parlaient assez bien – pas aussi bien que Drepung, mais pas mal quand même.

Ces deux derniers suivirent Charlie dans la cuisine et restèrent plantés là, la bouteille de bière à la main, faisant la causette pendant qu'il préparait à manger. Ils touillèrent les pâtes dans le faitout d'eau bouillante pour l'empêcher de déborder, inspectèrent les épices dans les bocaux et fourrèrent le nez au fond de la casserole de sauce, la flairant avec un immense intérêt, extrêmement flatteur. Charlie les trouva d'un abord étrangement facile. Ils avaient à peu près son âge. Ils étaient tous les deux nés au Tibet, où ils avaient vécu pendant des années, ils ne lui dirent pas combien, dans les geôles chinoises, comme tant d'autres moines bouddhistes tibétains. C'est là qu'ils s'étaient connus, et quand ils étaient sortis de prison, ils avaient traversé l'Himalaya et fui le Tibet ensemble. Ils étaient ensuite allés, par étapes, au Khembalung.

— Stupéfiant, répétait Charlie, comme un perroquet, en les écoutant raconter leur histoire.

Il ne pouvait s'empêcher de la comparer à la sienne, relativement classique et sereine par rapport à la leur.

— Et maintenant, après tout ça, voilà que votre île est inondée ?

— Oh oui, souvent, répondirent-ils d'une même voix.

Padma, qui reniflait toujours la sauce de Charlie comme si c'était un divin nectar, développa :

— Ça n'arrivait que tous les dix-huit ans environ. Les marées lunaires, vous comprenez. Nous pouvions prévoir ces événements, et nous y préparer. Mais maintenant, c'est chaque fois que la mousson est forte.

— Et puis tous les mois, à la marée lunaire, ajouta Sucandra. Trois ou quatre fois par an, en tout cas. Personne ne peut vivre comme ça longtemps. Si ça empire, l'île ne sera plus habitable. Alors nous sommes venus ici.

Charlie secoua la tête, essaya de plaisanter :

— Le niveau de cette ville est peut-être plus bas que celui de votre île.

Ils eurent un petit rire poli. Ce n'était pas très drôle.

— A propos d'élévation, reprit Charlie, vous avez parlé aux autres pays de faible altitude ?

— Oh oui, répondit Padma. Nous faisons partie de la Ligue des nations inondables, évidemment. Membres de la charte.

— Leur siège social est à La Haye, près de la Cour internationale de justice.

— Très approprié, commenta Charlie. Et maintenant, vous avez établi une ambassade ici...

— Pour faire avancer notre dossier, oui.

— Nous devons parler à l'hyperpuissance, ajouta Sucandra.

Les deux hommes avaient un sourire radieux.

— Eh bien... C'est très intéressant, dit Charlie en goûtant les pâtes pour voir si elles étaient cuites. Je travaille moi-même sur les problèmes climatiques pour le sénateur Chase. Il faudra que je vous le fasse rencontrer. Et vous devriez aussi faire appel à une bonne boîte de lobbying.

— Oui? dirent-ils en le regardant avec intérêt.

— Vous pensez que c'est ce qu'il y a de mieux? ajouta Padma.

— Oui, absolument. Vous êtes ici pour faire du lobbying auprès du gouvernement américain, c'est à ça que ça se ramène. Et il y a des professionnels, en ville, pour aider les gouvernements étrangers à faire ça. C'est ce que je faisais moi-même, et j'ai encore un bon ami qui travaille pour l'une des meilleures boîtes. Je vous mettrai en contact avec lui. Vous verrez bien ce qu'il vous dira.

Charlie enfila des maniques et porta le faitout de pâtes vers l'évier. Il les versa dans la passoire jusqu'à ce qu'elle déborde. C'était toujours le même problème avec leur petite passoire. Ils ne pensaient jamais à en acheter une autre, sauf dans ces moments-là.

— Je crois que la boîte de mon ami représente déjà les Hollandais dans cette affaire... oups!, alors ça devrait coller. Il doit être au courant des données de votre problème, vous vous intégrerez très bien.

— Ils font du lobbying pour le Tibet?

— Ça, je ne sais pas. Je pense plutôt que c'est un autre problème. Mais ils ont beaucoup de pays, parmi leurs clients. Enfin, vous verrez bien, quand vous les rencontrerez, s'ils peuvent faire quelque chose pour vous.

— Merci, dirent-ils en hochant la tête. Nous en serons très heureux.

Ils emportèrent les pâtes dans la petite salle à manger, en fait un recoin aménagé dans le passage entre la cuisine et le salon, et après pas mal d'allées et venues ils réussirent à se caser tous autour de la table du dîner. Joe ayant consenti à s'asseoir sur un rehausseur de siège et s'étant retrouvé la tête au niveau de la table, entreprit de se fourrer à manger dans le bec – ou de tapisser le sol à ses pieds, selon les cas –, en décrivant les détails du processus dans sa langue propre. Sucandra et Rudra Cakrin, assis de part et d'autre de lui, contemplaient son numéro avec plaisir. Ils s'occupaient de lui comme s'ils croyaient qu'il parlait une vraie langue. Leur façon de manger ressemble assez à la sienne, se dit Charlie. Absorbés, heureux, ils enfournaient des pelletées de nourriture. La sauce eut un grand succès auprès de tout le monde, sauf de Nick, qui mangeait ses nouilles nature. Joe envoya un petit pain à travers la table à Nick, qui le dévia d'un coup de batte expert, et tous les Khembalais éclatèrent de rire.

Charlie se leva et suivit Anna dans la cuisine pour aller chercher la salade.

— Je parie que le vieux parle anglais aussi, dit-il tout bas.

— Hein ? Qu'est-ce que tu racontes ?

— C'est comme dans ce film d'Ang Lee, tu te souviens ? Le vieux fait semblant de ne pas parler anglais alors qu'en fait il le parle. Eh bien, je parie que c'est la même chose.

Anna secoua la tête.

— Pourquoi ferait-il ça ? C'est fastidieux, toute cette traduction. Il n'a rien à y gagner.

— Ça, tu n'en sais rien ! Regarde ses yeux. Tu verras que rien ne lui échappe.

— Il s'intéresse, c'est tout. Ne dis pas de bêtises.

— Tu verras. Peut-être qu'il a appris l'anglais dans une incarnation précédente, ajouta Charlie d'un ton de conspirateur en se penchant vers elle. Fais juste attention à ce que tu dis devant lui.

— Arrête ça, répondit-elle en riant de ce rire de gorge qui lui était propre. C'est toi qui devrais faire attention. Te montrer aussi attentif.

— Oh, et alors tu vas savoir que moi aussi je comprends l'anglais ?

— Exactement, oui.

Ils regagnèrent, en riant toujours, le coin salle à manger, où Joe tenait un discours dans une langue universelle faite de gestes impérieux et de regards autoritaires, avec un aplomb phénoménal. Son gazouillis fonctionnait à merveille.

Après la salade et une nouvelle tournée de pâtes, ils retournèrent au salon, où ils se réinstallèrent autour de la table basse. Anna apporta du thé et des biscuits.

— Il faudra qu'on achète du thé tibétain, la prochaine fois, dit-elle.

Les Khembalais hochèrent la tête d'un air incertain.

— Il est à notre goût, mais c'est culturel, commenta Drepung. Ce n'est pas vraiment le thé tel que vous le connaissez.

— Amer, dit Padma d'un ton appréciateur.

— Bon pour la coagulation du sang, ajouta Sucandra.

— Et puis on met du beurre de yak dedans, vieilli jusqu'à ce qu'il soit un peu rance, renchérit Drepung.

— Il faut que le beurre soit rance? demanda Charlie.

— C'est la tradition.

— Pensez plutôt fermentation, précisa Sucandra.

— Eh bien, il faut absolument qu'on s'en procure. Nick va adorer ça.

Un froncement de nez faussement réprobateur de Nick: C'est ça, papa, cause toujours.

Rudra Cakrin était à nouveau assis par terre avec Joe. Il empilait des cubes de bois multicolores pour faire des tours compliquées. Quand elles commençaient à vaciller, Joe se penchait, flanquait un coup dedans et les faisait tomber dans un grand bruit de dégringolade, une catastrophe instantanée. Alors ils riaient tous les deux, exactement de la même façon, en renvoyant la tête en arrière. Des âmes sœurs.

Les autres les regardaient. Du canapé, Drepung observait le vieil homme avec un sourire affectueux, bien que Charlie ait aussi l'impression d'y voir des traces de l'expression qu'Anna avait essayé de lui décrire quand elle lui avait expliqué pourquoi elle les avait invités à déjeuner, le premier jour: une sorte d'angoisse, qui venait peut-être d'une infinité d'amour. Charlie connaissait ce sentiment. Cette invitation avait été une bonne idée. Il avait gémi quand Anna lui avait annoncé la nouvelle: leur vie était tout simplement trop remplie pour qu'ils y ajoutent quoi que ce soit. Ou du moins c'est ce qu'il lui semblait; et pourtant, en même temps, il souffrait un peu du manque de compagnie adulte. Aussi s'amusait-il à regarder Rudra Cakrin et Joe jouer par terre comme s'il n'y avait pas de lendemain.

Anna, quant à elle, discutait avec Sucandra. Charlie entendit qu'il lui disait:

— Nous donnons des quantités aux patients, très petites, nous notons tout sur des registres, évidemment, et nous évaluons le résultat. Vous savez qu'il y a un élément personnel dans tout traitement. Les gens disent comment ils se sentent. Vous pouvez faire des calculs, des moyennes, je sais que vous faites ça, mais le sentiment subjectif demeure.

Anna hochait la tête, mais Charlie savait ce qu'elle ressentait: cet aspect de la médecine n'était pas scientifique, et ça l'ennuyait. Dans son travail, elle s'en tenait au quantitatif dans toute la mesure du possible, et, pour ce qu'il en savait, précisément pour éviter ce genre de scories subjectives.

Et là, elle disait:

— Mais vous n'êtes pas contre les tentatives d'étude objective de ces questions?

— Bien sûr que non, répondit Sucandra. La science bouddhiste ressemble beaucoup à la science occidentale de ce point de vue.

Anna hocha la tête, le front plissé, ce qui lui donnait un regard de faucon. Elle avait une définition de la science extrêmement étroite.

— Vous encouragez les études reproductibles?

— Oui, c'est précisément le bouddhisme.

Du coup, Anna fronça les sourcils: un pli vertical vint barrer les rides horizontales de son front.

— Je pensais que le bouddhisme était plutôt une sorte de sentiment, vous savez, la méditation, la compassion?

— Là, c'est parler du but. A quoi mène l'investigation. C'est pareil pour vous, oui? Pourquoi faites-vous de la science?

— Eh bien... pour essayer de comprendre les choses, je suppose.

Anna ne se posait même pas la question... Autant lui demander pourquoi elle respirait.

— Et pourquoi? insista Sucandra en la regardant.

— Eh bien... comme ça.

— Par curiosité?

— Oui, je suppose.

— Et si la curiosité était un luxe?

— Comment ça?

— D'abord, pour ça, il faut avoir le ventre plein. Etre en bonne santé, avoir des loisirs, une certaine sérénité. Ne pas souffrir. Alors seulement on peut être curieux.

Anna hocha pensivement la tête.

Sucandra s'en aperçut, poursuivit:

— Donc, si la curiosité est une valeur – une qualité précieuse – une forme de contemplation, ou de prière –, il faut réduire la souffrance pour atteindre cet état. Ainsi, dans le bouddhisme, comprendre contribue à réduire la souffrance, et quand on souffre moins, on peut acquérir davantage de connaissances. C'est exactement comme la science.

Anna se renfrogna. Charlie la regardait, fasciné. Ils touchaient là quelque chose de fondamental chez elle, mais à quoi elle ne réfléchissait jamais. Elle était une scientifique. Autodéfinie par sa fonction. Et la science était la science, une chose à nulle autre pareille.

Rudra Cakrin se pencha pour dire quelque chose à Sucandra, qui l'écouta et posa une question en tibétain. Rudra lui répondit d'un geste en direction d'Anna.

Charlie jeta un rapide coup d'œil – tu vois bien qu'il suit les choses ! C'est évident !

Rudra Cakrin prononça encore quelques mots, sur un ton insistant, à l'adresse de Sucandra, qui dit alors à Anna :

— Rudra voudrait vous demander : A quoi croyez-vous ?

— Moi ?

— Oui. « A quoi croyez-vous ? » C'est ce qu'il demande.

— Je ne sais pas, répondit-elle, surprise. Aux études en double aveugle. Ça, j'y crois.

Charlie ne put s'empêcher d'éclater de rire. Anna rougit et lui flanqua une tape sur le bras.

— Arrête ! C'est vrai !

— Mais je sais bien ! répondit Charlie en riant de plus belle.

Si bien qu'elle se mit à rire, avec tous les autres. Les Khembalais avaient l'air aux anges, tout le monde s'amusait tellement que Joe s'énerva et tapa du pied pour qu'ils arrêtent. Mais il ne réussit qu'à les faire rire de plus belle. En fin de compte, ils durent se retenir pour qu'il ne pique pas une crise de nerfs.

Rudra Cakrin reprit son calme et se replongea dans ses travaux de construction, assis avec Joe au milieu des cubes. Les empiler, les faire tomber. Ils parlaient assurément la même langue.

Les autres les regardaient, sirotant leur thé et leur tendant parfois un cube ou un autre, au fur et à mesure de l'avancement de l'échafaudage. Assis sur les canapés, Sucandra,

Padma, Anna, Charlie et Nick parlaient du Khembalung et de Washington DC, et de leurs ressemblances.

Puis une tour de cubes et de poutres tint plus longtemps que les précédentes. Rudra Cakrin l'avait construite avec soin, et la répétition des couleurs était jolie : bleu, rouge, jaune, vert, bleu, jaune, rouge, vert, bleu, rouge, vert, rouge... Elle était assez grande, et normalement Joe l'aurait déjà renversée, mais il semblait aimer celle-là. Il la regardait, bouche bée, figé dans une expression plutôt stupide. Rudra Cakrin regarda Sucandra, dit quelque chose. Sucandra lui répondit très vite, l'air contrarié, ce qui surprit Charlie, et attira l'attention de Drepung et de Padma. Rudra Cakrin prit un cube jaune, le montra à Sucandra, prononça encore quelques mots et le plaça en haut de la tour.

— Ooh, dit Joe.

Il inclina la tête d'un côté puis de l'autre, comme hypnotisé.

— Ça lui plaît, remarqua Charlie.

Au début, personne ne répondit. Puis Drepung dit :

— C'est un vieux schéma tibétain. On l'observe dans les mandalas.

Il regarda Sucandra, qui dit quelque chose en tibétain, d'un ton sec. Rudra Cakrin répondit en douceur et changea de position. Dans le mouvement, son genou heurta un long cylindre bleu de la tour, la faisant tomber. Joe sursauta comme s'il avait été surpris par un bruit dans la rue.

— Ah ga, déclara-t-il.

Les Tibétains reprirent la conversation. Nick expliquait maintenant à Padma la différence entre les baleines et les dauphins. Sucandra alla aider Charlie à ranger un peu dans la cuisine. Finalement, Charlie le mit dehors, embarrassé à l'idée que leurs casseroles seraient considérablement plus propres après son passage, Sucandra les récurant expertement avec un tampon de paille de fer trouvé sous l'évier.

Vers neuf heures et demie, ils prirent congé. Anna proposa d'appeler un taxi, mais ils dirent que le métro était parfait. Ils n'avaient pas besoin qu'on les ramène à la gare :

— Très facile. Et puis intéressant, aussi. Il y a beaucoup de beaux tapis dans les vitrines de cette partie de la ville.

Charlie se retint de leur expliquer que c'était l'œuvre d'Iraniens qui étaient venus à Washington après la chute du Shah. Ce n'était pas un précédent heureux: les Iraniens n'étaient jamais repartis.

Alors, au lieu de cela, il dit à Sucandra:

— Je vais appeler mon ami Sridar et lui demander de vous recevoir. Même si vous ne faites pas appel à sa société, il vous aidera, vous verrez.

— J'en suis sûr. Merci beaucoup.

Et ils se retrouvèrent dehors, dans la nuit embaumée.

4

La science dans la capitale

Quoi de neuf au rayon des statistiques désastreuses ?

Le taux d'extinction des espèces marines est maintenant plus rapide que celui des espèces terrestres ; l'effondrement des récifs coralliens entraîne l'extinction de masse des espèces tropicales ; 30 % des espèces tropicales auraient déjà disparu. Les espèces pêchables sont en régression. Menace de disparition des espèces commercialisables. Les Nations unies estiment nécessaire de réduire les quotas de pêche.

La couche arable en diminution de 400 000 hectares par an. La déforestation plus rapide dans les forêts tempérées que dans les forêts tropicales. La superficie des forêts tropicales réduite de 65 %.

Les Indiens consomment en moyenne 200 kilos de céréales par an ; les Américains 800 ; les Italiens 400. Le régime méditerranéen passe pour être le meilleur du monde sur le plan cardio-vasculaire.

On a perdu la trace de 300 tonnes d'uranium et de plutonium de qualité militaire. On signale un taux élevé de mutations de micro-organismes près des sites de retraitement de déchets nucléaires. Les antibiotiques ajoutés aux aliments pour le bétail réduisent l'efficacité des antibiotiques à usage humain. Les œstrogènes déversés dans l'environnement seraient responsables de la baisse de fertilité humaine ; le taux de spermatozoïdes est le plus bas jamais constaté.

Rejet annuel de 2 milliards de tonnes de carbone dans l'atmosphère. L'une des cinq années les plus chaudes jamais observées. Le gouvernement fédéral anticipe un taux de croissance de 4 % de l'économie américaine au dernier trimestre.

Anna Quibler était dans son bureau et tirait son lait. Sa porte était close, et elle avait fermé les rideaux (installés pour elle). La pompe ronronnait sur trois notes : soupir-chuintement-déclic. Le vide se faisait dans la grande coupelle de succion pendant le chuintement, aspirait son sein gauche distendu et faisait perler des gouttes de lait blanc au bout de son téton. Le lait coulait ensuite par un petit tuyau dans le sachet transparent contenu dans un tube de plastique, qu'elle remplirait jusqu'à la graduation des trois cents grammes.

Elle y faisait si peu attention, maintenant, qu'elle travaillait sur son ordinateur pendant l'opération. Elle devait juste se rappeler de ne pas laisser déborder le flacon, et de changer de sein. Son sein droit donnait plus que le gauche, alors qu'ils étaient de la même taille, mais c'était un mystère qu'elle avait renoncé à élucider. Elle avait depuis longtemps exploré les détails biologiques et techniques du processus, et en était au stade de la saturation, sinon de l'ennui : elle était trop habituée à cette routine, toujours la même. Il n'y avait rien de neuf à découvrir, alors elle était passée à autre chose. Parce que ce qu'elle aimait, c'était défricher de nouveaux sujets. C'est pour ça qu'elle continuait à cosigner des articles avec ses anciens collaborateurs de Duke, et qu'elle était toujours au comité de rédaction du *Journal of Statistical Biology*, alors que son travail de directrice de la division bio-informatique de la NSF l'occupait déjà plus qu'à plein temps. En réalité, ce travail était en grande partie administratif, et elle en avait fait le tour, comme du tirage de son lait. Si elle avait encore des choses à apprendre, c'était ailleurs, dans de nouveaux projets.

Pour le moment, l'un de ces projets était un petit travail de recherche sur la façon dont la NSF pouvait aider le Khembalung. Elle naviguait sur le réseau des institutions scientifiques en ligne avec une aisance née d'une longue pratique, clic de souris après clic de souris.

Parmi tous les départements de la NSF, elle avait découvert qu'il y avait un Bureau international des sciences et de l'ingénierie qui réussissait à capter dix pour cent du budget total de la NSF ; c'était impressionnant. Cette structure dirigeait un programme de biologie international qui subventionnait un projet baptisé TOGA, pour « Tropical Oceans, Global Atmosphere » – Océans tropicaux, atmosphère globale. Le TOGA finançait des programmes d'études qui prévoyaient souvent l'externalisation de l'infrastructure scientifique montée pour l'occasion : à la fin de la période d'étude, elle était mise à la disposition de l'institution qui l'hébergeait.

Anna, qui avait déjà suivi des programmes d'externalisation de structure pour d'autres projets de la NSF, ajouta celui-ci à la liste. C'était à cause de projets de ce genre qu'on disait, sur le mode humoristique, que le mobile accroché dans l'atrium était censé représenter un marteau et une faucille stylisés, afin que les gens de l'extérieur ne reconnaissent pas la tendance socialisante de la NSF à redistribuer le capital et à faire comme si le monde appartenait à tous de façon équitable. Anna appréciait cette tendance et les projets qui en résultaient, même si elle ne les voyait pas en termes politiques. Elle aimait juste la façon dont la NSF privilégiait le travail plutôt que la théorie ou les discours. C'était aussi sa façon préférée d'agir. Elle préférait les solutions quantifiées aux problèmes quantifiés.

Dans ce cas précis, le problème était la petite île des Khembalais (52 kilomètres carrés, selon leur site Internet), qui se trouvait manifestement dans un endroit beaucoup trop classe pour collaborer aux études en cours sur les inondations du Gange et les marées de tempête de l'océan Indien. Anna envoya des documents par mail à Drepung, avec copie à l'Institut des hautes études du Khembalung, dont il lui avait parlé.

D'après son site, l'Institut se consacrait aux « études médicinales et religieuses », quoi que ça puisse bien vouloir dire, et elle n'avait pas envie de le savoir, mais tout irait bien : si les Khembalais arrivaient à monter un bon dossier, le besoin d'élargir le domaine de recherches de l'Institut pourrait jouer en leur faveur, leurs chercheurs pouvant entrer dans la rubrique « impacts au sens large ».

Elle continua ses recherches sur Internet. L'USGCRP (pour « US Global Change Research Program ») : deux milliards de dollars par an pour appuyer les recherches sur les interactions des changements d'origine naturelle et humaine dans l'environnement mondial et leurs répercussions pour la société. Le SAS-RRC, le Centre de recherche régional pour l'Asie du Sud, basé au Laboratoire national de physique de New Delhi. Des stations au Bangladesh, au Népal et dans l'île Maurice... La Chine et la Thaïlande, les études sur les émissions de gaz à effet de serre... L'INDOEX, l'Indian Ocean Experiment, qui s'intéressait aussi aux gaz à effet de serre, tout comme son émanation, le projet ABC, pour Asian Brown Cloud, qui étudiait le brouillard de plus en plus épais sous lequel disparaissait le sud de l'Asie, et qui provoquait des moussons irrégulières, avec les conséquences désastreuses que cela supposait. En tout cas, le Khembalung était bien placé pour participer à l'étude. Tout comme à l'ALGAS [1] et au LOICZ [2]. Hmm. Sauf que ceux-là devaient être un peu à court d'argent. Le Sri Lanka était en pointe dans le domaine de la modélisation des estuaires – le Khembalung ferait un site d'étude idéal. La formation, le travail sur le Net, le budget du cycle biogéo-chimique, la modélisation socio-économique, les impacts sur les systèmes côtiers d'Asie du Sud. Elle indexa le site, l'ajouta au mail. Un organisme de recherche dans le delta du Gange serait bien utile à tous les partenaires...

— Et merde !

1. Asia Least Cost Greenhouse Gas Abatement Strategy : projet de stratégie de réduction au moindre coût des gaz à effet de serre en Asie. [*N.d.l.T.*]

2. Land Ocean Interaction in the Coastal Zones : interaction terre-océan dans les zones côtières. [*N.d.l.T.*]

Quelle idiote... Elle avait trop rempli le biberon de lait. Ce n'était pas la première fois. Elle coupa la pompe, transvasa un peu de lait du biberon trop plein dans un biberon à sachet de cent cinquante grammes. Elle en remplissait toujours quelques-uns, ce qui permettait à Charlie de donner un peu de rab ou un petit en-cas à Joe quand il avait particulièrement faim. Elle n'avait jamais raconté à Charlie que la plupart de ces « en-cas » découlaient de sa distraction. Et Joe ayant souvent très faim, d'après Charlie, ils étaient bien utiles.

Quant à elle, elle mourait de faim. Comme toujours après ces séances de tétée artificielle. Elle avait vaguement calculé – les éléments qu'elle avait trouvés sur le sujet étaient assez sommaires – que chaque demi-litre de lait qu'elle se tirait correspondait à quelques milliers de calories brûlées la veille. Quoi qu'il en soit, elle pouvait courir, la conscience tranquille, et avec un grand plaisir, vers la pizzeria et manger tout son content. En réalité, il fallait absolument qu'elle mange quelque chose, ou elle aurait des vertiges.

Mais d'abord, il fallait qu'elle se tire un peu de lait de l'autre sein, sinon elle ne serait pas à l'aise. Elle rangea donc le flacon de trois cents grammes dans le petit réfrigérateur, puis remplit, avec l'autre sein, le biberon de cent cinquante grammes, tout en lançant l'impression de la liste des sites qu'elle avait visités. Elle pourrait ainsi rédiger des notes tout en mangeant, avant d'oublier ce qu'elle avait trouvé.

Elle appela Drepung sur son portable.

— Drepung, vous ne voudriez pas venir déjeuner avec moi? J'ai des idées sur la façon dont vous pourriez obtenir, de la NSF et d'autres organismes, une aide scientifique pour le Khembalung.

— Oui, bien sûr, Anna, merci beaucoup. Si vous voulez, on peut se retrouver dans vingt minutes à la Food Factory. Là, j'essaie d'acheter des chaussures à Rudra, dans la rue, tout près.

— Super! Quel genre de chaussures cherchez-vous?

— Des chaussures de sport. Il va adorer ça.

En allant prendre l'ascenseur, elle tomba sur Frank.

— Qu'est-ce que c'est? lui demanda-t-il en indiquant la liste.

— Des infos pour les Khembalais, répondit-elle. Les programmes que nous suivons ou auxquels nous participons et qui pourraient les aider.

— A étudier la façon de s'adapter à l'élévation du niveau de la mer ?

— Pas seulement, répondit-elle en fronçant les sourcils. En s'y prenant bien, on pourrait leur procurer une aide structurelle importante.

— Tant mieux. Mais tu sais, en fin de compte, les études ne suffiront pas. Et la NSF n'a pas de baguette magique pour apporter un remède aux problèmes. Elle se contente de financer des études pour ses clients.

Le commentaire de Frank tarabustait Anna, et, après un agréable déjeuner avec Drepung, elle remonta dans son bureau et appela Sophie Harper, qui faisait le lien entre la NSF et le Congrès.

— Sophie, la NSF ne lance jamais d'appels à des projets de recherche ?

— Plus depuis longtemps. Sa politique générale consiste à répondre aux demandes.

— Et il n'y aurait pas moyen que la NSF, euh, fixe le programme, si vous voyez ce que je veux dire ?

— Non, pas vraiment. Nous demandons des fonds au Congrès selon des procédures très spécifiques, et les budgets qui nous sont alloués le sont pour des projets définis.

— Alors nous devrions pouvoir accorder un financement à des choses radicalement différentes ?

— C'est ce que nous faisons. Je pense que ce qu'il faut se dire, c'est que c'est la science qui fixe le programme. En réalité, c'est pour ça que les commissions des finances ne nous aiment pas beaucoup.

— Pourquoi ?

— Parce que c'est elles qui tiennent les cordons de la bourse, mon chou ; et que ces gens-là sont très jaloux de leurs prérogatives. J'ai entendu des sénateurs qui croient que la Terre est plate me demander : « Est-ce que vous essayez de me dire que vous savez mieux que moi ce qui est bon pour la science ? »

Et c'est exactement ce que je fais, bien sûr, parce que c'est vrai, mais que voulez-vous que je réponde ? Voilà le genre d'individus avec qui nous sommes parfois obligés de composer. Même la meilleure des commissions éprouve une révulsion fondamentale pour l'autonomie de la science.

— Mais la seule liberté dont nous disposons est celle d'étudier des choses.

— Je ne comprends pas ce que vous racontez.

— Moi non plus, soupira Anna. Ecoutez, Sophie, merci. Je reviendrai vers vous quand j'aurai une idée plus précise de ce que j'essaie de vous demander.

— Pas de problème. Regardez les pages « Qui sommes-nous ? » de la NSF sur notre site. Vous en apprendrez beaucoup.

Anna raccrocha et suivit son conseil.

Elle n'avait jamais eu l'occasion de parcourir les pages historiques du site Internet ; elle n'avait pas la passion du passé. Mais elle attachait de l'importance à l'avis de Sophie, et, en les lisant, elle se rendit compte qu'elle avait raison. Anna travaillait à la Fondation depuis si longtemps qu'elle avait l'impression d'en connaître l'histoire de A à Z. Ce n'était pas vrai.

Au départ, c'était l'histoire du combat plus ou moins victorieux de la science pour étendre son emprise sur le monde. Après la Seconde Guerre mondiale, Vannevar Bush, qui avait dirigé le Bureau de la science et de la technologie pendant le conflit, avait milité pour la création d'une agence fédérale permanente destinée à soutenir la recherche fondamentale, au motif que c'était la science – le radar, la pénicilline, la bombe – qui avait gagné la guerre. Le Congrès, convaincu, avait voté une loi qui avait permis la création de la NSF

Mais le kriegspiel ne s'était pas arrêté là, le Congrès et le Président contestant aux chercheurs le fait qu'ils aient leur mot à dire quant à la définition de la politique nationale. Truman avait commencé par imposer que la Fondation soit dirigée par un comité de directeurs choisis par le Président. Ensuite, Nixon avait supprimé le Bureau de la science et de la technologie, dirigé, de fait, par la NSF, le remplaçant par un unique

« conseiller scientifique ». Le congrès Gingrich avait enfoncé le clou en abolissant son Bureau d'évaluation technologique. Les administrations Bush avaient tiré un trait sur les budgets des principaux programmes scientifiques, les uns après les autres. Et ça continuait.

Il n'arrivait qu'occasionnellement, dans ce combat politique, que la science se regroupe et remporte quelques rounds. Après les Spoutniks, les savants avaient été invités à remonter sur le ring. Le budget de la NSF avait été surgonflé. Et dans l'activisme des années 1960, la NSF avait accouché d'un programme baptisé IRRPOS, pour « Interdisciplinary Research Relevant to Problems of Our Society ». Tout un programme, en effet... Quelle époque !

Cela dit, réflexion faite, cet intitulé ronflant décrivait particulièrement bien ce qu'Anna avait en tête quand elle avait appelé Sophie : la « recherche interdisciplinaire, relative aux problèmes de la société » – n'était-ce vraiment qu'une idée farfelue typique des années 1960 ?

Par la suite, l'IRRPOS était devenu le RANN, « Research Applied to National Needs ». Les problèmes de la société avaient cédé le pas devant les besoins nationaux, et le RANN avait été supprimé pour avoir été trop appliqué ; le président Nixon n'avait pas apprécié qu'il s'élève contre les missiles de défense antibalistiques. A peu près au même moment, il créait l'EPA, l'Agence de protection de l'environnement, qui ne dépendait plus du Congrès mais était placée directement sous son autorité.

Le combat pour le contrôle de la science se poursuivait. Il était clair pour Anna que beaucoup d'administrations et de Congrès ne voulaient tout simplement pas entendre parler d'évaluation de la technologie, pas plus que de l'environnement. De crainte sans doute qu'ils ne viennent entraver la marche des affaires. Ils ne voulaient rien savoir.

Et pour Anna, il ne pouvait y avoir de plus grand crime intellectuel. Elle n'arrivait pas à comprendre qu'on puisse *ne pas vouloir savoir.* Ce qui ne les empêchait pas de vouloir mener la danse. C'était dingue. Même Joe avait plus de sens commun. Comment pouvait-il y avoir des gens pareils, à quoi pouvaient-ils bien penser ? Sur quelles bases échafaudaient-ils un mélange aussi incohérent de désirs, comment pouvaient-ils vouloir à ce point rester dans l'ignorance tout en s'accrochant au pouvoir ? Etaient-ce deux éléments de la même dinguerie ?

Elle coupa court à cet enchaînement de pensées et lut l'article jusqu'au bout. « Aucune agence n'opère dans le vide », disait-il. Quelle façon de présenter les choses ! La NSF avait encaissé des coups, elle avait prospéré, stagné, s'était adaptée – elle avait survécu tant bien que mal. Et malgré toutes ces vicissitudes, ses principes de base et ses méthodes avaient tenu bon, au service de la recherche fondamentale, accordant des subventions au lieu de marchander des contrats ; prenant des décisions grâce à l'évaluation par ses pairs et non par caprice bureaucratique ; embauchant des savants compétents pour créer un bureau permanent et recrutant du personnel temporaire parmi les experts de pointe dans tous les domaines.

Anna y croyait. Elle croyait qu'ils avaient fait un bien démontrable. Cinquante mille demandes de subvention par an, quatre-vingt mille personnes pour les étudier, dix mille projets financés, vingt mille bourses en cours d'attribution. Tout cela pour étendre la connaissance scientifique et l'influence de la science sur les affaires humaines.

Elle se cala contre son dossier. Toute cette recherche fondamentale, tout ce bon travail... Et pourtant, voyez l'état du monde, allez savoir pourquoi, ça n'avait pas suffi. Il allait peut-être falloir qu'ils envisagent de s'y prendre autrement.

Des primates au volant. Des fous du volant, assurément ! A les voir, on se disait qu'ils étaient tous voués à mourir dans des carambolages en série. Toutes ces voitures auraient dû se rentrer dedans en une gigantesque frénésie d'autodestruction, un autodafé global.

Mais c'étaient des primates, des créatures sociales. Leur cerveau s'était hyperdéveloppé afin de leur permettre d'effectuer les calculs nécessaires pour s'entendre entre eux. C'étaient les mêmes parties du cerveau qui servaient à conduire dans une circulation dense ; les feintes et les frustrations étaient accompagnées par la satisfaction presque subliminale de remporter une victoire, ou les ententes conjoncturelles et peu enthousiastes en vue d'un avantage mutuel. Que ce pauvre crétin rejoigne notre file avant la fin de la bretelle d'accès, ça se révélera payant à long terme, on s'y retrouvera sur la vitesse globale du trafic. Ainsi raisonnait le petit primate.

Quand les choses se passaient bien. Mais on voyait aussi, de temps à autre, des gens qui se conduisaient mal. On se serait cru dans une partie géante de dilemme du prisonnier, un jeu classique faisant intervenir deux prisonniers séparés à qui on demandait de trahir l'autre, avec une promesse de libération à la clé. Selon le barème de notation standard des modélisations informatiques, si les prisonniers étaient loyaux l'un envers l'autre et ne disaient rien, on leur attribuait trois points à chacun ; si l'un des deux trahissait et pas l'autre, le traître recevait cinq points et l'autre zéro. Avec ce système de notation, si on jouait au jeu de façon répétée, une première itération montrait qu'il valait mieux trahir systématiquement. C'était la stratégie qui rapportait le plus de points à long terme, d'après les simulations... quand on ne jouait qu'une fois avec des étrangers qu'on ne revoyait jamais. La circulation se rapprochait évidemment de cette configuration.

Mais l'ombre de l'avenir faisait toute la différence. Au fond, on se retrouvait tous les jours dans le même embouteillage, avec la même population de joueurs. Donc, si on jouait comme si on rencontrait tous les jours les mêmes adversaires, ce qui était le cas, d'une certaine façon, on apprenait à les connaître, de même qu'ils apprenaient des choses sur nous, et certaines stratégies élaborées étaient plus payantes que la trahison systématique. La première de ces stratégies, dite du « donnant, donnant », consistait à faire à l'adversaire ce qu'il vous avait fait la fois précédente. Elle rapportait plus que de trahir systématiquement. C'était une découverte assez encourageante, d'une certaine façon, parce que ça pouvait mener au meilleur comme au pire, et que le pire était un combat sans fin. Des tests ultérieurs avaient fait apparaître des versions révisées, couronnées de succès divers, du « donnant, donnant », comme le « donnant, donnant généreux », qui consistait à accorder une trahison à l'adversaire avant de lui rendre la pareille, ou le « toujours généreux », qui marchait bien, dans certaines conditions limitées. Ou – et c'était la stratégie dominante, d'après Frank, un donnant, donnant aléatoirement généreux, qui consistait à pardonner une trahison à l'adversaire avant de lui rendre la monnaie de sa pièce, mais seulement une fois sur trois, de façon randomisée : on ne se faisait pas régulièrement avoir par l'une des stratégies moins coopératives, mais on pouvait encore, le cas échéant, se sortir d'une spirale mortelle de type donnant, donnant. Différentes versions de ces stratégies aléatoires, fermes mais justes, semblaient mieux marcher quand on rencontrait toujours le même adversaire.

Dans la circulation, au travail, dans toutes sortes de relations, la vie sociale n'était qu'une succession de dilemmes du prisonnier. S'opposer ou coopérer ? Faire preuve d'égoïsme ou de générosité ? L'idéal aurait été de pouvoir toujours compter sur les autres pour coopérer, et de pouvoir tranquillement se montrer généreux; mais, dans la vie réelle, les gens se révélaient indignes de cette confiance. Cette prise de conscience était peut-être l'un des plus grands chocs de l'adolescence. Et il y en avait, hélas, chez qui elle se produisait à un âge encore plus tendre. Après ça, il fallait gérer les situations au cas par cas, chacun élaborant sa stratégie en fonction de son histoire personnelle, ou de sa personnalité, comment savoir?

La circulation n'était pas l'endroit idéal pour essayer d'en décider. S'arrêter, repartir, s'arrêter, repartir, pare-chocs contre pare-chocs. Frank s'émerveillait que certains clignotants réussissent à exprimer une envie désespérée de changer de file, alors que d'autres semblaient patients et dignes. Le rythme du clignotement, peut-être, ou la façon dont le véhicule se rapprochait de la file dans laquelle il voulait s'insinuer. Peut-être un clignotement rapide avait-il l'air insistant et geignard, alors qu'un clignotement lent évoquait une inertie déterminée...

C'était une mauvaise idée de prendre le Beltway, de toute façon. D'une façon générale, sur le périph, les conducteurs étaient des traîtres. Frank avait défini comme principe général que les conducteurs de la côte Est étaient moins généreux que les Californiens. Sur la côte Ouest, ils pratiquaient le donnant, donnant, ou même le ferme mais juste, parce que ça faisait avancer les choses plus vite. Enfin, ça voulait peut-être seulement dire que les Californiens avaient survécu à beaucoup plus d'embouteillages sur l'autoroute. Les gens apprenaient à jouer à ce jeu-là depuis leur plus tendre enfance, assis dans leur siège pour bébé, et c'est comme ça que sur les autoroutes californiennes, quand deux voies fusionnaient, les voitures s'intercalaient comme les dents d'une fermeture Eclair, à une vitesse impressionnante, chacun comptant sur les autres pour connaître le jeu et respecter la règle. Même les jeunes mâles coopéraient. Dans ce domaine, sinon dans les autres, la Californie était vraiment à la pointe du progrès, le fer de lance de l'évolution de l'*Homo automobilicus*.

Alors que là, sur le Beltway, c'était la trahison généralisée. Comme si tout le monde s'ingéniait à gagner un point en provoquant un accident. Surtout les gros 4x4. Tous des traîtres. Et puis il y avait les petites voitures qui cédaient toujours, les poires. Une combinaison effroyable. D'une lenteur qui défiait l'observation. Tellement lent, tellement superflu que ça donnait envie de hurler.

Et de temps en temps, Frank hurlait. Encore une satisfaction de primate offerte par la circulation : vous pouviez injurier des gens qui se trouvaient à trois mètres de vous, ils ne vous entendaient pas. Le cerveau simiesque n'avait aucune explication à ça ; c'était une sorte de phénomène magique, de « sublime technologique », selon la formule consacrée : l'émotion ressentie quand notre cerveau de primate n'arrivait pas à trouver une explication naturelle à ce qu'il voyait.

Parce que c'était bel et bien sublime, d'échapper à toute contrainte et d'invectiver férocement quelqu'un qui se trouvait tout près sans avoir à redouter les conséquences d'une transgression sociale aussi grave. C'était peut-être moins satisfaisant que la coopération, mais c'était peut-être plus rare. Et de toute façon, c'était déjà quelque chose.

Il avançait au pas avec sa voiture, en jurant. Il n'aurait jamais dû prendre le périph. Il était toujours saturé, à cette heure-ci. Avancer d'un centimètre, s'arrêter. Invectiver les traîtres et les poires. Avancer d'un centimètre...

La circulation était vraiment bloquée, et Frank se rendit à l'évidence : il allait arriver en retard. Et juste le premier jour de son panel bio-informatique ! Il devait arriver à l'heure pour le faire démarrer ; il n'y avait pas une minute de creux dans le programme. Les panélistes venaient d'un peu partout. Ils avaient dû passer la soirée de la veille à se barber en ville, et il arrivait souvent qu'il n'y ait pas assez d'eau chaude au Holiday Inn du Ballston Complex pour que tout le monde puisse prendre sa douche en même temps, alors il y avait de fortes chances pour que certains soient grognons. Ils devaient déjà commencer à se réunir en ce moment même, dans la salle de conférences du deuxième étage, prêts à s'y mettre et sentant bien qu'ils n'auraient jamais le temps d'étudier toutes les demandes de subvention à l'ordre du jour. Frank avait volontairement chargé le programme, et ils avaient des avions à prendre, le lendemain soir, pour rentrer chez eux, des avions qu'ils ne pouvaient pas se permettre de rater. Il n'y avait pas d'embouteillage qui tienne : arriver en retard dans ces circonstances serait vraiment cavalier. Il essuierait des regards réprobateurs, peut-être même une ou deux réflexions de Pritchard ou de Lee ; il devrait se justifier, faire des excuses. Ça pourrait interférer avec ses plans. Il traita de tous les noms le conducteur d'une voiture qui lui avait inutilement coupé la route.

Et puis, en arrivant au niveau de la route 66, il décida, sur un coup de tête, de la prendre, alors qu'à cette heure-ci elle était réservée au covoiturage. Normalement, il jouait le jeu, mais là, il était tellement désespéré qu'il prit la bretelle et s'engagea sur la route 66, où on roulait mieux, en effet. Tous les véhicules étaient occupés par au moins deux personnes, bien sûr, et Frank resta sur la file de droite en se faisant le plus discret possible, comptant, pour empêcher un trop grand nombre de gens de remarquer sa transgression, sur le fait que, dans les voitures occupées par plusieurs passagers, l'attention était souvent tournée vers l'intérieur. Evidemment, les voitures de police qui patrouillaient sur l'autoroute traquaient les contrevenants comme Frank, et il prenait un risque qu'il aurait préféré éviter, mais le risque lui paraissait moindre que de rester sur le périphérique et d'arriver en retard.

Il conduisit donc, en proie à une certaine tension, lorsqu'il put enfin indiquer qu'il sortait à Fairfax. Mais, en approchant de la bretelle de sortie, il vit une voiture de police garée sur le bas-côté. Les flics regagnaient leur véhicule après avoir réglé son compte à un transgresseur de son espèce. Il suffirait qu'ils lèvent les yeux pour le repérer.

Un gros semi-remorque ralentit pour sortir juste devant lui. Sans prendre le temps de réfléchir, encore une fois, Frank appuya sur l'accélérateur, doubla le camion par la gauche afin de se dissimuler à la vue des flics, puis il se rabattit devant le monstre, en accélérant pour ne pas lui faire une queue de poisson : avec largement la place, et sans faire le malin. Il serra à droite, prit la bretelle de sortie en ralentissant à cause du feu qu'il savait se trouver après le virage.

Tout à coup, il y eut un rude coup de klaxon juste derrière lui. Il jeta un coup d'œil dans le rétroviseur, qui était rempli par la calandre du semi-remorque, ses phares à peu près à la hauteur du toit de sa voiture. Frank appuya sur l'accélérateur.

Puis, comme il se rapprochait de la voiture qui se trouvait devant lui, il dut freiner. Tout à coup, le camion le dépassa par la gauche, exactement comme il l'avait doublé, mais il dut, pour cela, monter sur le bas-côté incliné. Frank jeta un coup d'œil au chauffeur et vit un visage furibard, écumant de rage, penché vers lui. Des cheveux longs, gras, un faciès rougeaud, moustachu, une colère irrépressible.

Frank le regarda à nouveau et haussa les épaules, avec une grimace et un geste qui voulaient dire « Quoi ? », puis il freina pour que le gars puisse se rabattre devant lui. Il s'en félicita, parce que l'autre lui fit une queue de poisson, manquant de peu son phare avant gauche. Si Frank n'avait pas ralenti, il l'aurait envoyé dans le décor. Quel con !

Puis le type donna un coup de frein si brutal que Frank manqua lui rentrer dedans, ce qui aurait été un désastre, compte tenu de la hauteur du camion : le pare-brise de Frank se serait encastré dans l'arrière de la caisse.

— Putain de merde ! s'exclama-t-il, choqué. Espèce de salaud ! Je ne t'ai même pas effleuré !

Puis le camion s'arrêta pour de bon, en plein milieu de la sortie.

— Nom de Dieu ! Le sacré fumier d'idiot ! hurla Frank.

Peut-être avait-il serré le type de plus près qu'il ne l'avait cru. Ou alors, le type le persécutait pour avoir emprunté la route 66 alors qu'il était seul dans sa voiture. Mais ce crétin en faisait bien autant ! C'est alors que la portière du camion s'ouvrit. Le conducteur sauta à terre et s'approcha en roulant des mécaniques. Il regarda Frank qui criait toujours, s'arrêta, darda vers lui un doigt tremblant et plongea vers l'arrière de son camion, où il prit une barre à mine.

Frank passa la marche arrière, recula, freina, repassa en marche avant et accéléra en balançant le volant afin de doubler le camion par la droite. Les gens, derrière eux, klaxonnaient, mais ils ne connaissaient pas la moitié de l'histoire. Frank s'engouffra dans la file maintenant déserte, en hurlant des jurons triomphants à l'intention du dingue.

Malheureusement, une voiture attendait au feu rouge, au bout de la bretelle de sortie, et Frank dut s'arrêter. Au même instant, il y eut un choc sourd, et il fut projeté vers l'avant. Le camion lui était rentré dedans par l'arrière, très violemment.

— *ESPÈCE D'ENCULÉ*! beugla Frank, maintenant terrorisé.

Il avait affaire à un fou! Le camion reculait, probablement pour lui rentrer dedans à nouveau, alors il repassa la marche arrière, et fonça dans le camion avec sa petite Honda. Il eut l'impression d'être rentré dans un mur. Puis il repassa la marche avant et se coula dans l'espace laissé libre à droite de la voiture arrêtée au feu, tourna à droite et s'insinua en accélérant à fond entre deux voitures qui filaient sur la route principale, ce qui lui valut d'autres coups de klaxon hargneux. Il regarda dans son rétroviseur. Le feu était passé au vert, le camion tournait pour le suivre, et il n'était pas loin.

— Et merde!

Frank accéléra, vit une trouée dans la circulation qui arrivait en face, et effectua un demi-tour sur les chapeaux de roue, traversant toutes les voies pour prendre Glebe Road – dans la mauvaise direction pour aller à la NSF. Il roula pied au plancher en slalomant frénétiquement entre les voitures qu'il doublait à toute vitesse, regardant dans son rétroviseur quand il pouvait. Le camion apparut dans le lointain, s'engageant sur Glebe après lui. Frank poussa un juron, désespéré.

Il décida d'aller tout droit vers une caserne de pompiers qu'il se rappelait avoir vue sur Lee Highway. Il tourna à gauche dans Lee en accélérant autant que le lui permettait sa petite voiture à pile à combustible, prit la direction du parking, y entra dans un grand bruit de freins, descendit de voiture et courut vers le bâtiment en regardant dans Lee, vers Glebe.

Mais le fou ne se montra pas. Il avait disparu. Perdu sa trace, ou cessé de s'intéresser à lui. Décidé de persécuter quelqu'un d'autre.

Tout en fulminant, Frank alla voir l'arrière de sa voiture. Pas de dégâts apparents, étonnamment. Il se remit au volant et retourna vers le sud et le bâtiment de la NSF en revivant l'expérience. Incapable de penser à autre chose. Il n'avait pas idée des raisons pour lesquelles tout cela était arrivé. Il avait dépassé le type, mais ne lui avait pas vraiment coupé la route, et même s'il était vrai qu'il avait emprunté la route 66 alors qu'il n'en avait pas le droit, le type était dans le même cas. C'était inexplicable. Il se prit à penser que face à un tel comportement les modélisations comme le dilemme du prisonnier étaient vaines. Certaines personnes ne réfléchissaient pas d'une façon rationnelle. Surtout pas, peut-être, celles qui conduisaient des semi-remorques trop gros, et plus particulièrement un camion crasseux et bugné de partout, au lieu d'un de ces cuirassés de la route qui donnaient l'impression de sortir de l'usine et que pilotaient les charpentiers de la région gonflés aux stéroïdes. Alors peut-être que c'était un problème de classe, le ressentiment d'un bouffeur de pétrole au chômage envers un bureaucrate en voiture à pile à combustible. La revanche du passé sur le futur, le réactionnaire qui attaquait le progrès, le pauvre qui agressait le mec à l'aise. Un mâle bêta dans un engin bêta, furieux qu'un mâle alpha puisse se croire alpha au point de pouvoir doubler une machine bêta et s'en tirer comme ça.

Quelque chose dans ce goût-là. Une espèce de paumé, de déjanté de trou du cul de loser, qui avait déjà trop bu à sept heures du matin et qui avait pété les plombs.

Frank se retrouva malgré tout dans le parking de la NSF juste à temps pour prendre l'ascenseur et arriver au deuxième étage avant d'être en retard. Il se précipita dans les toilettes des hommes, s'aspergea le visage d'eau pour se laver la tête de l'affreux incident. Cela dit, la péripétie était tellement étrange et désagréable qu'il n'eut pas particulièrement de mal à reprendre le dessus, et à passer à la suite. Une horreur incongrue est facile à chasser de son esprit. Il était temps de se concentrer sur le travail de la journée. Le programme du panel était verrouillé par les gens qu'il y avait conviés. La peur qu'il avait eue sur la route et qui lui avait glacé le sang n'avait fait que nourrir sa détermination.

On leur avait attribué une salle de conférences dont la grande baie vitrée donnait sur les autres locaux de la NSF, et les panélistes qui venaient là pour la première fois observaient la ruche de bureaux en faisant les commentaires habituels sur *Fenêtre sur cour* et autres banalités.

— Une sorte d'ersatz de collégialité, disait l'un d'eux, sans doute Nigel Pritchard.

— Comme ça, les gens ne peuvent pas faire autrement que de travailler.

Dans la savane, pour avoir une vue pareille, il fallait se trouver en un point surélevé, où le groupe se reposait dans une sécurité relative, à l'affût de tout ce qui comptait un peu dans la vie des individus. Au royaume de l'épouillage, du babillage, des conflits d'influences. L'idéal, en d'autres termes, pour un panel d'évaluation de demandes de subvention. C'était, au fond, l'un des éternels sujets de conversation : qui va-t-on laisser entrer, qui va-t-on éjecter ? Une économie de groupe basique, de crédit social, d'accès à la nourriture et aux femelles – chaque chose mesurée et échangée en termes manichéens. Oui, encore un dilemme du prisonnier. On n'en sortait jamais.

Mais Frank aimait bien celui-là. Il était très nuancé par rapport à bien d'autres, et c'était l'un des rares à échapper encore au monde de l'argent. L'évaluation par des collègues anonymes – un travail bénévole – un scandale !

Mais la science ne marchait pas comme le capitalisme. C'était là que le bât blessait, c'était l'un des rares écueils dans le dysfonctionnement général du monde. Le capitalisme menait le monde, mais l'argent était une mesure trop simpliste et inadéquate de la richesse générée par la science. Au cours d'une carrière scientifique, on accumulait un capital de crédit en faisant cadeau au système d'une certaine quantité de travail, d'une façon qui pouvait paraître altruiste. Les gens s'en souvenaient, et on était remboursé par la suite sous forme de postes, de labos. C'était donc un bon investissement pour l'individu, et sous forme de cadeau au groupe. C'était le jeu à somme non nulle que le dilemme du prisonnier pouvait devenir si tout le monde optait pour la stratégie du « toujours généreux », ou, mieux, du « ferme mais juste ». C'était aussi ça, la science : un endroit où l'on entrait en acceptant de s'en tenir aux stratégies de coopération, afin de maximiser le retour global du jeu.

En théorie, c'était vrai. C'était aussi un comportement classique de la troupe de primates. Il y avait beaucoup de donnant, donnant. Et parfois des trahisons. Tout le monde courait après un labo à soi, ou un projet personnel. Il suffisait que ce soit assez rentable pour vous permettre de vivre à l'aise avec votre famille. Là, vous aviez atteint le niveau humain optimal. Il n'était pas nécessaire d'avoir plus d'argent que ça, d'autant que cela impliquait généralement de s'investir dans un monde de complications et de stupidité. Voilà ce qu'entraînait l'appât du gain. Il y avait dans la science suffisamment de moyens et d'objectifs accessibles, ce qui la maintenait dans la droite ligne des valeurs mentales les plus profondes de la savane. Un savant attendait de la vie les mêmes choses qu'un australopithèque ; ils en étaient là.

Frank observait donc avec un rare degré de joie les intervenants qui vibrionnaient dans la pièce.

— Bon, allons-y.

Ils s'assirent, posant leurs ordinateurs portables et leurs gobelets de café à côté des consoles informatiques intégrées à la grande table. Ces consoles leur permettaient d'afficher, pour chaque dossier, une page plein écran avec leurs notes et leurs commentaires. Tous les membres du groupe connaissaient la procédure. Certains s'étaient déjà rencontrés, et ils avaient presque tous lu leurs travaux respectifs. Ils étaient huit :

Le Dr Frank Vanderwal, modérateur de la NSF (détaché de l'université de San Diego, Californie, département de bio-informatique) ;

Le Dr Nigel Pritchard, département sciences informatiques du Georgia Institute of Technology ;

Le Dr Alice Freundlich, département de biochimie de Harvard ;

Le Dr Habib Ndina, école de médecine de l'université de Virginie ;

Le Dr Stuart Thornton, département de génomique de l'université de College Park, Maryland ;

Le Dr Francesca Taolini, centre d'études bio-informatiques du MIT ;

Le Dr Jerome Frenkel, département de génomique de l'université de Pennsylvanie ;

Le Dr Yao Lee, université de Cambridge, professeur en visite au département de microbiologie de l'université George Washington.

Frank fit ses remarques préliminaires habituelles et dit :

— Nous avons beaucoup de dossiers à examiner, cette fois. Je regrette qu'il y en ait autant, mais c'est comme ça. Je suis sûr que nous en viendrons à bout avec un peu de discipline. Je vous propose le cadre suivant : un quart d'heure par dossier, et nous devrions arriver à en traiter douze ou même quatorze avant le déjeuner. Qu'en dites-vous ?

Tout le monde acquiesça et tapota pour afficher le premier dossier.

— Oh, avant que nous ne commencions, je voudrais que tout le monde me remette sa déclaration de conflit d'intérêts, s'il vous plaît. Je dois vous rappeler qu'en tant qu'arbitres, ici, vous avez un conflit d'intérêts à déclarer si vous êtes responsable du projet qui fait l'objet de la demande de subvention, si vous êtes directeur de thèse ou conseiller du responsable de projet, ou si vous travaillez pour le même organisme que lui ou l'un des coresponsables de projet ; si, au cours des quatre dernières années, vous avez travaillé avec le responsable de projet ou l'un ou l'autre de ses associés ; si vous êtes candidat à un poste auprès de l'organisme qui présente la demande ; si vous avez reçu, au cours de l'année en cours, des honoraires ou toute autre rémunération de l'organisme demandeur, si vous êtes un proche membre de la famille du responsable de projet ou de l'un de ses partenaires ; si vous détenez des parts dans une compagnie associée au projet, ou si vous avez un intérêt financier quelconque à l'accord ou au refus de la subvention. Tout le monde a bien compris ? Bon, alors faites passer ces fiches vers moi, s'il vous plaît. Seuls quelques-uns parmi vous devront s'abstenir de voter pour certaines des propositions d'aujourd'hui, mais à ma connaissance, nous sommes tranquilles pour la plupart d'entre vous. D'accord ?

— Comme je vous l'ai dit, je m'abstiendrai pour le dossier Esterhaus, répondit Stuart Thornton.

Ils démarrèrent ensuite les évaluations de groupe. C'était le cœur de leur tâche pour ce jour-là et le lendemain, et c'était aussi le cœur de la méthode de la NSF, voire, plus généralement, celui de la science. L'évaluation par les pairs, un jury de confrères experts. Frank cliqua pour afficher le premier dossier sur son écran.

— Sept examinateurs, quarante-quatre dossiers. Commençons par l'EIA-02 18599, « Processus électromagnétiques et informationnels dans les polymères moléculaires ». Habib, c'est vous qui avez parrainé ce projet ?

Habib Ndina hocha la tête et commença par l'exposé du sujet :

— L'idée est de fixer des réseaux cytosquelettiques sur des puces à ADN afin de vérifier si la tubuline peut être utilisée comme bits de protéines faisant office de portes logiques. Le responsable de projet pense y parvenir en mesurant le moment dipolaire électrique, et ce qu'il appelle les « flip-flop des moments dipolaires électriques des solitons de type kink prévus ».

— Prévus par qui ?

— Par le responsable de projet, répondit Habib avec un sourire. Il prétend aussi que ce sera une méthode d'expérimentation des théories du cerveau quantique, puisque cerveau quantique il y a...

— Hm hm...

Les gens parcoururent le résumé en diagonale.

— Qu'en pensez-vous ? leur demanda Frank au bout d'un instant. Je vois que Habib lui a accordé un « Bon », Stuart un « Assez bon », et Alice un « Très bon ».

Ce qui représentait une honnête moyenne de leur échelle de notation, qui allait de « Médiocre » à « Excellent » en passant par « Bon », « Assez bon » et « Très bon ».

Habib répondit le premier :

— Je ne suis pas absolument persuadé qu'on puisse faire agir ces biopuces dans les réseaux neuraux. J'ai vu Inouye essayer quelque chose comme ça au MIT, et ça a bloqué au niveau de la viabilité des puces.

— Mouais...

Les autres le bombardèrent de questions et donnèrent leur avis. A la fin des quinze minutes, Frank mit fin à la discussion et leur demanda de noter leur jugement final selon les deux critères à leur disposition : la valeur au plan intellectuel et les impacts au sens large.

Frank résuma les réponses :

— Quatre « Bon », deux « Très bon » et un « Assez bon ». D'accord. Continuons. Mais je crois que je vais commencer le grand tableau tout de suite.

Il s'approcha du tableau blanc dressé dans un coin de la pièce et y traça trois colonnes avec son marqueur : « Subvention », « Subvention si possible » et « Pas de subvention ».

— Je vais mettre celui-ci dans la colonne « Subvention si possible », pour le moment, mais il peut en être éjecté, évidemment.

Il prit un Post-it sur la table, y nota l'intitulé du projet et le colla dans la colonne du milieu.

— On déplacera les Post-it au fur et à mesure de l'avancement des débats, et de l'impression générale qui s'en dégagera.

Ils passèrent au dossier suivant :

— Alors, « Algorithmes de contrôle de décohérence efficaces pour l'informatisation du séquençage du génome ».

Stuart Thornton, à qui Frank avait confié le dossier, commença par secouer la tête.

— Celui-ci a reçu deux « Bon », deux « Assez bon », et il ne m'a pas fait une impression formidable à moi non plus. Disons qu'il me paraît relever d'une discussion limitée. Il ne me semble pas avoir une bonne vision des problèmes impliqués par la manipulation des codons, et je pense que ça reprend les travaux effectués à Seattle par le labo de Johnson. Le candidat s'est manifestement trop préoccupé des impacts potentiels pour prendre connaissance de la littérature. Sans parler du fait que ça ne marchera pas.

Un petit rire accueillit cette remarque lâchée avec un mépris ostensible, qui avait de quoi surprendre ceux qui ne connaissaient pas Thornton. Mais Frank l'avait déjà vu à l'œuvre dans plusieurs panels. C'était le genre de chercheur qui abordait la méthode scientifique avec une sorte d'intégrisme, et qui affichait un scepticisme tous azimuts. Aucune étude n'était jamais assez rigoureuse pour lui, aucune donnée assez pure. Frank trouvait que ça traduisait une sorte d'insécurité. Ça participait de la gestuelle du mâle bêta acharné à convaincre le groupe qu'il était assez costaud pour être un mâle alpha, ce qu'il était peut-être déjà.

L'ennui, avec cette gestuelle, c'était que l'équivalent, dans le domaine scientifique, de la masse musculaire de l'*Australopithecus*, c'était le pouvoir intellectuel – tout le monde pouvait le voir. Pas moyen de faire semblant. Vous pouviez toujours vous frapper la poitrine et pousser de grands cris, en fin de compte, votre force intellectuelle se voyait dans vos propos, et dans leur pertinence. Afficher un surcroît de scepticisme revenait à montrer un peu plus les dents ; tout le monde pouvait le faire. C'était pour ça que Thornton était un mauvais panéliste, parce que même si les autres arrivaient à décrypter son attitude et s'efforçaient de ne pas en tenir compte, il donnait le *la,* et il était difficile de s'abstraire par la suite de la tonalité qu'il avait imprimée aux débats. Quand un groupe comportait un traître permanent, on devait être soi-même moins généreux si on ne voulait pas finir dans le rôle de la poire.

C'était pour ça que Frank l'avait invité.

Thornton continua :

— Le problème de base se situe au niveau de la compréhension de ce qu'est un algorithme. Ce n'est pas seulement une séquence d'opérations mathématiques susceptibles d'être effectuées chacune à leur tour. Ça consiste à concevoir une grammaire qui ajustera les opérations à chaque étape, en fonction des résultats obtenus à l'étape précédente. L'ensemble marche grâce à des calculs d'encodage très spécifiques. Et au stade actuel, ils ne les ont pas, pour autant que je le sache.

Les autres hochèrent la tête et tapotèrent des notes sur leur clavier. Le dossier reçut la mention « Pas de subvention », et ils passèrent assez rapidement au suivant.

Frank pouvait maintenant prévoir avec une certaine assurance la façon dont le restant de la journée allait se dérouler. Une norme dépréciative avait été établie, et bien que le troisième rapporteur, Alice Freundlich, de Harvard, ait subtilement cloué le bec à Thornton en présentant son premier dossier, qu'elle trouvait bien ficelé, elle le fit dans un contexte beaucoup moins généreux, et avec un enthousiasme modéré.

— Ils pensent que les processus évolutionnaires de la conservation des gènes pourraient être cartographiés par des études en cascade, et ils voudraient les modéliser grâce à des simulations avec d'énormes ordinateurs. Ils prétendent pouvoir identifier les gènes enclins à mutation.

Habib Ndina secoua la tête. Encore un sceptique invétéré, mais un puits d'intelligence beaucoup plus profond que Thornton. Il ne se contentait pas de faire de l'esbroufe, il réfléchissait.

— Il me semble que la carte du génome est plus ou moins établie, maintenant, objecta-t-il. Avons-nous vraiment besoin d'en savoir plus long sur l'histoire de l'évolution ?

— Eh bien, peut-être pas. Les impacts au sens large pourraient suffire, ici.

Et c'est ainsi que la journée se poursuivit, et, avec certaines incitations subliminales de Frank (« On est sûrs que leur labo fait le poids ? » « Mais vous pensez que c'est vrai ? » « Et comment ça marche ? » « Comment est-ce que ça pourrait marcher ? »), le Syndrome du Jeu de Massacre commença à apparaître dans toute sa splendeur. Les intervenants oubliaient quelque peu que ces projets étaient des travaux humains effectués sous la pression du délai, et commençaient à les comparer à des modèles idéaux de pratique scientifique. Sous cet éclairage, évidemment, tous les candidats avaient du plomb dans l'aile. On se serait cru dans un tir au pigeon ; chaque nouveau dossier était flingué allègrement : *bang! bang! bang!*

— Celui-ci, il est grillé, dit quelqu'un à un moment donné.

Evidemment, dans ce genre de situation, il arrivait que quelques personnes restent fermement ancrées dans la réalité, et commencent à secouer la tête ou à froncer le nez, voire à protester de l'ambiance, parfois sur le mode humoristique. Mais Frank s'était bien gardé de convier certains des loyaux inconditionnels de sa connaissance, et Alice Freundlich ne servait qu'à faire en sorte que les débats restent courtois et agréables. Dans un groupe, la tentation de la surenchère pouvait être si forte qu'il lui arrivait de se charger d'une violence incroyable. Dans la savane, ça aurait signifié une expulsion ou une nuit passée dehors, l'estomac vide. Ou un pauvre gars se serait fait arracher les membres un à un.

Frank n'avait pas besoin d'aller jusque-là. Rien d'explicite, tout en subtilité. Il n'était que l'auxiliaire. A aucun moment il n'exprimait d'avis tranché sur le fond des projets qui leur étaient soumis. Il regardait la pendule, pointait la liste, quand il leur restait trois minutes sur le temps alloué, il demandait si tout le monde avait exprimé son point de vue, et il veillait à ce que chacun entre ses notes dans le système à la fin.

— Nous avons donc un « Excellent » et cinq « Très bon ». Alice, avez-vous entré votre évaluation pour celui-ci ?

En attendant, la discussion était de plus en plus âpre.

— Là, je me demande ce qu'elle avait dans la tête, c'est absurde !

— Pour celui-ci, permettez-moi de suggérer que nous ne perdions pas notre temps.

Frank commençait subtilement à tirer sur les rênes. Il ne voulait pas qu'ils se mettent à penser qu'il était un mauvais organisateur de panel.

Mais ça n'empêchait pas le mode d'attaque de gagner en puissance. Des babouins se jetant sur une proie blessée ; c'était presque pavlovien, la joie de détruire récompensée par une promesse de nourriture, qui augurait mal de la suite pour l'espèce. Le plaisir de détruire quelque chose de bien chiadé. Frank avait souvent vu ça : un charpentier se mettant à démolir une cabane à la masse, un vétérinaire qui allait à la chasse au canard le week-end... C'était navrant, compte tenu de l'impact démesuré qu'ils avaient acquis à ce stade de l'histoire de la planète, mais c'était bel et bien vrai. En tant qu'espèce, ils étaient probablement condamnés. Donc, la seule véritable stratégie d'adaptation consistait, pour l'individu, à essayer de renforcer sa position. Et de temps en temps, ça impliquait de trahir quelque peu, par tactique.

Vers la fin de la journée, ce fut de nouveau le tour de Thornton. Ils étaient enfin arrivés à la proposition de Yann Pierzinski. Tout le monde commençait à être fatigué.

— Bon, nous avons presque fini, dit Frank. Plus que deux et c'est terminé. Stu, nous revenons vers vous pour « Analyse mathématique et algorithmique des codons palindromiques en tant que prédicteurs de l'expression génique des protéines ». Mandel et Pierzinski, Caltech.

Thornton secoua la tête avec lassitude.

— Je vois qu'il a obtenu quelques « Très bon », mais moi je dis « Assez bon ». Ça part d'une bonne idée, sauf qu'elle me paraît presque trop prometteuse. Franchement, prédire le protéome à partir du génome, ce serait déjà joli, mais comprendre comment le génome a évolué, construire des bio-ordinateurs tolérants aux fautes... Pour moi, ça ressemble à un inventaire de gros problèmes non résolus.

Francesca Taolini lui demanda ce qu'il pensait de l'algorithme que le projet prévoyait de développer.

— Trop schématique pour offrir la moindre certitude ! Je dirais que c'est un vœu pieux. Quoi, il y aurait une boîte à outils finale avec un environnement logiciel et un langage, et une grammaire génétique qui donnerait un sens à des palindromes particuliers ? Bon, il donne l'impression de croire qu'ils sont importants, mais moi je pense que ce ne sont que des séquences de réparation redondantes, d'où la structure palindromique. C'est comme le renfort au bout d'une fermeture Eclair. Alors, imaginer qu'on pourrait utiliser ça pour prédire toutes les protéines qu'un gène donné va produire !

— Mais si ça marchait, on pourrait prévoir les protéines qu'on obtiendrait sans avoir besoin de faire des microanalyses pour constater a posteriori, grâce à la cristallographie, ce qu'on a obtenu, releva Francesca. Ce serait très utile. Personnellement, je pense qu'il est sur une voie qui présente un vrai potentiel. Je connais des gens qui travaillent sur quelque chose comme ça, et ce serait bien que davantage de chercheurs se mettent là-dessus. Le champ est large. C'est pour ça que j'ai mis « Très bon », et je recommande encore le financement du projet.

Elle ne détournait pas les yeux de son écran.

— Ouais, bon, fit Thornton, irrité. Mais où trouverait-il les biocapteurs susceptibles de lui dire s'il a raison ou non ? Il n'y a aucun moyen de contrôle.

— Ce problème-là, il incombera à quelqu'un d'autre de le résoudre. Si les prévisions se réalisent, l'avantage, c'est qu'on n'aura pas besoin de procéder à des essais systématiques.

Frank attendit un instant.

— Quelqu'un d'autre ? demanda-t-il d'un ton neutre.

Pritchard et Yao Lee mirent leur grain de sel. Lee pensait manifestement que c'était une bonne idée, en théorie. Il commença à décrire le projet comme une espèce de livre de cuisine avec des recettes évolutives, et Frank risqua un :

— Et comment ça marcherait ?

— Eh bien, par itérations successives. Ça permettrait de démarrer, de partir sur des directions à explorer.

— Ecoutez, intervint Francesca, il va bien falloir que nous prenions l'affaire à bras-le-corps, parce que tant que nous ne le ferons pas, la mécanique de l'expression des gènes ne sera qu'une boîte noire. C'est une voie de recherche à explorer.

— Habib ? demanda Frank.

— Je pense que ce serait rudement bien qu'il arrive à faire marcher ce projet. Mais ce n'est pas si facile. Son financement serait un vrai coup de dés.

Avant que Francesca ait le temps de reprendre ses esprits et de répondre, Frank dit :

— Eh bien, on pourrait en parler pendant cent sept ans, mais on ne va pas passer toute la soirée là-dessus. Il est déjà tard. Si vous ne l'avez pas encore fait, entrez votre note, et examinons le dernier dossier d'Alice avant d'aller dîner.

La faim les fit acquiescer et tapoter sur leur clavier, puis ils discutèrent du dernier dossier de la journée : « Des ribozymes comme portes logiques moléculaires. » Quand ils eurent fini, Frank colla les Post-it correspondants sur le tableau blanc avec les autres. Sur chaque petit carré de papier étaient portées les notes attribuées au projet de recherche concerné. L'échelle était assez resserrée ; la marge entre 4,63 et 4,70 pouvait faire une grande différence. Ils avaient déjà mis trois propositions dans la colonne « Subvention », deux dans la colonne « Subvention si possible », et six dans la colonne « Pas de subvention ». Les autres restaient collés en bas du tableau. Ils seraient traités le lendemain. Pierzinski faisait partie du lot.

Ce soir-là, le groupe alla dîner chez Tara, un bon restaurant thaï du quartier, où un aquarium occupait tout un mur. Ils parlèrent à bâtons rompus, sur un ton animé, l'atmosphère s'allégeant peu à peu. Après le dîner, quelques-uns mirent le cap sur le bar de l'hôtel tandis que les autres se retiraient dans leur chambre. A huit heures, le lendemain matin, ils étaient de retour dans la salle de conférences et reprenaient l'examen des demandes de subvention avec une efficacité accrue. Thornton demanda à se faire excuser pendant l'examen d'une demande émanant de son université, et la pression, dans la salle de réunion, diminua considérablement. Et même quand il rejoignit le groupe, l'ambiance resta au beau fixe. Ils commençaient à comprendre les penchants des uns et des autres et se lançaient parfois dans des discussions théoriques intéressantes, même si elles étaient limitées à quelques minutes. Certains projets de recherche soulevaient des problèmes captivants, et plusieurs sujets ambitieux successifs leur firent toucher du doigt combien les recherches actuelles en bio-informatique étaient devenues stupéfiantes, et les possibles débouchés pour la santé humaine, si tous ces travaux venaient un jour à être rapprochés et à former une biotechnologie solide. La perspective d'un avenir radieux entraînait le groupe vers des stratégies plus généreuses. La seconde journée se passa mieux. Les notes étaient généralement plus élevées.

— Seigneur, soupira Alice à un moment donné, en regardant le tableau blanc. Quand je pense à la quantité de très bons projets que nous ne pourrons pas financer !

Tout le monde hocha la tête. C'était un sentiment fréquent à la fin d'un panel.

— Je me demande parfois ce qui arriverait si nous avions les moyens de financer quatre-vingt-dix pour cent de tous les projets. Vous savez, ne rejeter que ceux qui offrent des perspectives limitées. Et subventionner tout le reste.

— Ça pourrait accélérer les choses.

— Ça pourrait provoquer une révolution.

— Revenez sur terre, suggéra Frank. Voilà le dernier dossier.

Lorsqu'ils eurent tous entré leurs notes pour le quarante-quatrième dossier, Frank additionna rapidement les notes sur son tableau récapitulatif et tria les candidats de un à quarante-quatre, en établissant de nombreux liens entre eux.

Il imprima les résultats, incluant le montant de la subvention demandée pour chaque projet, puis redemanda l'attention du groupe, et ils commencèrent à placer les Post-it non triés dans l'une ou l'autre des trois colonnes.

Le projet de Pierzinski se retrouva en quatorzième position. Il ne serait pas arrivé là sans Francesca, qui insistait maintenant pour son financement ; mais comme il était quatorzième, le groupe décida de le mettre dans la colonne « Subvention si possible », avec la mention « plus ».

Frank déplaça son Post-it sur le tableau blanc, le visage parfaitement atone. Il y avait huit projets dans « Subvention si possible », six à « Subvention », douze à « Pas de subvention ». Il en restait donc dix-huit, mais la plupart de ces demandes de financement étaient, arithmétiquement, condamnées à se trouver reléguées dans la colonne « Pas de subvention », quelques-unes atterrissant dans « Subvention si possible », avec un faible espoir de repêchage.

Par la suite, Frank devrait remplir pour chaque dossier un « Formulaire n° 7 » résumant les points clés des débats, signalant les évaluations par des pairs extérieurs qui se trouvaient à plus d'une place d'écart de la moyenne, et expliquant pourquoi certains « excellents » dossiers n'avaient pas reçu de subvention. Ça faisait partie de l'obligation de transparence à laquelle ils s'astreignaient envers les demandeurs de bourse, et ça permettait d'éviter les anomalies. Le panel n'avait qu'un rôle de conseil, la NSF avait le droit de passer outre à ses recommandations, mais, dans la grande majorité des cas, son évaluation serait retenue ; là résidait l'enjeu du processus, qui était l'objectivité scientifique, au moins à ce stade.

D'une certaine façon, il y avait de quoi rire. Solliciter sept avis on ne peut plus subjectifs et parfois contradictoires, les quantifier, les pondérer... et dire que c'était ça, l'objectivité ! Une note qu'on pouvait faire figurer sur un graphique. Ridicule, évidemment. Mais ils n'avaient pas trouvé de meilleure procédure. Et, à vrai dire, y en avait-il une autre ? Aucun algorithme n'aurait pu prendre ce genre de décision. Le seul ordinateur assez puissant pour ça était constitué par un réseau de cerveaux humains reliés entre eux – autant dire un panel. Et ils ne pouvaient pas aller plus loin.

Ils discutèrent donc une dernière fois des projets et de leur potentiel scientifique, ainsi que de leur aspect éducatif et de leur apport à la société, de la rubrique « impacts au sens large », en général vaguement esquissée dans les propositions, et qui n'était pas très populaire auprès des puristes de la recherche. Mais pour reprendre la formulation de Frank : « La NSF n'est pas là que pour faire de la science ; elle est là aussi pour la promouvoir, et ça implique tous ces autres critères. Ce qu'elle apportera à la société. » Pour ne pas dire « ce qu'Anna en fera ».

Quand on parlait du loup... Anna entra, quelque peu rougissante, pour remercier avec une certaine raideur les panélistes de leur participation. Après son départ, Frank dit :

— A mon tour de vous remercier. Ça a été épuisant, comme toujours, mais nous avons fait du bon travail. J'espère vous revoir tous ici, un de ces jours, mais je m'efforcerai de ne pas faire appel à vous trop souvent non plus. Je sais que certains d'entre vous ont des avions à prendre, alors je vous propose de lever la séance maintenant, et s'il vous revient quelque chose, vous n'aurez qu'à reprendre contact avec moi. Voilà. C'est tout.

Frank fit un dernier tirage de la feuille de résultats. D'après les montants indiqués, ils devraient finir par financer une dizaine des quarante-quatre projets de recherche. Il y en avait déjà sept dans la colonne « Subvention », et six, dans la colonne « Subvention si possible », étaient un peu mieux notés que le dossier de Yann Pierzinski. Si Frank, en tant que représentant de la NSF, n'usait pas de son pouvoir discrétionnaire pour trouver un moyen de le sponsoriser, sa demande serait retoquée.

Une nouvelle journée dans la vie de Charlie et Joe. Un matin de la fin du printemps. Le thermomètre affichait déjà plus de trente-cinq degrés, et la température continuait à monter. De même que le taux d'humidité.

Il faisait bien frais, à la maison, grâce à l'air conditionné que les bouches d'aération au plafond déversaient sur eux comme une source d'une limpidité cristalline. Ils jouèrent à la bagarre, ils firent le ménage, ils prirent leur petit déjeuner, et un en-cas à onze heures. Puis, pendant que Joe massacrait des dinosaures, Charlie lut un peu le *Post*. Un article qui parlait de la sécheresse en Inde lui rappela les Khembalais, alors il mit son oreillette et appela son ami Sridar.

— Sridar, c'est Charlie.

— Charlie ! Ravi de t'entendre ! J'ai eu ton message.

— Ah, très bien. Ça marche, le lobbying ?

— On se maintient. On a des clients intéressants, si tu vois ce que je veux dire.

— Oh oui !

Charlie et Sridar avaient travaillé pour le même cabinet de lobbying, il y avait quelques années de cela. Maintenant, Sridar était chez Branson & Ananda, un petit cabinet prestigieux qui appuyait plusieurs gouvernements étrangers dans leurs négociations avec les institutions américaines. Les coutumes de certains pays faisaient de leur représentation au Congrès un véritable défi.

— Alors, tu me parlais d'un nouveau pays? Ça me fait plaisir que tu penses à m'envoyer des clients.

— En fait, comme je te disais, ce sont plutôt des relations d'Anna.

Charlie lui expliqua comment ils s'étaient rencontrés.

— Et puis j'ai parlé avec eux, et je me suis dit qu'ils auraient bien besoin de ton aide.

— Mm, merci, vieux! C'est trop gentil.

— Ouais, je me suis dit que tu serais content d'avoir des défis inédits à relever.

— C'est ça, comme si je n'en avais pas déjà assez... Alors, c'est quoi, ce nouveau pays?

— Tu as entendu parler du Khembalung?

— Il me semble... Ils ne font pas partie de la Ligue des nations inondables?

— En effet.

— Et tu me demandes de m'occuper d'une île qui va s'enfoncer sous les eaux?

— En réalité, ce n'est pas leur île qui s'enfonce, ce sont les océans qui montent.

— De mieux en mieux! Je veux dire, qu'est-ce que tu veux qu'on y fasse? Qu'on stoppe le réchauffement climatique?

— Eh bien, oui. C'est l'idée. Mais tu sais, il y a toutes sortes de pays qui travaillent sur le même truc. Tu auras des quantités d'alliés.

— Mouais.

— Enfin, bref, ils ont vraiment besoin de ton aide, et ce sont des gens bien. Intéressants. J'espère que tu les apprécieras. Essaie toujours de les rencontrer, et puis tu verras.

— Bon, d'accord. Je ne sais plus où donner de la tête en ce moment, mais je peux quand même faire ça. Il n'y a pas de mal à discuter avec eux.

— Ah, merci, Sridar. J'apprécie.

— Pas de problème. Hé, je pourrais avoir le Krakatoa, aussi?

— Salut!

— Salut.

Après ça, Charlie était d'humeur loquace, mais il n'avait pas de raison particulière d'appeler qui que ce soit. Il recommença à jouer avec Joe. Pour finir, comme il s'ennuyait trop, il se résigna à allumer la télé. Il tomba sur une émission politique qu'il regarda, atterré.

— Ce sont vraiment tous des toutous à leur mémère, ronchonna-t-il, prenant Joe à témoin. Regarde-moi ce plateau ! On dirait un chenil ! Mon Dieu ! Tous ces types sagement assis en rang, comme des chiens de manchon dans la paume d'un géant, disant ce que le géant a envie d'entendre... Comment peuvent-ils supporter ça ? Et le pire, c'est qu'ils savent parfaitement ce qu'ils font, tous autant qu'ils sont. Regarde comment ils font leur petit numéro pour distraire la populace ! Tu vois celui-là ? Ma parole, il a recopié les définitions du dictionnaire ! Et l'autre, là ! Mon Dieu ! On dirait que les seuls règles du jeu qu'il connaisse sont celles de la Dame de Pique de son ordinateur. Il n'a aucun principe, en dehors de la défense du capital. C'est répugnant !

— *BOUM !* acquiesça Joe.

Comme s'il avait perçu l'état d'esprit de Charlie, il avait lancé un tyrannosaure dans un radiateur, qu'il heurta avec un claquement.

— Exactement, commenta Charlie. Bien vu.

Il changea de chaîne et passa sur une chaîne sportive, qui retransmettait du beach-volley féminin à longueur de journée. Les mâles retraités devaient former une proportion significative de la population téléphage. Et c'est ainsi que de grandes bringues musclées en maillot de bain faisaient des bonds et plongeaient dans le sable avec une maestria stupéfiante. Charlie appréciait particulièrement les exploits de la Brésilienne Jackie Silva, qui gagnait toujours, même si elle n'était pas la meilleure au service, à la passe, au renvoi, à l'attaque ou à la réception. Mais elle était toujours là où il fallait, faisant ce qu'il fallait, opérant des sauvetages miraculeux et gagnant des points par surprise.

— Je serai le Jackie Silva des conseillers du Sénat, annonça Charlie à Joe.

Mais Joe en avait assez d'être enfermé.

— Allez ! dit-il d'un ton impérieux en tapant sur la porte d'entrée avec un diplodocus. Allez ! allez ! allez !

— D'accord, d'accord.

Il avait raison, indéniablement. Ils ne pouvaient pas rester toute la journée à la maison.

— Bon, écoute, voilà ce qu'on va faire. Le parc, j'en ai marre. On va descendre jusqu'au Mall. Il y a un moment qu'on n'y est pas allés. Le Mall, Joe ! Mais pour ça, il va falloir que tu montes dans ton porte-bébé.

Joe hocha la tête et essaya aussitôt de grimper dans le sac à dos pour bébé. Il était prêt à démarrer. Mais ce n'était pas si simple.

— Attends, on va d'abord te changer.

— NON !

— Allez, Joe. Si.

— NON !

— Si !

Le changement de couche fit l'objet d'un pugilat émaillé de cris et de hurlements, où tous les coups étaient permis, les claques comme les pincements. Les deux combattants étaient aussi déterminés l'un que l'autre, mais Charlie suivit l'exemple de Jackie Silva et fit ce qu'il fallait.

Si bien qu'ils se retrouvèrent, tout rouges et en sueur, dans le bain de vapeur de la ville, puis dans le monde souterrain, obscur et frais, du métro.

Ç'aurait été bien si le métro avait eu le don d'apaiser Joe comme il calmait naguère Nick, or il le galvanisait. Charlie, sur qui sa pénombre et sa fraîcheur agissaient comme un puissant soporifique, ne pouvait pas comprendre ça. Joe entendait jouer juste au bord du quai, au-dessus du rail électrifié, à croire qu'il était irrésistiblement attiré par cette énorme source d'énergie. Bébé cent mille volts. Charlie courait en rond pour éloigner Joe du bord, telle Jackie Silva empêchant la balle de toucher le sol.

Finalement, la rame arriva. Joe aimait les voitures du métro. Il se mit debout sur le siège, à côté de Charlie, et observa. Tout : les murs de béton qui défilaient derrière les vitres teintées du wagon, les sièges orange ou rose vif, les publicités, les gens, les stations où ils s'arrêtaient brièvement.

Un jeune homme noir monta avec un ballon d'anniversaire gonflé à l'hélium. Il s'assit de l'autre côté de la voiture, en face de Charlie et de Joe. Joe regardait le ballon, parfaitement hypnotisé. Il était clair que c'était pour lui une sorte d'objet miraculeux. Le jeune tira sur la ficelle et laissa remonter le ballon. Joe sursauta, puis éclata de rire. Son gloussement rappelait celui de sa mère, un gargouillis de gorge, grave. Les gens dans le wagon sourirent rien que de l'entendre. Le jeune homme tira à nouveau le ballon vers le bas et le laissa remonter. Joe éclata de rire si fort qu'il dut s'asseoir, et les gens commencèrent à rire avec lui. Le jeune homme souriait timidement. Il répéta son petit manège, et toute la voiture se mit à rire avec Joe. Ils rirent comme ça jusqu'à la station de Metro Center.

Charlie descendit de voiture en souriant jusqu'aux oreilles et emmena Joe au niveau des lignes Bleue et Orange. Il n'en revenait pas de constater combien l'atmosphère, dans les groupes, était contagieuse. Des étrangers qui ne se reverraient plus jamais s'étaient soudain sentis unis par un jeune et un gamin qui s'amusaient. Par le rire. Mais le plus étrange était peut-être que ses semblables soient, en dehors de ça, un peu comme des meubles dans la vie de chacun.

Joe s'agitait dans les bras de Charlie. Il aimait la mystérieuse immensité de Metro Center. L'incident du ballon était déjà oublié. Pour lui, il n'avait rien de remarquable; il était encore à ce stade de la vie où tout venait lui confirmer qu'il était le centre de l'univers, et que les miracles étaient chose courante. Ce qui faisait un peu de lui une sorte de sénateur américain.

Par bonheur, Phil Chase n'était pas comme ça. Certes, il adorait sa vie et son rôle public, ce qui rappelait à Charlie ce qu'il avait lu sur Roosevelt, mais c'était surtout le fait d'être la vedette de son propre film; comme n'importe qui, au fond. Non, Charlie trouvait formidable de travailler pour Phil, et c'était l'un des tests ultimes auxquels on pouvait soumettre un individu.

En arrivant à la station Smithsonian, Charlie mit Joe dans son porte-bébé, sur son dos, et prit l'escalator qui montait vers la lumière et la chaleur de four du Mall.

Le ciel était d'un blanc aveuglant. On se serait cru dans un sauna. Charlie se fraya un chemin dans la canicule vers un petit carré de verdure, à l'ombre du monument à la mémoire de George Washington. Il s'assit par terre et sortit à manger de son sac. La vue dégagée vers le Capitole et le Lincoln Memorial lui plaisait. Il avait l'impression d'être sorti d'une gigantesque forêt enchantée. Ce qui, pour lui, expliquait la grande popularité du Mall: les monuments et les grands bâtiments du Smithsonian n'étaient finalement qu'un plus. En fait, le plaisir de se retrouver à l'air libre primait tout. La réalité ordinaire de l'Ouest américain était une vision paradisiaque, à cet endroit, dans les vertes profondeurs du marécage.

Charlie connaissait et chérissait la vieille histoire : les treize premiers Etats avaient besoin d'une capitale, et il fallait que l'un d'eux cède un peu de terre pour cela, sans quoi un Etat raflerait l'honneur d'héberger la future capitale ; or la Virginie et les autres Etats du Sud auraient vu d'un mauvais œil que ce privilège revienne à Philadelphie ou à New York. Ils avaient donc marchandé : « Vous donnez un peu de terre. — Non, vous. » On n'a jamais vu une bureaucratie renoncer à sa souveraineté sur quoi que ce soit, fût-ce le plus minuscule banc de sable. Pour finir, la Virginie avait dit au Maryland : « Regardez, à l'endroit où le Potomac rencontre l'Anacostia, il y a un grand marécage pestilentiel. C'est un endroit horrible, sans valeur. Vous ne ferez jamais rien de ce bourbier malsain. — C'est vrai, avait répondu le Maryland. Vous avez raison. Bon, eh bien, d'accord, nous donnons cette terre à la nation pour qu'elle en fasse sa capitale. Mais pas trop ! Juste un bout du coin le plus immonde. Et bonne chance pour les travaux d'assèchement ! »

Et voilà où ils en étaient. Charlie somnolait, assis sur l'herbe, tandis que Joe tournicotait autour de lui comme un bourdon, inspectant tout. La lumière diffuse de midi tombait sur eux, étouffante. De gros nuages blancs bouillonnaient à l'ouest, et la scène devenait brillante, irradiant une lumière intérieure comme une photo informatique, avec plus de pixels que l'œil humain ne pouvait en distinguer. Un monde ductile, éclatant de lumière. Il devrait vraiment penser à prendre ses lunettes de soleil pour ces balades.

S'il voulait que Joe fasse une bonne sieste, il fallait qu'il lui mette quelque chose dans le ventre. Il lutta contre sa propre somnolence, prit le sac de nourriture dans la poche du porte-bébé et l'agita pour le faire voir à Joe. Qui s'approcha, les paupières mi-closes. Il n'y avait pas une seconde à perdre. Charlie le fit asseoir sur ses genoux et lui fourra la tétine du biberon dans le bec, pile au moment où sa tête basculait sur le côté.

Deux vrais zombies, et pas un pour rattraper l'autre : Joe s'endormit en tétant pendant que Charlie tombait de sommeil sur lui, le menton sur la poitrine, comateux. Serrer son enfant contre soi dans une chaleur à vous griller les neurones, quoi de plus délectable ?

Les nuages s'accumulaient au-dessus de la Maison-Blanche, comme une émanation de l'esprit impétueux de l'occupant des lieux, ronds, denses, d'un blanc foudroyant. De l'autre côté, au-dessus de la Cour suprême, planait un nuage noir à neuf lobes, hérissé d'éclairs inquiétants. Oui, des puissances de Washington émanaient des courants thermiques qui formaient des nuages au-dessus d'eux, des nuages d'une forme et d'une couleur correspondant exactement à leur mentalité. Charlie vit que chaque cumulo-bureaucratus transcendait les individus qui effectuaient temporairement leurs tâches dans le monde. Chacun de ces esprits transhumains avait son caractère, sa biographie, ses capacités, ses désirs et ses habitudes. Et dans le ciel au-dessus de la ville, leurs destins s'affrontaient. Les êtres humains étaient comme les cellules de leur corps. Elles devaient aussi penser que leur vie était importante, et qu'elles la contrôlaient. Mais l'organisme plus vaste savait ce qu'il en était.

C'est alors que Charlie vit que la Maison-Blanche était un grand nuage blanc, le Grand Esprit de l'orage, une sorte de vieil empereur, ou le shérif d'une petite ville, dominant le paysage et les autres acteurs. La Cour suprême, de l'autre côté, était dangereusement sombre et basse, comme un Minotaure à plusieurs têtes, ruminant, puissant. Au-dessus du dôme blanc du Capitole, l'air frémissait ; le Congrès était un thermique rugissant, si chaud qu'aucun nuage ne pouvait s'y former.

Oh oui, il y avait décidément de grands esprits au-dessus de cette ville basse, s'entrechoquant comme Zeus et son peuple, ou Odin, ou Krishna, ou tous en même temps. Pour se frayer un chemin dans un monde pareil, il fallait souffler comme le Vent du Nord.

Il dormait aussi profondément que Joe quand son téléphone se mit à sonner. Il répondit avant de se réveiller, relevant sèchement sa tête qui pendouillait au bout de son cou.

— Ouais...

— Charlie? Charlie, t'es où? On a besoin de toi tout de suite, là.
— Je suis déjà là.
— Vraiment? C'est génial! Charlie?
— Oui, Roy?
— Ecoute, Charlie, désolé de t'embêter, mais Phil n'est pas là, je dois rencontrer le sénateur Ellington dans vingt minutes, et on vient de nous appeler de la Maison-Blanche pour nous dire que le docteur Strangelove veut nous voir pour nous parler de la proposition de loi sur le climat de Phil. On dirait qu'ils sont disposés à nous écouter, peut-être même à nous parler, et, qui sait, à négocier. Il faut qu'on y aille.
— Tout de suite?
— Tout de suite. Il faut que tu rappliques.
— Ecoute, je suis dans le coin, mais je ne peux pas venir. Je suis avec Joe. Où est Phil?
— A San Francisco.
— Et Wade? Je croyais qu'il était revenu!
— Non, il est toujours dans l'Antarctique. Ecoute, Charlie, il n'y a que toi, ici, qui puisses faire ça comme il faut.
— Et Andrea?
Andrea Palmer était la responsable des problèmes législatifs de Phil, et à ce titre elle s'occupait de toutes ses propositions de loi.
— Elle est à New York. Et puis, c'est toi l'homme-clé, pour ce truc-là, c'est ta loi plus que celle de n'importe qui d'autre, et tu la connais à fond.
— Mais j'ai Joe avec moi!
— Ben, tu pourrais peut-être l'amener.
— Ouais, c'est ça.
— Ecoute, pourquoi pas? Il ne devrait pas faire la sieste, là?
— Il est en train de la faire.
Charlie voyait les arbres devant la Maison-Blanche, de l'autre côté de l'Ellipse. Il pouvait y être en dix minutes. Théoriquement, Joe dormirait deux heures. Et ils devaient sauter sur l'occasion, parce que, jusque-là, le Président et son entourage n'avaient témoigné d'aucun intérêt pour le problème.
— Ecoute, fit Roy d'un ton caressant. On a déjeuné ensemble je ne sais combien de fois, alors que Joe dormait sur

ton dos, et crois-moi, personne ne fera la différence. Je veux dire, de toute façon, tu donnes toujours l'impression d'avoir tout le poids du monde sur le dos, tu étais déjà comme ça avant d'avoir Joe, et maintenant, si je puis dire, il se contente de combler le vide, et de te donner un air quasi normal. Tu es allé voter avec lui sur le dos, tu as fait tes courses, tu as pris ta douche, et même, une fois, tu m'as dit que tu avais fait l'amour à ta femme avec Joe sur le dos, non?

— Quoi?

— C'est toi qui m'as raconté ça, Charlie.

— Je devais être soûl pour te raconter ça, et on ne faisait pas vraiment l'amour, de toute façon. Je ne pouvais même pas bouger.

Roy partit de son rire de gorge.

— Et depuis quand ça empêche de faire l'amour? Tu l'as fait alors que Joe dormait dans son porte-bébé sur ton dos, alors tu peux bien parler au conseiller scientifique du Président. Le docteur Strangelove s'en fichera pas mal.

— C'est un con.

— Ça, c'est un scoop! Ce sont tous des cons, dans l'entourage du Président, sauf le Président lui-même. Sauf que c'en est un aussi, mais lui, au moins, c'est un brave type. Et c'est le président de la famille, d'accord? Il approuverait le principe, tu peux dire ça à Strengloft; tu peux lui dire que si le Président était là, il adorerait ça. Il signerait un autographe sur la tête de Joe comme si c'était une balle de base-ball.

— N'importe quoi!

— Charlie, c'est *ta* proposition de loi!

— D'accord, d'accord! (C'était vrai.) Bon, je vais voir ce que je peux faire.

C'est ainsi que, le temps qu'il réussisse à se remettre Joe sur le dos (le gamin était deux fois plus lourd quand il dormait) et traverse le Mall puis l'Ellipse, Roy avait passé les coups de fil qu'il fallait, et Charlie était attendu à l'entrée ouest de la Maison-Blanche. Joe franchit la sécurité après une fouille assez légère, plus spécialement ciblée sur la région de sa couche, et, une fois de l'autre côté, on les emmena rapidement vers une salle de réunion vide, éclairée comme pour un tournage. C'était la première fois que Charlie y mettait les pieds, et pourtant il était venu plusieurs fois à la Maison-Blanche. Joe pesait comme un âne mort sur ses épaules.

Le Dr Zacharius Strengloft, le conseiller scientifique du président, entra dans la pièce. Ils avaient déjà eu quelques échanges par personne interposée, dans le passé, Charlie murmurant des questions meurtrières dans l'oreille de Phil alors que Strengloft témoignait devant son comité, mais ils ne s'étaient jamais entretenus face à face. Ils échangèrent une poignée de main, Strengloft regardant avec curiosité par-dessus l'épaule de Charlie. Celui-ci lui expliqua brièvement la présence de Joe, et Strengloft réagit avec exactement le genre de fausse bienveillance givrée que Charlie avait anticipée. Il considérait Strengloft comme un ex-universitaire pontifiant de la pire espèce, qu'on était allé pêcher dans un groupe de réflexion conservateur de deuxième zone quand le premier conseiller scientifique de l'administration avait été viré pour avoir dit que le réchauffement climatique n'était peut-être pas une blague, tout compte fait, et, pis encore, qu'il se pouvait que l'homme soit en mesure de l'atténuer. C'en était trop pour ces gens-là. Ils n'avaient qu'une ligne de pensée : on n'avait aucune certitude à ce sujet, et il serait beaucoup trop coûteux d'y remédier, même s'ils étaient convaincus que ça leur pendait au nez – il faudrait tout revoir, les moyens de production d'énergie, les voitures, le passage des hydrocarbures à l'hélium ou Dieu sait quoi – eux n'en savaient rien –, et ils n'avaient ni les brevets ni l'infrastructure industrielle pour ça, alors ils allaient botter en touche et laisser le soin à la génération suivante de régler le problème, le moment venu. En d'autres termes, qu'ils aillent tous se faire foutre. Il était plus facile de détruire le monde que de toucher au capitalisme, ne fût-ce que d'un iota.

C'était devenu assez clair depuis la nomination de Strengloft. Il avait fait main basse sur les listes de candidature à la plupart des comités scientifiques du gouvernement fédéral, et très vite les candidats s'étaient couramment entendu demander pour qui ils avaient voté lors des dernières élections, ou ce qu'ils pensaient des recherches sur les cellules souches, l'avortement et l'évolution. Résultat : un défenseur de l'industrie du plomb avait été nommé au comité chargé de fixer les normes admissibles concernant le taux de plomb dans le sang des enfants, et avait tranquillement déclaré que soixante-dix microgrammes par décilitre constituaient une dose inoffensive, alors que l'EPA fixait le plafond à dix. Quand son point de vue avait été publié et critiqué, Strengloft avait commenté : « Il faut bien une diversité de points de vue si on veut se faire une opinion. » La seule mention de son nom suffisait à mettre Anna en boule.

Enfin, les choses étant ce qu'elles étaient, il était là, debout devant Charlie ; il fallait bien faire avec, et, au moins physiquement, il avait l'air amical.

Ils venaient d'échanger les plaisanteries préliminaires d'usage quand le Président en personne entra dans la pièce. Strengloft eut un hochement de tête complaisant, comme si cet heureux homme venait souvent l'assister dans son travail crucial.

— Oh, bonjour, monsieur le Président, dit Charlie, maladroitement.

— Bonjour, Charles, répondit le Président en s'approchant pour lui serrer la main.

C'était mauvais. Pas sans précédent, ni même terriblement surprenant. Le Président avait la réputation de faire irruption dans des réunions à l'improviste, comme ça, apparemment par accident, mais peut-être pas. Ça faisait partie de son style informel, légendaire.

C'est alors qu'il vit Joe sur le dos de Charlie, et il fit le tour de Charlie pour le voir de plus près.

— Qu'est-ce que c'est que ça, Charles ? Vous emmenez votre petit gamin avec vous à l'usine ?

— Oui, monsieur. On m'a appelé au dernier moment, quand le Dr Strengloft a demandé à voir Phil et Wade, qui ne sont pas à Washington en ce moment.

Le Président trouva ça amusant.

— Ha ! Super ! C'est adorable. Trouvez-moi un stylo-feutre, que je vous signe sa petite tête. (C'est surtout cette manie de parapher tous les petits objets ronds, qui est signée, se dit Charlie. Typique du Président.) C'est une fille ou un garçon ?

— Un garçon. Joe Quibler.

— Eh bien, c'est génial. Sauver le monde avant d'aller se coucher, c'est l'histoire de votre vie, hein, Charles ?

Il eut un sourire et s'approcha, comme s'il ne tenait pas en place, du fauteuil placé devant la fenêtre, au bout de la table. L'un de ses hommes, planté sur le seuil de la porte, les regardait d'un œil inexpressif.

Le Président avait le visage plus petit qu'à la télé, se dit Charlie. Un visage d'une taille absolument normale, qui n'avait l'air petit qu'à cause de toutes ces images télévisées. D'un autre côté, il avait quelque chose de formidablement concret. Du relief. Il irradiait de réalité.

Il avait les yeux un peu rapprochés, comme on le disait souvent, mais, à part ça, il faisait assez vedette de cinéma sur le retour, ou mannequin pour catalogues de vente par correspondance. Un homme d'affaires qui avait réussi et s'était rangé des voitures pour servir son pays. Les observateurs se plaisaient à faire remarquer qu'on retrouvait sur son visage les traits de plusieurs des derniers présidents, ce qui lui conférait une physionomie rassurante, vaguement familière, avec une pointe de Ross Perot pour son ringardisme attachant et un peu décalé.

Il arborait en cet instant précis l'expression amusée de l'oncle préféré de tout le monde.

— Alors, ils vous ont propulsé là-dedans sans préavis.

Il leva la main pour prévenir toute réponse et ajouta dans une sorte de murmure :

— Pardon, je ne devrais peut-être pas parler si fort ?

— Aucun problème, monsieur, lui assura Charlie d'une voix normale. Il en a pour un moment. Ne faites pas attention à cet homme, derrière mon épaule.

— Vous avez un sorcier sur le dos, c'est ça ? répliqua le Président avec un sourire.

Charlie hocha la tête avec un rapide sourire pour masquer sa surprise. On se gargarisait, dans certains cercles, du prétendu crétinisme du Président, une marionnette dont l'entourage tirait les ficelles ; mais en cet instant, face à face avec lui, Charlie eut la confirmation d'une opinion minoritaire selon laquelle le gaillard était tellement rusé que ça frisait le génie. Le Président était loin d'être un imbécile. Et il possédait à fond toutes les vieilles ficelles du cinéma. Charlie ne put s'empêcher de se sentir un peu rassuré.

— C'est chouette, Charles, reprit le Président. Alors, si on s'y mettait ? Le Dr S., ici présent, m'a parlé de la réunion de ce matin, et je suis venu voir de quoi il retournait, parce que j'aime bien Phil Chase. J'ai cru comprendre qu'il voulait que nous adoptions les mesures préconisées par le Groupe d'experts intergouvernemental sur l'évolution du climat, au point d'introduire une proposition de loi prévoyant notre participation à toutes les actions qu'il recommandera, quelles qu'elles puissent être. Et c'est une émanation des Nations unies.

Charlie passa en une seconde à la vitesse supérieure, sur le mode ultradiplomatique, non seulement par égard pour le Président, mais surtout pour Phil, l'absent, qui lui en voudrait, quoi qu'il puisse dire, Phil étant seul à pouvoir parler de ces sujets avec le Président.

— Eh bien, monsieur le Président, commença-t-il, je ne sais pas si je me serais exprimé exactement dans ces termes. Vous savez que le comité des Relations extérieures du Sénat a tenu un certain nombre de sessions, cette année, et la conclusion de Phil, après toutes ces auditions, est que la situation climatique globale est vraiment préoccupante. Au point qu'il est déjà presque trop tard.

Le Président jeta un coup d'œil acéré à Strengloft.

— Vous êtes d'accord, Dr S. ?

— Nous sommes d'accord pour dire qu'il se dégage un certain consensus selon lequel le réchauffement constaté serait réel.

Le Président regarda Charlie, qui dit :

— Jusque-là, ça va, c'est sûr. Mais c'est ce que nous allons faire à partir de là qui compte. Enfin, à condition que nous essayions d'y remédier.

Charlie revit rapidement la situation, telle que tout le monde la connaissait : la température moyenne avait déjà augmenté de 3,3 degrés, le niveau de CO_2 de l'atmosphère, qui était de 280 parties par million avant la révolution industrielle, frisait les 600 ppm et promettait d'atteindre les 1 000 ppm avant la fin de la décennie, c'est-à-dire plus qu'à n'importe quel autre moment depuis soixante-dix millions d'années. L'industrie américaine déversait tous les ans deux milliards et demi de tonnes de CO_2 dans l'atmosphère, c'est-à-dire 150 % de plus que ce que les accords de Tokyo auraient autorisé si les Américains les avaient signés, et ils ne donnaient pas l'impression de vouloir s'arrêter là. Et puis il y avait la persistance à long terme des gaz à effet de serre, de l'ordre du millier d'années.

Charlie évoqua aussi rapidement la disparition des récifs coralliens, qui entraînerait des conséquences plus sévères pour les écosystèmes océaniques.

— Le problème, monsieur le Président, c'est que le climat du monde pourrait changer très rapidement. Selon certains scénarios, le réchauffement global provoquerait le refroidissement très rapide de l'hémisphère Nord, surtout en Europe. Si cela devait se produire, l'Europe pourrait devenir une sorte de Yukon de l'Asie.

— Vraiment! fit le Président. Et qu'est-ce qui prouve que ce serait une mauvaise chose? Non, je plaisante, évidemment.

— Evidemment, monsieur, ah, ah.

Le Président le fixa, d'un air à la fois moqueur et réprobateur.

— Eh bien, Charles il se peut que tout ça soit vrai, mais nous n'avons aucune certitude que ce soit dû aux activités humaines. Et ça, c'est un fait, non?

— Tout dépend de ce qu'on entend par « certitude », insista Charlie. Deux milliards et demi de tonnes de carbone par an, ça ne peut pas faire autrement que d'avoir un effet; c'est de la physique. On pourrait dire que rien ne prouve que le Soleil va se lever demain matin, et d'une certaine façon, ce serait vrai. Mais je vous parie, moi, qu'il va se lever.

— Ne me donnez pas envie de relever le pari!

— Et puis, monsieur le Président, il y a aussi ce qu'on appelle le principe de précaution: quand on est confronté à un désastre possible, il faut agir; on ne peut pas traîner les pieds sous prétexte qu'on n'est pas sûr à cent pour cent qu'il va se produire. Parce qu'on ne peut jamais être sûr à cent pour cent de quoi que ce soit, et certains de ces problèmes sont trop graves pour qu'on perde du temps.

A ces mots, le Président fronça les sourcils. Strengloft intervint:

— Charlie, vous savez que le principe de précaution est une imitation de l'assurance des actuaires, avec laquelle il n'a aucune ressemblance, le risque et la prime payée ne pouvant être calculés. C'est pour ça que nous avons refusé d'entendre parler du principe de précaution dans les discussions auxquelles nous avons participé aux Nations unies. Nous avons dit que nous refuserions même d'y prendre part si le principe de précaution ou les empreintes écologiques étaient évoqués, et nous avions de très bonnes raisons d'exclure ces concepts du débat, parce que ce n'est pas de la bonne science.

Le Président acquiesça de ce hochement de tête familier qui voulait dire « Et voilà », que Charlie reconnaissait pour l'avoir vu lors d'un nombre incalculable de conférences de presse.

— De toute façon, dit-il, j'ai toujours pensé qu'une empreinte était une mesure simpliste pour un problème aussi complexe.

— Monsieur le Président, ce n'est qu'une façon de désigner un bon indice économique, contra Charlie. C'est une façon de calculer l'utilisation des ressources en fonction de la surface de terre nécessaire pour les produire. C'est assez didactique, en réalité. C'est une donnée utile à connaître, comme quand on fait ses comptes : ça permet de savoir où on en est, et il en ressort que l'Amérique consomme des ressources équivalentes à dix fois sa superficie. Si tout le monde en faisait autant, compte tenu de l'augmentation de la densité de population sur la majeure partie du globe, il faudrait quatorze planètes comme la nôtre pour entretenir tout ce monde-là.

— Allons, Charlie, objecta le Dr Strengloft. Je vois d'ici que vous allez vouloir utiliser l'indice de bonheur national brut du Bhoutan, aussi ! Pour l'amour du ciel ! Charlie, nous ne pouvons pas utiliser les indices des petits pays ; ils ne rendent pas compte de la situation. Nous sommes la superpuissance. Et, clairement, les militants anti-CO_2 forment eux-mêmes un lobby qui défend ses propres intérêts économiques. Vous avez succombé à leurs arguments, mais ce n'est pas comme si le CO_2 était un polluant toxique. C'est un gaz naturel, présent dans l'atmosphère, et essentiel pour les plantes. Il leur est même bénéfique. La dernière fois qu'il y a eu un accroissement significatif du CO_2 dans l'air, la productivité de l'agriculture humaine a fait un bond spectaculaire. C'est au cours de cette période que les Scandinaves ont occupé le Groenland. Et il y a eu un allongement général de l'espérance de vie.

— Que la fin de la peste noire suffirait peut-être à expliquer, souligna Charlie.

— Eh bien, c'est peut-être la montée du niveau de CO_2 qui a mis fin à la peste noire.

Charlie en resta bouche bée.

— Les bubulles de mon club soda, dit gentiment le Président.

— Oui, bien, répondit Charlie, au prix d'un effort sur lui-même. Mais c'est quand même un gaz à effet de serre. Il retient la chaleur qui, sans cela, s'échapperait dans l'espace. Et nous en rejetons plus de deux milliards de tonnes par an dans l'atmosphère. C'est comme si on bouchait votre tuyau d'échappement, monsieur. Votre voiture risquerait la surchauffe. La communauté scientifique tout entière s'accorde à dire que ça provoque un réchauffement *vraiment significatif.*

— Nos modèles montrent que les récents changements de température sont à l'intérieur des marges de fluctuation naturelles, répliqua le Dr Strengloft. En réalité, il se pourrait même que la température de la stratosphère ait baissé. C'est complexe, mais nous étudions le phénomène, et nous y apporterons la réponse la plus adaptée au moindre coût, parce que nous prendrons le temps de la trouver. En attendant, nous prenons déjà des précautions efficaces. Le Président a demandé aux entreprises américaines de limiter l'accroissement des émissions de dioxyde de carbone à un tiers du taux de croissance de l'économie nationale.

— C'est le ratio que nous avons déjà.

— Oui, mais le Président est allé plus loin en demandant aux entreprises américaines d'essayer d'atteindre un objectif de réduction de dix-huit pour cent au cours de la décennie prochaine. C'est une approche basée sur la croissance qui accélérera les nouvelles technologies, et les partenariats dont nous aurons besoin avec les pays en voie de développement concernant le changement climatique.

Le Président regardait Charlie pour voir ce qu'il allait répondre à ces inepties délirantes quand Charlie sentit que Joe bougeait sur son dos. Comme si la situation n'était pas assez compliquée! Non seulement le Président et son conseiller scientifique ignoraient les recommandations de la proposition de loi de Phil, mais encore ils en attaquaient bel et bien le concept sous-jacent. Si Charlie avait nourri l'espoir que le Président serait disposé à appuyer de tout son poids un vrai marchandage, il pouvait faire une croix dessus.

Or donc, Joe remuait bel et bien. Il avait le visage collé dans le cou de Charlie, comme d'habitude, et voilà qu'il avait plaqué sa bouche sur le tendon droit de sa nuque et commençait à le sucer en rythme, comme s'il trouvait ça apaisant. Cela lui arrivait parfois quand il somnolait, et Charlie avait toujours trouvé ce geste adorable. C'était l'une des choses qui le faisaient le plus ressembler à une maman dans son boulot de papa poule, mais il avait toutes les peines du monde à s'en abstraire et à continuer comme si de rien n'était.

— Je pense que nous devons faire très attention au genre de science que nous utilisons en la matière, reprit le Président.

Joe suça un point chatouilleux, et Charlie ne put réprimer un sourire, puis il fit la grimace pour ne pas avoir l'air amusé par cette déclaration à double sens.

— C'est vrai, monsieur le Président. Absolument. Mais les arguments en faveur de la prise de mesures immédiates émanent d'un vaste éventail d'organisations scientifiques, et même de gouvernements: les Nations unies, des ONG, des universités, à peu près quatre-vingt-dix-sept pour cent de tous les chercheurs qui se sont jamais exprimés sur la question.

Tout le monde, à part les extrémistes de droite de votre laboratoire d'idées, aurait-il voulu ajouter, tout le monde à part des pseudo-savants et des charlatans, qui raconteraient n'importe quoi moyennant phynances, comme l'ubuesque Dr Strengloft – mais il se mordit la langue et essaya de réorienter le débat.

— Imaginez le monde comme un ballon, monsieur le Président. Un ballon dont l'atmosphère serait la peau. Pour que l'épaisseur de la peau du ballon corresponde exactement à l'épaisseur de notre atmosphère par rapport à celle de la Terre, il devrait être de la taille d'un ballon de basket.

Ce qui n'avait que très peu de sens, même pour Charlie, et pourtant c'était une bonne comparaison. Quand on arrivait à l'exprimer clairement.

— Ce que je veux dire, monsieur, c'est que l'atmosphère est vraiment, vraiment très mince. Nous avons amplement le pouvoir de la modifier considérablement.

— Personne ne le conteste, Charles. Mais écoutez, vous avez bien dit que le pourcentage de CO_2 dans l'atmosphère était de six cents parties par million? Eh bien, si le CO_2 était la peau de votre ballon, et le reste de l'atmosphère l'air qu'il contient, le ballon devrait être beaucoup plus gros qu'un ballon de basket, non? A peu près de la taille de la Lune, ou quelque chose comme ça.

Cette idée arracha un reniflement joyeux à Strengloft, qui s'approcha d'une console d'ordinateur installée dans un coin de la salle de réunion, sans doute pour calculer la taille du ballon du Président. Charlie comprit soudain que Strengloft n'aurait jamais imaginé un tel argument tout seul, et se rendit compte aussi – réalisant, du même coup, comment certaines personnes avaient naguère réussi à l'embobiner – que des gens réputés pour leur intelligence pouvaient parfois être de parfaits imbéciles, alors que des gens à l'air complètement idiot pouvaient se révéler très fins.

— Je vous l'accorde, monsieur, convint Charlie. Mais imaginez cette peau de CO_2 comme une espèce de verre qui laisse passer la lumière et piège toute la chaleur à l'intérieur. L'atmosphère est une barrière de cette espèce. Son épaisseur a moins d'importante que sa transparence.

— Alors, le fait qu'il y en ait davantage ne fera peut-être pas une énorme différence, répondit gentiment le président. Ecoutez, Charles. Les comparaisons farfelues, c'est bien joli, mais la vérité, c'est que nous devons réduire la croissance de ces émissions avant d'essayer de les arrêter complètement, et encore moins d'inverser la tendance.

C'était exactement ce que le Président avait dit à une conférence de presse récente, et Strengloft, penché sur son ordinateur, hocha la tête, rayonnant, peut-être parce que c'était lui qui lui avait soufflé cette réplique. Charlie trouva soudain horriblement drôle et absurde qu'on puisse être fier d'écrire des crétineries pour un Président futé. Il était content qu'Anna ne soit pas là, parce que, dans des moments pareils, un simple échange de regards leur suffisait pour piquer un fou rire. A cette seule idée, il devait se retenir pour ne pas hurler de rire.

Il chassa donc sa femme et sa glorieuse hilarité de son esprit, sur une dernière image tactile, bizarre : c'était un des seins de sa femme que Joe tétait, de plus en plus frénétiquement. Il avait intérêt à lui donner son biberon en vitesse.

En attendant, il poursuivit :

— Monsieur, ça commence à devenir assez urgent. Et il n'y a pas d'inconvénient à faire cette course en tête. Le fait d'être en première ligne des initiatives pour atténuer les effets des changements climatiques comporte des avantages économiques énormes. C'est une industrie en pleine croissance, au potentiel illimité. C'est l'avenir, quelle que soit la façon dont vous regardez les choses.

Joe lui mordilla plus fermement le cou. Charlie ne put réprimer un frémissement. Pas de doute, il avait faim. Il serait affamé en rentrant. A ce stade, seul un biberon de lait ou de bouillie pourrait l'empêcher de péter un câble. S'il se réveillait maintenant, ce serait la catastrophe. Mais il commençait à lui faire sérieusement mal. Charlie perdit le fil de ses idées. Il se tortilla. Etouffa un reniflement de douleur combiné avec un gloussement qu'il fit passer derrière une petite toux.

— Que se passe-t-il, Charles ? Il se réveille ?

— Euh, oh non, monsieur, il dort encore. Enfin, il remue peut-être un petit peu – Ah ! L'ennui, c'est que si nous ne nous occupons pas de ces problèmes maintenant, peu importe ce que nous pourrons faire par ailleurs. Rien n'ira plus jamais bien.

— Je trouve ce discours bien alarmiste, dit le Président avec une lueur paternaliste dans l'œil. Calmons un peu le jeu. Vous devez vous en tenir à l'idée raisonnable selon laquelle une croissance économique soutenue est la clé du progrès environnemental.

— Soutenue, ha !

— Qu'est-ce que ça veut dire, ça ?

Il refoula un petit rire.

— Le problème est justement là, monsieur : soutenue.

— Nous devons contenir le pouvoir des marchés, dit Strengloft, à nouveau lancé sur son sujet favori, apparemment ignorant des problèmes de Charlie.

Alors que le Président le regardait attentivement, Charlie eut l'impression qu'un courant électrique lui parcourait la colonne vertébrale. Il venait de prendre un énorme coup de mâchoire édentée. Il réprima l'impulsion d'aplatir son fils comme un moustique. Les doigts de sa main droite le picotaient. Il haussa très doucement une épaule, essayant de le déloger comme on essaye de décoller un bigorneau. Anna devait parfois lui pincer les narines pour l'obliger à lâcher prise. *Ne pense pas à ça.*

— Charles, dit le Président, si nous allions trop loin dans ce sens, nous laisserions la vie économique exsangue. Réfléchissez un peu à ça. Les choses étant ce qu'elles sont, nous grignotons un peu le problème tous les jours. Ecoutez, dans cette histoire, je suis comme un chien qui rongerait un os ! Ces environnementalistes aux intérêts particuliers sont comme des cochons dans leur bauge. Nous les en sevrons, en ce moment, et ils n'aiment pas ça, mais il va bien falloir qu'ils apprennent que si on ne peut pas les lécher, il faut...

C'est alors que Charlie partit d'un fou rire irrépressible.

5

Athéna sur le Pacifique

La Californie est un endroit à part.

Les chercheurs d'or sont allés vers l'est jusqu'à ce qu'ils soient arrêtés par l'océan, et là, dans ce beau pays au bout de tout, séparé du reste du monde par le désert et les montagnes, la prairie et l'océan, ils virent qu'ils ne pouvaient aller plus loin. Ils devaient s'arrêter là et y construire leur vie.

La société civile, après la guerre de Sécession. Un méli-mélo d'argonautes, animés par une destinée manifeste, par la fièvre de l'or, et pénétrés aussi d'Emerson et de Thoreau, de Lincoln et de Mark Twain, leur John Muir à eux. Ils se dirent: Là, au bout de la route, ça a intérêt à être différent, parce que, sinon, l'histoire du monde se réduit à néant.

Alors ils firent des choses, des bonnes et des mauvaises. En fin de compte, ce fut pareil que partout ailleurs. En un peu plus exagéré, peut-être.

Mais, parmi les bonnes choses, il y eut la fondation, encouragée par Lincoln, de l'université publique: Berkeley, en 1867, Davis, en 1905, et d'autres campus par la suite; dans les années 1960, il en poussa encore d'autres, comme des champignons après la pluie. L'université de Californie. Une puissance mondiale en soi.

Un institut océanographique de la région de La Jolla voulut créer tout près l'un des nouveaux campus des années 1960. Juste à côté, les marines avaient un terrain d'entraînement au tir. Les océanographes leur demandèrent du terrain, et ils le leur accordèrent. Les marines leur en firent cadeau, exactement comme pour Washington DC, mais il s'agissait cette fois d'une plantation d'eucalyptus sur une falaise qui dominait la mer, très haut au-dessus du Pacifique.

C'était l'université de San Diego, Californie.

A l'époque, la Californie était un carrefour où l'Est et l'Ouest se rencontraient. San Francisco était la grande ville, Hollywood la machine à rêves, et l'université de San Diego l'enfant gâtée résultant de tout ça, Athéna bondissant du front haut de l'Etat. Des savants de premier plan vinrent de partout lui donner le coup d'envoi, attirés par le chant des sirènes d'un nouveau départ sur un rivage méditerranéen du monde.

Ils fondèrent une Ecole et contribuèrent à l'invention d'une technologie : la biotechnologie, le don d'Athéna à l'humanité. L'université comme professeur et médecin, appartenant au peuple, et qui ne courrait pas après le profit. Un projet public dans un monde de plus en plus privatisé, rude et déterminé, animé d'intentions altruistes, mais très intense. Quel est le sens du don ?

Frank songea à ajouter un post-scriptum au formulaire n° 7 de Yann Pierzinski pour lui suggérer de solliciter un soutien privé de Torrey Pines Generique. Puis il se dit qu'il valait mieux faire intervenir Derek Gaspar. Il pouvait s'en occuper, lors du voyage qu'il prévoyait de faire à San Diego pour préparer son retour.

Une semaine plus tard, il était en route. Pendant le premier vol vers l'ouest, il s'endormit devant un DVD. Correspondance à Dallas, un bon aéroport pour observer les gens, puis un autre avion, où il se rendormit.

Il ouvrit l'œil en sentant l'avion descendre. Ils étaient toujours au-dessus de l'Arizona ; son relief gigantesque, cuit par le soleil, coulait sous le ventre de l'appareil. Une partie de Frank, qui était restée endormie, commença à se réveiller aussi : il rentrait chez lui. C'était stupéfiant comment les choses changeaient quand on passait du côté au sec de la courbe des vingt-cinq centimètres de pluie par an. Frank colla son front au hublot de l'avion, regarda la chaîne calcinée qui se profilait sur l'horizon, vers l'avant, et se dit : « Je vais pouvoir surfer. »

L'ambre pâle du désert de Mojave laissa la place aux grandes montagnes rocailleuses de Californie du Sud. À l'ouest apparurent des faubourgs qui gagnaient, vers l'est, les bosses de collines arasées et les creux de vallées comblées : San Diego et sa banlieue, en extension permanente. Des bulldozers nivelaient le sol sur de vastes étendues, qui deviendraient de nouveaux quartiers. Les autoroutes étincelaient, pareilles à des artères palpitantes.

L'avion décéléra et descendit, derrière les derniers pics, au-dessus de la ville proprement dite. Vers le centre-ville, des forêts de gratte-ciel miroitants surgirent immédiatement à la gauche de l'avion, et à la même hauteur, semblait-il. Frank avait travaillé sur ces bâtiments pendant un moment quand il était plus jeune, et il les regardait comme il aurait regardé la maison de son enfance. Il savait exactement quels bâtiments il avait escaladés ; leur souvenir était gravé dans son esprit. Ça avait été une bonne année. Ecœuré par son directeur de thèse, il avait pris un congé sabbatique et, après avoir passé une saison à faire de l'escalade à Yosemite Park et à vivre à Camp Four, il s'était retrouvé à court d'argent et avait décidé de gagner sa vie en faisant quelque chose qui ferait appel à ses aptitudes physiques plutôt qu'à son intellect. Une erreur de jeunesse, même s'il n'avait jamais pensé gagner sa vie comme grimpeur professionnel. Mais les mêmes compétences pouvaient servir à assurer l'entretien des vitres des gratte-ciel ; pas seulement les laver, ce qu'il avait fait, mais aussi les réparer et les remplacer. C'était étrange et merveilleux de descendre des toits de ces bâtiments et de dévaler les parois pour laver les vitres, réparer les joints et couvre-joints qui fuyaient, remplacer les vitres fêlées et ainsi de suite. L'escalade était sans histoire, et se faisait généralement à l'aide de plates-formes, par souci de commodité ; les assurages et les barres en T, les tableaux de bord et tout le reste du matériel étaient à l'épreuve des bombes. Il y avait de tout parmi ses compagnons de travail, comme chez les grimpeurs : des cow-boys à peu près illettrés et des excentriques spécialistes de Nietzsche ou d'Adam Smith. Et travailler sur les fenêtres proprement dit était une occupation amusante, l'apothéose des capacités développées au jardin d'enfants, pour reprendre les termes du spécialiste de Nietzsche : très satisfaisante à effectuer – découper les vieux joints, appliquer un joint neuf préalablement chauffé, dévisser les vis et les boulons, les revisser, plaquer les ventouses géantes sur les vitres, les désencastrer et les remonter, au treuil, sur le toit ou sur une plate-forme –, dans la fraîcheur de la brise marine qui soufflait juste en dessous des nuages que crevait le soleil éclatant, de sorte qu'il faisait chaud quand il y avait du soleil et froid quand il y avait des nuages. Et tout ça avec le centre de San Diego qui s'offrait à lui pour le distraire quand il ne travaillait pas. Il avait souvent éprouvé des vagues de bonheur exaltant qui lui revenaient encore quand il prenait le temps de regarder autour de lui : des moments rares dans sa vie.

Et puis la routine avait commencé à devenir ennuyeuse, inévitablement, et il avait poursuivi sa route, d'abord en voyageant, jusqu'à ce qu'il ait épuisé le pécule qu'il avait mis de côté ; puis en retournant à la fac, une sorte de test, dans un labo différent, d'une autre université, avec un nouveau directeur de thèse. Les choses s'étaient mieux passées. Il avait fini par retourner à l'université de San Diego, et à San Diego même – sa ville natale, l'endroit où il se sentait encore le mieux sur cette planète.

Sensation qu'il avait retrouvée en quittant le terminal de l'aéroport et la passerelle vitrée qui passait au-dessus de la chaussée, puis quand il avait dévalé l'escalator qui descendait vers les navettes menant aux comptoirs de location de voitures. Le réconfort du primate retrouvant son sol natal, sans aucun doute – la familiarité de l'inclinaison de la lumière, de la forme des collines, mais par-dessus tout *l'air* lui-même, la sensation particulière que l'air procurait à sa peau, cette combinaison de température, d'humidité et de salinité particulière à San Diego. C'était comme si, après avoir passé une année en smoking, il remettait de vieux vêtements confortables ; il était chez lui, et ses cellules le savaient.

Il monta dans sa voiture de location (il aurait juré que c'était toujours la même) et quitta le parking. Vers le nord, sur l'autoroute, chargée, mais pas trop encombrée, les gens fusant de tous les côtés comme des étoiles filantes, suivant les règles du troupeau : Evite les autres, et évite de changer de trajectoire. Les meilleurs conducteurs du monde. Laisser Mission Bay et le mont Soledad sur la gauche, dans cette région où toutes les bretelles d'accès avaient constitué une composante essentielle de sa vie, à un moment ou un autre. La sortie de Gilman, remonter le canyon étroit d'appartements en surplomb au-dessus de l'autoroute, passer devant celui où il avait naguère passé une nuit avec une fille, et, ah, remonter le temps jusqu'à l'époque où ces choses lui étaient arrivées. Vers le bas d'une colline et dans un campus.

L'UCSD. L'université de San Diego, Californie. Son camp de base. L'école dans la plantation d'eucalyptus. Un grouillement d'intelligence, sophistiquée, d'une puissance terrifiante – même vue de l'intérieur. Frank était encore impressionné par cet endroit. En dehors de toute autre considération, c'était une bande de primates très efficaces, collaborant pour accroître le bien-être de ses membres.

Même après une année dans la grande forêt de feuillus, la plantation d'eucalyptus était toujours aussi attirante – charmante, presque apaisante. Les arbres avaient été plantés pour fournir des traverses de chemin de fer, avant qu'on découvre que le bois ne convenait pas. Ils formaient maintenant une sorte de quadrillage mathématique, à l'intérieur duquel était semé le mélange architectural de facultés de l'UCSD, sillonné par deux larges promenades, du nord au sud.

Frank s'était organisé un après-midi de rendez-vous. Le département lui avait accordé l'utilisation d'un bureau vide qui donnait sur Revelle Plaza ; le sien était encore occupé par un chercheur invité de Berlin. Après avoir demandé la clé à Rosaria, la secrétaire du département, il s'assit à un bureau poussiéreux près d'un téléphone, et parla de l'avancement de leurs travaux avec ses quatre derniers thésards. Quarante-cinq minutes chacun, et conscient à chaque seconde de ne pas vraiment leur rendre justice, qu'ils n'avaient pas eu de chance de l'avoir comme directeur de thèse, lui qui les avait abandonnés pour aller à la NSF pendant une année. Eh bien, il essaierait de se rattraper quand il reviendrait – mais pas tous en même temps, et sûrement pas aujourd'hui. En réalité, aucun de leurs projets n'était vraiment passionnant. C'étaient des choses qui arrivaient.

Après ça, il avait une heure et demie à perdre avant son rendez-vous avec Derek. Se garer à l'UCSD était un cauchemar, mais Rosaria lui avait procuré un passe pour un emplacement de parking, et Torrey Pines n'était qu'à quelques centaines de mètres de là, le long de la route, alors il décida d'y aller à pied. Puis, comme il ne tenait plus en place et se sentait même un peu tendu, il eut l'idée de prendre la voie d'escalade qu'ils avaient mise au point avec quelques amis pour s'entraîner à la course et à l'escalade, quand ils habitaient tous Revelle. Ça occuperait agréablement le temps qu'il avait à tuer.

Pour ça, il devait descendre à pied La Jolla Shores, tourner dans La Jolla Farms Road, puis traverser un bout de terrain appartenant à l'université – un plateau vaguement carré situé entre deux canyons qui descendaient vers la plage et achevé par une falaise d'un peu plus de cent mètres qui tombait droit dans la mer. Ce terrain avait été plus ou moins laissé en friche : il s'y trouvait des vieux bunkers de la Seconde Guerre mondiale qui achevaient de se déliter et, comme ils l'avaient découvert, des tombes vieilles de sept mille ans qui resteraient probablement sous la protection du système de réserve naturelle de l'UC. Une perspective magnifique et l'un des endroits préférés de Frank sur terre. Il avait vécu là, il y avait dormi, la nuit, en utilisant le vieux gymnase comme salle de bains. Il avait fait des escarmouches romantiques à cet endroit, et il avait souvent dévalé la piste abrupte que les surfeurs empruntaient pour descendre vers la plage, à Blacks Canyon.

En arrivant au bord de la falaise, il tomba sur une pancarte annonçant que la voie descendante était fermée, pour cause d'éboulement de la falaise. De fait : l'ancienne piste était maintenant une sorte de goulet qui dévalait la paroi d'une surrection de grès. Mais il en aurait fallu davantage pour le dissuader, et il longea la falaise vers le sud en regardant le Pacifique, porté par le vent du large qui soufflait à travers lui. La vue était toujours aussi stupéfiante, malgré la couche de nuages gris ; comme bien souvent, les nuages semblaient accentuer l'immensité de l'espace qui le séparait de l'horizon, les deux plaques d'océan et de ciel convergeant l'une vers l'autre selon un angle incroyablement aigu. La Californie, le bord d'attaque de l'histoire – c'était une idée stupide, et complètement fausse à tout point de vue, en dehors de celui-ci, matériel, et du fait que sa portée s'étendait au-delà d'un paysage métaphorique : elle semblait bel et bien être au bord de quelque chose.

Un endroit terrible. Et le canyon le plus abrupt, le plus vertical, du côté sud de la paroi à nu, offrait une voie alternative que Frank était disposé à prendre, malgré l'interdiction. Personne, en dehors de quelques-uns de ses copains, ne l'avait jamais empruntée, parce que la chute initiale était une paroi tranchante de grès granuleux, exposée à tous les vents et d'ailleurs érodée, formant des goulets abrupts, terrifiants, de part et d'autre. La descente dans le goulet de gauche était tout aussi raide. Le truc était de descendre vite et sans hésitation, et c'est ce que fit Frank, en dérapage et tout en virant sur le côté. Il se laissa arrêter par l'autre versant de la ravine et put, après cela, sauter très vite et sans incident vers le bas.

Vers le bas, et le rugissement salé de la plage, le bruit du ressac amplifié par la grande falaise qui se dressait au fond de la plage. Il longea le rivage en remontant vers le nord, savourant un autre endroit familier. Blacks Beach, le paradis des surfeurs de l'UCSD.

La montée vers Torrey Pines Generique inversait le problème de la descente : là, toutes les difficultés se situaient au niveau de la plage. Une ravine en surplomb se déversait sur un seuil dur, à une dizaine de mètres de hauteur, mais pour l'atteindre il fallait gravir à main nue l'éboulis, à droite des algues vertes abandonnées sur le rivage. Ensuite, il n'eut qu'à grimper à quatre pattes dans cette ravine, jusqu'au sommet de la falaise, près de la plateforme de départ des deltaplanes. En haut, il découvrit une pancarte déclarant que cette voie aussi était interdite.

Ah bon. Eh bien, il avait adoré ça. Il se sentait comme régénéré, plus éveillé qu'il ne l'avait été depuis des semaines. Voilà ce que c'était, d'être chez soi. Il n'avait plus qu'à s'essuyer les mains dans ses cheveux trempés par la sueur et par le crachin, et y aller. Ensuite, il verrait bien.

Dans le parc qui entourait Torrey Pines Generique, et puis franchir le nouveau barrage de sécurité renforcée. La boîte avait l'air vide, se dit-il en entrant dans le bâtiment principal, puis en suivant les couloirs qui menaient au bureau de Derek. Ils s'étaient vraiment séparés de beaucoup de gens. Plusieurs des labos devant lesquels il passa avaient l'air déserts et inutilisés.

Frank entra dans la réception et salua la secrétaire de Derek, Susan, qui le fit entrer. Derek se leva de son grand bureau pour lui serrer la main.

— Content de te revoir ! Comment ça va ?

— Bien, et toi ?

— Oh, ça va, ça va.

Son bureau n'avait pas changé depuis la dernière fois que Frank y avait mis les pieds : la vue sur le Pacifique, un encadrement du numéro de *US News and World Reports* dont Derek avait fait la couverture. Des photos de ski.

— Alors, quoi de neuf chez les grands bureaucrates de la science ?

— Ils veulent qu'on dise technocrates, en fait.

— Oh, pardon. C'est sûr que ce n'est pas du tout la même chose. Je n'ai jamais compris pourquoi tu étais parti là-bas, fit Derek en secouant la tête. Enfin, j'espère que tu n'as pas perdu ton temps.

— Non, non.

— Et tu vas bientôt revenir, c'est ça ?

— Oui. J'ai presque fini. Mais je suis là pour autre chose, poursuivit-il après une pause. Comme je t'ai dit au téléphone, j'ai vu passer un truc intéressant, venant d'un gars qui a travaillé ici.

— Oui, j'ai vu ça. On devrait pouvoir l'embaucher à temps complet. Il vit grâce à des vacations de Caltech.

— Tant mieux. Parce que je me suis dit que c'était une idée très intéressante.

— Alors la NSF le subventionne ?

— Non, le panel n'a pas été aussi impressionné que moi. Et les autres ont sans doute raison – le projet n'est peut-être pas très bien ficelé. Mais si ça marche, ça permettrait de tester les gènes par simulation informatique et d'identifier les protéines voulues, jusqu'aux ligands spécifiques, afin qu'elles s'accrochent mieux avec les cellules in vivo. Ça accélérerait vraiment le processus. Ce serait une sacrée percée.

Derek le regarda attentivement.

— Tu sais que nous n'avons pas vraiment d'argent pour de nouveaux chercheurs.

— Oui, je sais. Mais ce type est en postdoc, d'accord? Et c'est un mathématicien. Tout ce qu'il demandait à la NSF, en réalité, c'était du temps d'ordinateur. Tu pourrais l'embaucher à plein temps avec un salaire de débutant, et le mettre sur le dossier. Ça ne te coûterait pas grand-chose... De toute façon, ça pourrait être intéressant.

— Comment ça, « intéressant »?

— Je viens de te le dire. Prends-le à temps complet et fais-lui signer le contrat habituel concernant les droits de propriété intellectuelle et tout le toutim. Blinde-toi de ce côté-là.

— D'accord. J'ai compris. Mais « intéressant »... Pourquoi?

— Eh bien, ça pourrait être la solution à ton problème d'apport ciblé, soupira Frank. Si sa méthode marche, si elle est brevetable, alors les revenus de licence potentiels pourraient être vraiment, *vraiment* considérables.

Derek resta silencieux. La boîte était à peu près exsangue, et il savait que Frank était au courant. Frank ne l'aurait pas ennuyé avec des broutilles, ou même avec des choses importantes mais qui nécessitaient un gros apport en capital et du temps de développement. Il devait lui offrir un bonus d'une espèce ou d'une autre.

— Pourquoi a-t-il adressé cette demande de subvention à la NSF?

— Ça, je n'en ai pas idée. Peut-être que tes gars l'ont envoyé promener, quand il était là. Peut-être que c'est son directeur de recherche à Caltech qui le lui a conseillé. Peu importe. Mais dis à ceux de tes gars qui s'occupent du problème d'apport ciblé d'y jeter un coup d'œil. Quand tu auras embauché le bonhomme.

— Pourquoi tu n'irais pas les voir? Allons en discuter avec Leo Mulhouse.

— C'est-à-dire que...

Frank rumina la proposition quelques instants.

— D'accord. Je vais leur parler; on verra bien ce que ça donne. Mais fais monter ce Pierzinski à bord. Appelle-le aujourd'hui. On verra après.

Derek hocha la tête, pas complètement satisfait.

— Tu sais, Frank, celui dont nous avons vraiment besoin ici, c'est toi. Je te l'ai dit, depuis que tu es parti, ce n'est plus pareil, au labo. Peut-être que quand tu reviendras à San Diego on pourrait te réembaucher au niveau autorisé par l'université.

— Je pensais que tu venais de dire que tu n'avais plus les moyens d'embaucher.

— Eh bien, c'est vrai, mais pour toi, on pourra toujours essayer de goupiller quelque chose, hein?

— Peut-être. Mais ce n'est pas la question, là, tout de suite. Il faut d'abord que je quitte la NSF. Ensuite, il faudra que je voie ce que le blind trust a fait de mes actions. J'avais des stock-options du labo.

— Je sais bien. Crois-moi, mon plus cher désir serait que tu croules sous les dividendes.

Donner des stock-options aux gens ne coûtait rien à une boîte. C'étaient des gestes de bonne volonté, à moins que ladite boîte et le marché se portent vraiment bien. Et le Nasdaq se portait si mal, depuis si longtemps, que ce n'était plus vraiment considéré comme un véritable avantage en nature. Plutôt comme une sorte de pari sur l'avenir. Et à vrai dire, le fait que Frank se soit montré intéressé avait remonté le moral de Derek, comme si c'était un signe de confiance dans le devenir de Torrey Pines Generique. Et ça témoignait aussi de l'intérêt de Frank à y reprendre du service, à son retour.

— Tâche d'obtenir un financement. Ça permettrait de te maintenir à flot un peu plus longtemps, suggéra Frank en se levant pour partir.

— Compte sur moi. Je refais toujours surface.

Une fois dehors, Frank soupira. Torrey Pines lui faisait l'impression d'un bien frêle esquif. Mais c'était le sien, et tout était possible. Derek avait le chic pour garder la tête hors de l'eau. Alors que Sam Houston était à bout de ressources. Derek avait besoin de Frank auprès de lui comme conseiller scientifique. Ou de consultant, étant donné sa position à l'UCSD. Et s'ils avaient Pierzinski sous contrat, les choses pourraient s'améliorer. A la fin de l'année, la situation générale de Torrey Pines aurait pu être complètement retournée. Et si tout s'arrangeait, le potentiel pour que ça marche vraiment bien était là.

Frank s'aventura vers le labo de Leo. L'endroit était sensiblement plus vivant que le reste du bâtiment – il y avait des gens partout, des odeurs de solvants planaient dans l'air et les machines bourdonnaient. Où il y avait de la vie, il y avait de l'espoir. Mais c'était peut-être comme l'orchestre du *Titanic*, des musiciens qui jouaient alors que le bateau coulait.

Enfin, au moins, ils essayaient de rafistoler les voies d'eau du navire. Frank se sentait encouragé. Il entra et échangea des plaisanteries avec Leo et ses chercheurs. Il se rendit compte qu'il n'avait pas de mal à être amical et encourageant. C'était la tripaille de la machine, après tout. Il expliqua à Leo que c'était Derek qui l'envoyait pour parler avec eux de la situation actuelle, et Leo hocha la tête sans s'engager, puis il lui fit faire un tour, abrégé mais convenable, des installations.

Tandis qu'il lui parlait, Frank le regardait en se disant : Voilà un savant au travail, dans un labo. Il est dans l'espace scientifique optimal. Il a un labo, il a un problème, il est complètement absorbé et il se donne à fond. Il devrait être heureux. Et pourtant il ne l'est pas. Il a un gros problème qu'il essaie de résoudre, mais ce n'est pas ça : dans un labo, on a toujours de gros problèmes.

C'était autre chose. Il était probablement au courant de la situation de la boîte. Bien sûr qu'il devait être au courant ! C'était probablement la source de son mal-être. Les musiciens sentaient que le pont s'inclinait. Dans ce cas, il y avait vraiment quelque chose d'héroïque dans la façon dont ils continuaient à jouer, focalisés sur leur objectif.

Mais, pour une raison ou une autre, Frank était aussi légèrement ennuyé. Les gens continuaient à trimer, à essayer de suivre le programme, même s'il avait du plomb dans l'aile : la science normale, selon les termes de Kuhn, et au sens le plus ordinaire. Tout était tellement normal, ils avaient une telle confiance dans le système, alors qu'il était manifestement à la fois bridé et brisé. Comment faisaient-ils pour continuer ? Comment pouvaient-ils être si déterminés, si bornés, si obtus ?

— Peut-être, suggéra Frank, que si tu avais un moyen de tester les gènes à l'aide de simulations informatiques, de trouver tes protéines à l'avance...

Leo eut l'air intrigué.

— Il faudrait avoir une... comment, une théorie de la façon dont l'ADN code ses gènes. Ça, ce serait bien, mais je ne crois pas que quelqu'un l'ait.

— Non, mais si toi tu l'avais... George ne travaillait pas sur quelque chose de ce genre-là, lui ou un de ses collaborateurs temporaires ? Pierzinski ?

— Yann. Oui, c'est vrai. Il essayait des choses vraiment intéressantes. Mais il est parti.

— Je pense que Derek essaie de le récupérer.

— Bonne idée.

C'est alors que Marta entra dans le labo. Et s'arrêta, surprise, en voyant Frank.

— Tiens, salut, Marta !

— Salut, Frank. Je ne savais pas que tu revenais.

— Moi non plus.

— Ah bon ? Eh bien...

Elle hésita, se retourna. Si elle s'en allait vraiment tout de suite, la situation exigeait qu'elle dise quelque chose, pensa-t-il, quelque chose comme « Contente de t'avoir revu ». Mais elle se borna à lancer :

— J'ai du boulot. Il faut que j'y aille.

Et elle repartit, comme elle était venue.

Ce n'est que plus tard, en repassant le film dans sa tête, que Frank se rendit compte qu'il avait coupé court avec Leo – et de façon assez ostensible – afin de suivre Marta.

Avant même d'avoir compris ce qu'il faisait, il était là, dans le couloir, en train de courir après elle.

Elle se retourna et le vit.

— Quoi ? lança-t-elle sèchement, en le foudroyant du regard.

— Oh, salut ! Je me demandais juste comment ça allait. Il y a un moment qu'on ne s'est pas vus, et... voilà. Tu ne voudrais pas, je ne sais pas, aller dîner quelque part pour bavarder un peu ?

Elle l'examina.

— Franchement, je n'y tiens pas. Je ne pense pas que ce soit une bonne idée. Je préfère éviter. A quoi bon ?

— Je ne sais pas, ça m'intéresse de savoir comment tu vas. C'est tout, je crois.

— Ouais, je vois. Je vois ce que tu veux dire. Mais il arrive qu'il y ait des choses auxquelles on s'intéresse et auxquelles on ne peut plus avoir accès, tu vois?

— Ah bon.

Il fit la moue, la regarda. Elle avait l'air bien. Elle était la plus forte et la plus sauvage des femmes qu'il avait rencontrées. De toute façon, les choses avaient mal tourné entre eux, il n'aurait même pas su dire pourquoi.

Et puis il la regarda et il comprit ce qu'elle voulait dire. Il ne pourrait plus jamais savoir à quoi sa vie ressemblait. Il avait sa façon de voir les choses; elle avait la sienne. Les maigres données qu'ils pourraient échanger seraient inévitablement biaisées. Parler pendant deux heures n'y changerait rien. Alors, à quoi bon essayer? Ça ne ferait que réveiller de vieilles douleurs. Dans dix ans, peut-être. Ou jamais.

Marta avait dû lire sur son visage une partie du cheminement de ses pensées, parce qu'elle se détourna sur un hochement de tête impatient et disparut.

Quelques jours après la visite de Frank, Leo alluma son ordinateur en arrivant au labo et vit qu'il y avait un e-mail de Derek. Il le lut, puis il ouvrit la pièce jointe. Quand il eut achevé sa lecture, il imprima le tout et le fit suivre à Brian et Marta. Quand Marta arriva, une heure plus tard, elle avait déjà commencé à travailler dessus.

— Hé, Brian, appela-t-elle depuis la porte de Leo, viens voir un peu ça ! Derek nous a envoyé un autre article de Pierzinski. Yann. Le drôle de type qui était ici. C'est une nouvelle version du truc sur lequel il travaillait quand il était chez nous. C'était intéressant, je trouve. Si on pouvait utiliser ça pour trouver des ligands présentant une meilleure affinité, on n'aurait peut-être pas besoin de la pression hydrodynamique pour les faire assimiler par l'organisme.

Brian était entré sur ces entrefaites, et elle indiqua des points du schéma sur l'écran de Leo alors qu'il prenait la conversation au vol.

— Tu vois ce que je veux dire ?

Les cellules hépatiques, les cellules endothéliales, toutes les cellules du corps ont des ligands récepteurs correspondant aux ligands des protéines spécifiques qu'elles ont besoin de trouver dans le sang. Ces paires de ligands forment des ensembles du genre « serrure et sa clé », codés par les gènes et incarnés dans les protéines. De fait, le travail qu'ils effectuaient dans le labo était de la serrurerie au niveau microscopique, utilisant les cellules vivantes en guise de matériau.

— Eh bien, ouais, ce serait génial. A condition que ça marche. On pourrait peut-être les passer à la moulinette de ce programme et recommencer encore et encore, jusqu'à ce qu'on voie des répétitions. A condition qu'on en voie... Et puis on pourrait tester les combinaisons de ligands qui fonctionnent le mieux et qui ont l'air les plus solides, sur le plan chimique...

— Et Pierzinski revient travailler là-dessus avec nous!

— Vraiment?

— Ouais, il revient! Derek dit dans son mail qu'on l'aura à notre disposition.

— Super!

Leo vérifia l'info sur la liste du personnel de la boîte.

— Ouaip, il est bien là. Réembauché à partir de cette semaine. Frank Vanderwal nous a parlé de ce type quand il est passé. Je parie qu'il en a touché deux mots à Derek. Il m'a interrogé à son sujet aussi. Et Vanderwal doit savoir ce qu'il raconte; c'est sa partie, après tout.

— C'est aussi mon domaine, trancha Marta, sèchement.

— Evidemment. Tout ce que je dis, c'est que Frank a dû... Bon, on va demander à Yann de regarder ce qu'on a fait. Si ça pouvait marcher...

— C'est sûr, acquiesça Brian. De toute façon, ça vaut le coup d'essayer. Ça a l'air intéressant.

Il se tuyauta sur Yann, avec Google, Leo regardant par-dessus son épaule.

— Derek veut manifestement qu'on lui parle tout de suite.

— C'est sûrement pour nous qu'il l'a réembauché.

— J'imagine. Alors mettons-lui le grappin dessus avant qu'il ne s'occupe d'autre chose. Des tas de labos auraient bien besoin d'un biomathématicien comme lui.

— D'accord, sauf qu'il n'y a pas tant de labos que ça. Je pense qu'on l'aura. Hé, que crois-tu qu'il faut comprendre quand Derek dit « Listez tout de suite les applications possibles »?

— Je pense qu'il voudrait commencer à exploiter l'idée pour essayer de glaner des capitaux.

— Et merde. Ouais, tu as probablement raison. Incroyable. Bon, on va faire l'impasse là-dessus pour le moment, et appeler Yann.

La conversation avec Yann Pierzinski fut vraiment intéressante. Il arriva au labo quelques jours plus tard, toujours aussi amical, et heureux d'être de retour chez Torrey Pines, sur un poste à durée indéterminée. Il était rattaché au groupe de maths de George, leur dit-il, mais Derek l'avait déjà prévenu qu'il serait amené à beaucoup travailler avec le labo de Leo ; alors il venait, plein de curiosité et prêt à démarrer.

Leo était content de le revoir. Il retrouvait sa tendance à parler vite quand il était excité, et cette inclinaison de tête sur le côté quand il réfléchissait, comme pour favoriser l'afflux de sang dans cette partie du cerveau, à la façon du problème d'« apport hydrodynamique forcé » auquel ils étaient confrontés dans leur travail (et il l'inclinait vers la droite, remarqua Leo, privilégiant le côté prétendument intuitif). Ses algorithmes étaient encore en chantier, leur dit-il, notamment dans le domaine de la grammaire génétique dont Leo, Marta et Brian avaient besoin pour leur travail ; mais tout irait bien, parce qu'ils pouvaient l'aider, exactement comme il était là pour les aider. Ils pouvaient collaborer, et quand on allait au fond des choses, Yann était un penseur de choc, et c'était bien qu'il se mette sur le dossier. Leo se sentait sûr de lui, au labo, quand il s'agissait de concevoir et de réaliser des manips et tout ce qui s'ensuit, mais en ce qui concernait les étranges mélanges de maths, de logique symbolique et de programmation informatique avec lesquels jonglaient ces biomathématiciens – qui mettaient la logique humaine en équations et la réduisaient à des étapes mécaniques traduisibles par des moyens informatiques –, il était totalement largué. C'est pourquoi il se réjouit de voir Yann brancher son portable sur leur paillasse de labo.

Ils passèrent les jours suivants à expérimenter ses algorithmes sur les gènes de leurs cellules-usines à HDL, Yann substituant diverses procédures dans les dernières étapes de ses opérations, vérifiant ce que donnaient les simulations informatiques et en sélectionnant certaines pour leurs essais de cultures. Ils trouvèrent rapidement une procédure qui réussissait régulièrement à prédire les protéines qui collaient avec leurs cellules cibles – constituant, de fait, des clés pour leurs cellules.

— C'est là-dessus que je me suis concentré l'an dernier, dit joyeusement Yann après une manip réussie.

Tout en travaillant, Pierzinski leur raconta en partie comment il en était arrivé à ce stade de ses travaux, suivant notamment certains aspects des recherches de son directeur de thèse à Caltech. Marta et Brian lui demandèrent quelles applications il avait envisagées, et Yann haussa les épaules ; il n'en avait pas une idée très précise, leur dit-il. Il pensait que l'intérêt principal de l'opération résidait dans ce qu'elle révélait sur les fonctions mathématiques des codons. Dans le seul fait d'en apprendre davantage sur l'expression mathématique de la façon dont les gènes devenaient des organismes. Il n'avait pas beaucoup réfléchi aux éventuels débouchés cliniques ou thérapeutiques, même s'il était tout disposé à reconnaître qu'il pouvait y en avoir.

— Il va de soi que plus on en saura à ce sujet, plus on pourra voir ce qui se passe.

Le reste n'était pas son domaine. Le vrai mathématicien, dans toute sa splendeur.

— Mais, Yann, vous ne voyez pas quelles implications ça pourrait avoir ?

— Il est vrai que je ne m'intéresse pas vraiment à la pharmacologie.

Leo, Brian et Marta le regardaient, les bras ballants. Il était déjà venu au labo, certes, mais en réalité, ils ne le connaissaient pas très bien. Il paraissait plutôt normal, d'une façon générale, conscient du monde extérieur. Dans une certaine mesure, du moins.

— Ecoutez, dit Leo, on va aller déjeuner. Je voudrais vous parler de tout ce à quoi ça pourrait nous aider.

La boîte de lobbying Branson et Ananda avait ses bureaux sur Pennsylvania Avenue, près de l'intersection avec Indiana et la C, à peu près à mi-chemin de la Maison-Blanche et du Capitole, au-dessus de Marketplace. De très jolis bureaux.

Sridar, l'ami de Charlie, les accueillit à la porte. Il leur présenta le vieux Branson, puis il les conduisit dans une salle de réunion où trônait une longue table sous une fenêtre d'où on voyait les arbres aux branches noueuses et les premières feuilles jaunes de l'été. Sridar fit asseoir les Khembalais et leur proposa du thé et du café ; ils prirent tous du thé. Debout à côté de la porte, Charlie allait et venait doucement comme un ludion, Joe endormi sur son dos, prêt à prendre la tangente si nécessaire.

Drepung parla pour les Khembalais, Sucandra et Padma intervenant parfois pour poser une question. Ils s'entretenaient tous avec Rudra Cakrin, qui les soumettait à un feu roulant de questions en tibétain. Charlie commençait à penser qu'il se trompait, que le vieil homme ne comprenait pas l'anglais ; c'était trop contraignant pour être un truc, comme l'avait dit Anna.

Tous les Khembalais regardaient avec intensité Sridar ou Charlie quand ils prenaient la parole. Ils formaient un public très attentif. Ils avaient une présence indéniable. Charlie en était au point de se dire que leurs tenues de coton, leurs vestes marron et leurs sandales faites à Calcutta étaient la norme, et que c'était la pièce où ils se trouvaient qui était plutôt bizarre, si lisse et d'un gris immaculé. Tout à coup, il eut l'impression d'être dans une sorte d'attraction, au Gymboree.

— Alors, vous êtes un pays souverain depuis 1960? demandait Sridar.

— Les relations avec l'Inde sont un peu plus... compliquées que ça. Nous sommes souverains dans le sens où vous l'entendez depuis 1993 environ.

Drepung lui résuma l'histoire du Khembalung, pendant que Sridar posait des questions et prenait des notes.

— C'est ça... trois mètres cinquante au-dessus du niveau de la mer, à marée haute, résuma Sridar, à l'issue de ce récital. Ecoutez, il faut d'abord que je vous dise que nous ne pouvons pas vous garantir de résultat quant au problème du réchauffement global. Le Congrès a baissé les bras. Oh, pardon, Charlie. Disons qu'il n'a pas laissé tomber, mais qu'il a caché le problème sous le tapis.

Charlie se rembrunit malgré lui.

— Ce n'est pas le cas du sénateur Chase ou de tous ceux qui s'intéressent vraiment au sort de la planète. Et nous continuons le travail, nous avons une proposition de loi qui va bientôt sortir, et...

— Oui, oui, bien sûr, répondit Sridar en levant la main pour couper court à ses litanies. Vous faites ce que vous pouvez. Mais disons les choses telles qu'elles sont : un certain nombre de membres du Congrès estiment qu'il est déjà trop tard pour faire quoi que ce soit.

— Mieux vaut tard que jamais ! insista Charlie, manquant réveiller Joe.

Drepung consulta Rudra Cakrin du regard et se tourna à nouveau vers Sridar.

— Nous comprenons, lui dit-il. Nous ne vous demandons pas l'impossible. Ce que nous attendons de vous, c'est que vous nous apportiez votre aide et votre expérience en matière de procédures. Vous connaissez les protocoles en vigueur, vous comprenez. Nous assumerons la responsabilité du contenu de nos requêtes auprès des organisations récalcitrantes, mais nous comptons sur vous pour nous organiser des rencontres avec elles.

— Nous faisons de notre mieux pour faire profiter nos clients de notre expérience, répondit Sridar en conservant une expression atone (mais Charlie savait ce qu'il pensait). Je me contentais de vous rappeler que nous ne faisons pas de miracles.

Les Khembalais hochèrent la tête.

— Les miracles, c'est notre rayon, répondit Drepung, aussi inexpressif que Sridar.

Ils exposèrent lentement ce qu'ils attendaient les uns des autres, et Sridar jeta les premiers éléments d'un accord. Les Khembalais furent heureux de le voir prendre en note les bases de leur demande d'intervention.

— Il est certain que ça facilite les choses, remarqua Sridar. Une façon intelligente de me permettre de vous faire une bonne proposition.

Pendant cette partie de la négociation (parce que c'en était une), Joe se réveilla pour de bon, et Charlie les laissa finir.

Plus tard, ce jour-là, Sridar appela Charlie. Celui-ci était assis sur un banc, dans Dupont Circle, et il donnait son biberon à Joe en regardant s'affronter deux joueurs d'échecs en plein air. Ils jouaient trop vite pour qu'il puisse suivre la partie.

— Ecoute, Charlie, je vais shooter contre mon camp, là, mais c'est toi qui m'as mis en contact avec ces gens, alors... Franchement, c'est ton sénateur que les lamas devraient rencontrer en priorité, ou du moins le plus vite possible. C'est avec le Comité des relations extérieures que nous serons principalement amenés à travailler, alors tout part de Chase. Tu ne pourrais pas nous obtenir un peu de son précieux temps ?

— Je pourrais, avec un petit préavis, répondit Charlie en consultant le planning de Phil sur son écran de poignet. Jeudi prochain, ça t'irait ? Il avait un truc qui s'est annulé.

— En fin de matinée, quand il est au mieux de sa forme ?

— Il est toujours au mieux de sa forme.

— Ouais, bien sûr.

— Non, franchement. Tu ne le connais pas.

— Je te crois sur parole. Bon, jeudi, à... ?

— De dix heures à dix heures vingt.

— Parfait.

Quand Charlie disait que le sénateur Phil Chase, qui effectuait la dernière partie de son troisième mandat, avait toujours la pêche, il savait de quoi il parlait. Il était chez lui à Washington, et depuis tellement longtemps, qu'il était devenu quelqu'un de très puissant, et il était toujours très occupé. Il était constamment sur la brèche, de six heures du matin à minuit, chaque heure étant divisée en créneaux de vingt minutes. Personne ne comprenait comment il faisait pour rester à l'aise et détendu.

Presque trop relax, à vrai dire. Il faisait l'impasse sur les détails de la plupart des sujets. Il ne mettait pas les mains dans le cambouis; il était du genre à déléguer. Comme l'étaient généralement les meilleurs. Certains s'efforçaient de tout savoir, et y laissaient la santé; d'autres ne savaient pratiquement rien, et se contentaient de jouer les hommes-sandwiches. Phil se situait dans un juste milieu. Il utilisait bien ses équipes, au moins comme base de données externe, et souvent pour beaucoup mieux que ça: comme conseillers, pour peaufiner sa politique, et à l'occasion pour la somme de sagesse accumulée qu'ils représentaient.

Sa longévité à ce poste, et le code de succession strict auquel obéissaient les deux partis, lui avait valu un fauteuil au Comité des relations extérieures, et un siège à ceux des travaux publics et de l'environnement. C'étaient des comités de premier plan, les places y étaient chères. Les démocrates avaient remporté les dernières élections avec une voix d'avance au Sénat, la Chambre leur avait échappé à deux voix près, et le Président était toujours républicain. C'était dans la tradition classique des élections américaines: voter de telle sorte que la situation se retrouve aussi proche que possible du blocage de pouvoir, probablement dans l'espoir qu'il n'arriverait plus jamais rien et que l'histoire se figerait pour de bon. Une quête impossible. Autant essayer de construire un château de cartes dans un cyclone, mais ça donnait une politique tendue, et du bon spectacle. A Washington, au moins, on considérait ça comme stimulant.

En tout cas, Phil était maintenant très pris par des affaires importantes, et il entrait lui aussi en période pré-électorale. Son vieil ami Wade Norton, le chef de son comité de réélection, était déjà par monts et par vaux. Phil tenait son avis en grande estime, et le gardait dans son équipe comme conseiller à distance, mais c'était Andrea qui dirigeait les opérations au bureau, tandis que Charlie – qui travaillait aussi à mi-temps, et le plus souvent de chez lui – s'occupait des problèmes environnementaux.

Quand il venait au bureau, il en trouvait le fonctionnement très professionnel, mais caractérisé par un chaos dont il avait depuis longtemps compris qu'il était surtout généré par Phil : dès qu'il avait deux minutes, entre deux rendez-vous, il faisait le tour des bureaux et il asticotait les gens. Au début, ça paraissait être une façon de passer le temps, mais Charlie en était venu à penser que c'était une sorte de test de popularité express, Phil en profitant pour extirper des impressions et des réactions dans le peu d'espace dont il disposait au sein d'un planning surbooké.

— Alors, on surfe sur la crête des sondages ! s'exclamait-il en faisant sa tournée, ou planté devant le frigo, à boire une énième canette de ginger ale.

Dans ces moments-là, il lançait des discussions pour le plaisir. Son équipe adorait ça. Les états-majors des membres du Congrès étaient par définition composés de bêtes de la politique ; beaucoup avaient participé au club de débats de leur fac. Parler boutique avec Phil était dans leurs cordes. Et son enthousiasme était contagieux, et son sourire, un de ces sourires qui donnaient vraiment l'impression qu'il était aux anges, leur faisait l'effet d'un double expresso. Quand il s'adressait à eux, ils avaient l'impression de s'illuminer de l'intérieur. En réalité, Charlie était convaincu que c'était le sourire de Phil qui l'avait fait élire la première fois, et peut-être depuis, aussi. Ce qui le rendait si beau, c'était qu'il n'était pas fabriqué. Il ne souriait pas s'il n'en avait pas envie. C'est juste qu'il en avait souvent envie. C'était très révélateur, et c'était une des clés de son succès.

En l'absence de Wade, Charlie était son principal conseiller concernant les problèmes liés au climat global. En réalité, Charlie et Wade fonctionnaient comme une espèce de conseiller à deux têtes : ils travaillaient en tandem, de chez eux, tous les deux à temps partiel, Charlie appelant tous les jours et passant une fois par semaine, Wade appelant une fois par semaine et passant une fois par mois. Ça marchait, parce que Phil n'avait pas toujours besoin d'eux, même pour les problèmes liés à l'environnement.

« Vous avez fait mon éducation, les gars, leur disait-il. Je peux gérer ça. Evidemment, je ferai ce que vous me demandez de toute façon. Alors ne vous inquiétez pas. Vous pouvez rester au pôle Sud, ou à Bethesda. Je vous raconterai comment ça s'est passé. »

Ça aurait bien convenu à Charlie, si Phil s'était contenté de faire ce que Charlie et Wade lui conseillaient. Seulement voilà : Phil avait d'autres conseillers, il était soumis à des pressions de toutes parts, et il avait aussi son avis personnel. Alors, il y avait des divergences.

En attendant, il se fendait de ce sourire contagieux chaque fois qu'il tombait sur Charlie. Ça paraissait lui procurer un plaisir particulier.

— Il y a plus de choses au ciel et sur terre..., murmurait-il, écoutant d'une oreille distraite les remontrances de Charlie.

Comme la plupart des membres du Congrès, il pensait savoir mieux que ses hommes comment procéder pour arriver à ses fins ; et comme c'était lui qui votait et pas ses gars, au fond, c'était lui qui avait raison.

Le jeudi suivant, à dix heures du matin, les Khembalais eurent leur tête-à-tête de vingt minutes avec Phil ; Charlie, qui était très intéressé, aurait bien aimé y assister, mais ce matin-là, il devait écouter, au club de la presse de Washington, un chercheur de la Heritage Foundation raconter que l'accroissement rapide de la température serait bénéfique pour l'agriculture. Marquer les individus de ce genre à la culotte et veiller à tuer leurs pseudo-arguments dans l'œuf était un exercice important, auquel Charlie se livrait avec une indignation farouche. A partir d'un certain moment, la manipulation des faits devenait une sorte de gigantesque mensonge. En tout cas, c'était l'impression qu'avait Charlie quand il se trouvait face à des gens comme Strengloft : il combattait des menteurs, des gens qui mentaient sur la science pour le fric, occultant les signes manifestes de destruction de leur monde actuel. Ils finiraient par transmettre à leurs enfants une planète dégradée, vide d'animaux et de forêts, de récifs de corail et de tout ce qui en faisait naguère un foyer et un système de support biologique. Des menteurs, qui trahissaient leurs propres enfants, et toutes les générations à venir : c'était ce que Charlie aurait voulu leur hurler, avec la même véhémence qu'un cinglé de prédicateur debout sur sa caisse, au coin d'une rue. C'est pourquoi, quand il les approchait avec ses questions polies, précises, et ses remarques pertinentes, il y mettait une certaine pugnacité. Les adversaires tentaient d'esquiver en taxant sa démarche de sectarisme, d'hypocrisie ou de Dieu sait quoi ; mais l'agressivité était parfois payante quand il atteignait le point sensible.

En tout cas, il valait peut-être mieux qu'il ne soit pas présent lors de l'entretien entre Phil et les Khembalais. Comme ça, Phil ne serait pas distrait, et il ne penserait pas que Charlie coachait ses visiteurs. Il pourrait se faire sa propre idée, et Sridar serait là pour recadrer les choses, si nécessaire. D'autant que Charlie avait suffisamment vu les Khembalais à l'œuvre pour être tranquille : Rudra Cakrin et ses compagnons seraient à la hauteur ; ils feraient bonne impression. Phil découvrirait l'étrange pouvoir de persuasion qui était le leur, et il en avait assez vu pour ne pas les dédaigner juste parce qu'ils n'étaient pas des technocrates en costume cravate.

Charlie s'échappa donc de la réunion – exaspérante, comme prévu –, et à dix heures vingt précises il gravissait en courant l'escalier qui menait au bureau de Phil, au deuxième étage, d'où on avait une vue géniale sur le Mall – la meilleure de tous les bureaux des sénateurs, obtenue grâce à un coup fulgurant. Du Phil tout pur : le Sénat, qui étouffait dans ses trois bâtiments exigus, Russell, Dirksen et Hart, avait fini par prendre le taureau par les cornes et investir les locaux des United Brothers of Carpenters and Joiners of America, le syndicat des industries du bois, qui possédait un beau bâtiment dans un endroit spectaculaire du Mall, entre la National Gallery et le Capitole même. Ledit syndicat avait, naturellement, élevé des protestations véhémentes – pour oser faire une chose pareille, il aurait au moins fallu que la Chambre et le Sénat soient aux mains de ces salauds de républicains, qui ne loupaient pas une occasion d'infliger une vexation à un syndicat –, mais l'opération avait soulevé des relents tellement nauséabonds qu'il ne s'était pas trouvé beaucoup de sénateurs assez courageux pour risquer un mauvais coup de pub s'ils s'installaient dans les nouveaux locaux une fois la bataille juridique terminée et la possession du bâtiment dûment entérinée. Phil, lui, ne s'était pas fait prier pour y établir ses pénates, déclarant à qui voulait l'entendre qu'il allait défendre les intérêts du syndicat des industries du bois et de tous les autres syndicats si vertueusement que ce serait comme s'ils n'avaient jamais quitté le bâtiment.

« Où pourrions-nous mieux défendre le peuple travailleur d'Amérique ? avait-il demandé avec son fameux sourire. Je garderai un marteau sur le rebord de ma fenêtre pour me rappeler qui je représente. »

A dix heures vingt-trois, Phil faisait sortir les Khembalais de son magnifique bureau d'angle, en bavardant joyeusement avec eux.

— Oui, merci, évidemment, avec plaisir – voyez avec Evelyn, qu'elle trouve un moment.

Les Khembalais avaient l'air contents. Sridar avait l'air impassible, mais légèrement amusé, comme souvent.

Phil repartait lorsqu'il repéra Charlie. Il s'arrêta.

— Ah, Charlie, enfin ! Content de vous voir !

Il revint et serra, avec un immense sourire, la main de son équipier rougissant.

— Alors, vous avez ri au nez du Président ! (Il se tourna vers les Khembalais.) Cet homme a éclaté de rire au nez du Président ! Moi qui avais toujours rêvé de faire ça !

Les Khembalais hochèrent la tête, de cet air qui voulait universellement dire « Je ne me mouille pas ».

— Alors, quel effet ça fait ? demanda Phil à Charlie. Et comment l'a-t-il pris ?

Charlie, toujours rougissant, répondit :

— Eh bien, à vrai dire, c'était involontaire. Comme un éternuement. C'est Joe qui me titillait. Et pour autant que je sache, il l'a pris normalement. Le Président a eu l'air plutôt content. Il essayait d'être drôle, alors, me voyant rire, il a ri aussi.

— Ouais, je vois. Il vous avait eu.

— Voilà. Enfin, quoi qu'il en soit, il a ri, Joe s'est réveillé, et il a fallu lui mettre un biberon dans le cornet avant que les types des services secrets ne fassent quelque chose que nous aurions tous regretté.

Phil éclata de rire, puis secoua la tête et reprit son sérieux.

— Enfin, tant pis. Que voulez-vous ? Vous étiez tombé dans une chausse-trappe. Il adore faire ça. J'espère qu'il ne nous en tiendra pas rigueur. Ça pourrait même jouer pour nous. Mais là, je suis déjà en retard, et il faut que j'y aille. Vous, vous restez là.

Et il mit la main sur le bras de Charlie, dit à nouveau au revoir aux Khembalais et fila par la porte.

Les Khembalais se massèrent autour de Charlie, l'air joyeux.

— Où est Joe ? Pourquoi n'est-il pas avec vous ?

— Je ne pouvais vraiment pas l'emmener avec moi, cette fois. C'est mon amie Asta, du Gymboree, qui s'occupe de lui. En fait, il faut que je retourne le chercher le plus vite possible, dit-il en regardant sa montre. Mais allez, racontez-moi comment ça s'est passé.

Ils suivirent Charlie dans son réduit près de l'escalier, qui se trouva aussitôt rempli de leurs robes marron (Charlie remarqua qu'ils avaient revêtu leurs tenues de cérémonie en l'honneur de Phil) et de leurs visages bruns, forts. Ils avaient toujours l'air aussi contents.

— Alors ? insista Charlie.

— Ça s'est très bien passé, répondit Drepung en hochant allègrement la tête. Il nous a posé beaucoup de questions sur le Khembalung. Il y était passé, il y a sept ans, et il a rencontré Padma et les autres, à ce moment-là ; il était très intéressé, très... sympathisant. Il m'a rappelé M. Clinton, de ce point de vue.

Apparemment, l'ex-Président s'était aussi rendu au Khembalung, quelques années plus tôt, et avait fait une grosse impression.

— Mais surtout, il nous a dit qu'il nous aiderait.

— Vraiment ? C'est génial ! Qu'a-t-il dit, au juste ?

Drepung fronça les sourcils comme s'il faisait un effort de mémoire.

— Il a dit : « Je vais voir ce que je peux faire. »

Sucandra et Padma hochèrent la tête, confirmant ses paroles.

— Il a dit ça ? Exactement comme ça ? demanda Charlie.

— Oui. « Je vais voir ce que je peux faire. »

Charlie et Sridar échangèrent un regard. Qui allait le leur dire ?

— Ce sont les mots qu'il a employés, dit prudemment Sridar.

Passant ainsi le ballon à Charlie.

Qui poussa un soupir.

— Qu'y a-t-il ? demanda Drepung.

— Eh bien..., commença Charlie en regardant à nouveau Sridar.

— Dis-leur, soupira Sridar.

— Ce que vous devez comprendre, répondit Charlie, c'est que les membres du Congrès n'aiment pas dire non.

— Non ?

— Non. Ils ne le disent jamais.

— Ils ne disent jamais non, amplifia Sridar.

— Jamais ?

— Jamais.

— Ils aiment dire « oui », expliqua Charlie. Les gens viennent les voir, leur demandent des choses – des faveurs, des voix, des services d'une sorte ou d'une autre. Ils disent oui, et les gens s'en vont contents. Tout le monde est content.

— Des électeurs, développa Sridar. Ce qui veut dire des voix, et donc leur boulot. Ils disent oui, et ça veut dire des voix. Il y a des fois où un seul oui peut vouloir dire cinquante mille voix. Alors ils se contentent de dire oui.

— C'est vrai, admit Charlie. Certains disent oui, quoi qu'ils pensent en réalité. D'autres, comme notre sénateur Chase, sont plus honnêtes.

— Tout ça sans jamais dire vraiment non, malgré tout, ajouta Sridar.

— En réalité, ils ne répondent qu'aux questions auxquelles ils peuvent répondre oui. Les autres, ils les esquivent, d'une façon ou d'une autre.

— D'accord, répondit Drepung. Mais il a dit...

— Il a dit : « Je vais voir ce que je peux faire. »

Drepung fronça les sourcils.

— Alors, ça veut dire non ?

— Eh bien, vous savez, quand les circonstances font qu'ils ne peuvent pas répondre à une question d'une autre façon...

— Oui ! coupa Sridar. Ça veut dire non.

— Eh bien..., essaya de temporiser Charlie.

— Allez, Charlie, fit Sridar en secouant la tête. On sait bien ce que ça veut dire. C'est la même chose pour tout le monde. « Oui » veut dire « peut-être ». « Je vais voir ce que je peux faire » veut dire « non ». Ça veut dire « aucune chance ». Ça veut dire « Je ne peux pas croire que vous me posiez cette question, mais puisque vous me la posez, voilà comment je vous réponds non ».

— Il ne nous aidera pas ? insista Drepung.

— Il le fera s'il voit une façon de le faire qui marche, déclara Charlie. Je ne le lâcherai pas à ce sujet.

— Vous verrez ce que vous pouvez faire, reprit Drepung.

— Oui, mais moi je le pense. Vraiment.

Sridar eut un sourire sardonique devant la déconfiture de Charlie.

— Et Phil est le sénateur le plus concerné par les problèmes environnementaux. N'est-ce pas, Charlie ?

— Eh bien, oui. Ça, c'est vrai.

Les Khembalais encaissèrent sa réponse en silence.

6

La capitale des sciences

Des robots sous-marins rôdent dans les profondeurs, effectuant des recherches océanographiques. Des glisseurs autonomes, sortes de torpilles à ailettes comme les Slocum gliders, viennent recharger leurs batteries dans des observatoires sous-marins d'où ils téléchargent les données qu'ils ont glanées. Finalement, les océanographes disposent de presque autant d'informations que les météorologues. Ils surveillent notamment une couche profonde d'eau relativement chaude, qui coule de l'Atlantique dans l'Arctique. C'est l'ALTEX, ou Atlantic Layer Tracking Experiment.

Mais ils ne seront jamais aussi performants dans ce domaine que les baleines blanches, les bélugas qui vivent toute leur vie au large : elles ont été équipées de capteurs qui enregistrent la température, la salinité et le taux de nitrate de l'eau, ainsi que d'un système d'enregistrement GPS et d'un détecteur de profondeur. Elles aiment monter et descendre dans leur monde bleu, plonger dans le noir royaume des profondeurs, remontant pour refaire le plein d'air, tout cela en enregistrant des données à chaque instant. Whitey Ford, la Femme en Blanc, Moby Dick, Casper le petit fantôme, et tous les blancs spectres des profondeurs, nagent selon leur bon plaisir, en haut, en bas, inlassablement, dans leurs immenses territoires, continuellement, immuablement, rapides et souples, capables de plonger à de très grandes profondeurs, pâles étincelles dans le bleu le plus noir, le noir le plus bleu. Remontant pour respirer. Nos cousines Les baleines blanches nous aident à connaître ce monde. La couche chaude va en diminuant.

Frank acheva son séjour à San Diego dans un état de tension désagréable. La rencontre avec Marta l'avait démoralisé et il n'arrivait pas à remonter la pente.

Il fit les petites annonces, à la recherche d'un logement en vue de son retour, à l'automne, ce qui acheva de l'abattre. Il comprit qu'il avait intérêt à louer quelque chose et à prendre son temps pour acheter. Il aurait du mal à trouver une maison qui lui plairait, et dans ses moyens. Ce serait peut-être même carrément impossible. Il avait des problèmes financiers. Et il fallait beaucoup, beaucoup d'argent pour acheter une maison dans le nord de San Diego, par les temps qui couraient. Avec Marta, ils avaient acheté le bungalow idéal pour un couple à Cardiff, mais ils l'avaient vendu quand ils s'étaient séparés, ce qui avait beaucoup contribué à aggraver la situation entre eux. La région était devenue trop chère pour un simple prof. Il aurait besoin de revenus annexes.

Alors il regarda les locations dans le comté nord, tout en allant, les après-midi, dans le bureau vide, sur le campus, à la rencontre de deux postdocs qui travaillaient encore pour lui pendant son absence. Il parla aussi, avec la présidence du département, des cours qu'il devait donner à l'automne. Rien de tout ça n'était vraiment enthousiasmant.

Et pour couronner le tout, il reçut dans son casier, au département, une lettre du bureau des transferts de technologie de l'université de San Diego. Le pouls battant à tout rompre, il déchira l'enveloppe, parcourut le courrier en diagonale, et appela aussitôt le bureau.

— Salut, Delphina ! C'est Frank Vanderwal. Je viens de recevoir une lettre du comité de surveillance. Vous pourriez m'expliquer de quoi il retourne, s'il vous plaît ?

— Oh, bonjour, docteur Vanderwal. Voyons un peu... le comité de surveillance des revenus extérieurs de la faculté voudrait vous interroger sur les revenus que vous avez perçus des actions de Torrey Pines Generique. Tout ce qui dépasse deux mille dollars par an doit être déclaré, et ils n'ont rien reçu de votre part.

— Evidemment, je suis à la NSF, cette année. Mes actions sont gérées par un blind trust. Je ne suis au courant de rien.

— Oh, c'est vrai, en effet. Peut-être que... attendez une seconde. Ah oui. Ils auraient dû le savoir. Je ne suis pas sûre. Je cherche leur mémo, là... Ah, voilà. Ils ont appris que vous alliez retourner chez Torrey Pines, en rentrant, et...

— Hein ? Attendez un peu ! Où sont-ils allés chercher ça ?

— Je n'en sais rien...

— Parce que ce n'est pas vrai ! J'ai discuté avec des collègues à Torrey Pines, mais c'était à titre privé. Qui a bien pu leur raconter cette histoire ?

— Je vous dis que je n'en sais rien, répondit Delphina, qui commençait à s'offusquer de son indignation.

Aucun doute : elle devait, par la nature même de son poste, se retrouver plus souvent qu'à son tour en butte à l'indignation ou la hargne de ses interlocuteurs, mais il n'en avait cure. Pour une fois qu'il était dans son bon droit...

— Ecoutez, Delphina, dit-il. On a discuté de tout ça au moment de la fondation de Torrey Pines, à laquelle j'ai participé, et au cas où vous l'auriez oublié, moi je m'en souviens : les membres de la fac sont autorisés à consacrer jusqu'à vingt pour cent de leur temps de travail en consultations extérieures. Ce que je fais de ce temps est mon affaire, tout ce qu'on me demande, c'est de le signaler. Alors, même si je retournais chez Torrey Pines, où serait le problème ? Je ne serais pas salarié par eux, et je n'y consacrerais pas plus de vingt pour cent de mon temps !

— Bon, ben c'est bien...

— Et l'essentiel de tout ça se passe dans ma tête, de toute façon, alors même si j'y consacrais plus de temps, comment pourriez-vous le savoir ? Vous allez lire dans mes pensées ?

— Bien sûr que non, soupira Delphina. En fin de compte, c'est plus honorifique qu'autre chose. C'est évident. Nous demandons un complément d'information quand nous voyons des choses dans les rapports financiers, pour rappeler les gens au règlement.

— Oui, eh bien, je n'apprécie pas cette inquisition mal placée. Informez le comité de surveillance de la situation de mes actions, et dites-leur de faire leur boulot convenablement avant d'emmerder les gens.

— D'accord. Désolée.

Elle n'avait pas l'air exagérément bouleversée par l'affaire.

Frank alla faire un tour sur le campus. Généralement, ça avait le don de l'apaiser, mais là, il était trop furieux. Qui avait pu raconter au comité de surveillance qu'il avait l'intention de réintégrer Torrey Pines ? Et pourquoi ? Etait-ce quelqu'un de la boîte qui les avait appelés ? Il n'y avait que Derek qui était au courant, et ce n'était pas lui qui aurait fait ça.

Mais d'autres avaient pu en avoir vent. Ou auraient pu le déduire de sa visite. Qui ne remontait qu'à quelques jours, mais ça laissait amplement le temps à quelqu'un de passer un coup de fil. Sam Houston, peut-être, soucieux de rester principal conseiller scientifique ?

Ou Marta ?

Perturbé par cette idée, il se prit à regretter de ne pas être à Washington DC. Ce qui était un choc, parce qu'il passait son temps, quand il était là-bas, à mourir d'envie de retourner à San Diego, à n'attendre que le moment où il repartirait, et où il reprendrait sa vraie vie. Pas de doute, pourtant : il était là, à San Diego, et il avait envie d'être à Washington. Il y avait quelque chose qui clochait.

Une partie de sa frustration devait venir du fait qu'il n'était pas vraiment de retour dans sa vraie vie à San Diego ; il ne faisait que la prévoir. Il n'avait pas de chez lui, il était encore en congé, ses journées n'étaient pas remplies. Ce qui le laissait un peu en déshérence, comme tout de suite. Et ça ne lui ressemblait pas.

Bon... et s'il vivait ici, que ferait-il de son temps libre?

Il irait surfer.

Bonne idée. Toutes ses affaires étaient entreposées dans un casier de location, dans le centre commercial labyrinthique, derrière Encinitas. Alors il prit sa voiture, alla récupérer ses affaires de surf et vint se garer sur le parking de Cardiff Reef, au sud de Cardiff-by-the-Sea. Quelques minutes d'observation, le temps d'enfiler sa combinaison (qui devenait trop petite pour lui), lui révélèrent que la marée descendante et la houle venant du sud se combinaient pour donner de bonnes vagues, qui se brisaient sur les récifs, au large. Il y avait une petite constellation de surfeurs et de véliplanchistes.

Déjà réjoui par ce spectacle, il s'aventura dans l'eau, qui était très froide pour le milieu de l'été; tout le monde le disait. Elle n'était plus jamais aussi chaude que par le passé. Mais elle lui paraissait tellement bonne en ce moment précis qu'il courut vers une vague qui s'écrasait sur le rivage et plongea dedans. Il en ressortit en hurlant, s'assit dans l'eau et, tout en se laissant flotter, enfila ses bottes, attacha les velcros de la sangle qui reliait sa planche à sa cheville et commença à pagayer. Avec l'impression d'être chez lui dans l'océan.

C'était une excellente matinée. Comme toujours, à Cardiff Reef. Il y avait des années qu'il venait là, et il connaissait le coin par cœur. Il y avait souvent surfé avec Marta, mais ça n'avait pas grand-chose à voir. Cela dit, s'il tombait sur elle ici, ce serait encore une occasion de lui parler. De toute façon, les vagues étaient éternelles, et Cardiff Reef, avec sa configuration simple, était comme une vieille amie qui vous racontait toujours les mêmes histoires; il était chez lui. C'était ce qui faisait de San Diego son foyer – pas les gens, les boulots ou les baraques inabordables, mais ce qu'il ressentait dans l'océan, qui avait été l'expérience centrale de sa vie pendant tant d'années, au point que tout le reste paraissait incolore à côté. Jusqu'à ce qu'il découvre l'escalade.

Tout en pagayant, en prenant les vagues qui déroulaient vers la gauche pendant de longues secondes d'extase, et même en ralentissant pour se repositionner, il continuait à s'interroger sur cette impression étrangement puissante: *il était chez lui dans l'eau salée.* Il devait y avoir une raison profonde, que l'évolution n'avait pas réussi à gommer, à la joie de se sentir projeté en avant sur une vague. Peut-être que ça venait de la partie du cerveau qui précédait la division d'avec les mammifères aquatiques, un élément profond, fondamental, de l'activité mentale qui recherchait avidement cette expérience. L'encéphale conservait certainement des mécanismes mentaux très anciens. Ou alors, peut-être que ces instants d'apesanteur, de flottement, rappelaient les mois de vie utérine, dont le souvenir resurgissait quand on nageait. A moins, encore, que ce ne soit une réaction esthétique très sophistiquée, une rencontre avec le sublime : tomber constamment sans mourir, sans même se blesser, entraînait une disparité d'information entre les signaux de danger et les signaux rassurants qui était ressentie comme une espèce de triomphe sur la réalité.

Enfin, peu importait ; c'était extatique. Et il se sentait déjà infiniment mieux.

Mais il était temps de repartir. Il prit une dernière vague et au lieu de s'éjecter par la crête, quand la section rapide fut terminée, il resta sur la vague, qui vint se briser sur le rivage.

Il resta assis sur un banc de sable à se laisser ballotter par l'eau écumante et sifflante. En avant, en arrière, remonter, redescendre. Il se prélassa ainsi un long moment. Quand il était petit, et même plus tard, à l'adolescence, il avait passé beaucoup de temps à faire ça, à la fin de toutes les journées à la plage, à « faire le grunion [1] », comme il disait. Il avait souvent pensé que les gens pouvaient toujours se démener pour trouver des sports plus compliqués dans l'océan ; faire le grunion, que demander d'autre à l'existence ? Alors il s'étala et se laissa porter par les vagues, sentant l'eau sablonneuse le soulever et l'entraîner. L'océan le berçait comme les bras d'une nourrice. En repartant vers la mer, l'eau tamisait les fins grains noirs du sable, les mélangeait avec les grains jaunes et blancs, arrondis, jusqu'à ce qu'ils forment des réseaux de V noirs qui s'entrelaçaient. Des tracés naturels, mouvants...

— Hé, ça va ?

1. Poisson californien qui ne sort qu'à la pleine lune pour pondre ses œufs dans le sable. [*N.d.l.T.*]

Il releva brusquement la tête. C'était Marta, qui remontait sur la plage.

— Tiens, salut ! Oui, oui, ça va.

— Qu'est-ce que c'est que ça ? Tu me suis, maintenant ?

— Non, répondit-il, avant de se rendre compte que c'était peut-être vrai, et d'ajouter un ton plus haut : Non !

Il commençait à s'énerver. Elle lui rendit son regard.

— Je me laisse bercer par les vagues, dit-il, la bouche pincée. Tu n'as aucune raison de me dire ça.

— Non ? Alors pourquoi m'as-tu proposé de sortir, hier ?

— C'était une erreur, manifestement. Je pensais que ça pourrait arranger un peu les choses de parler.

— L'an dernier, peut-être. Mais tu n'en avais pas envie, à ce moment-là. Au point que tu as préféré t'enfuir à la NSF, Frank. Et maintenant, c'est trop tard. Alors fiche-moi la paix.

— Mais je te fiche la paix !

— *Laisse-moi tranquille !*

Elle se retourna et courut vers les vagues, se coucha sur sa planche et pagaya vigoureusement. Lorsqu'elle fut assez loin, elle s'assit sur sa planche et prit son équilibre, en regardant vers le large.

Les surfeuses ont toujours une drôle de dégaine, se dit Frank en la regardant. Et pas seulement à cause des choses évidentes ; la combinaison accentuait de subtiles différences morphologiques : les fesses, le rapport longueur du torse sur longueur des jambes inférieur, le rapport de 0,7 de la taille aux hanches... Bref, elles étaient différentes, et elles attiraient son regard comme un aimant. Dès qu'il arrivait à distinguer une silhouette humaine, si loin qu'elle soit, il pouvait dire si c'était un homme ou une femme. Tous les surfeurs en étaient capables.

Qu'est-ce que ça voulait dire ? Qu'il était sous l'emprise d'une femme qui le méprisait ? Qu'il avait tout gâché avec la personne qui comptait le plus au monde pour lui ? Et donc ses meilleures chances de réussir à se reproduire un jour ? Que dans le besoin de reproduction le dimorphisme sexuel était un puissant incitatif ? Qu'il était esclave de son sperme, et un imbécile ?

Tout ça à la fois.

Sa bonne humeur ébranlée, il s'obligea à se relever. Il enleva ses bottillons et sa combinaison, s'essuya, remonta auprès de sa voiture de location et retourna déposer son matériel dans son casier de stockage. Il regagna sa chambre d'hôtel, se doucha, demanda son compte et reprit l'autoroute jusqu'à l'aéroport. Il était sur son sol natal et il se faisait l'impression d'être exilé.

Il y avait vraiment quelque chose qui clochait.

Il rendit la voiture de location, effectua les formalités d'embarquement comme un robot et se retrouva à bord de l'avion pour Dallas. Il s'assit auprès du hublot et regarda au-dehors alors que l'avion décollait dans un rugissement de réacteurs. Point Loma. L'océan, très bleu, et la tapisserie blanche, perpétuellement renouvelée, des vagues qui se brisaient sur la côte. Un virage sur l'aile, le mont Soledad, et puis la montée dans la couche de nuages et toujours plus haut, vers l'est.

Il s'endormit. Quand il se réveilla, ils descendaient vers Dallas. Ça faisait drôle d'observer le processus de retour vers la Terre, les maisons, et les petites autos pareilles à des jouets, au début, et qui grossissaient très vite pour devenir de vraies voitures filant sur les routes. Ensuite, l'atterrissage, les interminables courbes de l'aéroport de Dallas, la navette ferroviaire pour changer de terminal, et l'attente d'un autre avion, pour Washington.

Il regardait d'un œil morne défiler l'Amérique. Qui pouvaient bien être ces gens, pour vivre si placidement alors que le monde sombrait dans une crise environnementale aiguë ? Des experts du déni. Des experts dans l'art de filtrer les informations pour n'entendre que ce qui justifiait leur comportement. Beaucoup de ceux qui passaient devant lui allaient à l'église le dimanche, croyaient en Dieu, votaient républicain, faisaient des courses et regardaient la télévision. Des gens bien, visiblement. Le monde était condamné.

Il se cala dans son nouveau siège d'avion (côté allée, cette fois ; la vue n'avait pas d'importance), sentant monter sa colère et son écœurement. La NSF n'était pas étrangère à son exaspération. Ils ne feraient rien pour changer les choses. Il sortit son ordinateur portable, l'alluma, créa un nouveau document, commença à écrire :

Critique de la NSF, premiet jet.
Pour Diane Chang, confidentiel

La NSF a été fondée dans le but de financer la recherche fondamentale, ce pour quoi elle bénéficie, dans l'ensemble, d'une réputation flatteuse. Mais son budget n'a jamais dépassé 10 milliards de dollars par an, dans une économie globale de 10 trillions de dollars. Les choses étant ce qu'elles sont, on peut craindre que la NSF ne soit tout simplement trop petite pour avoir un impact réel.

En attendant, l'espèce humaine excède la capacité d'absorption de cette planète, dont elle endommage gravement la biosphère. L'économie néoclassique ne peut faire face à la situation. A vrai dire, avec les chiffres fallacieux qu'elle affiche, elle a été en partie conçue pour la dissimuler. Même si la Terre subissait un événement d'extinction anthropogénique catastrophique au cours des dix prochaines années, ce qui nous pend au nez, les milieux affairistes américains continueraient à se concentrer sur leurs pertes et leurs profits trimestriels. Il n'y a pas de mécanisme économique de gestion de catastrophe. Et pourtant, ni le gouvernement, ni la communauté scientifique ne se préoccupent de la situation. En réalité, ils sont, l'un comme l'autre, résignés à être régis selon les critères de l'économie néoclassique, qui est de toute évidence une fausse science. Nous pourrions aussi bien être gouvernés par des astrologues. Telle est la situation. Tout le monde le sait, à la NSF, et pourtant personne n'y fait rien. Personne ne fait rien pour tenter d'initier le sauvetage de la biosphère, on n'essaie même pas de susciter les projets de mitigation de l'impact humain. On se contente d'attendre et de voir venir. C'est une position d'une passivité ridicule.

Pourquoi une telle passivité, me demanderez-vous ? Parce que la NSF est un repaire de poules mouillées. Des poules mouillées avec leurs petites têtes pensantes bien enfoncées dans le sable comme des autruches. Des croisements de poule mouillée et d'autruche (arranger ça). La NSF a peur de tenir tête au Congrès, peur de tenir tête aux milieux d'affaires, peur d'affronter le peuple américain. Les ayatollahs du libéralisme nous renvoient dans une éternité féodale consternante, qui détruit tout sur son passage, alors que nous aurions les moyens technologiques de nourrir, d'habiller, de soigner tout le monde, de donner un toit et une éducation à tout le monde. Bref, la faculté de mettre fin aux souffrances et aux besoins de la population mondiale est là, à portée de main, tout comme la catastrophe écologique est là, elle aussi, à portée de main, et pourtant la NSF continue à accorder ses petites subventions, à jouer du violon pendant que Rome est en feu !!!

enfin, peu importe, il n'y a rien à faire, je suis sûr que vous vous dites : Pauvre Frank Vanderwal, il a passé une année dans le marécage, et il est devenu dingue. Eh bien d'accord, mais n'empêche que ce que je dis est vrai ; le monde est dans la merde, et la NSF est l'une des rares organisations sur cette planète qui pourrait bel et bien l'aider à s'en sortir, et pourtant elle ne le fait pas. Elle devrait ouvrir la voie à une politique scientifique à l'échelon mondial, et imposer la réflexion sur certaines possibilités de mitigations climatiques et de la biosphère, les présenter comme des nécessités, des priorités absolues, elle devrait travailler le Congrès au corps comme cette putain de NRA[1] pour obtenir le budget qu'elle mérite, un budget beaucoup plus important, aussi important que celui du Pentagone : en fait, il faudrait intervertir les deux budgets, si on voulait que ça marche convenablement, mais ce n'est pas le cas, ce ne sera jamais le cas, et c'est pour ça que je ne reviendrai pas, et que n'importe quel individu doué de bon sens ne devrait pas revenir non plus.

1. National Rifle Association : puissant lobby en faveur des armes. [*N.d.l.T.*]

L'avion avait amorcé sa descente.

Bon, il faudrait revoir un petit peu tout ça. Mettre de l'ordre dans les métaphores. La NSF ne pouvait pas être à la fois une autruche et une poule mouillée, même si elle était bel et bien les deux, en réalité. Enfin, il pouvait y travailler. Il tenait une première mouture, c'était déjà ça. Il n'aurait qu'à la remanier un peu avant de la donner à Diane Chang, la patronne de la NSF, dans le maigre espoir que ça la secouerait.

Il appuya sur la touche « SAUVEGARDER » pour la première fois depuis près d'une heure. L'avion s'inclina sur l'aile et amorça sa descente finale vers l'aéroport Ronald Reagan. Il serait bientôt de retour dans le terrain vague de sa vie actuelle. Dans le marécage.

Dans le labo de Leo, c'était la frénésie : ils testaient l'algorithme de Pierzinski tout en poursuivant les expériences en cours d'« intégration hydrodynamique poussée », comme on l'appelait maintenant dans les premiers articles. De nombreux laboratoires travaillaient sur le problème de l'apport ciblé, et si dingue que ça puisse paraître, leur méthode était l'une des plus prometteuses actuellement en cours d'étude. Ce qui était mauvais signe.

Ils étaient donc tellement occupés sur les deux fronts qu'ils ne remarquèrent pas tout de suite les résultats que l'un des collaborateurs de Marta obtenait avec la méthode de Pierzinski. La thèse de doctorat de Marta portait sur la microbiologie de certaines algues, et elle cosignait encore des articles avec une postdoc appelée Eleanor Dufour. Leo avait lu ses articles, il l'avait rencontrée, et il avait été très impressionné. Marta avait présenté à Eleanor une version de l'algorithme de Pierzinski, et les choses démarraient bien, d'après Marta. Leo pensait que son groupe avait beaucoup à apprendre de leurs travaux, alors il invita Eleanor à leur parler de ses recherches autour d'un petit casse-croûte. Ce qu'elle fit de sa voix calme et grave – tout le contraire de celle de Marta :

— Ce qui nous intéressait, commença Eleanor, c'était les algues de certains lichens. Les études de l'ADN mettent en évidence le fait que certains lichens sont en fait d'anciennes associations d'algue et de champignon, et nous avons génétiquement modifié l'algue de *Cornicularia cornuta*, l'un des plus vieux lichens, qui pousse sur les arbres et s'insinue à l'intérieur, à une profondeur assez impressionnante. Nous pensons que le lichen aide les arbres qu'il colonise en assumant la régulation de leurs hormones et en augmentant leur faculté d'absorption des lignines pendant la période de croissance.

Elle parla ensuite de la possibilité de modification de leur taux de métabolisme :

— Nous avons récemment testé les algorithmes que Marta nous a apportés, en essayant de trouver des symbiotes qui accéléraient la capacité du lichen à apporter de la lignine aux arbres.

De l'ingénierie évolutionnaire, pensa Leo en hochant la tête. A vrai dire, c'était exactement ce que son labo essayait de faire, même s'il y pensait rarement en ces termes. Cette vision extérieure lui était précieuse pour prendre du recul par rapport à ses propres travaux, pour mieux voir ce qui se passait.

— Pourquoi accélérer la constitution de lignine ? demanda Brian. Je veux dire, quel intérêt ?

— Nous pensons que ça pourrait agir comme un piège à carbone.

— Comment ça ?

— Eh bien, vous savez, il est question de capturer et de séquestrer une partie du carbone qu'on envoie dans l'atmosphère dans des pièges à carbone de différentes natures, mais aucune méthode n'a encore vraiment donné satisfaction. L'une des pistes est la stimulation de la croissance des plantes, mais le problème c'est que la plupart des plantes ont une durée de vie très courte, et que la végétation, en pourrissant, relâche rapidement le CO_2 dans l'atmosphère. Alors, à moins de réussir à créer de grandes quantités de tourbières très profondes, la capture du CO_2 dans des petites plantes ne paraît pas être une démarche très prometteuse.

Ses auditeurs écoutaient de toutes leurs oreilles.

— Alors que les arbres actuels s'exercent depuis des centaines de millions d'années à ne pas se faire dévorer et étouffer par les insectes. L'une des possibilités consisterait donc à faire pousser des arbres plus grands. Ce qui n'est pas si facile, ainsi que l'expérience l'a montré.

Avec un feutre rouge, elle esquissa à grands traits, sur le tableau blanc, un sol et un arbre qui semblaient avoir été dessinés par un gamin de cinq ans.

— Pardon, mais bon... Ce qu'il faut que vous compreniez, c'est que la plupart des arbres ne seront jamais plus grands qu'ils ne le sont déjà, à cause de contraintes physiques comme le vent et la qualité du sol. Alors, on peut essayer de faire en sorte qu'ils soient plus épais, ou que leurs racines soient plus épaisses, dit-elle en ajoutant des racines sous le niveau du sol. Mais pour obtenir directement un tel résultat, il faudrait faire subir à l'arbre des modifications génétiques nuisibles à d'autres points de vue, et de toute façon, ce serait très lent.

— Donc, ça ne marche pas, dit Brian.

— Exactement, dit-elle patiemment. Or beaucoup d'arbres hébergent ces lichens, et les lichens régulent la production de lignine d'une façon sur laquelle on pourrait jouer de telle sorte que l'arbre capturerait rapidement le carbone qui resterait piégé tant que l'arbre vivrait. Compte tenu de tout ce que je viens de vous expliquer, nos travaux ont porté, fondamentalement, sur la modification d'une sorte de lichen qui vit sur les arbres. La photosynthèse du lichen est effectuée par l'algue qu'il contient, et nous avons utilisé l'algorithme de Yann pour trouver les gènes susceptibles d'être modifiés pour accélérer le processus. Et maintenant, nous réussissons à faire exporter au lichen le sucre en excès dans l'arbre hôte, jusque dans les racines. Il semblerait qu'on puisse vraiment accélérer la croissance des racines et le diamètre des arbres sur lesquels poussent ces lichens.

— Capturant quelle quantité de carbone?

— Eh bien, nous avons effectué des simulations, selon divers scénarios, le lichen modifié étant introduit dans des forêts de différentes tailles, jusqu'à la totalité de la ceinture forestière du monde tempéré. Dans ce scénario-là, la quantité de CO_2 capturée se chiffre en milliards de tonnes.

— Waouh!

— Oui. En plus, c'est assez rapide.

— Attention, plaisanta Brian, on ne veut pas provoquer une nouvelle ère glaciaire non plus.

— D'accord. Mais ce problème-là, on aura le temps de s'en occuper. De toute façon, on sait comment réchauffer le climat. Et surtout, au point où on en est, tout piège à carbone serait bon à prendre. Vous connaissez les effets vraiment néfastes qui risquent de nous tomber sur le coin de la figure.

— Exact.

Ils restèrent assis à regarder le fouillis de lettres, de lignes, et les petits arbres qu'elle avait griffonnés sur le tableau blanc.

C'est Leo qui brisa le silence :

— Eh bien, dites donc, Eleanor, c'est vraiment intéressant.

— Je sais que ce n'est pas ça qui va vous aider avec votre problème d'apport ciblé...

— Non, mais ça ne fait rien ; ce n'est pas votre spécialité. C'est vraiment intéressant quand même. C'est un problème différent, mais c'est comme ça, c'est tout. C'est génial. Vous l'avez déjà montré au chancelier ?

— Non, répondit-elle, l'air surprise.

— Vous devriez. Il adore ce genre de chose, et vous savez que c'est un chercheur. Il continue à diriger son labo tout en assumant les fonctions de chancelier.

Ce qui lui conférait l'autorité de descendre en flammes toute la communauté scientifique en ville.

— Je vais le faire. Merci du conseil, dit-elle en hochant la tête. Il a été d'un grand soutien.

— C'est vrai. En tout cas, j'espère que vous continuerez à coopérer, Marta et vous. Peut-être qu'on réussira à vous faire venir ici, à Torrey Pines. Il se pourrait que vous repériez des aspects de la régulation hormonale qui nous ont échappé.

— Oh, ça j'en doute. Mais merci quand même.

Peu après, Leo reçut un mail de Derek lui disant qu'il rencontrait, cette semaine-là, un responsable d'une boîte de capital-risque, et lui demandant d'être présent afin d'exposer le point de vue scientifique. C'était déjà arrivé plusieurs fois, quand Torrey Pines était une start-up en vue, et Leo connaissait le numéro par cœur. Il se sentait donc extrêmement mal à l'aise à l'idée de remettre ça – surtout s'ils en venaient à parler de l'« intégration hydrodynamique poussée ». Leo n'avait absolument pas envie d'appuyer les assertions non fondées de Derek devant quelqu'un de l'extérieur.

Derek lui certifia qu'il faisait son affaire de ses « questions spéculatives » – c'est-à-dire précisément le genre de questions qu'un capitaliste décidé à investir poserait.

Génial.

On montra à Leo le projet d'investissement et la notice d'offre que Derek avait envoyée à Biocal, une société de capital-risque qui lui avait procuré son financement lors de la création de la boîte. Ce document décrivait la méthode d'apport ciblé hydrodynamique dans des termes dithyrambiques. Quand Leo acheva sa lecture, il avait l'estomac réduit à la taille d'un pois chiche.

Le jour dit, Leo alla en voiture de son travail aux bureaux de Biocal, qui se trouvaient dans un bâtiment somptueux du centre de La Jolla, juste à côté de Prospect, près de la pointe. La salle de réunion jouissait d'une vue géniale sur la côte. Leo aurait presque pu repérer leur propre bâtiment, sur la falaise, de l'autre côté de l'anse de La Jolla.

La puissance invitante, Henry Bannet, était un homme de belle prestance d'une quarantaine d'années, détendu, à l'air sportif et chaleureux, façon San Diego. Sa boîte était une association de capitaux privés, qui se consacrait à des investissements stratégiques dans les biotechnologies. Ils avaient un milliard de dollars à mettre sur la table, avait dit Derek. Et ils n'attendaient pas de retour sur investissement avant quatre à six ans, parfois davantage. Ils pouvaient s'offrir – ou ils avaient décidé – de travailler au rythme du progrès médical proprement dit. C'était un jeu risqué, à fort retour sur investissement mais à long terme. Ce n'était pas le genre de mise de fonds que les banques ou les financiers traditionnels pouvaient se permettre de faire. C'était trop hasardeux, les dividendes se faisaient trop attendre. Il n'y avait que des capitalistes amateurs de risques qui pouvaient se payer ce luxe. Alors, naturellement, ils étaient très sollicités par les petites boîtes de biotechnologie. Il y en avait près de trois cents rien que dans la zone de San

Diego, et beaucoup tenaient le coup vaille que vaille, en attendant le premier projet un peu juteux qui les sauverait de la faillite ou du rachat. Les capital-risqueurs avaient donc amplement le choix des investissements. Ils laissaient souvent libre cours à leurs goûts, ou à leurs passions, dans des domaines où ils étaient évidemment très compétents, experts dans l'art de combiner l'analyse scientifique et financière en ce qu'ils appelaient la vérification et la certification des éléments comptables et financiers des entreprises. Ils prétendaient être des « investisseurs à valeur ajoutée », disaient apporter beaucoup plus que de l'argent à la table des négociations : une expertise, des réseaux, des conseils.

Bannet faisait à Leo l'impression d'être de cette espèce : un passionné. Il était amical, et en même temps déterminé. Un bûcheur. Derek avait très peu de chance de réussir à l'impressionner avec des tours de passe-passe et des nombres magiques.

— Merci de nous recevoir, commença Derek.

Bannet eut un geste de la main comme pour évacuer ces considérations.

— C'est toujours intéressant de rencontrer des gens comme vous. J'ai lu certains de vos articles, et je suis allé à ce symposium, à Los Angeles, l'an dernier. C'est rudement bien, ce que vous faites.

— Oui, hein ? Et là, on est sur quelque chose de vraiment formidable, qui aurait réellement le potentiel de révolutionner l'ingénierie génétique en introduisant de l'ADN modifié chez ceux qui en ont besoin. Ça pourrait être une méthode utile pour différentes catégories de traitements. C'est l'une des raisons pour lesquelles nous sommes tellement excités par le sujet, et nous essayons de passer la vitesse supérieure pour accélérer le processus. Et puis je me suis souvenu combien vous nous aviez aidés pendant notre phase de démarrage, ce qui avait été très rentable pour vous, d'ailleurs, et je me suis dit que j'allais vous parler de l'avancement de nos travaux et voir si ça vous intéresserait de faire une PIPE avec nous.

Leo trouva ça parfaitement ahurissant, des images d'Indiens fumant le calumet de la paix et d'étudiants tétant un joint lui passant aussitôt par la tête, Bannet ne tiqua pas. Leo comprit très vite que la PIPE, ou « Private Investment in Public Equity » – la participation au capital des entreprises –, était un de leurs mécanismes d'investissement. Et le sigle, PIPE, n'aurait pu être plus approprié : c'était bel et bien un pipe-line qui amènerait l'argent de leur fonds d'investissement plein aux as directement vers la boîte fauchée de Derek.

Mais Bannet, qui connaissait toutes les ficelles, était à l'affût de toutes les petites opacités stratégiques que recelait le discours classique de Derek aux actionnaires ou aux investisseurs potentiels. Soixante pour cent environ des start-up de biotechnologie se cassaient la gueule, de sorte que le danger de perdre une partie ou l'intégralité de son investissement en cas de faillite était bien réel. Derek n'avait aucune chance de le blouser. Il fallait qu'il joue cartes sur table, et il n'y avait plus qu'à espérer que Bannet aimerait ce qu'il allait lui montrer.

Leo regarda par la vitre le Pacifique embrumé en écoutant Derek continuer. De longues vagues s'enroulaient autour de La Jolla Point et palpitaient dans la baie. L'énorme complexe immobilier de la pointe masquait l'horizon, à l'ouest, lui rappelant que des sommes énormes pouvaient accomplir des choses énormes.

Derek fit défiler sur son portable une succession d'états et de tableaux de chiffres. Il ne pouvait dissimuler à un Bannet leur triste histoire de mauvais résultats et de pertes, de licenciements, de vente de certains contrats de partenariat et de brevets – leurs bijoux de famille. De fait, ils raclaient le fond du tonneau.

— Nous avons été amenés à nous concentrer sur les activités que nous pensions être vraiment les plus importantes, admit Derek. Il est certain que ça nous a été profitable en terme d'efficacité, mais ça veut dire qu'il n'y a plus de gras nulle part, plus de ressources disponibles, alors que le potentiel est tellement incroyable. C'est pour ça que je me suis dit que le moment était venu de faire appel à un financement extérieur, l'idée étant que l'apport financier, à ce stade, serait tellement crucial que le retour sur investissement pourrait et devrait être vraiment significatif pour notre partenaire.

— Hon, hon, fit Bannet, sans qu'on sache très bien ce qu'il avait l'air d'approuver.

Il faisait des bruits de gorge pensifs tout en parcourant les états financiers, en murmurant des « Mm mm » sur un ton sociable, mais alors qu'il détaillait les informations fournies, son visage trahissait une intensité presque dévorante. Ce type est définitivement un passionné, se dit Leo.

— Parlez-moi de cet algorithme, demanda-t-il enfin.

Derek regarda Leo, qui répondit :

— Eh bien, le mathématicien qui le développe a été récemment embauché à Torrey Pines, et il collabore avec notre labo pour tester un ensemble d'opérations qu'il a mises au point, afin de voir à quel degré il peut prévoir les protéines associées avec un gène donné. Et comme vous pouvez le voir, fit-il en cliquant sur l'écran de son portable pour revenir à la première vue du diaporama exposant le projet d'entreprise, il a bel et bien réussi à les prévoir dans certaines situations.

— Et en quoi cela affecterait-il le système d'apport ciblé sur lequel vous travaillez ?

— Eh bien, pour commencer, c'est un moyen de trouver les protéines dont les ligands se lient le mieux aux ligands récepteurs des cellules de l'organe ciblé. Ça nous permet aussi de tester les protéines qui ont le plus de chance de traverser les parois des cellules, à l'aide des méthodes hydrodynamiques que nous avons expérimentées au cours des derniers mois.

Il cliqua sur l'image qui affichait les résultats de ces travaux, en essayant de bannir les noms de Brian et de Marta de son esprit. Ce n'était sûrement pas le moment d'appeler ça « la méthode des souris surgonflées et explosées ».

— Comme vous le voyez, dit-il en indiquant les résultats, la saturation a été bonne dans certaines conditions.

Et comme ça paraissait un peu faiblard, il ajouta :

— L'algorithme se révèle aussi très précieux pour guider les travaux que nous menons avec des botanistes du campus, sur la composition des algues.

— Quel rapport avec ça ?

— Eh bien, ça concerne la modification génétique des végétaux.

Bannet interrogea Derek du regard.

— Nous prévoyons de l'utiliser pour poursuivre l'amélioration de l'apport ciblé, répondit Derek. Il est clair que la méthode est solide, et qu'elle serait applicable à toute une gamme de débouchés.

Mais il ne fallait pas se voiler la face. Leurs meilleurs résultats à ce jour, ils les avaient obtenus dans un domaine qui ne trouverait peut-être jamais d'utilité dans le cadre de la médecine humaine. Or la médecine humaine était le secteur d'activité dans lequel Torrey Pines Generique s'était spécialisé. Tout comme Biocal.

— Ça paraît vraiment prometteur, hein? poursuivit Derek. Il se pourrait que cet algorithme ne soit pas qu'un simple exercice mathématique, mais plutôt une sorte de loi naturelle. La grammaire du mode d'expression des gènes. Avec une kyrielle de brevets potentiels à la clé, quand on aura fait l'inventaire des applications.

— Hm hm, dit Bannet en baissant à nouveau les yeux.

Sur le portable de Derek, qui était revenu à la page des états financiers. Assez pathétique, à vrai dire. Enfin, ça devait être une histoire plutôt banale, et Bannet ne serait pas forcément choqué ou rebuté. Il réévaluerait simplement l'investissement sur une base de risque réajustée pour prendre la situation actuelle en compte.

— Ça a l'air prometteur, dit-il enfin. Evidemment, c'est toujours une impression un peu vague, quand vous en arrivez au point de mettre tous vos œufs dans le même panier, comme ça. Mais il suffit parfois d'un seul. La vérité, c'est que je ne suis pas encore fixé.

Derek acquiesça avec une certaine raideur.

— Bien, il faut que vous sachiez que nous croyons vraiment à l'importance de la thérapie génique pour certaines maladies parmi les plus graves. C'est là-dessus que nous nous sommes concentrés, et maintenant nous devons, comment dire?... suivre nos idées les plus prometteuses. C'est pour ça que nous nous sommes polarisés sur l'optimisation du HDL. Avec cet apport ciblé, ça pourrait valoir des milliards de dollars.

— Et l'optimisation du HDL...

— Nous avons préféré attendre pour la publier. Nous sommes en train d'examiner les possibilités de brevet.

Leo sentit son estomac se contracter encore d'un cran, mais il conserva un visage atone.

Bannet était encore plus inexpressif; toujours amical et plutôt bienveillant, mais le regard perçant.

— Envoyez-moi le reste de votre business plan, et toutes les publications scientifiques relatives au sujet. Tout le topo. J'en parlerai à mes associés. Il me semble que c'est un projet d'envergure, et je préfère avoir leur avis. Rien d'extraordinaire à ça. C'est juste que c'est un peu plus gros que ce que j'ai l'habitude de gérer personnellement. Et certains de mes collègues sont dans l'agropharmacie.

— Bien sûr, répondit Derek en lui tendant le magnifique dossier qu'il avait déjà préparé. Je comprends. Si vous voulez, nous pouvons revenir leur parler, répondre à leurs questions.

— Parfait. Merci, répondit Bannet en posant le dossier sur la table.

Puis, après quelques plaisanteries et une tournée de poignées de mains, Derek et Leo furent reconduits vers la sortie.

Leo n'aurait su dire si la réunion s'était bien ou mal passée. Et si c'était bon ou mauvais signe.

7

Donnant, donnant

L'atmosphère de la Terre contient aujourd'hui un pourcentage de CO_2 *et d'autres gaz à effet de serre plus élevé qu'il ne l'a jamais été depuis la fin du Crétacé. Avec pour conséquence que notre atmosphère piège davantage la chaleur du Soleil. Les cellules de haute pression observées cette année étaient plus vastes, plus chaudes, et s'élevaient davantage dans l'atmosphère tropicale. Les schémas du jet stream sont bouleversés, et les tempêtes d'origine tropicale sont plus fréquentes et plus violentes. La saison des cyclones dans l'Atlantique s'est prolongée d'avril à novembre ; il y a eu huit cyclones et six tempêtes tropicales. Les typhons se sont succédé toute l'année dans le Pacifique Est ; il y en a eu vingt-deux en tout. Ils ont provoqué des inondations gigantesques, alors que dans d'autres régions on a constaté des sécheresses record.*

Les effets sont donc divers et variés, mais le changement est général et concerne tout. Les catastrophes ont fait des milliers de morts, et le montant des dégâts a été estimé à six cents milliards de dollars. Les Etats-Unis ont été jusqu'à présent épargnés par les catastrophes majeures, et le problème n'a pas figuré au nombre des préoccupations cruciales de l'administration. « Dans une économie saine, le climat n'a pas d'importance », a dit le Président. Mais il est réellement à craindre que le surcroît d'énergie envoyé dans l'atmosphère ne provoque un changement de climat brutal. Quant à la nature de ses premières manifestations, personne n'a de certitude.

Anna planait dans le brouillard d'un jour de semaine. Le métro, descendre, remonter, et puis le bureau. Taper sur un clavier, batailler contre les données erronées d'un programme d'assistance éducative de la NSF, le travail sur le tableur dévorant les heures comme des minutes. Tirer du lait, puis manger à son bureau (ça lui faisait quand même un peu trop bizarre de manger tout en tirant son lait) en se colletant avec les chiffres... et jeter un coup d'œil à un mail de Drepung et Sucandra concernant leurs demandes de subvention.

Anna les avait aidés à rédiger un petit dossier. En réalité, ça avait vraiment été du gâteau : ils avaient fait tout le travail, et rudement bien, d'ailleurs ; elle s'était contentée de les aider à présenter le dossier, forte de l'expérience qu'elle avait acquise lors de l'examen et de l'évaluation de dizaines de milliers de demandes de ce genre. S'il y avait un domaine qu'elle connaissait, c'était bien celui-là. Elle maîtrisait à fond le séquençage des informations, savait lesquelles mettre en valeur et dans quels termes, quels arguments utiliser, quels documents joindre et tout ce qui s'ensuit. Chaque mot, chaque signe de ponctuation de la demande lui était familier. Cela avait été un plaisir de mettre ses compétences au service des Khembalais.

Elle avait maintenant le plaisir de découvrir qu'ils avaient reçu une réponse à trois de ces demandes, dont deux positives. La NSF leur avait tout de suite accordé un financement temporaire, de démarrage, dans le programme « Océans tropicaux, atmosphère globale », et les pays signataires de l'Indoex avaient officieusement accepté d'étendre leur projet ABC – pour « Asian Brown Cloud », le nuage brunâtre qui planait au-dessus de l'Asie – afin d'y inclure une importante unité de monitoring sur le Khembalung, comprenant l'envoi de chercheurs. Cela scellerait un partenariat avec les antennes du projet Start déjà dispersées dans toute l'Asie du Sud. L'un dans l'autre, ça leur garantissait un flux de financement pendant plusieurs années – des dizaines de millions de dollars accumulés, la construction d'infrastructures, l'établissement de relations avec les pays voisins. Des alliés dans le combat.

— Oh, c'est formidable ! s'exclama Anna.

Elle commanda l'impression du message, en envoya copie à Charlie, félicita Drepung et se remit au travail sur son tableur.

Au bout d'un moment, elle repensa aux impressions qu'elle avait lancées et alla chercher les tirages, ce qui la fit passer devant le Rayon des statistiques désastreuses.

Elle tomba sur Frank, qui secouait la tête en regardant les dernières nouvelles.

— Tu as vu ça ? demanda-t-il en indiquant, d'un mouvement de menton, un tableau qu'on avait scotché au mur.

— Euh, non.

— Ce sont les derniers coefficients de Gini. Tu connais ?

— Non.

— C'est une mesure de la distribution des revenus dans une population donnée, autrement dit, une représentation du gouffre entre les riches et les pauvres. La plupart des démocraties industrialisées se situent entre 2,5 et 3,5. C'est là qu'on se situait dans les années 1950, tu vois, mais notre ratio a commencé à grimper dans les années 1980, et maintenant nous sommes encore plus mal placés que les plus mal placés des pays du tiers-monde. Un score de 4 ou plus passe pour être très inéquitable, or nous en sommes à 5,2, et ça continue à grimper.

Anna regarda brièvement le graphe, intéressée par la méthode statistique. C'était une courbe de Lorenz, qui mesurait la distance les séparant de l'égalité parfaite, une ligne droite inclinée à quarante-cinq degrés.

— Intéressant... Alors, ça, c'est le revenu annuel ?

— Exact.

— Hm hm. Et si ça représentait les détentions de capitaux...

— Ce serait encore pire, je dirais. C'est sûr.

Frank secoua la tête, écœuré. Il était perpétuellement à cran depuis qu'il était revenu de San Diego, et ça ne s'arrangeait pas. Il avait manifestement hâte de finir son boulot ici et de rentrer chez lui.

— Eh bien, dit Anna en regardant ses tirages, les Khembalais ne sont peut-être pas si mal lotis, après tout.

— Comment ça ?

Anna lui montra les feuilles.

— Ils ont obtenu quelques subventions. Ça leur vaudra quelques bons contacts.

— Ah, tant mieux, dit Frank en prenant les pages. C'est toi qui as fait ça ?

— Je me suis contentée de leur montrer deux, trois trucs. Ils voient bien les choses quand on leur montre. J'ai juste aidé Drepung à rédiger les demandes de subvention. Tu sais comment c'est. Quand on a fait ce travail pendant quelques années, on sait rédiger une demande d'attribution.

— Non, c'est du superbon boulot, je t'assure. (Il lui rendit les pages.) Content de voir que quelqu'un a réussi à faire quelque chose.

Anna regagna son bureau en lui jetant un coup d'œil pardessus son épaule. Il n'était vraiment pas à prendre avec des pincettes, ces temps-ci. D'accord, depuis son arrivée, il n'avait jamais été de très bon poil. Toujours en rogne, cynique, hargneux ; difficile de ne pas faire la comparaison avec les Khembalais. Il était là, dans l'un des meilleurs départements de l'une des meilleures universités de l'une des plus belles villes du pays le plus riche du monde, et il n'était pas content. Il n'attendait que le moment de rentrer chez lui. Alors que les Khembalais, qui étaient de perpétuels exilés depuis des générations, qui vivaient dans une misère noire sur un banc de sable recouvert par les marées – eux, ils étaient heureux.

Ou du moins contents. Loin d'elle l'intention de minimiser leur tragédie, mais, ces temps-ci, elle ne voyait plus le regard de détresse qui l'avait tellement frappée la première fois qu'elle avait vu Drepung. Non, sauf que ce n'était pas du bonheur, c'était autre chose. De la jovialité ; une façon d'être. Un principe, peut-être, plutôt qu'un sentiment. Ça ne le rendait que plus admirable.

Enfin, chacun sa différence. Elle revint à sa tâche fastidieuse de rectification de données. Puis Drepung l'appela, et ils partagèrent le plaisir des bonnes nouvelles concernant les subventions qui leur étaient accordées. Ils discutèrent des détails, et Drepung dit :

— Nous devons vous remercier pour ça, Anna. Alors, merci.

— Je vous en prie. En réalité, ce n'est pas moi qu'il faut remercier, c'est la Fondation, et les autres organisations.

— Mais c'est vous qui nous avez guidés à travers le labyrinthe. Nous vous devons beaucoup.

Anna ne put s'empêcher de rire.

— Qu'y a-t-il ?

— Rien. C'est juste que vous me rappelez tellement Charlie. On dirait que vous avez regardé les émissions sportives à la télé.

— J'avoue que j'aime bien regarder le basket.

— C'est très bien. Mais ne commencez pas à écouter cette musique de rap, d'accord ? Ça, je ne pense pas que je pourrais le supporter.

— Ne craignez rien. Vous me connaissez, moi, j'aime Bollywood. De toute façon, vous devez nous laisser vous remercier. Nous aimerions vous inviter à dîner.

— Ce serait très gentil.

— Et vous pourriez peut-être nous retrouver au zoo quand nos tigres vont arriver. Récemment, un couple de tigres du Bengale a été sauvé, au Khembalung, après une inondation. Les journaux, en Inde, les ont appelés les tigres nageurs. Ils viennent pour un séjour au National Zoo, ici. Nous ferons une petite cérémonie quand ils arriveront.

— Ce serait génial. Les garçons vont adorer ça. Et puis...

Elle venait d'avoir une idée.

— Oui ?

— Eh bien, vous pourriez peut-être venir ici, nous rendre visite, et nous faire une conférence, un de ces midis. Ce serait une façon géniale de nous remercier. Ça nous donnerait l'occasion d'en apprendre davantage sur votre situation, et... enfin, vous voyez, votre approche de la science, de la vie, ou ce que vous voudrez. Quelque chose comme ça. Vous pensez que ça intéresserait Rudra ?

— J'en suis sûr. Ce serait une merveilleuse opportunité.

— Eh bien, pas exactement ; ce n'est qu'une série de causeries à l'heure du déjeuner qu'organise Aleesha, mais je crois que ce serait intéressant. Il me semble que nous aurions bien besoin d'adopter un peu votre attitude, ici, et vous pourriez nous parler aussi de ces programmes, si vous voulez.

— Je vais en parler au Rinpoché.

— Bon, c'est bien. Je vais vous mettre en contact avec Aleesha.

Ensuite, Anna se remit à travailler sur ses statistiques, jusqu'à ce qu'elle voie l'heure et se rappelle que c'était le jour où elle devait aller à l'école de Nick. Elle faisait du soutien scolaire en maths aux enfants de sa classe.

— Et meeerde !

Ses affaires de travail fourrées dans un sac, son bureau fermé, son sac plein de biberons de lait en bandoulière – et elle était partie. Dans le métro, la recherche d'une place assise pour travailler, se retrouver debout sur une patte dans la ligne Rouge, bondée, le train pour Shady Grove. Remonter à la surface, et vite un taxi, pour arriver à l'école de Nick à l'heure.

Elle arriva juste un peu en retard, déposa ses affaires et se mit au travail avec les gamins. Nick était en dixième, mais on l'avait mis dans une classe avancée, en maths. D'une façon générale, les gamins faisaient des choses qu'Anna trouvait stupéfiantes pour leur âge. Elle aimait travailler avec eux ; ils étaient vingt-huit dans sa classe, et Mme Wilkins, leur instit, appréciait son aide.

Anna se promenait de groupe en groupe, les aidant à faire des exercices de multiplication, de division et d'arrondi. Quand elle arriva au groupe de Nick, elle s'assit sur l'une des petites chaises à côté de lui, et ils jouèrent des coudes pour rire, histoire de se faire de la place autour de la petite table ronde. Il adorait qu'elle vienne dans sa classe, ce qu'elle essayait de faire d'une façon plus ou moins régulière depuis qu'il était à l'école.

— Ça va, Nick, ça suffit. Montre-nous comment tu vas résoudre ce problème.

— D'accord.

Il fronça les sourcils d'une façon qu'elle reconnaissait dans les muscles de son propre front.

— Trente-neuf divisé par deux, ça fait... dix-neuf et demi... arrondi à vingt...

— Non, n'arrondis pas au milieu des opérations.

— Pff, maman...

— Non, non, tu n'as pas le droit d'arrondir.

— Là, tu pin-Annailles ! s'exclama Nick, et tout le monde éclata de rire.

— Ce n'est pas du pinaillage, insista Anna. Ça fait une différence importante.

— Quoi, la différence entre dix-neuf et demi et vingt ?

— Oui, répondit-elle entre leurs piaulements de rire. On ne doit jamais arrondir au milieu d'une opération, parce que les calculs que tu feras par la suite ne feront qu'accroître l'inexactitude ! C'est un principe important !

— Anna pinanaille ! Anna pinanaille !

Anna renonça et les gratifia d'un regard foudroyant, d'un seul œil, qu'elle avait travaillé il y avait longtemps quand elle jouait Lady Bracknell au lycée. Ça ne ratait jamais. Ils explosèrent de rire.

— Pour vous, ce sera *madame Quibler*, gronda-t-elle, les faisant hurler de rire, comme toujours.

Jusqu'à ce que Mme Wilkins s'approche d'eux et calme le jeu.

Après l'école, Anna et Nick rentrèrent à pied ensemble, en bavardant. Ça faisait une petite demi-heure de marche, et c'était l'un des rituels qu'ils préféraient dans leur semaine – le seul moment où ils avaient une occasion d'être seuls tous les deux. Ils passaient devant la grande piscine publique où ils allaient nager, l'été, puis devant l'épicerie, et ils prenaient la rue tranquille où ils habitaient. Il faisait chaud, bien sûr, mais à l'ombre, c'était supportable.

Ensuite, ils retrouvaient la fraîcheur de leur maison, et le monde plus sauvage de Joe et Charlie. Charlie chantait en faisant la cuisine, un air sans paroles, qu'il beuglait plus qu'autre chose, pendant que Joe tuait des dinosaures dans le salon.

Quand ils entrèrent, il se figea, réfléchissant à la façon dont il allait signifier à Anna qu'il lui en voulait de l'avoir abandonné toute la journée, la traîtresse. Quand il était plus petit, c'était une émotion sincère, et parfois, quand il la voyait passer la porte, il fondait en larmes, tout simplement. Maintenant, c'était calculé, et elle était immunisée.

Il se flanqua un coup sur le front avec un compsognathus, et s'étala à plat ventre sur la carpette.

— Oh, ça va, Joe, dit Anna. Fais-moi des vacances.

Elle commença à déboutonner son corsage.

— Tu as intérêt à être plus gentil, si tu veux manger.

Joe se redressa d'un bond et courut la serrer dans ses petits bras.

— Bon, commenta Anna. Le chantage marche encore. Salut, chou ! hurla-t-elle à Charlie.

— Salut, bébé ! répondit Charlie en venant l'embrasser.

Pendant une seconde, tous ses hommes furent cramponnés à elle, puis elle donna le sein à Joe pendant que Charlie et Nick retournaient dans la cuisine. De loin en loin, elle entendait Charlie pousser un hurlement, mais elle ne pouvait pas répondre sans risquer d'énerver Joe qui la mordrait, alors elle attendit qu'il ait fini de téter et elle les rejoignit dans la cuisine.

— Tu as fait du bon travail, aujourd'hui ? demanda Charlie.

— J'ai passé toute la journée à rectifier des données erronées.

— C'est bien, ça.

Elle lui jeta un coup d'œil.

— Oh, je m'en serais passée, je t'assure, dit-elle d'un ton sombre, mais à partir du moment où je m'en suis aperçue, je ne pouvais pas faire autrement.

— Non, ça... Te connaissant comme je te connais, j'en suis sûr.

Il essaya de rester impassible, mais elle lui flanqua quand même un coup sur le bras.

— Quel fléau ! Il y a de la bière, dans le frigo ?

— Ouais, je crois.

Elle alla se servir.

— J'ai quand même une bonne nouvelle. Tu as vu le mail que je t'ai fait suivre ? Les Khembalais ont obtenu des subventions.

— Vraiment? Alors ça, c'est formidable!

Il reniflait un curry jaune qui bouillonnait dans la poêle.

— Hm, c'est nouveau?

— Oui, j'essaie un truc que j'ai trouvé dans le journal.

— Tu as fait attention?

— Ouais, rien à voir avec les rougets à l'encre de seiche, fit-il avec un grand sourire.

— Des poissons rouges *noirs*? fit Nick, alarmé.

— Ne t'inquiète pas, même moi je n'essaierais pas ça sur toi.

— Il ne voudrait pas que tu prennes feu.

— Hé, c'était dans la recette! J'avais suivi exactement les proportions indiquées!

— Ah bon? une cuillère à soupe de poivre noir, de poivre blanc, de piment de Cayenne et de chili?

— Comment voulais-tu que je le sache?

— Quoi, tu sais ce que c'est que le poivre, tout de même! Tu aurais bien dû te douter de ce que ferait une cuillère à soupe de poivre, qui était le moins fort des quatre.

— Je ne pouvais pas deviner que tout ça resterait collé sur le poisson.

— Je ne veux pas manger de ça, moi, dit Nick, alarmé.

— Non, tu n'as pas intérêt, répondit Anna en riant. Une lichée d'un mélange pareil et tu t'enflammerais spontanément.

— C'était dans la recette!

— Rien qu'en entrant dans la cuisine, le lendemain, on pleurait encore des larmes de sang!

Gloussant encore de sa bêtise, Charlie tendit la cuillère à mélange à Nick pour le faire goûter. Il avait appris à avoir la main légère avec les épices. Le curry serait bon. Anna le laissa faire et alla jouer avec Joe.

Elle s'assit sur le canapé, détendue. Joe commença à lui flanquer des coups sur les genoux avec ses cubes tout en bredouillant énergiquement pendant que Nick lui racontait quelque chose. Elle dut couper court à son discours pour lui parler de l'arrivée des tigres nageurs. Il hocha la tête et reprit son babillage. Elle poussa un grand soupir de soulagement, prit une gorgée de bière. Encore une journée qui avait filé comme un rêve.

En juillet, il y eut une nouvelle vague de chaleur, pire que les précédentes. Jusque-là, les gens trouvaient qu'il faisait chaud, mais un jour, dans la zone métropolitaine, la température grimpa jusqu'à 41 degrés, avec un taux d'humidité de plus de 90 %. La situation emplissait de nostalgie tous les Indiens de la ville, qui rêvaient de l'Uttar Pradesh juste avant l'arrivée de la mousson.

« Oh oui, tout à fait comme Delhi. En réalité, ce serait une bénédiction si c'était comme ça à Delhi ; ça constituerait une grande amélioration par rapport à la situation actuelle. C'est la troisième année de sécheresse, vous comprenez, ils ont désespérément besoin que la mousson arrive. »

Dans le *Post* du matin, Charlie lut qu'un bout de la plateforme glaciaire de Ross s'était détaché de la banquise, un fragment gros comme la moitié de la France. La nouvelle était perdue dans les dernières pages de la section internationale. Il s'était déjà détaché tellement de fragments de l'Antarctique que l'info ne faisait plus la une de l'actualité.

L'info n'était peut-être pas spectaculaire, mais l'iceberg, lui, l'était. Des chercheurs dirent en blaguant qu'ils allaient s'installer dessus et le revendiquer comme une nouvelle nation. Il contenait plus d'eau douce que l'ensemble des Grands Lacs. Il s'était détaché près d'une certaine île Roosevelt, un banc de roche noire, bas sur l'eau, recouvert de glace, de sorte que sa présence n'apparaissait qu'aux sondes radar, et qui se retrouvait à l'air libre pour la première fois depuis des millions d'années – deux à quinze, selon les équipes de chercheurs. Cela dit, la roche ne resterait peut-être pas longtemps à nu : d'après les chercheurs, la glace rapide de la calotte occidentale de l'Antarctique descendait vers elle plus vite que jamais, et il n'y avait maintenant plus rien pour l'arrêter, maintenant que la plate-forme de Ross de la région s'était détachée.

Ce déversement accéléré de glace vers la mer était lourd de conséquences : la calotte occidentale de l'Antarctique était beaucoup plus vaste que la plate-forme de Ross, et reposait sur un soubassement qui se trouvait en dessous du niveau de la mer mais maintenait la glace beaucoup plus haut que si elle avait flotté librement sur l'océan. Aussi, lorsqu'elle se détacha et s'éloigna au gré des courants, elle déplaça un volume d'eau de mer supérieur à celui qu'elle occupait précédemment.

Charlie poursuivit sa lecture avec effarement : quoi, il avait fallu qu'il parcoure les dernières pages du *Post* pour apprendre ça ? Comment les choses avaient-elles pu arriver si vite ? Les chercheurs n'avaient pas l'air de le savoir. D'après eux, depuis la rupture de la banquise, l'eau de mer soulevait les bords de la glace qui reposait encore sur le fond, de plus en plus fortement à chaque marée, chaque courant la tiraillant un peu plus, et les plaques commençaient à se déchiqueter selon de grandes dalles verticales qui tombaient dans la mer.

Charlie vérifia tout ça sur le Net et regarda un trio de chercheurs expliquer, face à la caméra, que le phénomène pouvait s'accélérer, le rythme de leurs paroles s'accélérant en parallèle, comme pour illustrer le processus. La modélisation n'était pas concluante, parce que le fond de la mer, sous la glace, était irrégulier, disaient-ils, et qu'il y avait des volcans actifs en dessous, alors, comment savoir ? Mais ça pouvait aller très vite.

Charlie reconnaissait dans leurs voix excitées le genre de délire scientifique réprimé qu'il avait entendu une ou deux fois en écoutant Anna parler d'un élément statistique extraordinaire qu'il n'avait même pas réussi à comprendre. Mais ça, ce qu'ils disaient, il le comprenait : il y avait une possibilité bien réelle que toute la masse de l'inlandsis se détache et s'éloigne sur la mer, chacune de ces plaques géantes s'enfonçant plus profondément dans l'eau, en déplaçant une masse plus importante que lorsqu'elle était arrimée à la terre ferme, au point de provoquer une élévation du niveau des océans qui pouvait aller jusqu'à sept mètres environ.

« Ça pourrait se produire très vite, disait un glaciologue, et je ne parle pas de vitesse géologique mais d'une marée rapide. Certaines simulations évoquent un délai de quelques années. »

Ce qu'ils avaient du mal à dire avec précision, c'était si le processus allait commencer à s'accélérer ou non. Ça dépendait des variables programmées dans les modèles, et patati et patata. Le discours scientifique typique.

En attendant, le *Post* avait casé la nouvelle à la fin des pages internationales ! Elle était commentée comme s'il s'agissait d'une catastrophe banale. Il n'y avait apparemment pas moyen de noter une différence de réaction entre une catastrophe et une autre. Elles étaient toutes pires les unes que les autres. Si ça devait arriver, ça arriverait. Voilà comment les gens traitaient l'information. Evidemment, les Khembalais devaient être extrêmement préoccupés. Comme tous les pays membres de la Ligue des nations inondables, du reste. Ce qui voulait dire absolument tout le monde. Charlie avait fait assez de recherches sur l'énergie marémotrice et autres problèmes côtiers pour avoir une conscience aiguë de la gravité de la situation. Ils avaient peut-être atteint le point de non-retour et s'acheminaient vers la catastrophe. Tout à coup, une vision claire de ce qui les attendait se cristallisa devant lui, et il fut terrifié. Un individu sur cinq vivait le long des côtes. Il éprouvait la même impression qu'un certain hiver où, alors qu'il était au volant, il avait pris un virage trop vite : en arrivant sur une plaque de verglas qu'il n'avait pas vue, la voiture avait échappé à son contrôle et il avait littéralement décollé, échappant à la friction et à la gravité même, comme s'il avait volé hors de la réalité proprement dite.

Mais il était temps de descendre en ville. Il allait emmener Joe au bureau avec lui. Il se secoua et prit la poussette. Collés l'un à l'autre, avec le porte-bébé, ils auraient eu trop chaud. Que voulez-vous ? La vie continuait.

Ils sortirent donc dans le bain de vapeur de la capitale. En réalité, ça ne faisait pas beaucoup de différence avec les autres jours d'été. Comme si, après avoir atteint une limite supérieure, la sensation de chaleur devenait floue. Joe était attaché dans sa poussette tel un pilote de Nascar, afin d'éviter qu'il ne lui fausse compagnie au plus mauvais moment. Evidemment, ça ne lui plaisait pas, mais Charlie avait décoré la barre de devant de la poussette comme un tableau de bord d'avion, ce qui avait le don de l'amadouer suffisamment pour qu'il oublie de hurler ou de tenter de s'évader.

— Toute résistance est inutile!

Ils prirent le métro et se retrouvèrent sur le Mall, après quoi ils marchèrent jusqu'au bureau de Phil, dans les bâtiments du syndicat des industries du bois. Ce n'était pas une bonne idée, parce qu'ils eurent l'impression de bouillir comme des homards dans l'air lourd et surchauffé. Charlie ressentait toujours les déviations du climat avec une sorte de satisfaction sinistre, perverse, qui tenait du « Je vous l'avais bien dit ». Mais il décida pour la énième fois de ne plus jamais manger de homard. Ça devait être une mort épouvantable.

Parvenus au QG de Phil, ils firent le tour des bureaux en passant d'une bouche de climatisation à l'autre, comme tout le monde, si bien que leur mode de déplacement évoquait un exercice de travaux pratiques sur la force de Coriolis.

Charlie confia Joe à Evelyn, qui l'aimait bien, et alla travailler sur les révisions que Phil avait apportées à la proposition de loi sur le climat. Quoi qu'il arrive, ça paraissait vraiment être le moment idéal pour la faire passer. Davantage d'argent pour lutter contre le CO_2, de nouveaux critères d'utilisation du pétrole, et de l'argent pour aider Detroit à effectuer la transition vers l'hydrogène, de nouveaux carburants, de nouvelles sources d'énergie, des méthodes de capture du carbone, l'identification et la réalisation de pièges à carbone, des fonds et des programmes d'échange de technologies permettant le passage des hydrocarbures vers les hydrates de carbone puis l'hydrogène, la géothermie profonde, l'énergie marémotrice, l'exploitation de l'énergie des vagues, le financement de la recherche fondamentale en climatologie, pour le projet EGRESS [1], pour

1. Extreme Global Research in Emergency Salvation Strategies: projet mondial de recherches extrêmes en strategies de sauvetage d'urgence. [*N.d.l.T.*]

le GDIN[1], etc. C'était un programme fourre-tout, beaucoup de projets étaient des trompe-l'œil destinés à faire passer la loi, mais Charlie avait fait de son mieux pour structurer l'ensemble, l'organiser et lui conférer une cohérence, en faire une sorte de description du futur proche.

Beaucoup de gens, au QG de Phil, pensaient que c'était une erreur de proposer un projet de loi fourre-tout de cette espèce plutôt que de tenter d'obtenir le financement de programmes moins ambitieux un par un, ou par petits paquets. Mais Phil avait opté pour la stratégie de la loi générale, et Charlie s'en tenait à ce plan. Il traduisit les révisions demandées par Phil dans le jargon administratif, augmentant les montants pour chacun des projets en se disant que le moment semblait plus que jamais venu de frapper fort.

Joe commençait à en faire voir de toutes les couleurs à Evelyn. Charlie entendait le bruit à nul autre pareil des dinosaures projetés sur les murs. Tout ce jargon serait élagué, de toute façon ; enfin, raison de plus pour qu'il soit précis et blindé contre toutes les attaques, à la fois modéré et irréfutable, d'une efficacité invisible. Le jargon législatif comme autant de passes vers l'en-but adverse : subtiles, rapides, imparables.

Il se pressa de finir et apporta le projet révisé à Phil en poussant Joe dans sa poussette. Ils trouvèrent le sénateur assis, le dos collé à une bouche de climatiseur.

— Alors, Phil, vous n'avez pas trop froid, comme ça ?

— Le truc est de s'y mettre avant d'être en sueur, afin d'éviter le refroidissement dû à l'évaporation. Et je garde la tête au-dessus, dit-il en heurtant le mur avec le derrière de sa caboche. Dans l'ensemble, je n'attrape pas trop de rhumes à cause de la clim. J'ai appris ça il y a longtemps, quand j'étais basé à Okinawa.

Il jeta un coup d'œil à la nouvelle mouture de Charlie, et ils discutèrent de certaines modifications. A un moment donné, Phil le regarda :

---

1. Global Disaster Information Network : réseau mondial d'informations sur les catastrophes naturelles créé par les Etats-Unis en 1997 et qui regroupe des experts de divers pays, des Nations unies, du monde universitaire et de l'industrie. [*N.d.l.T.*]

— Il y a quelque chose qui vous tracasse, aujourd'hui? demanda-t-il. Pourtant, notre petit Joe a l'air tout à fait en forme. Le bébé préféré du Président.

— Ce n'est pas Joe qui me tape sur le système. C'est vous. Vous et le reste du Sénat. C'est ça, Phil – la situation actuelle *exige* une réponse, une réaction, pas la paperasserie habituelle. Et ce qui m'ennuie, c'est que vous autres n'êtes conçus que pour assurer la routine.

— Eh bien, c'est ça, la démocratie, gamin, répondit Phil avec un sourire. Et heureusement, quand on y réfléchit. C'est une succession de négociations, et un accord sur la façon de procéder. Comment voudriez-vous faire autrement? Il y a des considérations bassement comptables, là-dedans. Si vous connaissez une meilleure façon de faire, dites-le-moi. Mais je vous en prie, en attendant, plus de fantasmes à la « Si j'étais roi ». Il n'y a pas de roi, il n'y a que nous. Alors aidez-moi à pondre une version finale aussi affûtée que possible.

— D'accord.

Ils travaillèrent ensemble avec la rapidité et l'efficacité de vieux complices. Il y avait des collaborations qui pouvaient être un plaisir. A deux, ils n'avaient chacun que la moitié du travail à faire, et ils étaient efficaces comme trois.

Et puis Joe commença à s'agiter, et rien n'aurait pu le convaincre de rester dans sa poussette à part un départ précipité et un tour du musée vivant de la rue.

— Je finirai, dit Phil.

Dehors, Charlie fut assommé par la chaleur stupéfiante, plus vite que Joe. Le monde fondait autour d'eux. Charlie avançait comme un personnage de pâte à modeler, appuyé sur la poignée de la poussette. L'escalier mécanique, puis le métro. Climatisé, lui aussi, grâce au ciel. Se laisser tomber sur les coussins roses. S'y avachir, à moitié somnolent. Se laissant doucement bercer par la rame de métro en route vers le nord, Charlie s'efforça de distraire Joe avec les jouets de la poussette, les prenant l'un après l'autre et les lui montrant:

— Tu vois, cette tortue, c'est le NIH[1]. Ton monstre de Frankenstein est la FDA[2]. Regarde ce qu'il est mal fichu!

1. National Institute of Health: Institut national de la santé. [*N.d.l.T.*]

2. Food and Drug Administration: littéralement, bureau des aliments et des médicaments. [*N.d.l.T.*]

Cette petite taupe, c'est la NSF de maman. Et ces deux-là, qui ressemblent à des pions de Monopoly, ça doit être les deux parties du Congrès, ouais, très Tammany Hall [1]. Je me demande bien où tu les as trouvés, eux. Ton Géant de Fer est évidemment le Pentagone, et ce bulldozer jaune, c'est le corps des ingénieurs de l'armée des Etats-Unis. La loupe, là, c'est le GAO [2], et ça, c'est quoi ? Un genre de Barbie ? Ça doit être les OMB [3], ces bimbos, ou alors, c'est ce Pinocchio, là. Et ton cow-boy à cheval, c'est le Président, évidemment. C'est ton ami. Ton ami.

Ils commençaient à s'endormir, tous les deux. Joe s'ébroua, se mit à taper sur le tas de figurines.

— Doucement, Joe. Ooh, le tigre ! Tu vois son collier ? C'est un tigre de cirque. C'est le service de presse. Personne n'a peur de lui. Sauf que, de temps en temps, il mange quelqu'un.

Pendant les jours suivants, Phil soumit le projet de loi sur le climat au Comité des relations extérieures, et le processus de « marking up », de modification ou d'amendement, s'amorça. Ce terme décrivait bien mal la méthode : « élagage », « hachicotage », « trahison », « mâchurage », « écrabouillement », n'importe lequel de ces substantifs aurait mieux convenu, pensait Charlie en suivant la déconstruction progressive du texte, qui commençait peu à peu à lui évoquer une sorte de saucisse-purée de pensée.

La proposition de loi fut amputée de pans entiers. Winston en mit chaque phrase en coupe réglée, et il fallut bien faire des concessions, ou rien n'aurait avancé. Adieu la quantification précise des rendements énergétiques, plus question d'imposer quelque mode de chiffrage que ce soit, comme l'empreinte écologique. Phil laissa tomber sur ces chapitres, parce que

---

1. Nom du comité exécutif et bras armé du parti démocrate, qui pratiquait le redécoupage et généralement toutes les formes de tripatouillage électoral, à New York, au XIXe siècle. [*N.d.l.T.*]

2. General Accounting Office : sorte de Cour des Comptes. [*N.d.l.T.*]

3. Office of Management and Budget : équivalent de la direction du Budget, directement rattaché au Président et qui présente la loi de finances. [*N.d.l.T.*]

Winston promettait de faire accepter sa version par la Chambre, et que la Maison-Blanche le soutiendrait aussi. C'est ainsi qu'ils tirèrent un trait sur des pans entiers de méthodologie analytique, ce qui eut le don de rendre Anna dingue. La science était comme le Beeker du Muppet Show qui se bagarrait sans espoir contre le type au chapeau du Monopoly. Pour le moment, Beeker se faisait botter le cul.

Le surlendemain matin, Charlie eut des nouvelles de l'affaire par le *Post* (ce qui commençait à devenir vraiment agaçant) :

LA PROPOSITION DE SUPER-LOI SUR LE RÉCHAUFFEMENT CLIMATIQUE MISE EN PIÈCES PAR LE COMITÉ

— Quoi ? Qu'est-ce qu'ils racontent ? s'écria Charlie.

Il n'avait pas idée qu'une telle manœuvre fût seulement possible.

Il parcourut l'article en diagonale, les paupières papillotantes, tout en appelant Roy sur son portable :

... selon les défenseurs des nouvelles propositions de loi, les compromis ne devraient pas nuire à son efficacité... Le Président a fait savoir qu'il mettrait son veto à la loi générale... promis de signer les lois détaillées au coup par coup, le cas échéant.

— Et merde ! *Merde !* Qu'il aille se faire foutre !

— Charlie ? Ça ne peut être que toi.

— Roy, qu'est-ce que c'est que ce bordel ? Quand est-ce que ça s'est passé ?

— Hier soir. Tu n'étais pas au courant ?

— Non, je n'étais pas au courant ! Comment Phil a-t-il pu nous faire ça ?

— On a décompté les votes, et la loi générale n'aurait pas franchi la barrière du comité. Et même si elle avait réussi à passer, la Maison-Blanche ne nous aurait pas suivis sur ce coup-là. Winston ne pouvait pas la présenter, ou en tout cas, il ne l'a pas fait. Alors Phil a décidé d'appuyer Ellington sur une loi de rechange sur les produits pétroliers, et il a insisté pour qu'ils intègrent un plus grand nombre des mesures d'Ellington dans les premières lois abrégées.

— Et Ellington a accepté de voter pour ça, sur ces bases-là...

— Exact.

— Alors Phil a retourné sa veste.

— La loi générale ne serait jamais passée.

— Ça, tu n'en sais rien! Ils avaient Speck avec eux! Ils auraient pu la faire voter dans le cadre du programme du parti! Quelle importance, le genre de carburant qu'on brûle dans les bagnoles, alors que le monde est en fusion? C'était important, Roy!

— Elle ne serait pas passée, répéta Roy en articulant soigneusement. Je te dis qu'on a décompté les voix, et on perdait d'une voix. Alors on s'est raccroché à ce qu'on pouvait. Tu connais Phil. Il aime faire avancer les choses.

— Tant que ce n'est pas trop compliqué!

— Tu es furieux. Ecoute, j'ai une réunion en ville. Tu devrais en parler à Phil toi-même, peut-être que ça pèserait sur ses prochaines décisions.

— Ouais, c'est ça. Peut-être.

Et comme c'était encore un de ces matins où papa et Joe allaient en ville, c'est ce qu'il fit. Il s'assit placidement dans le métro, encaissant les coups de poing de Joe et ruminant tout ça, sortit la poussette de l'ascenseur au deuxième étage, fonça vers le bureau de Phil, qui était assis, ce jour-là, sur une table dans la salle de réunion au bout du plateau, où il se pavanait devant sa cour, aussi allègre et naturel qu'un singe.

Charlie pointa le *Post* roulé comme un bâton vers Phil, qui lui fit un clin d'œil théâtral.

— OK! dit-il en tendant la main comme pour parer l'assaut. D'accord, flanquez-moi votre pied au derrière! Bottez-moi les fesses! Mais je vous dis tout de suite que c'est eux qui m'ont obligé.

Il en faisait un problème administratif banal. Alors Charlie y alla à fond la caisse:

— Qu'est-ce que vous racontez? C'est eux qui vous ont fait faire ça? C'est vous qui avez cané, Phil! Vous qui avez baissé votre pantalon! Phil! Vous vous êtes déculotté!

Phil secoua la tête avec véhémence.

— J'ai obtenu plus que je n'ai cédé. Ils vont être obligés de réduire les émissions de carbone, de toute façon, nous n'aurions pas obtenu grand-chose de plus à ce sujet...

— Qu'est-ce que vous racontez? hurla Charlie.

Andrea et quelques autres sortirent de leur bureau, et même Evelyn vint jeter un coup d'œil. Surtout pour faire un coucou à Joe, à vrai dire. C'était un numéro habituel : Charlie tombait sur Phil à bras raccourcis, lui reprochait sa pusillanimité, Phil faisait amende honorable et asticotait Charlie pour le faire encore plus sortir de ses gonds. Charlie, qui s'en rendait compte, s'escrimait à faire valoir son point de vue, même si ça impliquait qu'il joue son rôle habituel. Et même s'il n'arrivait pas à convaincre Phil en personne, si ça pouvait inciter le groupe de Phil à faire un peu pression sur lui...

Charlie flanqua un coup à Phil avec le *Post* roulé.

— Si vous ne vous étiez pas dégonflé, on aurait pu séquestrer des milliards de tonnes de carbone! Le monde entier nous aurait suivis, là-dessus!

Phil fit la grimace.

— J'aurais pu leur mettre l'épée dans les reins, Charlie, mais c'est le reste de notre merveilleux groupe qui m'aurait découpé en rondelles avec cette épée. La Maison-Blanche ne nous aurait pas suivis; alors que comme ça, nous avons sauvé ce qu'il était possible de sauver. Enfin quoi! Nous avons franchi la barrière du comité, et ce n'est pas rien. Les dispositions sur les forêts sans routes, le refuge Arctique, l'interdiction de procéder à des forages offshore, nous avons obtenu tout ça! Le Président a déjà promis de signer les décrets.

— Vous les auriez obtenus, de toute façon! Il aurait fallu que vous mouriez pour ne pas les obtenir! En attendant, vous avez cédé sur les points vraiment cruciaux! Ils vous ont roulé dans la farine!

— Non!

— Si!

— Non!!

— Si!!

Eh oui, tel était le niveau des débats dans les bureaux de l'un des plus grands sénateurs du pays. Ça finissait toujours de la même façon, entre eux.

Mais cette fois, Charlie ne s'amusait pas comme les fois précédentes.

— Je me demande sur quoi vous n'avez pas cédé ! dit-il amèrement.

— Juste sur les cours d'eau dans les forêts et le pétrole de l'Amérique du Nord !

Leur petit public se mit à rire. Ils appartenaient encore à une société de débats. Phil se lécha un doigt et le leva en regardant Charlie avec un sourire, le pur sourire Chase, séduisant, roublard.

Mais il en aurait fallu un peu plus pour calmer Charlie.

— Vous avez intérêt à vous trouver un tas de sous-marins pour profiter de tout ça !

Ce qui lui valut aussi un éclat de rire. Charlie avait marqué un point, ce que Phil lui accorda en élargissant son sourire.

Charlie dirigea la poussette de Joe hors du bâtiment en jurant amèrement. Percevant son exaspération, Joe s'absorba dans la contemplation de ses dinosaures et du décor qui défilait autour d'eux. Charlie suait à grosses gouttes, et il se sentait de plus en plus découragé. Il savait qu'il prenait ça trop à cœur, que c'était le style de Phil, de tout prendre à la blague, d'encaisser sans trop s'en faire. Et pourtant, compte tenu de la situation, il ne pouvait pas s'en empêcher. Il avait l'impression d'avoir pris un coup de poing dans l'estomac.

Ça n'arrivait pas très souvent. Généralement, il réussissait à trouver le moyen de compenser, mentalement, les déboires politiques de la journée. Il trouvait des bons côtés à tout, il voyait le soleil derrière les nuages noirs qui pointaient à l'horizon, il envisageait la revanche possible, n'importe quoi. Il faisait un rêve éveillé où tout finissait bien. Mais quand il cédait au découragement, il était incroyablement abattu. Ça devenait une globalité contre laquelle il n'avait pas de défense, il n'arrivait pas à voir la forêt derrière l'arbre, rien ne trouvait grâce à ses yeux. Les nuages étaient d'un noir opaque. Tout allait mal ! Mal, mal, mal mal *mal mal*...

Il descendit avec Joe dans les profondeurs du métro. Monta dans un wagon, descendit à la station Bethesda. Sortit comme dans un cauchemar. Mal, mal, mal. Une nausée digne de Sartre, provoquée par une soudaine vision de la réalité; horrible. Comment la vraie nature de la réalité pouvait-elle être si horrible? L'air surchauffé de l'ascenseur était irrespirable. La gravité était trop forte.

Un autre ascenseur, et de nouveau dans Wisconsin. Bethesda était trop sinistre; un saupoudrage de bureaux et d'immeubles d'habitations, manifestement organisés (si seulement!) pour la circulation automobile. Il aurait aussi bien pu être dans le comté d'Orange.

Il se traîna jusqu'à la maison. La porte-moustiquaire se referma derrière lui avec son claquement caractéristique.

— Salut, chou! fit une voix, dans la cuisine.

— Salut, papa!

Anna et Nick, qui étaient rentrés ensemble de l'école.

— Maman, maman, maman!

— Salut, Joe!

Le refuge.

— Salut, les p'tits gars! dit Charlie. Va falloir qu'on achète une barque. On la mettra dans le garage.

— Super!

Alarmée par le ton de sa voix, Anna sortit de la cuisine, un whisky à la main, le serra sur son cœur et lui planta un baiser sur la joue.

— Hmm, dit-il dans une sorte de ronronnement.

— Qu'est-ce qui ne va pas, chou adoré?

— Pff, rien ne va.

— Pauvre petit chou.

Il commença à se sentir un peu mieux. Il sortit Joe de la poussette et ils suivirent Anna dans la cuisine. Anna ramassa Joe et le tint sur sa hanche tout en faisant la cuisine, pendant que Charlie commençait à reconstruire mentalement l'histoire de la journée, afin de pouvoir la lui raconter tout en préservant son impact dramatique.

Après lui avoir raconté toute l'affaire et fulminé un moment, il décapsula une bière qu'il ingurgita pendant qu'Anna disait:

— Ce qu'il te faudrait, c'est un moyen de court-circuiter le processus politique.

— Bravo, trésor. Je ne suis pas sûr d'avoir envie de savoir ce que tu entends par là.

— Je ne le sais pas moi-même.

— La révolution, c'est ça ?

— Pas question.

— Une révolution complètement non violente, rigoureusement positive et qui réussirait ?

— Ça, ce serait génial.

Nick apparut dans la porte.

— Hé, papa, tu veux jouer au base-ball ?

— Ouais, bonne idée !

C'était généralement Charlie qui le proposait, et là, si Nick le faisait, c'est qu'il essayait de lui remonter le moral. Ce qui marchait assez bien, par le seul fait qu'il y ait pensé. Ils quittèrent donc la fraîcheur de la maison et jouèrent dans la cour où il faisait une chaleur à crever, sous les yeux aveugles des fenêtres aux volets fermés de l'immeuble voisin. Debout devant le mur en brique de la maison, Nick renvoyait à Charlie, avec une longue batte de plastique, les *wiffle balls* [1], qu'il lui lançait, et Charlie essayait de les rattraper. Ils avaient une douzaine de balles. Quand il y en avait partout sur la pelouse en pente, ils les ramassaient, les remettaient sur le mont de Charlie et recommençaient, ou ils laissaient Charlie prendre un tour de batte. Ces *wiffle balls* étaient géniales ; elles claquaient sur la batte et volaient avec un ronflement très satisfaisant, et en même temps, quand on en recevait une, ça ne faisait pas mal, ainsi que Charlie avait eu amplement l'occasion de le constater. C'est ainsi qu'ils allaient et venaient dans le crépuscule livide, transpirant et riant, essayant de faire suivre une trajectoire rectiligne à une *wiffle ball*.

Charlie enleva sa chemise, le torse luisant de sueur dans l'air surchargé d'humidité.

— D'aaccord... Regarde-moi un peu ce lancer ! Sandy Koufax fait le moulin à vent, et voilà une magnifique trajectoire en arc-en-ciel ! Hé, pourquoi tu n'as pas fait un swing ?

1. Balles en plastique, creuses, percées de trous, pour jouer dans des endroits entourés de fenêtres... [*N.d.l.T.*]

— La balle était mauvaise, papa. Elle a rebondi par terre avant d'arriver sur moi.

— D'accord. Je réessaye. Oh, Seigneur... Bon, fais comme si tu n'avais rien vu.

— Pourquoi tu as dit « Seigneur », papa?

— C'est une longue histoire... OK, en voilà une autre. Hé, tu n'as même pas tenté de la frapper!

— Elle était dehors!

— Pas de beaucoup. Et ça ne te ferait pas de mal de courir un peu!

— La zone de frappe est scotchée sur la maison, papa. Tu m'en envoies une qui arrive dedans et je te la renverrai.

— C'était une mauvaise idée. D'accord. Allez, ça y est! Ooh, joOoli! Ouais! Là, voilà! Swingue-moi celle-là!

— Celle-là, elle était derrière moi.

— C'est parfois utile de savoir frapper des deux mains.

— Je te demande juste des strikes, c'est tout.

— C'est ce que j'essaie de faire... Là, c'est parti! Et tchac! Très joli. Un home run. Waouh! Euh... oh, elle est restée dans l'arbre. Tu la vois?

— Bon, on en a joué suffisamment, de toute façon.

— C'est vrai, mais autant aller la récupérer, tant qu'on se souvient où elle est. Ecoute, en mettant le pied sur cette branche, là, je devrais y arriver... Donne-moi la batte une seconde.

Charlie grimpa un peu dans l'arbre, se stabilisa, écarta les feuilles, se rattrapa d'une main au tronc pour garder son équilibre et, d'un coup de batte, envoya la balle par terre.

— Et voilà!

— Hé, papa, c'est quoi ça, dans l'arbre? C'est pas du sumac vénéneux?

8

Changement de paradigme

Voyons, que savons-nous de ce que nous sommes ?

Nous sommes des primates, très proches du chimpanzé et des autres grands singes, dont nos ancêtres se sont différenciés il y a cinq millions d'années environ. Après quoi ils ont évolué selon des lignées parallèles et des sous-espèces qui se recouvraient en partie, émergeant plus clairement en tant qu'hominidés il y a deux millions d'années environ.

A cette époque, la sécheresse s'abattait sur l'Afrique de l'Est. La forêt reculait, laissant la place à des savanes d'herbe verte, semées de bouquets d'arbres. Nous avons évolué pour nous adapter à ce paysage : nous nous sommes redressés et nous avons perdu nos poils. Nos glandes sudoripares, comme bien d'autres caractéristiques physiques, étaient faites pour nous permettre de franchir à la course de grands espaces à découvert, exposés au soleil de l'équateur. Nous devions courir pour vivre, et nous parcourions de vastes étendues. Nous pourchassions le gibier jusqu'à ce qu'il soit épuisé, parfois au bout de plusieurs jours.

Dans ce mode de vie fondamentalement stable, les générations passaient, et la taille du cerveau hominidé eut des millénaires pour évoluer de trois cents millimètres cubes à près de neuf cents millimètres cubes. C'est un fait étrange, parce que tout le reste demeurait plus ou moins stable. On peut en déduire que la façon de vivre d'alors était extraordinairement stimulante pour la croissance du cerveau. Tous les aspects de la vie hominidée ont été avancés, ou à peu près, comme constituant le principal déclencheur de cette croissance, de la faculté de rêver jusqu'au besoin de calculer avec précision la façon de lancer une pierre, mais le langage et la socialisation figurent assurément parmi les plus importants. On se parlait, on avait des échanges ; autant de processus compliqués, qui exigeaient beaucoup de réflexion. La reproduction étant cruciale pour l'évolution, quelque définition qu'on lui donne, l'entente avec le groupe et avec le sexe opposé est une fonction adaptative fondamentale, et elle a dû constituer une forte incitation à l'accroissement de la taille du cerveau. Nous avons grandi si vite que, maintenant, c'est à peine si nous arrivons à passer par les voies naturelles, au moment de notre naissance. Et voilà : toute cette croissance depuis que nous essayons de nous comprendre les uns les autres, de comprendre l'autre sexe, et regardez où nous en sommes...

Anna était contente de voir que Frank était rentré, si cassant et ronchon qu'il soit. Avec lui, les choses étaient plus intéressantes. Une tirade contre les pick-up surdimensionnés débouchait sur une discussion sur l'intelligence sociale des gibbons, ou sur l'expression algébrique de la division du travail la plus efficace au labo. Impossible de prévoir ce qu'il allait vous sortir. Ses phrases commençaient d'une façon rationnelle et devenaient étranges, ou le contraire. Anna adorait ça.

Mais il semblait surtout complètement polarisé sur la théorie des jeux.

— Et si les nombres ne correspondaient pas à la vie réelle ? était-elle en train de lui demander. Et si, quand tu trahis, tu ne recevais pas cinq points et l'autre zéro, et si tous ces nombres étaient faux, ou même si c'était le contraire ? Alors, ce ne serait qu'un jeu informatique comme les autres, hein ?

— Eh bien...

Frank pris de court, une vision rare. Il se concentra. Encore une chose qu'Anna aimait chez lui ; il réfléchissait vraiment à ce qu'il disait.

Puis le téléphone d'Anna sonna et elle répondit.

— Charlie ! Oh, p'tit chou ! Comment ça va ?

— Je souffre le martyre.

— Oh, mon pauvre amour. Tu as pris tes médicaments ?

— Ouais, et ça ne me fait rien. Je commence à voir des choses, à la limite de mon champ de vision. Des bêtes qui rampent, tu vois ce que je veux dire ? Je pense que mon cerveau est atteint par les toxines. Je deviens dingue.

— Ecoute, il faut te cramponner. Les stéroïdes doivent mettre quelques jours à faire effet. N'oublie pas de les prendre, surtout. Joe te fiche un peu la paix ?

— Non. Il veut jouer à la bagarre.

— Oh, mon Dieu ! Ne le laisse pas faire ! Je sais que le docteur a dit que ce n'était pas contagieux, mais...

— Ne t'en fais pas. Aucune chance que je joue à la bagarre avec qui que ce soit.

— Tu ne le touches pas ?

— Et il ne me touche pas non plus. Ce qui a plutôt le don de le mettre en rogne.

— Tu mets les gants en plastique pour le changer ?

— Oui, oui, oui, oui. Une torture de damné, quand je les enlève, la peau vient avec, ça saigne, ça suppure, ça me gratte, c'est atroce.

— Oh, mon amour chéri... Ecoute, essaie de ne rien faire.

Ensuite, il dut chasser Joe de la cuisine et Anna raccrocha.

Frank la regarda.

— Sumac vénéneux ?

— Ouais. Il a grimpé dans un arbre et il y en avait plein le tronc. Et il n'avait pas de chemise.

— Oh non !

— Eh si. Nick a tout de suite vu de quoi il s'agissait, et je l'ai emmené aux urgences. Le docteur l'a tartiné de je ne sais quoi, et l'a mis sous anti-inflammatoires avant que les vésicules n'apparaissent, mais il ne s'est pas raté.

— Eh bien, je compatis.

— Ouais, merci. Enfin, au moins, c'est superficiel.

Puis le téléphone de Frank sonna à son tour, et il réintégra son box pour répondre. Anna ne put faire autrement que d'entendre ce qu'il disait, d'autant que la conversation semblait s'échauffer car il haussa plusieurs fois la voix. A un moment, il dit « Ce n'est pas sérieux » quatre fois de suite, sur un ton d'une incrédulité croissante. Après quoi, il se contenta d'écouter pendant un moment, les doigts tapotant le dessus de son bureau, à côté de son ordinateur. Il finit par dire :

— Comment veux-tu que je sache ce qui s'est passé, Derek? C'est toi qui devrais le savoir. Tu es le mieux placé pour ça... Ouais, c'est vrai. Ils ont sûrement leurs raisons... Enfin, quoi qu'il arrive, ils ont préservé tes droits?... Tout le monde a des options dont il ne fait rien, ne pense pas à ça, pense aux actions que tu avais... Hé, au moins tu te tires de là les poches pleines... Plonger, te faire racheter, ou reprendre par un organisme public... Félicitations... Ouais, ça va être fascinant à observer, c'est sûr. Evidemment. Ouais... Vraiment dommage... D'accord. Rappelle-moi pour me raconter la suite quand je ne serai plus au boulot... C'est ça. Salut.

Il raccrocha. Il y eut un long silence dans son réduit.

Finalement, il se releva de son fauteuil – *scouic, scouic.* Anna se retourna, et il était là, debout dans l'ouverture de sa porte, attendant qu'elle le regarde.

Il fit une drôle de grimace.

— C'était Derek Gaspar, à San Diego. Sa boîte, Torrey Pines Generique, vient d'être rachetée.

— Ah bon? C'est la boîte à la fondation de laquelle tu avais contribué?

— Ouais.

— Eh bien, félicitations. Et qui l'a reprise?

— Une boîte de biotech à peine plus grosse. Small Delivery Systems. Tu connais?

— Jamais entendu parler.

— Moi non plus. En tout cas, ce n'est pas un grand groupe pharmaceutique, c'est une boîte de taille moyenne, d'après Derek. Surtout spécialisée dans l'agropharmacie, mais ils l'ont approché et lui ont fait une offre. Il ne sait pas pourquoi.

— Ils ont bien dû le lui dire?

— Eh bien non. Ou du moins, il n'a pas l'air de très bien savoir pourquoi ils l'ont fait.

— Intéressant. Bon, enfin, c'est plutôt positif, non? Je veux dire, ça doit être ce que toutes les start-up appellent de leurs vœux, il me semble.

— Exact...

— Sauf que tu n'as pas l'air du gars qui vient de décrocher le jackpot, ou je n'y connais rien.

Il écarta rapidement la remarque.

— Ce n'est pas ça. Je n'ai jamais été impliqué de cette façon-là. L'UCSD ne permet qu'une petite participation dans les entreprises extérieures. Je n'ai jamais été que consultant de Torrey Pines Generique. J'ai même dû y renoncer en venant ici. On ne peut pas travailler pour le gouvernement fédéral et pour une boîte privée, tu le sais bien.

— Hm-hm.

— Mes actions sont dans un blind trust, alors comment veux-tu que je sache ce qu'elles sont devenues? Je n'avais pas beaucoup de parts de Torrey Pines, de toute façon, et le fonds de placement a même pu les liquider. J'ai entendu quelque chose qui m'a laissé penser que c'est ce qu'ils avaient fait. A leur place, je ne me serais pas gêné.

— Ah, alors, c'est bien dommage.

— Ouais, ouais, fit-il en se renfrognant. Mais ce n'est pas ça le problème...

Il regarda par la fenêtre, de l'autre côté de l'atrium, toutes les autres fenêtres. Il avait une expression qu'elle ne lui avait jamais vue – et qu'elle n'arrivait pas à déchiffrer. De la détresse?

— Alors, quel est le problème?

— Je ne sais pas, répondit-il tout bas. Et puis il ajouta: c'est le bordel dans le système.

— Tu devrais venir à la conférence, demain midi, dit-elle. Rudra Cakrin, l'ambassadeur du Khembalung, vient nous parler de la vision bouddhiste de la science. Non, vraiment, tu devrais venir. Je ne connais personne qui parle plus comme eux que toi. Enfin, à certains moments.

Il fronça les sourcils, comme si c'était une critique.

— Non, arrête. Je veux que tu viennes.

— D'accord. Peut-être. Si j'ai fini la lettre que je suis en train d'écrire.

Il retourna dans son réduit, se laissa tomber sur son fauteuil. Anna l'entendit grommeler:

— Et merde!

Puis il commença à taper sur son clavier, faisant comme le bruit de la pensée même, un *tic-tic-tic* de plastique rapide, interrompu par les chocs sourds du pouce sur la barre d'espacement. Son clavier lui servait parfois de punching-ball.

Il tapait toujours comme un fou quand Anna regarda sa pendule et se précipita vers la porte dans l'espoir de rentrer chez elle à l'heure.

Le lendemain matin, Frank arriva avec sa lettre d'adieu dans une enveloppe bulle. Il avait beaucoup revu son texte. Il en avait fait un acte d'accusation de la NSF documenté, accablant, et qui pourrait peut-être servir à quelque chose, si quelqu'un en tenait compte. Il allait le remettre à Diane Chang en main propre. Une lettre personnelle, tirée sur papier. Comme ça, elle pourrait la lire, y réfléchir à tête reposée, et voir si elle voulait y faire quelque chose ou non. En attendant, quoi qu'elle décide, il aurait fait ce qu'il pouvait pour essayer d'améliorer cet endroit, et il pourrait retourner, la conscience tranquille, vers la science, la vraie. Partir en paix. Laisser derrière lui une partie de la colère qui l'emplissait. Enfin, il pouvait toujours l'espérer.

Il avait beaucoup développé la version qu'il avait tapée dans l'avion, en rentrant de San Diego. Etayé ses arguments, précisé ses critiques, fait des suggestions d'améliorations concrètes. Le texte définitif était toujours un brûlot assez dévastateur, mais sur le ton d'un article scientifique. Pas de déchaînement rageur ou d'éloquence superflue. Cinq pages simple interligne, même après qu'il eut élagué tout le gras. Enfin, ils n'auraient pas volé un coup de pied aux fesses. C'était sûrement l'effet que ça leur ferait.

Il le relut encore une fois, puis il resta assis dans son fauteuil, à tapoter l'enveloppe bulle contre sa jambe, le regard perdu sur l'atrium. Se demandant, entre autres choses, ce qui avait bien pu arriver à Torrey Pines Generique. Et si ça avait un rapport avec l'embauche de Yann Pierzinski.

Puis, brusquement, il se releva, se dirigea vers les ascenseurs avec son enveloppe et monta au onzième étage. Alla jusqu'au bureau de Diane, salua d'un hochement de tête Laveta, son assistante, et mit l'enveloppe dans son casier.

— Elle n'est pas là aujourd'hui, lui annonça Laveta.

— Pas de problème. Dites-lui juste, quand elle rentrera, demain, qu'il y a une lettre pour elle, d'accord? C'est personnel.

— Entendu.

Il regagna le cinquième étage et s'affala dans son fauteuil. Voilà. C'était fait.

Il entendait Anna taper sur son clavier. La porte de son bureau était fermée, alors peut-être qu'elle tirait son lait avec sa pompe électrique tout en travaillant. Frank aurait aimé voir ça, pas seulement pour des raisons lubriques, bien qu'il y ait de ça aussi, mais surtout pour le plaisir de la voir faire plusieurs choses à la fois. Elle tapait avec deux doigts, comme les journalistes dans les films des années 1930. Par rejet inconscient d'une compétence de secrétaire, ou juste comme ça, il n'aurait su le dire. Mais il aurait parié que ça valait le coup d'œil.

Il se rappela qu'elle lui avait demandé de venir à la causerie du déjeuner. Elle était apparemment intervenue pour faire donner une conférence par l'ambassadeur du Khembalung. Frank avait vu ça sur le feuillet affiché près des ascenseurs qui annonçait le programme.

« Le but de la science selon la perspective bouddhiste. »

Ça ne lui disait rien qui vaille. Au mieux, de l'ésotérisme, et peut-être pire encore. Une de ces parlotes autour d'un sandwich. C'était vraiment tout et n'importe quoi. Les gens étaient blasés, côté conférences; la dernière chose dont ils avaient envie à la pause de midi, c'était bien d'aller écouter pérorer quelqu'un, et ces palabres partaient généralement en vrille. Frank se rappelait avoir vu des intitulés du genre: « L'Antarctique comme nouvelle utopie », « L'art de l'imagerie corporelle », « Les avantages du réchauffement global »... Encore une preuve du fait que plus le sujet était déjanté, plus il y avait de clients.

Il y aurait manifestement beaucoup de monde à celle-là.

La porte d'Anna s'ouvrit et Frank releva la tête, s'attendant mécaniquement à entrevoir une déesse de la science dépoitraillée, une espèce de statue de la Liberté aux seins lourds; bon, ce n'était évidemment pas ça. Elle allait juste à la causerie.

— Tu viens? demanda-t-elle.

— Ouais, bien sûr.

Ce qui lui fit plaisir. Il l'accompagna à l'ascenseur en secouant la tête comme s'il n'en croyait pas ses yeux de se voir là, avec elle. Au neuvième, ils passèrent devant l'enfilade de spectaculaires photos sous-marines de l'Antarctique et s'engouffrèrent dans la grande salle de conférences. Il s'y trouvait bien deux cents personnes. Le temps que les Khembalais arrivent, tous les fauteuils étaient occupés.

Frank s'assit vers le fond, faisant mine de travailler sur son ordinateur de poche. L'air climatisé lui tombait sur les épaules comme une bénédiction. Les gens qui se connaissaient se regroupaient et bavardaient de choses et d'autres; les Khembalais, debout près du pupitre, discutaient technique autour du micro avec Anna et Laveta. Le vieil ambassadeur, Rudra Cakrin, portait sa robe marron alors que les autres membres de la délégation khembalaise étaient en pantalon et chemise de coton écru, comme en Inde. Rudra Cakrin demanda qu'on mette son micro à sa hauteur. Son jeune assistant l'aida, puis il ajusta le sien. C'était parti pour être en traduction simultanée. Quelle barbe. Frank poussa un gémissement intérieur.

Ils testèrent les micros, et le brouhaha des conversations baissa un peu. La salle était si pleine que – coefficient de dinguerie ou non – c'en était impressionnant, force était à Frank de l'admettre. Ces gens étaient encore assez intéressés par les idées pour passer leur heure de déjeuner à écouter une communication sur la philosophie de la science. C'était comme ça dans certains départements de l'université de San Diego, peut-être même sur la plupart des campus universitaires de Californie, malgré le rythme dingue de la vie, là-bas. Du rab de temps et d'énergie consacrés à la curiosité: une caractéristique comportementale basique des hominidés. Celle qui poussait les gens vers la science, sa caractéristique fondamentale, celle qui la faisait survivre malgré les règles abrutissantes de son expression contemporaine. Là, il était lui-même, après tout, et personne ne pouvait être plus désabusé, plus blasé que lui. Et pourtant il était incapable de s'empêcher de suivre un tropisme, comme un tournesol qui se tourne vers le soleil.

Debout au pupitre, le vieux moine avait une sacrée allure. Pour le moins incongrue. Il se pouvait que ce soit un public admirablement curieux, mais c'était aussi une bande de vieux technocrates sceptiques, au cuir rude. Difficiles à rouler, a priori, en particulier par un vieillard ratatiné en robe de bure, qui les regardait en cet instant comme s'il venait d'un lointain passé. Qui ressemblait, en fait, à un hominidé primitif.

Et pourtant, il était là, devant eux. Ils étaient réunis par quelque chose, et ce n'était pas seulement la climatisation. Ils étaient assis là, sur leur siège, attentifs, courtois, ouverts à tous les discours. Frank éprouva une étincelle de fierté. C'est comme ça que tout avait commencé, vers 1660, par des réunions de la Royal Society, à Londres : des gens qui écoutaient poliment un drôle de bonhomme, forcément un autodidacte ; des questions affables, un public qui envisageait la question de façon rationnelle. Un consensus pour considérer les choses à la lumière de la raison. C'était la base de tout.

Le vieil homme les regardait avec bienveillance. Il semblait refléter leur attention, les étudier.

— Bonjour ! commença-t-il, avant d'indiquer, d'un geste de la main, qu'il avait épuisé toutes ses connaissances en anglais, en dehors du mot qui suivit : Merci.

Son jeune assistant dit alors :

— Le Rinpoché Rudra Cakrin, ambassadeur du Khembalung aux Etats-Unis. Merci d'être venus l'écouter.

Tout cela était un peu redondant, mais le vieil homme commença à parler dans sa propre langue – du tibétain, lui avait dit Anna –, en une longue séquence de sons graves, gutturaux. Puis il s'interrompit, et le jeune homme, Drepung, l'ami d'Anna, commença à traduire :

— Le Rinpoché dit que le bouddhisme commence par l'expérience personnelle. L'observation de son environnement, de ses réactions personnelles, et de ses propres pensées. Il y a un...

un fondement scientifique à ce processus. Il a ensuite dit : « Si je comprends bien ce que vous entendez en Occident par le mot science. » Et aussi : « J'espère que vous me démentirez si je me trompe. Mais la science me paraît traiter de ce qui se passe et sur quoi nous pouvons tous nous accorder. »

Rudra Cakrin interrompit Drepung pour lui poser une question. Il hocha la tête, et poursuivit :

— Ce qui peut être affirmé. Ce qui fait que, si vous deviez y regarder de plus près, vous seriez d'accord avec cette affirmation. Et tous les autres avec vous.

Le vieil homme reprit la parole.

— Les choses sur lesquelles on peut être d'accord ne sont pas nombreuses, et ce sont des généralités, traduisit Drepung. Et plus le temps du Bouddha se rapproche, plus elles se généralisent. Maintenant, près de deux mille cinq cents ans ont passé, et nous sommes à l'ère du microscope, du télescope, et... de la description mathématique de la réalité. Ce sont des domaines que nous pouvons appréhender directement, avec nos sens. Et nous pouvons quand même être encore d'accord sur ce que nous disons de ces domaines parce qu'ils sont liés en longues chaînes de causes et d'effets mathématiques, pour ce que nous en voyons.

Rudra Cakrin eut un petit sourire, dit quelque chose. Frank commençait à avoir l'impression que la traduction de Drepung était beaucoup plus longue que les paroles prononcées par le vieil homme. Se pouvait-il que le tibétain soit une langue tellement compacte ?

— Ce réseau est une très grande réussite, ajouta Drepung.

Rudra Cakrin entonna alors quelque chose d'une voix grave, rocailleuse, qui rappelait celle de Louis Armstrong, plus basse d'une octave.

Drepung chanta en anglais :

« Qui voudrait comprendre la nature du Bouddha devrait observer la saison et les relations causales. La vie réelle est la vie des causes. »

Rudra Cakrin fit suivre ces paroles d'une tirade prononcée sur un débit précipité, que Drepung traduisit :

— Cela amène le concept de la nature du Bouddha, plutôt que de la nature elle-même. Quelle est la différence ? La nature du Bouddha est la... réponse appropriée à la nature. La réponse de l'esprit qui observe. La philosophie bouddhiste invite en dernier ressort à voir la réalité telle qu'elle est. Et puis...

Rudra Cakrin prononça quelques mots d'un ton pressant.

— Puis la réponse, la réaction, le moment humain – les choses que nous disons, que nous faisons et que nous pensons –, ce moment arrive. Nous en revenons au domaine de l'exprimable. La nature de la réalité – alors que nous descendons toujours plus profondément, le langage reste plus loin derrière. Même les mathématiques ne sont plus pertinentes. Mais...

Le vieil homme parla encore un certain temps, jusqu'à ce que Frank croie voir Drepung faire un signe, exprimer quelque chose avec ses paupières, et Rudra Cakrin s'interrompit aussitôt.

— Mais quand on en vient à ce que nous devrions faire, ça se ramène aux mots les plus simples. Compassion. Bonnes actions. Aider les autres. Ça reste toujours aussi simple. Réduire les souffrances. Il y a quelque chose de... rassurant là-dedans. La plus grande complexité de ce qui est, la plus grande simplicité de ce qu'il faut faire. Bien préférable à l'inverse.

Rudra Cakrin reprit, d'une voix plus calme, à présent.

— Là, encore une fois, poursuivit Drepung, les deux approches se superposent et ne font qu'une. La science a commencé par la recherche de nourriture, de confort, de santé. Nous avons dû apprendre comment les choses marchaient pour pouvoir mieux les contrôler. Afin de réduire nos souffrances. Les méthodes utilisées – l'observation et les essais – selon notre tradition furent raffinées par la médecine. Le procédé se poursuivit longtemps. En Occident, vos médecins aussi ont fait ça, et c'est comme ça qu'ils sont devenus des savants. En Asie, les moines bouddhistes étaient les médecins, et eux aussi ils s'efforçaient de raffiner les méthodes d'observation et d'expérimentation, pour voir s'ils pouvaient... reproduire ce qui marchait, quand ça marchait.

Rudra Cakrin posa la main sur le bras de Drepung et lui parla brièvement.

— Les deux sont maintenant des études parallèles, traduisit Drepung. D'un côté, la science s'est spécialisée, à travers les mathématiques et la technologie, sur les observations de la nature, découvrant ce qui existe et faisant de nouveaux instruments. De l'autre, le bouddhisme s'est spécialisé dans l'observation humaine, pour découvrir... comment devenir. Se comporter. Quoi faire. Comment aller de l'avant. Maintenant, je dis qu'ils sont comme les deux yeux de la face. Tous les deux nécessaires à une vision complète. Ou plutôt, comme dit le vieux dicton : « Les yeux qui voient, les pieds qui marchent. » On peut dire que la science est les yeux, le bouddhisme les pieds.

Frank écouta tout cela avec une irritation croissante. Cet homme se faisait l'avocat d'un système de pensée qui n'avait pas apporté un iota de connaissance nouvelle au monde depuis deux mille cinq cents ans, et il avait le culot de le mettre sur un pied d'égalité avec la science, qui ajoutait tous les jours des millions de faits nouveaux à la masse de savoir accumulé. C'était grotesque !

En même temps, son irritation était empreinte d'un certain malaise. Le jeune traducteur n'arrêtait pas de dire des choses qui faisaient curieusement écho à des pensées qu'il avait déjà eues, ou répondaient à des questions qu'il se posait en ce moment précis. Il se demandait, par exemple, ce que tout ça donnerait si l'homme voulait bien se rappeler qu'il n'était qu'un primate récemment sorti de la savane, un cueilleur dont le cerveau s'était adapté à un environnement particulier. Est-ce que tout ça aurait un sens ? Et à cet instant précis, répondant à une question du public, puisqu'ils semblaient être passés à ce mode d'échange, Drepung dit, traduisant toujours les paroles du vieil homme :

— Nous sommes des animaux. Des animaux dont la sagesse s'est accrue au point de nous apprendre que nous sommes des créatures mortelles. Nous mourons. Nous le savons depuis cinquante mille ans. Nous n'aimons pas y penser, mais nous savons que même le cosmos est mortel. La réalité est mortelle. Tout change sans arrêt. Rien ne reste identique, avec le temps. On ne peut se cramponner à rien. La question devient donc :

Que faisons-nous de cette connaissance ? Comment vivons-nous avec ? Quel sens lui donnons-nous ?

Eh bien, eh bien... Frank se pencha en avant, piqué, se demandant quelles paroles du vieil homme Drepung allait maintenant leur traduire. Cette voix grave, rocailleuse, grommelant ces sons incompréhensibles – c'était bizarre de penser qu'elle exprimait de telles notions. Frank se demanda tout à coup ce qu'il allait dire ensuite.

— Parmi les termes scientifiques qui expriment la compassion, vous avez..., poursuivait Drepung en regardant le plafond comme s'il cherchait le mot « Altruisme »... Il en est question dans vos études sur les animaux. L'altruisme existe-t-il, est-ce une bonne adaptation ? En d'autres termes, la compassion marche-t-elle ? D'après les études auxquelles vous avez procédé, l'altruisme serait la meilleure stratégie d'adaptation, dans le contexte du groupe. Ça en ferait une espèce de... de semonce. Etre compatissant afin d'évoluer avec succès – ça, ça vient de votre science, qui prétend n'être que descriptive ! Ne décrire que ce qui a fait de nous ce que nous sommes. Alors que dans le bouddhisme nous avons toujours dit : si vous voulez aider les autres, soyez compatissants ; si vous voulez vous aider vous-mêmes, soyez compatissants. Maintenant, la science ajoute, si vous voulez aider votre espèce, la compassion vous aidera.

Ce qui lui valut des rires. Frank lui-même laissa échapper un ricanement. Il commença à envisager cela en terme de stratégies du dilemme du prisonnier. C'était une invocation pour que tous adoptent la démarche toujours généreuse, pour le bénéfice maximal du groupe, en fait, pour le bénéfice individuel maximal... Il rata ce que Drepung dit ensuite, car il était plongé dans ce qui était moins une pensée qu'un sentiment : *Quel soulagement ce serait pour moi, si seulement j'arrivais à croire en quelque chose.* Tout son rationalisme, tout ce scepticisme acide... Il avait soudain du mal à ne pas sentir qu'en réalité ce n'était qu'une sorte de désordre.

Et à ce moment précis, Rudra Cakrin regarda droit vers lui – lui entre tous, dans cette foule –, et Drepung dit :

— Un excès de raison est une forme de folie en soi.

Frank se cala contre le dossier de son siège. Quelle était la question? Il fouilla dans sa mémoire à court terme comme on repasse une bande à l'envers, ne trouva rien.

Il avait à nouveau perdu le fil. Sa peau le picotait, il vibrait comme s'il était une cloche que l'on aurait heurtée.

— L'expérience de l'illumination peut être soudaine.

Il n'entendit pas ces mots. Pas consciemment.

— Les parties éparses de la conscience s'assemblent parfois tout d'un coup pour former un schéma global.

Perdu dans ses pensées, il n'entendit pas cela non plus, toutes ses certitudes ébranlées. Il tournait et retournait une pensée dans sa tête: Un excès de raison est une forme de folie en soi – c'est l'histoire de ma vie. Et le vieil homme le savait.

Il se retrouva debout. Comme tout le monde. Ça devait être fini. Les gens sortaient. Allaient se masser devant l'ascenseur. Quelqu'un demanda à Frank:

— Eh bien, qu'est-ce que tu en dis?

S'attendant manifestement à une descente en flammes acerbe, du pur Frank. Et sa bouche formait bel et bien une réponse typique: « Pff, vingt-cinq siècles d'études intensives pour du vent! » Mais il dit « Pff », et il en resta là, bannissant d'un haussement d'épaules ce discours attendu. Ce qu'il pouvait être puant, quand il voulait...

Les portes de l'ascenseur s'ouvrirent, lui sauvant la mise. Il se réfugia à l'intérieur et se frotta les bras, comme pour se réchauffer après le froid polaire qui régnait dans la salle de conférences.

— Intéressant, dit-il, en réponse aux regards inquisiteurs braqués vers lui.

Il y eut des hochements de tête, des petits sourires. Même ce seul mot, qui constituait souvent l'appréciation suprême dans le langage scientifique, était aux antipodes de son comportement. Il se ridiculisait. Le groupe s'attendait à ce qu'il se conforme à sa personnalité. C'était comme ça que marchait la dynamique de groupe. Surprendre les gens était inhabituel, légèrement incongru. Sauf que... était-ce vraiment de cela qu'il s'agissait? Les gens payaient assurément pour être surpris ; c'était la base de la comédie, de l'art. Toutes les études le prouvaient. Pour le moment, il n'était sûr de rien.

— ... faire attention au monde réel, disait quelqu'un.

— Un empirisme faible.

— Que veux-tu dire ?

La porte de l'ascenseur s'ouvrit à son étage. Frank sortit, regagna son bureau et resta sur le pas de sa porte, regardant ses affaires déjà triées, prêtes à être jetées ou emballées et expédiées dans l'Ouest. Des piles de livres, de revues, de papiers, de photocopies, agrafées ou non, de graphiques, de tableaux, de schémas et d'organigrammes pliés ou roulés. La mémoire externe, la trace de papier de sa vie. Un excès de raison.

Il était assis là, à réfléchir, quand Anna entra.

— Salut, Frank ! Ça t'a plu, la conférence ?

— C'était intéressant.

Elle le regarda attentivement.

— C'est aussi ce que j'ai pensé. Ecoute, Charlie et moi, on a invité les Khembalais, ce soir, chez nous, pour fêter ça. Tu veux venir ?

— Merci, répondit-il. Peut-être.

— Bon, tant mieux. Ce serait formidable. Il faut que j'y aille. J'ai des choses à préparer.

— D'accord. Eh bien, peut-être à ce soir, alors.

— D'accord.

Elle disparut sur un dernier regard intrigué.

Il y avait des moments où certaines images, des phrases, des idées ou des formules, des airs, des séquences musicales, vous restaient dans la tête et y tournaient, tournaient, tournaient, tournaient. Ça pouvait poser un problème à certaines personnes, quand elles restaient trop souvent ou trop longtemps en boucle. La plupart des gens changeaient assez souvent d'idées, en adoptaient de nouvelles, ou de nouvelles boucles. D'autres le faisaient à un rythme quasiment terrifiant, à l'opposé de la pensée obsessionnelle.

Frank s'était toujours considéré comme instable, de ce point de vue, opérant des changements de direction abrupts, dans un sens ou dans l'autre. Il passait parfois si vite d'une sorte d'obsession-compulsion à un état voisin du déficit d'attention qu'il se faisait l'impression d'être en proie à une sorte de bipolarité complètement inédite.

Pas d'excès de raison, là !

A moins que ce ne soit justement la faute à ça. Une tentative de prise de contrôle. Le vieux moine l'avait regardé droit dans les yeux. Un excès de raison est une forme de folie en soi. Peut-être, en s'accrochant à la raison, s'efforçait-il seulement de rester en équilibre. Qui sait ?

Ce qu'il voyait, en tout cas, c'est que ça ressemblait à ce que les bouddhistes appelaient un *koan*, une énigme sans réponse, qui pouvait, si on y réfléchissait trop longtemps, amener l'esprit à caler, à renoncer à penser. Renoncer à penser ! C'était dingue. D'un autre côté... et si, à ce moment-là, le monde perceptible se déversait en lui ? Appréhender le présent sans l'intermédiaire du langage. Indicible, par définition. Que du ressenti. Eprouvé par les processus mentaux d'une espèce différente, sans langage, ou qui transcendait le langage. Autre chose.

Frank détestait cette espèce de mysticisme. Ou peut-être que ça lui plaisait, de ressentir tout ça. Comme tous ceux qui avaient eu l'occasion de connaître un moment d'absorption non verbale, il en gardait le souvenir d'une sorte de bénédiction. Comme au bon vieux temps, quand il était accroché là, à nettoyer les vitres en chantant « C'est mon choix, je suis heureux d'être laveur de carreaux ». Grimper, surfer... La pensée était beaucoup plus rapide que la verbalisation, même mentale. Aucun doute, on appréhendait le monde grâce à un foisonnement d'impressions et de pensées beaucoup trop rapides pour que la conscience puisse les suivre. La conscience n'en était qu'une petite partie.

Il quitta le bâtiment, sortit dans la chaleur lourde de l'après-midi. La rue lui fit l'effet d'un repoussoir, il n'aurait su dire pourquoi. Il ne pouvait conduire tout de suite. Alors il marcha dans le quartier commerçant, un peu minable, envahi par les voitures, qui entourait Ballston, la cervelle bouillonnant de pensées et d'un tas de trucs. Il avait l'impression d'apprendre en marchant des choses qu'il n'aurait pu énoncer à haute voix pour le moment, et pourtant, c'étaient des choses bien réelles, qu'il ressentait ; on ne peut plus réelles.

Un excès de raison. C'était bien joli, mais il s'était toujours efforcé d'être raisonnable. Il avait vraiment essayé, de toutes ses forces. C'était sa façon d'être. Ça avait paru l'aider. Dépassionné ; sensé ; calme ; raisonnable. Une machine à penser. Il aimait ces histoires, quand il était petit. C'était ça, un savant, et c'était pour ça qu'il était un si bon savant. C'était ce qui l'ennuyait chez Anna : c'était une bonne scientifique, indéniablement, mais c'était aussi une passionnée, elle prenait son travail et ses idées trop à cœur, elle avait des préférences, elle prenait parti et elle était complètement engagée, émotionnellement, dans son travail. Elle se demandait quelle théorie était la bonne. Elle avait tout faux, mais elle était tellement intelligente que ça marchait ; pour elle, du moins. Enfin, si ça marchait. Mais ce n'était pas scientifique. Ce genre d'implication biaisait la recherche. Les émotions n'avaient rien à faire là-dedans. On faisait de la science parce que c'était la meilleure stratégie évolutionnaire dans l'environnement où ils avaient vu le jour, point final. La science, c'était le gène qui essayait de se transmettre de la meilleure façon possible. Et puis c'était aussi la meilleure façon de passer le temps, ou de gagner sa vie. Tout le reste était tellement vulgaire et absorbant. Des primates sociaux, piégés dans un technocosmos qu'ils avaient eux-mêmes créé. En fin de compte, la science était la seule façon de voir assez bien le territoire pour savoir de quel côté foncer, pour faire du neuf pour tout le monde. On n'avait pas besoin de mettre de la passion dans cette marche en avant raisonnée.

Et pourtant, se dit-il, pourquoi les êtres vivants vivaient-ils ? Qu'est-ce qui faisait qu'ils vivaient, vraiment ? Qu'est-ce qui les poussait à se démener comme ça, alors que c'était la mort qui les attendait, au bout de la route, tous autant qu'ils étaient ? Voilà la question que ces bouddhistes osaient poser.

Il marchait maintenant vers le Potomac, sur Fairfax Drive, une gigantesque artère commerçante quasiment colmatée par les bagnoles. Dont les occupants parlaient, au téléphone, à d'autres gens, quelque part sur la planète. Drôle de spectacle, quand on y réfléchissait !

La raison n'avait jamais expliqué l'existence de la vie dans l'Univers. C'était un mystère. La raison avait essayé et avait échoué, et la science était incapable de la créer en labo, *ex nihilo*. De petits tourbillons localisés d'anti-entropie, des étincelles de vie aussitôt renvoyées dans le néant, dont des petits bouts emportés plus loin en longues chaînes de codes invisibles décrivaient ailleurs d'autres tourbillons. Une succession de minuscules tornades qui formaient un schéma. Un mystère, une espèce de miracle – un miracle qui se débattait dans des conditions hostiles, ne se produisant que là où se trouvait de l'eau, qui se condensait en gouttelettes dans l'Univers exactement comme sur une vitre, et qui entretenait la vie. L'eau de vie. Un miracle.

Il sentait la sueur ruisseler sur tout son corps. Quand les hominidés s'étaient redressés, ils avaient perdu leur fourrure et acquis des glandes sudoripares afin de pouvoir évacuer la chaleur excessive provoquée par leur interminable marche. Mais ça ne fonctionnait pas vraiment, dans la jungle. De nombreuses espèces d'arbres – de grands arbres, et des buissons. La ville aurait pu être implantée dans un jardin botanique, avec des plantes d'une centaine de verts différents, arpenté par des gens en petits groupes. Les coureurs, eux, étaient seuls, et encore, ils couraient généralement par deux, ou par petits groupes. Une espèce sociale, comme les abeilles ou les fourmis, avec des règles sociales invariantes au point d'en être invisibles pour les individus. Une espèce marchant aux phéromones, qui avait réussi à s'adapter, peu stable dans son environnement. Consciente de l'existence d'un avenir, l'intégrant dans ses calculs au quotidien, pour sa survie au quotidien. Vivre pour l'avenir. Une histoire cosmique exprimée en signes mathématiques, tellement subtils que seul un gigantesque groupe transtemporel de puissants cerveaux unissant leurs efforts pouvait espérer la déchiffrer un jour. Mais ceux qui viendraient après pourraient la reprendre, avec ses plages inexplorées, et repartir de là. C'était le projet humain, c'était la science, c'était *ça*, la science. C'était *ça*, la vie.

Il était debout là, vibrant de pensée, frémissant, angoissé, terrifié. Ne sachant plus où il en était. L'angoisse en roue libre, pensa-t-il. Sauf que son angoisse avait des raisons bien précises. On disait que les changements de paradigmes ne se produisaient que quand les vieux savants mouraient, que les individus isolés n'en étaient pas capables, trop bornés, trop incrustés dans leurs habitudes, c'était un processus plus social, une affaire diachronique de générations successives.

Mais il devait parfois en être autrement. Certains chercheurs isolés, à l'esprit plus ouvert, ou moins encombré de certitudes que la plupart, avaient bien dû connaître un changement de paradigme. Frank manqua rentrer dans une dame qui venait en sens inverse, et se retint de lui dire : « Pardon, madame, je suis en plein changement de paradigme. » Il était désorienté. On ne passait pas d'un paradigme à l'autre comme on allait d'un gratte-ciel à l'autre, comme dans les schémas qu'il avait vus, il y avait longtemps, dans un livre de philosophie de la science. C'était plutôt comme s'il était à l'intérieur d'un kaléidoscope où il s'était habitué au schéma, et voilà que le tube tournait : il tombait, et toutes les facettes de ce qu'il voyait renvoyaient en cliquetant à quelque chose de différent, déclic après déclic : des couleurs, des schémas tout délavés. Comme s'il mourait et renaissait. L'altruisme, la compassion, la simple putain de stupidité, la loyauté envers les gens qui n'étaient pas loyaux avec vous, qui trahissaient parce que la défection était rentable, la compétition, l'adaptation, l'intérêt personnel dévoyé – ou bien quelque chose de réel, une vraie force dans le monde, une sorte de constante physique, comme la gravité, ou un attribut fondamental de la vie, comme la pulsion de transmettre son ADN aux générations suivantes. Une raison d'être. Quelque chose qui allait au-delà de l'ADN. Une rage de vivre, une pulsion du bien. D'amour. Une force verte, un élan vital, de la métaphysique, c'était mauvais, mais comment, sans ça, expliquer les données ?

Un excès de raison ne ferait pas l'affaire.

Mais les gènes étaient très raisonnables. Ils suivaient leurs directives, ils se reproduisaient. Ils étaient un vivant algorithme, des créatures issues des quatre éléments. Des enfilades de nombres binaires, des codes d'une longueur stupéfiante, qui décrivaient des corps. Il y avait bien une sorte de raison derrière ça. Une espèce de monomanie, même – un excès de raison, comme dans le *koan.* Alors peut-être qu'ils étaient tous fous, pas seulement individuellement et socialement, mais sur le plan génomique aussi. Des obsessionnels-compulsifs moléculaires. Et en remontant à partir de là, dans des empilements d'insanités émergentes. Il fallait qu'il y ait là-dedans une autre qualité non rationnelle, une propriété émergente, tardive, comme l'altruisme, la compassion, ou l'amour – en tout cas pas un code –, sinon, tout ça n'aurait servi à rien.

Il se sentait mal. Ce n'était peut-être que la chaleur et l'humidité, la rapidité de sa marche, un truc qu'il avait mangé, un microbe qu'il avait attrapé ou un insecte qui l'avait piqué. Ça ressemblait à tout ça, même s'il soupçonnait que ça venait plutôt de sa tête, une sorte de contamination par une idée, une fièvre morale. Il fallait qu'il parle à quelqu'un.

Mais une personne en qui il avait confiance. Or la liste était courte. Très, très courte, même. En y réfléchissant, qui y avait-il au juste sur cette liste ?

Anna. Anna Quibler, sa collègue. La savante passionnée. Un roc, en fait. Un rocher dans la tempête. Après tout, si on pouvait se fier à quelqu'un, c'était bien à une scientifique. Prête à adopter une attitude scientifique, la meilleure, à l'égard de la réalité tout entière. Peut-être que c'était ce que le vieux lama voulait dire. Si trop de raison était une forme de folie, alors, peut-être que ce qu'il fallait, c'était une raison passionnée. Une chercheuse passionnée, une scientifique compatissante, l'analyse seule pouvait-elle démêler le comment du pourquoi là-dedans ? Ça pouvait être une religion, une sorte d'humanisme, ou de biocentrisme, de biophilie, de cosmophilie. Ou tout simplement de bouddhisme. S'il avait bien compris le vieil homme.

Tout à coup, il se rappela qu'Anna et Charlie donnaient une soirée, et qu'Anna l'avait invité. Pour fêter la conférence de ce jour-là, assez ironiquement. Les Khembalais y seraient.

Il se remit en marche, suant à grosses gouttes, cherchant les plaques de rue, essayant de se repérer. Ah. Washington Boulevard. Il pouvait continuer jusqu'à la station de métro de Clarendon. Ce qu'il fit. Il prit l'escalator qui plongeait dans les entrailles de la terre. Une étrangeté pour un hominidé – une expérience religieuse. Suivre le shaman dans la caverne. Nous n'avons jamais renoncé à ça.

Il resta assis, enfermé dans sa bulle, dans un wagon de métro jusqu'à la correspondance, à Metro Center. L'endroit lui parut plus bizarre que jamais, un centre commercial en enfer. Une rame de la ligne Rouge qui allait à Shady Grove entra dans la station et il monta dedans, avec la meute. Il était tard, il avait marché longtemps, au hasard. C'était bientôt la fin de l'heure de pointe.

Tous ces gens qui travaillaient dans des bureaux, à en juger par leur tenue vestimentaire, rentraient chez eux, dans les quartiers résidentiels du Nord-Ouest, Chevy Chase, Bethesda, Rockville et Gaithersburg. A chaque station, la rame se vidait, si bien qu'il put enfin s'asseoir, sur un siège d'un orange atroce, et il commença à se sentir un peu mieux. La fraîcheur, l'orange et le rose maniérés mais apaisants, les visages des gens, tout cela contribuait à le calmer. Même le conducteur de la rame y contribuait, en s'arrêtant dans chaque station avec une douceur inaccoutumée, une délicatesse de virtuose. Et les stations défilaient, comme dans un concerto, grottes de béton toutes identiques, au nom près.

En face de lui était assise une femme en jupe noire et chemisier blanc, qui rentrait chez elle après le travail. Des cheveux courts, bouclés, des lunettes, presque pas maquillée. Une bretelle de soutien-gorge était visible sur l'une de ses clavicules. Un visage intelligent, à l'air amical, pas beau mais séduisant. Elle avait les jambes croisées, et un de ses pieds, dans sa chaussure de jogging, pointait dans l'allée. Sa jupe était remontée sur sa cuisse, légèrement renflée par sa position et par la fermeté des muscles. Pas de bas, une peau lisse, quelques taches de rousseur. L'air costaud.

Elle se leva et descendit à Bethesda, comme Frank, qui la suivit sur le quai. C'était intéressant de voir comment les robes et les jupes, toutes différentes, encadraient ou ornaient les corps. La hauteur des fesses, la largeur des hanches, la longueur et le galbe des jambes, du dos et des épaules, leurs proportions respectives, leurs mouvements : les variations et leurs combinaisons étaient infinies, de sorte qu'il n'y avait pas deux femmes qui se ressemblaient, pour Frank. Et il n'arrêtait pas de les regarder.

Celle-ci était rapide, efficace. Elle avait les jambes un peu plus longues que la moyenne, et cette différence attirait le regard. Elle donnait l'impression d'avoir des talons hauts alors que ce n'était pas le cas. C'était séduisant ; vraiment, les femmes portaient des talons hauts pour lui ressembler. Encore un préjugé hérité de la savane, aucun doute – la faculté de distancer à la course les prédateurs en tant qu'atout potentiel pour la reproduction. Enfin... elle avait fière allure. C'était comme une sorte de baume, après ce qu'il avait vécu. Retour aux fondamentaux.

Frank resta debout derrière elle dans le premier escalator qui remontait des quais vers les tourniquets de sortie, profitant d'un point de vue qui exagérait la longueur de ses jambes et le galbe de ses fesses. Il était littéralement scotché. Il la suivrait, comme d'habitude, jusqu'à ce que leurs routes se séparent, rien que pour prolonger le plaisir de la voir marcher. Il faisait tout le temps ça, c'était l'une des manies qu'on attrapait quand on vivait dans une ville peuplée d'aussi jolies femmes.

Les tourniquets, donc, puis le tunnel menant vers le grand escalator qui montait, et la sortie. Là, surprise ! Elle prit à gauche, vers les ascenseurs.

Il la suivit sans réfléchir ; il ne prenait jamais les ascenseurs du métro. Trop lents. Et pourtant il était là, debout derrière elle, attendant le prochain, trouvant ça bizarre, mais qu'y faire, maintenant qu'il était là, à part lever les yeux vers l'affichage lumineux, au-dessus de la porte de la cabine. A part, bien sûr, partir, purement et simplement.

Mais la lumière s'alluma. Les portes s'ouvrirent sur une cabine vide. Frank suivit la femme dedans, se retourna, regarda les portes se refermer. Il devait être rouge comme une betterave.

Elle appuya sur le bouton de la sortie, au niveau de la rue. La cabine s'ébranla avec une petite secousse et commença à monter en bourdonnant et en vibrant. Il y faisait une chaleur étouffante, et ça sentait l'huile de machine, la sueur, le parfum, et un mélange d'odeurs de plastique et d'électricité.

Frank observait studieusement l'affichage au-dessus des portes. La femme faisait pareil. Elle avait passé son pouce sous la bandoulière de son sac, le coude enfoncé dans son corsage, juste au-dessus de la ceinture de sa jupe. Ses cheveux bruns, courts, aux boucles si serrées qu'ils paraissaient presque crépus, lui faisaient comme un bonnet, avec une frange un peu plus longue sur la nuque, où deux lignes de duvet blond, fin, s'incurvaient vers ses deltoïdes. Elle avait les épaules larges. Un animal très impressionnant. Même du coin de l'œil, il voyait tout cela.

L'ascenseur gémit, vibra et s'arrêta. Surpris, Frank regarda l'affichage lumineux. Apparemment, ils continuaient à monter.

— Et merde ! marmonna la femme en regardant sa montre.

Elle jeta un coup d'œil à Frank.

— On dirait qu'on est coincés, dit Frank en appuyant sur le bouton « monter ».

— Ouais. La barbe !

— Incroyable, acquiesça Frank.

— Quelle journée, fit-elle avec une grimace.

Quelques instants passèrent. Frank essaya d'appuyer sur le bouton « descendre ». *Nada*. Il indiqua, d'un geste, le petit boîtier noir abritant un combiné téléphonique encastré dans le panneau au-dessus des boutons « monter » et « descendre ».

— On dirait qu'on est juste dans le cas de figure pour lequel ce truc a été placé là.

— On dirait, oui.

Frank prit l'appareil, le colla à son oreille. Le téléphone sonnait déjà. Tant mieux, parce qu'il n'y avait pas de clavier pour composer un numéro. Et s'il avait décroché le téléphone et qu'il n'y avait pas eu de tonalité ?

Ça sonnait depuis si longtemps qu'il commença à s'inquiéter.

Puis la sonnerie laissa la place à une voix de femme :

— Allô ?

— Euh... voilà, nous sommes dans l'ascenseur de la station de Bethesda, et il est bloqué.

— D'accord. Vous avez dit Bethesda? Vous avez essayé de pousser le bouton de fermeture des portes, et puis le bouton de montée?

— Non. (Frank appuya sur tous les boutons indiqués, et dit:) Ecoutez, je viens de faire tout ça, mais... il ne se passe rien. On dirait que c'est vraiment coincé.

— Réessayez en appuyant sur le bouton de descente après avoir appuyé sur le bouton de fermeture des portes.

— D'accord.

Il le fit.

— Vous savez à quel niveau vous êtes?

— On ne doit pas être loin du niveau de la sortie.

Il interrogea du regard la femme qui hocha la tête.

— Il y a de la fumée?

— Non!

— Bon. Une équipe est déjà partie. Attendez tranquillement et ne vous effrayez pas. Vous êtes nombreux dans la cabine?

— Non. Deux personnes, c'est tout.

— Bon, c'est bien. Ils disent qu'ils seront là d'ici une demi-heure, une heure tout au plus, selon la circulation et la nature du problème technique de l'ascenseur. Ils vous appelleront en arrivant, sur le téléphone de la cabine.

— Bon. Merci.

— Pas de quoi. Rappelez-moi s'il y a quoi que ce soit. Je suis de garde.

— D'accord. Encore merci.

La femme avait déjà raccroché. Frank en fit autant.

Ils restèrent plantés là.

— Eh bien..., fit Frank en indiquant le téléphone.

— J'ai entendu, dit la femme. Je crois que je vais m'asseoir en attendant, dit-elle en regardant par terre. Je commence à en avoir plein les pieds.

— Bonne idée.

Ils s'assirent côte à côte, le dos appuyé au mur du fond de la cabine.

— Mal aux pieds?

— Ouais. Je suis allée courir, à l'heure du déjeuner, et surtout sur des trottoirs, alors...

— Vous faites du jogging?

— Pas vraiment. C'est même pour ça que j'ai mal aux pieds. Je fais du vélo avec un club, et on s'entraîne pour le triathlon, alors j'essaie de courir et de nager. Je pourrais me contenter d'être la cycliste de l'équipe, mais j'ai envie de voir si je ne pourrais pas faire les trois épreuves.

— Sur quelles distances?

— Un kilomètre six à la nage, trente kilomètres à vélo et dix à la course.

— Eh bien, dites donc!

— Bof, ce n'est pas si terrible.

Ils restèrent assis là, en silence. Puis:

— Alors vous allez être en retard, là?

— Non, répondit Frank. Enfin, c'est-à-dire, si, mais c'est juste une espèce de soirée.

— Dommage de louper ça.

— Peut-être. C'est un truc organisé par des amis de travail. Il y a eu une conférence à l'heure du déjeuner, ce midi, et l'organisatrice donne une petite soirée pour les intervenants.

— Ah oui? Sur quel sujet?

— L'approche bouddhiste de la science, répondit-il avec un sourire. Ils sont bouddhistes, figurez-vous.

— Et vous êtes scientifique.

— Oui.

— Ça devait être intéressant.

— Eh bien, oui, à vrai dire. Ça m'a donné matière à réflexion. Plus que je ne l'aurais cru. Mais ce soir, je me demande ce que je vais bien pouvoir leur raconter...

— Hm, dit-elle pensivement. Il m'arrive de considérer le cyclisme comme une sorte de méditation. Il y a des moments où je me déconnecte complètement, et quand je reprends mes esprits, des kilomètres ont passé.

— Ça doit être agréable.

— Votre domaine ne serait pas la psychologie, par hasard?

— La microbiologie.

— Ah bon. Désolée. Enfin, oui, ça me plaît. Cela dit, je pense que si je voulais le faire de moi-même, me déconnecter, je veux dire, je n'y arriverais pas. Ça arrive comme ça, et voilà, généralement vers la fin de la course. C'est peut-être un problème d'hypoglycémie. Plus assez d'énergie pour penser.

— Possible, confirma Frank. Penser, ça brûle des sucres.

— Et voilà.

Ils restèrent là, à brûler leurs sucres.

— Et vous, vous allez être en retard à quelque chose?

— Bah, en réalité, j'allais faire un tour. Pour avoir moins mal aux jambes, demain. Mais après ça, je ne sais pas si j'en aurai encore envie... Peut-être que oui. Si on ne sort pas de là trop tard.

— Ça, on verra.

— Ouais.

L'air était étouffant dans la cabine. Ils restèrent là, à transpirer. L'inaction avait une certaine qualité, une combinaison de confort et de tension, leurs corps respirant simplement ensemble, se reposant, se touchant presque, juste un tout petit peu incandescents l'un pour l'autre... C'était agréable. Deux animaux, un mâle et une femelle, côte à côte. L'échange était riche, en dessous du niveau de détection radar. Et de fait, alors qu'ils adoptaient une position plus détendue, ils n'auraient su dire comment c'était arrivé, mais leurs jambes s'étaient rapprochées et se frôlaient maintenant légèrement, au niveau des genoux, appuyées l'une contre l'autre d'une façon naturelle, prudente, sa jambe à elle dénudée (sa jupe était retombée sur ses cuisses), celle de Frank à peine protégée par le pantalon de coton léger. Se touchant. La conversation non dite emplissait désormais tout l'espace de détection de Frank, et même s'il poursuivait l'échange verbal, il aurait été bien en peine de dire de quoi ils parlaient.

— Alors, vous devez faire beaucoup de vélo?

— Ouais, pas mal.

Elle lui avait dit qu'elle était membre d'un club cycliste.

— C'est comme tous les clubs.

Sauf que celui-ci partait pour de longues promenades à bicyclette. Le week-end, le plus souvent par petits groupes. Elle aussi, elle donnait des conférences.

— Comme un club social, en fait. Comme n'importe quel autre club, mais avec des bicyclettes en plus.

— C'est bien, ça.

— Oui, c'est marrant. On fait de l'exercice.

— Ça vous rend forte.

— Eh bien, les jambes, au moins. C'est bon pour les jambes.

— Oui, acquiesça Frank, en acceptant l'invitation à regarder ses jambes.

Elle en fit autant, plaquant son menton sur sa poitrine, et donnant l'impression d'inspecter quelque chose hors d'elle-même. Sa jupe dévoilait maintenant tout le côté de sa cuisse gauche.

— Ça renforce les quadriceps, dit-elle.

Frank s'apprêtait à répondre un vague « hon, hon », mais il fut interrompu avant d'avoir eu le temps d'ouvrir la bouche, comme s'il avait reçu un léger coup au niveau du plexus solaire, alors il émit une sorte de bref bourdonnement, ou de ronronnement. Un truc qui ressemblait à « Nnnn ». Un petit gémissement d'attente, à la vision de si longues et fortes jambes, de toute cette peau lisse, de la douce courbe à l'arrière de la cuisse. Ses genoux étaient distinctement plus hauts que les siens à lui.

Il leva les yeux et vit qu'elle lui souriait de toutes ses dents. Il redressa les épaules et détourna les yeux juste un instant, oui, d'un air coupable, sentant les coins de sa bouche se retrousser, esquissant le sourire lamentable de celui qui aurait été pris sur le fait. Que pouvait-il dire ? Elle avait des jambes géniales.

Et là, elle le regardait d'un air interrogateur, scrutant son visage comme à la recherche de quelque chose de précis, les yeux brillants de malice, d'amusement. Se mettant tout entière dans ce regard.

Et une partie de ce qu'elle vit dut lui plaire, parce qu'elle se pencha vers lui, sur son épaule, s'appuya plus fort sur lui, tendit la tête vers son visage et l'embrassa.

— Mmm, ronronna-t-il en lui rendant son baiser.

Il changea de position pour lui faire face, son corps comme mû par une volonté propre. Elle se déplaça aussi, prit un tout petit peu de recul pour le regarder à nouveau dans les yeux, puis son sourire s'élargit et elle se coula dans ses bras. Leur baiser devint de plus en plus passionné. Tels deux adolescents qui s'envoient en l'air, ils s'envolèrent pour l'univers de poche qu'est le désir. Les secondes passèrent, les pensées de Frank s'éparpillèrent, il était absorbé dans le goût de sa bouche, de sa hanche sur la sienne, de sa langue, de la maladresse de leur étreinte. C'était torride. Ils étaient tous les deux ruisselants de sueur. Leurs baisers avaient un goût salé. Frank glissa une main sous sa jupe. Elle eut un bruit de gorge, prit appui sur un genou, puis passa sur lui, l'enjambant. Ils s'embrassèrent, plus passionnément encore.

Le téléphone de l'ascenseur sonna.

Elle se releva.

— Oups, fit-elle en reprenant sa respiration.

Elle était rouge comme une pivoine. Magnifique. Elle leva une main derrière son dos, attrapa le combiné téléphonique, restant fermement sur lui.

— Allô ? dit-elle.

Frank se cambra sous elle, et elle posa une main sur sa poitrine pour l'empêcher de se redresser.

— Ben oui, évidemment qu'on est là, dit-elle. Vous avez fait vite, les gars.

Elle écouta un instant et eut un petit rire bref.

— Non, je veux bien croire qu'on ne vous le dit pas souvent.

Elle baissa les yeux sur Frank, pour partager un sourire complice, et c'est à cet instant que Frank éprouva le lien le plus fort avec elle. Ils étaient un couple, quelque part dans le monde, et personne d'autre ne le savait, qu'eux deux, tout seuls.

— Ouais, pour sûr... on sera là !

Elle roula à bas de lui en raccrochant.

— Ils disent qu'ils ont réparé la panne, et on remonte.

— Et merde !

— Ça oui.

Ils se relevèrent. Elle lissa sa jupe. Ils sentirent quelques secousses alors que l'ascenseur repartait vers le haut.

— Waouh, regardez dans quel état on est ! On est ruisselants.

— On l'aurait été, quoi qu'on fasse. Il fait une chaleur à crever, là-dedans.

— C'est vrai.

Elle tendit les mains vers lui pour lui lisser les cheveux et ils s'embrassèrent à nouveau, heurtant la paroi dans un soudain embrasement de passion, plus fort que jamais. Puis elle le repoussa et dit, à bout de souffle :

— Il faut qu'on arrête. On est presque arrivés. La porte va s'ouvrir.

— C'est vrai.

Confirmant cette pensée, l'ascenseur amorça la décélération caractéristique. Frank inspira profondément, relâcha son souffle, essaya de reprendre ses esprits. Il se sentait rouge comme un lumignon, et sa peau le picotait sur tout le corps. Il la regarda. Elle était presque aussi grande que lui.

— Un peu plus et on était pris en flagrant délit, dit-elle en riant.

L'ascenseur s'immobilisa. Les portes s'ouvrirent dans une secousse. Ils étaient encore à une trentaine de centimètres en dessous du niveau de la chaussée, mais ils n'eurent pas de mal à enjamber la marche et à sortir.

Devant eux se tenaient trois hommes, deux en combinaison de travail et un en uniforme du métro.

Le type du métro tenait un porte-bloc.

— Ça va, là-dedans ? leur demanda-t-il.

— Ouais, ça va, répondirent-ils d'une même voix.

Tout le monde resta là pendant une seconde.

— Devait faire chaud, là-dedans, reprit l'homme en uniforme.

Les trois hommes les regardaient curieusement.

— Ça oui, répondit Frank.

— Enfin, pas beaucoup plus que dehors, ajouta rapidement sa compagne.

Ils se mirent tous à rire.

C'était vrai ; il ne faisait pas tellement plus frais dehors. C'était comme s'ils étaient sortis d'un sauna pour entrer dans un autre. Leurs sauveteurs transpiraient aussi abondamment. Eh oui, l'air extérieur, pendant une soirée d'été typique à Washington DC, était exactement aussi chaud que l'intérieur d'un ascenseur coincé dans les profondeurs. Mais c'était comme ça, c'était leur monde ; alors ils rigolaient.

Ils étaient sur le trottoir, le long de Wisconsin Avenue, près de l'entrée du métro et de la vieille poste. Les passants les regardaient avec curiosité. Le contremaître tendit sa planche à la femme.

— Si vous voulez bien remplir le rapport et le signer, s'il vous plaît... Merci. Apparemment, il ne s'est pas passé plus d'une demi-heure entre le moment où vous avez appelé et celui où on vous a tirés de là.

— Assez rapide, acquiesça la femme en parcourant le texte de l'imprimé avant de remplir quelques cases et de signer. Ça ne m'a pas paru si long, dit-elle en regardant sa montre. Bon. Eh bien, merci beaucoup.

Elle se tourna vers Frank, lui tendit la main.

— Enchantée d'avoir fait votre connaissance.

— Moi aussi, répondit Frank en lui rendant sa poignée de main, cherchant désespérément quoi dire, quoi penser.

Devant ces témoins, rien ne lui venait à l'esprit. Elle se retourna et partit vers le sud, sur Wisconsin. Frank se sentait retenu par le regard des trois hommes. Il ne pouvait lui courir après et lui demander son nom, son numéro de téléphone, sans se trahir. Et puis le contremaître lui tendit la planche à pince, et il se dit qu'il pourrait lire ce qu'elle avait écrit.

Mais c'était un nouvel imprimé vierge, alors il releva les yeux et la vit, plus loin, dans la rue, tourner à droite, dans l'une des petites rues, à l'ouest de Wisconsin.

Le contremaître le regardait d'un œil atone pendant que les techniciens repartaient s'occuper de l'ascenseur.

Frank fit un geste en direction du porte-bloc.

— Je pourrais avoir le nom de la femme, s'il vous plaît?

L'homme fronça les sourcils, surpris, et secoua la tête.

— J'ai pas le droit de vous le donner, dit-il. C'est la loi.

Frank sentit son estomac se contracter. Il devait y avoir une raison physiologique à cette sensation, un spasme des entrailles, alors que la peur, ou un choc, préparait le corps à se battre ou à prendre la fuite. A fuir, dans le cas présent.

— Mais il faut que je la recontacte, dit-il.

L'homme le regarda, le visage de pierre. Il avait dû travailler cette expression devant la glace. On aurait dit un acteur d'un de ces vieux films. Samuel L. Jackson, peut-être.

— Vous auriez dû y penser quand vous étiez coincé là-dedans avec elle, dit-il avec un certain bon sens. Vous pouvez probablement encore la rattraper, ajouta-t-il en esquissant un geste dans la direction qu'elle avait prise.

Libéré par ces paroles, Frank décolla, d'abord en marchant vite, puis, après avoir tourné au coin de la rue, en courant. Il chercha partout, du regard, dans la rue, sa jupe noire, son chemisier blanc, son casque de cheveux bruns. Elle avait disparu. Il recommença à transpirer à bloc, peut-être une réaction de panique. Jusqu'où avait-elle pu aller? Qu'avait-elle dit? Elle était en retard, mais pour quoi? Il ne s'en souvenait pas – horriblement, son esprit semblait avoir oblitéré beaucoup de ce qu'elle avait dit avant qu'ils ne se mettent à s'embrasser. Il fallait qu'il retrouve ce que c'était, et tout de suite! Ça ressemblait aux expériences de mémorisation qu'on imposait aux gamins, à l'école. De quoi, de quels incidents vous souvenez-vous? Pas grand-chose! L'expérience avait marché comme un charme.

Et puis il retrouva la mémoire et se rendit compte qu'elle n'était absolument pas brouillée, au contraire, il se souvenait de tout dans les moindres détails, au moins jusqu'au moment où leurs jambes s'étaient touchées, moment dont il se rappelait encore parfaitement, mais seulement le contact sur le côté de son genou, pas ses paroles. Il remonta en arrière, repassa ses souvenirs, les revécut – une cycliste, le triathlon, un kilomètre six, trente kilomètres, dix kilomètres. Bon pour les jambes, oh mon Dieu, oui! Il fallait absolument qu'il la retrouve!

Elle n'était en vue nulle part. Il eut beau courir dans tous les sens, à droite, à gauche, regarder dans toutes les petites rues adjacentes, dans les boutiques, se sentant de plus en plus désespéré... aucune trace d'elle. Il l'avait perdue.

C'est alors qu'il se mit à pleuvoir.

On sonna à la porte. Anna alla ouvrir.

— Frank ! Oh, mais tu es trempé !

Il avait dû prendre l'averse, qui avait commencé une demi-heure plus tôt et était déjà presque terminée. Il était bizarre qu'il ne se soit pas abrité pour laisser passer le plus gros. On aurait dit qu'il avait plongé dans une piscine tout habillé.

— Ne t'en fais pas, dit-elle alors qu'il hésitait sur le porche, ruisselant comme une statue de fontaine. Je vais te donner une serviette pour t'essuyer au moins le visage. On ne peut pas dire que tu es passé entre les gouttes !

— Ça non.

Elle prit une serviette dans le placard à vêtements de l'entrée. Elle était un peu étonnée de le voir. Elle pensait qu'il ne s'intéressait pas aux Khembalais, qu'il se fichait même un peu d'eux. Il avait un visage en caoutchouc à la Jim Carrey, capable d'exprimer cinquante gradations minuscules de déplaisir, et il avait suivi la conférence de ce midi-là avec une de ses expressions caractéristiques, celle qui voulait dire : « Je ne me retiens que par un effort surhumain de lever les yeux au ciel. » Ce n'était pas l'expression la plus affable qui soit, et elle n'avait fait que s'accentuer au fur et à mesure du déroulement de la conférence, jusqu'à ce qu'il ait retrouvé un air rigoureusement sidéré, comme s'il avait fini par réintégrer son propre monde.

D'un autre côté, il y était allé. Et il était parti sans rien dire, comme s'il réfléchissait. Et maintenant, il était là.

Alors Anna était contente. Si les Khembalais réussissaient à intéresser Frank, ils devraient passionner n'importe quel chercheur. Frank était le pire cas de sa connaissance.

Et maintenant, il paraissait un peu désorienté par l'averse. Il secouait la tête d'un air navré.

— Tu veux te changer ? Je pourrais te passer une chemise de Charlie, proposa Anna.

— Non, ça va aller. Je vais cuire à la vapeur, et je finirai bien par sécher.

Puis il leva les bras et regarda par terre autour de ses pieds.

— Enfin, peut-être qu'une chemise... Tu crois qu'on fait la même taille ?

— Ça devrait aller. Tu es juste un peu plus grand que lui.

Elle monta au premier et lui dit, de loin :

— Les autres devraient arriver d'une minute à l'autre ! Il y a eu une inondation sur Wisconsin, apparemment, et des problèmes dans le métro...

— Ça, je suis au courant. Je suis resté coincé dans une station !

— Non, c'est vrai ? Qu'est-ce qui s'est passé ?

Elle redescendit avec un des plus grands tee-shirts de Charlie.

— J'ai pris un ascenseur qui est resté bloqué à mi-chemin.

— Oh non ! Tu es resté longtemps dedans ?

— Une demi-heure, par là.

— Eh bien ! Quelle horreur ! Tu étais tout seul ?

— Non, il y avait une autre personne. Une femme. On a engagé la conversation, et le temps a passé vite. C'était fascinant.

— Ah, c'est bien, alors.

— Oui, c'était bien. Sauf que je ne lui ai pas demandé son nom. Quand on est sortis, ils nous ont fait remplir des feuilles, mais elle est partie pendant que je remplissais la mienne, et je ne saurai jamais comment elle s'appelait. Le type du métro n'a pas voulu me montrer sa fiche, et je me flanquerais des coups de pied dans le derrière pour ne pas avoir... Enfin voilà, j'aimerais bien lui reparler.

Anna l'examina, surprise par son histoire. Il la regardait sans la voir, l'air ailleurs, repensant peut-être à l'incident ; il remarqua son regard et lui sourit, ce qui la surprit, encore une fois, parce que c'était un vrai sourire. Elle ne l'avait jamais vu esquisser que des grimaces sceptiques, tellement ironiques et désabusées qu'elles ne lui relevaient qu'un côté de la bouche. Là, on aurait dit la victime d'une attaque qui aurait retrouvé l'usage du côté de son visage qui avait été frappé.

C'était une vision agréable, sans doute due à cette femme qu'il avait rencontrée. Anna éprouva un soudain sursaut d'affection pour lui. Ils travaillaient ensemble depuis un certain temps, et ce genre de collaboration pouvait emmener deux personnes dans un univers d'expérience partagée différent de la famille ou du mariage, mais qui pouvait créer une autre espèce de lien, très profond. Une amitié formée dans le monde de la pensée. Peut-être qu'ils étaient tous comme ça. En tout cas, il avait l'air heureux, et elle était heureuse de le voir comme ça.

— Cette femme a rempli une fiche, tu dis ?

— Ouais.

— Alors tu devrais pouvoir la retrouver.

— Ils n'ont pas voulu me laisser la voir.

— Non, mais tu pourrais l'obtenir quand même.

— Tu crois ?

Du coup, elle avait réussi à l'intéresser.

— Bien sûr. Tu pourrais faire appel à un journaliste du *Post*, à un détective spécialisé dans les archives ou à quelqu'un du métro. Ou même à quelqu'un de la Sécurité du territoire, au fond, pourquoi pas ? Tu as été enfermé là-dedans avec elle, tu cherches ses coordonnées, je ne sais pas. Ecoute, à partir du moment où il y a une trace écrite, il y aura bien quelque chose qui finira par marcher. C'est de l'informatique, non ?

— Exact.

Il eut un nouveau sourire, radieux, prit le tee-shirt de Charlie qu'elle lui tendait et alla vers la cuisine tout en se changeant. Elle lui donna une autre serviette, avec laquelle il s'épongea les cheveux.

— Merci. Je peux mettre ça dans le séchoir ? Il est au soussol, c'est ça ?

Il enjamba la barrière antichute et descendit à la cave.

— Merci, Anna! dit-il, de loin. Je me sens mieux, grâce à toi.

Et quand il revint, alors qu'on entendait le séchoir qui tournait, en fond sonore, il lui dit encore, avec un sourire:

— Beaucoup mieux.

— On dirait qu'elle t'a tapé dans l'œil, dis donc!

— En effet. Elle me plaît. Je n'arrive pas à croire que je n'ai pas pensé à lui demander son nom!

— Tu l'auras. Tu veux une bière?

— Et comment!

— Dans la porte du frigo. Sers-toi... Oups! On sonne... ça doit être eux.

Bientôt, le petit salon et la salle à manger attenante des Quibler furent pleins de Khembalais et de nombreux autres amis et connaissances. Il y en avait jusque dans la cuisine, de l'autre côté de la salle de séjour. Anna faisait des allers et retours de la cuisine vers le salon en passant par la salle à manger avec des plateaux de nourriture et de boissons. Elle adorait ça, et faisait le maximum pour empêcher Charlie de mettre la main à la pâte et d'exacerber ses démangeaisons. Tout en s'affairant, elle se réjouissait de voir Joe jouer avec Drepung et Nick parler des dinosaures de l'Antarctique avec Curt, qui occupait le bureau juste au-dessus du sien et qui faisait partie des responsables du programme Antarctique américain. Elle oubliait souvent que la NSF dirigeait aussi l'un des continents du monde. Bref, Curt était venu à la conférence et l'avait appréciée.

— Ces bouddhistes feraient un tabac à McMurdo, dit-il à Nick.

Charlie, la peau dévastée, réduite à des croûtes brunâtres sur de vastes zones du cou et du visage, les yeux injectés de sang et enflammés par le manque de sommeil et les stéroïdes, bavardait avec Sucandra. Puis il remarqua qu'Anna courait dans tous les sens et la rejoignit dans la cuisine pour lui donner un coup de main.

— J'ai donné un de tes tee-shirts à Frank, lui dit-elle.

— J'ai vu. Il m'a dit qu'il avait pris une saucée.

— Oui. Je pense qu'il courait après une femme qu'il avait rencontrée dans le métro.

— Hein?

Elle éclata de rire.

— Je trouve ça génial. Assieds-toi, mon pauvre lapin, ne bouge pas, ça va te démanger encore plus.

— J'ai transcendé la démangeaison. Je ne brûle que pour toi.

— Allez, assieds-toi.

Elle ne revit Frank que plus tard, dans la soirée. Il était assis par terre, dans un coin de la pièce, entre le canapé et la cheminée, et il discutait avec Drepung, qui donnait l'impression d'avoir un peu de mal à le comprendre. Anna était intriguée et, dès qu'elle en eut l'occasion, elle s'assit sur le canapé, juste au-dessus d'eux.

Frank eut un hochement de tête à son intention et repartit à l'assaut, à l'aide d'une de ses phrases favorites:

— Mais comment ça marche?

— Eh bien, répondit Drepung, je sais ce que Rudra Cakrin dit en tibétain, d'accord? Son message est clair pour moi. Ensuite, je dois réfléchir à ce que je sais d'anglais. Les deux langues sont différentes, mais beaucoup de choses sont pareilles pour nous tous.

— La grammaire profonde, suggéra Frank.

— Oui, mais aussi juste les mots. Les noms des choses, des actions, et même des significations. Des équivalences à un degré ou un autre. Alors, j'essaie d'exprimer ce que je comprends de ce que dit Rudra, mais en anglais.

— Et la correspondance est bonne?

Drepung haussa les sourcils.

— Comment pourrais-je le savoir? Je fais de mon mieux.

— Ce qu'il vous faudrait, c'est une sorte de test extérieur.

Drepung hocha la tête.

— Demander à d'autres traducteurs de tibétain d'écouter le Rinpoché, et comparer leur version anglaise avec la mienne. Ça, ce serait intéressant.

— Ça oui. Bonne idée.

Drepung le regarda en souriant.

— Une étude en double aveugle, hein?

— En quelque sorte.

— Elémentaire, mon cher Watson, entonna Drepung en plongeant un cracker dans un ramequin de houmous. Mais je pense que vous obtiendriez un certain, comment dire... une certaine marge? Peut-être que votre étude ne montrerait rien de très surprenant. Peut-être aussi que je suis juste, personnellement, un mauvais traducteur. D'un autre côté, je dois dire que ce n'est pas un métier facile. Et quand je ne comprends pas le Rinpoché, j'ai encore plus de mal à le traduire!

— Alors vous inventez! répondit Frank en éclatant de rire, et Anna vit qu'il était encore de bonne humeur. C'est ce que je dis depuis le début!

Il s'adossa au côté du canapé, près d'elle.

Mais Drepung secoua la tête.

— Je n'invente pas. Disons, peut-être, que je... re-crée.

— Comme l'ADN et les phénotypes.

— Je ne sais pas.

— Une sorte de code.

— Oui, mais le langage n'est pas qu'une sorte de code. Loin de là.

— Non. Plutôt une sorte d'expression génétique.

— Il faut que vous m'expliquiez ça.

— D'une séquence d'instruction, comme un gène, au résultat de l'instruction. Du langage à la pensée; ou du sens à la compréhension. Enfin, quelque chose comme ça. Une sorte de pensée vivante.

Drepung eut un sourire.

— Il y a une cinquantaine de mots en tibétain que j'en serais réduit à traduire par « penser », répondit Drepung en souriant.

— Comme les Esquimaux avec la neige.

— Oui. Les Esquimaux ont la neige, et nous, les Tibétains, nous avons la pensée.

Cette idée le fit rire, et Frank rit aussi. C'est-à-dire qu'il fut ébranlé par le gloussement grave qui lui tenait lieu de rire, mais il s'y abandonnait avec emphase. Il en était tout bouillonnant. Anna n'en croyait pas ses yeux. Il était en ébullition, comme s'il était ivre, sauf qu'il tenait toujours la bière qu'elle lui avait donnée à son arrivée. Et elle savait d'où lui venait son ivresse, de toute façon.

Il reprit son sérieux et dit, avec intensité:

— Alors, aujourd'hui, quand vous avez dit : « Un excès de raison est une forme de folie en soi », qu'avait dit votre lama, en réalité ?

— Exactement ça. C'est facile, et c'est un vieux proverbe. (Il prononça la phrase en tibétain.) Il y a un mot qui veut dire « excès », ou « trop », vous savez, comme ça. *Rig-gnas*, c'est « la raison », ou « la science », ensuite, *zugs*, c'est « la forme », et *zhe sdang*, « la folie », une version de « la haine », d'un mot plus ancien qui voulait dire « colère ». L'un des *dug gsum*, les Trois Poisons de l'Esprit.

— Et le vieil homme a dit ça ?

— Oui. Un vieux dicton. Milarepa, je dirais.

— Mais il parlait de la science ?

— Toute la conférence parlait de la science.

— D'accord, d'accord. Mais j'ai trouvé cette idée particulièrement frappante.

— Une bonne pensée, c'est une pensée sur laquelle on peut agir.

— C'est ce que disent les mathématiciens.

— C'est certain.

— Alors, le lama disait-il que la NSF est folle ? Ou que la science occidentale est folle ? Parce qu'elle est assez sacrément raisonnable. C'est tout le problème, je veux dire. C'est la méthode dans une coque de noix.

— Eh bien, je suppose. Alors, dans cette mesure, nous sommes tous fous d'une façon ou d'une autre, non ? Il ne disait pas ça comme une critique. Rien de vivant n'est jamais complètement équilibré. Peut-être voulait-il dire que la science est déséquilibrée. Des pieds sans yeux.

— Je pensais plus à des yeux sans pieds.

Drepung agita la main, l'air de dire « l'un ou l'autre ».

— Vous devriez lui poser la question.

— Mais c'est vous qui traduisiez, alors je pourrais aussi bien vous interroger et shunter l'intermédiaire.

— Non, répondit Drepung en riant. C'est moi, l'intermédiaire. Je vous assure.

— Mais vous pouvez me dire ce qu'il répondrait, insista Frank pour le taquiner. Allons droit au but !

— Sauf qu'il me surprend beaucoup.

— Comment, par exemple ? Donnez-moi un exemple.

— Eh bien... Une fois, la semaine dernière, il m'a dit...

A ce moment-là, Anna fut appelée vers la porte d'entrée, et elle n'entendit pas l'exemple de Drepung, mais seulement le rire particulier de Frank, qui gargouillait sous le brouhaha des conversations.

Le temps qu'elle le rejoigne, il était dans la cuisine avec Charlie et Sucandra, en train de laver des verres et de mettre un peu d'ordre. Charlie, qui ne pouvait rien faire, parlait avec Frank de Great Falls, qu'ils recommandaient tous les deux chaudement à Sucandra.

— Ça ressemble plus au Tibet que n'importe quel autre endroit de la ville, dit Charlie.

Frank gloussa à nouveau, et plus encore quand Anna s'exclama :

— Oh, allez, mon chat, il n'y a aucun rapport entre les deux !

— Non, mais alors si ! Je veux dire, ça ressemble plus au Tibet que n'importe quel autre endroit de la région.

— Mais qu'est-ce que ça veut dire ? demanda-t-elle.

— L'eau ! La nature !

Et puis Frank et Charlie dirent en même temps :

— Le ciel !

Sucandra hocha la tête.

— J'aurais bien besoin du ciel. Peut-être même d'un horizon.

Et les trois hommes se mirent à rigoler.

Anna retourna dans le salon pour voir s'il ne manquait rien. Elle s'arrêta pour regarder Rudra Cakrin et Joe qui jouaient à nouveau aux cubes, assis par terre. Joe était aux anges, ravi d'avoir une telle compagnie. Il empilait en babillant les cubes que Rudra lui tendait en hochant la tête. Ils avaient passé à peu près toute la soirée à ça. Anna se prit à penser que c'étaient les deux seules personnes présentes ce soir-là qui ne parlaient pas anglais.

Elle retourna dans la cuisine et prit la place de Frank devant l'évier pendant qu'il allait à la cave, sortir sa chemise du séchoir. Il revint en l'enfilant et se remit à bavarder, appuyé au comptoir.

Comme Anna en faisait autant, Charlie alla lui chercher une bière dans le frigo.

— Allez, p'tit chou, bois ça.

— Merci, trésor.

Sucandra posa des questions sur le papier peint de la cuisine qui était d'un jaune éclatant, envahissant, surchargé de grands oiseaux blancs saisis à divers stades du vol. Quand on le regardait vraiment, c'était plutôt bizarre.

— J'aime bien, moi, dit Charlie. Ça réveille. D'accord, on a du mal à s'en abstraire, mais au fond, je le trouve plutôt pas mal.

Frank dit qu'il allait rentrer chez lui. Anna traversa le rez-de-chaussée pour le raccompagner vers la porte.

— Tu devrais réussir à attraper un des derniers métros, dit-elle.

— Ouais, pas de problème.

— Merci d'être venu. C'était chouette.

— Ça oui.

Anna vit à nouveau ce grand sourire illuminer son visage.

— Alors, raconte, elle est comment?

— Eh bien... je ne sais pas.

Ils éclatèrent de rire tous les deux.

— Bah, tu verras bien quand tu l'auras retrouvée, dit Anna.

— Ouais, acquiesça Frank, en posant rapidement la main sur son bras, comme pour la remercier de cette pensée.

Puis, alors qu'il s'éloignait sur le trottoir, il se retourna, la regarda par-dessus son épaule et dit:

— J'espère qu'elle est comme toi!

En sortant de chez Anna et Charlie, Frank alla à pied jusqu'au métro, sous une petite pluie chaude. Les pensées se bousculaient dans sa tête. Arrivé devant le cube qui hébergeait l'ascenseur fatidique, il se planta devant et essaya de mettre de l'ordre dans ses idées. C'était impossible – surtout là. Il repartit à regret, comme si, en quittant cet endroit, il laissait cette expérience irrémédiablement dans le passé. Mais elle appartenait déjà au passé, alors... Plus loin, devant l'hôtel, prendre l'escalier qui descendait vers l'entrée du métro. Il s'engagea, toujours plongé dans ses pensées, sur le long escalator qui s'enfonçait dans les profondeurs de la terre.

Il pensait à Anna et Charlie, chez eux, avec tous ces gens. Comment ils se tenaient l'un auprès de l'autre, se penchaient l'un sur l'autre. La façon dont Anna posait la main sur Charlie quand elle était près de lui – et dont, ce soir-là, elle évitait soigneusement les lésions provoquées par le sumac vénéneux. Comment ils se passaient et se repassaient leurs enfants sans même sembler le remarquer. Tous les petits noms qu'ils se donnaient, une habitude que Frank avait déjà remarquée, alors qu'il aurait préféré l'ignorer : ce n'était pas seulement les mots doux habituels comme chéri, trésor, mon chou, mon amour, ma douce, mon bébé, mais aussi des noms exotiques, mièvres ou suggestifs à un point incroyable : lapin, nounours, chaton, crabichou, mon petit sucre, ma poupée d'amour, ma colombe, chou-mignon, mon ange, ma belle, mon joli, c'était insensé, l'intimité du lien monogame, le narcissisme inconscient de ce monde jumeau – écœurant ! Et en même temps, Frank en crevait d'envie, de cette union profonde, confortable, sur laquelle on pouvait se reposer, dans laquelle on pouvait se perdre. Pour relation durable, et plus si affinités. Primate cherche femelle pour la vie. Une pulsion qu'on remarquait dans toutes les cultures humaines, et chez beaucoup d'espèces, aussi. Il n'était pas stupide de sa part d'en rêver.

En attendant, maintenant, il était bien embêté. Il voulait retrouver la femme de l'ascenseur. Et Anna lui avait laissé entrevoir cette possibilité. Ça pourrait prendre un moment, mais comme elle l'avait souligné, tout le monde était fiché. Au moins au département de la Sécurité du territoire, et probablement ailleurs aussi, évidemment. Il ne devait pas être si difficile que ça d'obtenir, par des voies avouables ou non, les dossiers d'entretien du métro. Il y avait bien des gens qui mettaient le génome humain en carte !

Mais il ne pourrait pas faire ça depuis San Diego. Ou plutôt, même s'il lançait ses recherches de là – on pouvait retrouver quelqu'un n'importe où, avec Google –, il serait bien avancé s'il réussissait à la retrouver. C'était un grand continent. S'il voulait que ça serve à quelque chose, il fallait qu'il reste dans la région de Washington.

Et que ferait-il, s'il la retrouvait ?

Il ne pouvait pas réfléchir à ça tout de suite ; il ne voulait pas penser à ce qui pourrait arriver une fois qu'il l'aurait localisée. Ce serait déjà trop beau. Après ça, qui pouvait dire comment elle serait ? Après tout, c'était elle qui lui avait sauté dessus (à ce souvenir, il frémit, c'était encore présent – là – dans sa chair). Sauter sur un parfait inconnu dans un ascenseur coincé, après vingt minutes de conversation. Aucun doute pour lui, c'était elle qui avait pris l'initiative ; ça ne lui serait tout simplement pas venu à l'esprit. Peut-être que ça faisait de lui un crétin ou au moins un innocent, mais c'était comme ça. D'un autre côté, peut-être qu'elle était du genre à multiplier les coups d'un soir ; les journaux gratuits disaient peut-être vrai, après tout. On parlait sans arrêt de femmes qui n'avaient pas froid aux yeux (comme Buffy) et étaient pour le moins entreprenantes sur le plan sexuel, bien qu'il n'en ait personnellement pas assez vu pour pouvoir le confirmer. Même si c'était vrai pour Marta, maintenant qu'il y réfléchissait.

Enfin, bref, il était là, dans l'ascenseur, et il partageait la responsabilité de ce qui était arrivé. Un vrai coup de chance, d'ailleurs, et il était content de lui, stupéfait, mais radieux. Il voulait la retrouver.

Sauf qu'après ça – s'il y arrivait –, quoi qu'il puisse arriver, s'il devait arriver quelque chose – il fallait qu'il soit à Washington.

Bon. Il était là.

Seulement il venait de lancer sa flèche du Parthe dans la boîte à courrier de Diane, et le lendemain matin, en arrivant, elle la lirait. Une lettre qui était, à la réflexion, une critique virulente, limite méprisante, et – quel imbécile ! – aussi peu diplomatique que possible, complaisante, irrationnelle, inadaptée – à quoi pensait-il, bordel ? D'accord, il l'avait écrite sous le coup de la colère. De l'amertume. Il avait fait ça pour ne pas avoir de retour en arrière possible, parce que, une fois que Diane l'aurait lue, il serait grillé à la NSF.

Alors que, sans cette lettre, ç'aurait été une simple formalité de rempiler pour une année. Anna le lui avait demandé, et elle parlait pour Diane, Frank en était sûr. Un an de plus, et après ça, au moins, il aurait vu où il en était.

Une rame du métro entra enfin en brinquebalant dans la station, précédée par une colonne de vent. Assis dedans, secoué et roulé dans ce tunnel de nuit qui menait vers la ville, il ruminait les récents événements sous forme d'images rapides, déchiquetées, de considérations et de souvenirs hachés, éparpillés en une sorte de kaléidoscope ou de mandala : l'algorithme de Pierzinski, le panel, Marta, Derek, la conférence des Khembalais. Anna et Charlie, penchés l'un vers l'autre au-dessus d'un comptoir de cuisine. Il n'arrivait pas à donner un sens à tout ça. En fait, les parties avaient un sens, mais il n'arrivait pas à en déduire une théorie. Juste des parties d'un sens plus général : le monde allait droit au Grand Ecrasement.

Et, dans le contexte d'un monde de cette espèce, voulait-il retourner dans un seul et unique labo ? Pourrait-il supporter de travailler sur un unique et minuscule fragment de la mosaïque géante des problèmes globaux ? C'était comme ça qu'il avait toujours travaillé jusque-là, et il se pouvait qu'il n'y ait pas d'autre façon de travailler, en réalité ; mais ne s'en sortirait-il pas mieux s'il déployait ses efforts de telle sorte qu'ils soient magnifiés, en utilisant la NSF, ce bras du gouvernement, petit mais potentiellement fort ? Etait-ce le propos de sa lettre, cette furieuse critique de la NSF – sa frustration de voir qu'elle faisait si peu alors qu'elle aurait pu faire tellement ? « Donnez-moi un levier et je soulèverai le monde », c'était ce qu'Archimède avait déclaré, non ?

En tout cas, il avait brûlé ses vaisseaux et crevé les voiles. Sa lettre était dans le casier de Diane. Quelle connerie de se priver comme ça d'un moyen d'action possible. Il était vraiment trop con ! C'était difficile à admettre, mais là, il y était bien obligé.

Mais il pouvait encore retourner à la NSF, tout de suite, et récupérer sa lettre.

Même si les équipes de sécurité étaient là, il y avait des gens qui restaient travailler tard, ou qui arrivaient tôt. Il pourrait toujours raconter une histoire de ce genre. L'ennui, c'est que le bureau de Diane serait fermé. La sécurité le laisserait peut-être entrer dans son bureau à lui, mais au douzième étage ? Sûrement pas.

Peut-être qu'il pourrait arriver le premier, demain matin, se glisser à l'intérieur et la reprendre.

Mais tout le monde savait que, la plupart du temps, la première personne qui arrivait au douzième, c'était Diane Chang en personne. Il n'aurait qu'à lui dire qu'il voulait récupérer une lettre qu'il avait mise dans son casier. Elle pourrait lui demander, non sans raison, de la lire avant, ou bien elle pourrait la lui rendre sans rien lui demander, c'était impossible à dire. De toute façon, elle comprendrait qu'il y avait quelque chose qui clochait chez lui. Et quelque chose, au fond de lui, se révulsait à cette idée. Il ne voulait pas que quelqu'un soit au courant, il ne voulait pas avoir l'air d'être à bout de nerfs, ou indécis, ou d'avoir quelque chose à cacher. Ses rares rencontres avec Diane lui avaient donné des raisons de penser qu'elle n'était pas du genre tolérant avec les imbéciles, et l'idée d'être considéré comme un imbécile lui faisait horreur. C'était déjà assez dur d'être obligé de reconnaître qu'il avait déconné.

Et s'il devait rester à la NSF, il voulait pouvoir y faire des choses. Il avait besoin du respect de Diane. Il vaudrait vraiment mieux qu'il reprenne sa lettre sans qu'elle sache jamais qu'il l'avait laissée.

Une drôle d'idée lui vint à l'esprit, presque malgré lui. Assis dans son petit bureau, le regard perdu dans le vide, il avait souvent pensé à grimper sur le mobile suspendu dans l'atrium central. Il y avait une croix, au milieu, qui se déplaçait d'un élément à l'autre, un bout de chaîne qui avait l'air difficile à escalader à main nue. Une chute serait fatale, bien sûr, mais il pourrait descendre en rappel, à partir du skydome qui coiffait l'atrium. Il ne serait même pas obligé de descendre jusqu'en bas du mobile. Le bureau de Diane était au douzième, il n'avait pas si loin à aller. C'était l'occasion de mettre à profit son expérience et son matériel d'escalade et de laveur de carreaux de gratte-ciel. Descendre par le toit de verre, effectuer une traversée pendulaire du dessus du mobile à ses fenêtres, en faire basculer une, se glisser à l'intérieur, récupérer sa lettre dans son casier, et ressortir par le même chemin, après avoir refermé la vitre derrière lui. Il n'y avait pas de caméras de sécurité pointées vers le haut de l'atrium, il l'avait remarqué au cours d'un de ses songes d'escalade; il n'y avait pas d'alarmes sur les encadrements des fenêtres: tout irait bien. Et le sommet du bâtiment était accessible par une échelle de maintenance fixée sur le mur sud. Il l'avait remarquée, une fois, en passant devant, et il l'avait souvent escaladée pendant ses rêveries éveillées; s'occupant l'esprit avec des images d'action physique, peut-être pour modéliser le genre de dextérité exigé par la résolution d'un problème abstrait, les biomathématiques comme une sorte de varappe sur les murs de la réalité. Ou peut-être seulement pour compenser l'ennui de rester toute la journée le cul sur une chaise.

C'était maintenant un plan, complètement formulé et prêt à être exécuté. Il n'essayait pas de se raconter que c'était le plus rationnel qu'il ait jamais échafaudé, mais il fallait qu'il agisse, là, maintenant. Il vibrait, tous les nerfs tendus à bloc, véritable Cocotte-Minute bouillonnante d'action refoulée. La succession de mouvements physiques nécessaires à l'opération était à sa portée, et tous les autres facteurs de la situation le poussaient à les effectuer. En réalité, il y était obligé, s'il voulait vraiment prendre sa vie en main, enfin, et la projeter dans la direction de son désir. Changer de mer, repartir à zéro – rendre possible ce qu'il pourrait par la suite vivre avec la femme de l'ascenseur, quoi que ça puisse être.

Ça devait être fait.

Il sortit à la station de Ballston, en proie à un tumulte de pensées. Il alla vers la porte du parking de la NSF, du côté sud du bâtiment, pour vérifier à quelle hauteur se trouvait l'échelle extérieure. Il n'avait qu'à apporter une caisse pour monter dessus. Il récupéra sa voiture et retourna à son appartement par les rues trempées de pluie, désertes, sans voir âme qui vive.

Chez lui, il fouilla dans le placard où il avait rangé son matériel d'escalade. Ses vieilles affaires de laveur de carreaux étaient en dessous, comme dans un site de fouille archéologique.

Il étala tout ça par terre, et ce fut comme s'il avait passé sa vie à préparer son coup. L'espace d'un instant, alors qu'il soupesait son pistolet à mastic, la bizarrerie absolue de ce qu'il s'apprêtait à faire le fit hésiter. D'abord, le pistolet à mastic ne servirait à rien sans mastic, or il n'en avait pas. Il devrait laisser des joints coupés, et quelqu'un finirait bien par les remarquer.

Puis il repensa à la femme dans l'ascenseur. Il sentait encore ses baisers. Quelques heures à peine avaient passé, et pourtant, depuis, le petit vélo qu'il avait dans la tête avait pédalé pendant ce qui lui semblait être des années. S'il voulait avoir une chance de la revoir, il devait agir. Des joints sectionnés? La belle affaire! Il fourra tout le reste du matériel dans son sac à dos d'escalade en nylon rouge passé, qui était déchiré sur un côté depuis une chute de pierres au Fourth Recess Lake, il y avait de ça une éternité. Il faisait souvent des trucs dingues, à l'époque.

Il reprit sa voiture, lança son sac dans le fond, rôda dans les rues sombres jusqu'à Arlington, derrière la station de Ballston. Il se gara dans une rue trempée, loin du bâtiment de la NSF Personne. Il y avait huit millions de gens dans les environs immédiats, mais il était deux heures du matin, et il n'y avait pas un chat dans les rues. Qui pouvait nier la sociobiologie en un moment pareil? Quelle meilleure preuve aurait-il pu rêver de leur nature animale, complètement diurne dans le techno-environnement de la société postmoderne, profondément endormie à bien des égards, et en tout cas la nuit? Inévitablement tombée dans un état mental encore très mal compris. Frank se sentait un peu exalté de contempler l'évidence renversante de leur animalité. Toute une ville de primates endormis. D'une façon ou d'une autre, ça confirmait l'impression qu'il avait de faire ce qu'il fallait. D'être réveillé pour la première fois depuis bien des années.

Du côté sud de l'immeuble de la NSF, ce fut l'affaire d'une seconde de dresser une caisse en plastique sur le côté et de s'agripper, en se propulsant d'une détente, au barreau du bas de l'échelle de service boulonnée à la paroi de béton. En approchant du sommet, il eut l'impression d'être très haut, et très exposé. Et il se dit que s'il était vrai qu'un excès de raison était une forme de folie, il paraissait en être guéri. A moins, évidemment, que ce ne soit en réalité la chose la plus raisonnable à faire – comme il en avait l'intuition.

Il passa par-dessus le parapet, atterrit dans une petite mare de pluie qui s'était accumulée sur le toit plat. Au centre, le grand dôme de verre de l'atrium.

Il y avait de la brume, et les nuages bas étaient orangés par les lumières de la ville. Il déploya son attirail. Le dôme était une pyramide aplatie à quatre côtés. Il s'approcha de la plaque triangulaire située le plus près de l'échelle, l'essuya et y fixa une grosse ventouse.

A l'aide de son vieux cutter, il coupa le joint de polyuréthanne rongé par le soleil qui entourait la vitre sur les trois côtés, l'arracha, dévissa les vis avec son vieux tournevis. Ensuite, il tira sur la poignée de la ventouse pour libérer la vitre en douceur, la fit pivoter presque à la verticale dans le profilé du bas, passa une courroie dans la poignée de la ventouse et l'attacha à un barreau de l'échelle. Le vide ainsi ouvert près du sommet de l'atrium était largement suffisant pour lui permettre de se faufiler à l'intérieur. Une bouffée d'air frais monta vers lui.

Il posa une serviette sur l'encadrement, enfila son harnais d'escalade et le boucla autour de sa taille. Il fixa ses cordes au barreau du haut de l'échelle. Une bombe pourrait tomber dessus sans qu'elle se décroche. Il n'avait plus maintenant qu'à se faufiler dans l'ouverture et à descendre en rappel le long de la corde, jusqu'au point où il commencerait à penduler.

Il s'assit prudemment sur le bord incliné de l'encadrement. Il sentait la bière qu'il avait bue chez Anna ballotter dans son estomac. Un tout petit peu gênant pour sa coordination, mais c'était de l'escalade. Tout irait bien. Il avait fait pire, dans sa jeunesse. Quel idiot, quand il y repensait. Même si le moment était mal choisi pour critiquer cette version de lui-même.

Il se retourna, se pencha en arrière au-dessus de l'atrium, testa le nœud en huit qui retenait la ligne – la friction était bonne –, se pencha encore plus dans l'atrium et plongea bientôt dans les profondeurs. Il tordit vigoureusement le système de rappel et sentit la corde ralentir ; elle réagit vite, et il rebondissait au bout quand il s'écrasa dans quelque chose. La surprise fut rude, parce qu'il n'avait pas l'impression d'avoir eu le temps de toucher le sol, et l'espace d'une seconde, il fut complètement désorienté. Et puis il vit qu'il avait heurté le haut du mobile et qu'il était suspendu au-dessus, la tête en bas, désespérément cramponné, d'une poigne fébrile, au mobile et à la corde.

Et très heureux d'être là. La brève chute semblait lui avoir fait l'effet d'un électrochoc ; sa peau le brûlait. Il tirailla sur sa corde, pour voir. Elle semblait solidement attachée à l'échelle sur le toit. Peut-être, après avoir placé le nœud en huit sur la corde, avait-il oublié de la tendre ; il ne se rappelait pas l'avoir fait. Dans ce cas, il aurait oublié une action instinctive, profondément enracinée chez tout grimpeur, mais il n'aurait pu honnêtement jurer l'avoir fait cette nuit-là. Il y avait beaucoup de choses qui tournaient dans sa tête ; peut-être trop.

Il fouilla prudemment dans son sac de ceinture. Il prit deux poignées ascensionnelles, les fixa avec un mousqueton à son baudrier et les clipsa sur la corde au-dessus de lui. Ensuite, il fit passer la corde en dessous de lui autour de sa cuisse et jeta un coup d'œil alentour. Il allait être obligé d'utiliser les poignées ascensionnelles pour remonter jusqu'au point voulu, avant de penduler jusqu'à la fenêtre de Diane.

Le mobile oscillait doucement. Frank l'attrapa et essaya de le maintenir jusqu'à ce qu'il s'immobilise, de peur qu'un membre du personnel de sécurité qui se serait aventuré dans l'atrium ne remarque le mouvement. Tout à coup, le vaste espace lui parut dangereusement éclairé, alors même que la seule source lumineuse était la vague lueur verdâtre de quelques boîtiers de sécurité dans les bureaux, autour de lui.

La pièce du haut du mobile était une barre incurvée en forme d'arc de cercle, suspendue par une chaîne en un point de sa circonférence, et d'où partaient deux barres plus courtes – la première à deux heures, pliée en forme d'escalier, l'autre traversant le cercle, formant un autre escalier qui descendait à quatre ou cinq mètres en dessous du cercle. Dans le noir, les barres semblaient être de différents tons de gris, mais Frank savait qu'elles étaient peintes de couleurs primaires. L'espace d'une seconde, tout ça lui parut parfaitement irréel.

Et puis l'ensemble finit par s'immobiliser. Frank fit remonter l'un des deux jumars sur sa corde, appliqua son poids dessus. Chaque mouvement devait être effectué avec délicatesse, et, l'espace d'un instant, il oublia tout le reste, plongé dans un espace propre à l'escalade, fait de concentration pure.

Il plaça l'autre jumar encore plus haut, porta délicatement son poids dessus en lâchant le premier. Un processus très mécanique et on ne peut plus normal. Il voulait quitter le mobile sans y appliquer la moindre poussée.

Mais la seconde poignée ascensionnelle glissa lorsqu'il pesa dessus, et il se rattrapa instinctivement à la corde, s'éraflant la paume avant d'être stoppé par l'autre poignée; une brûlure rigoureusement superflue.

C'est alors qu'il commença à transpirer pour de bon. Un mauvais jumar était une mauvaise nouvelle. Celui-ci glissait très légèrement, puis il reprenait prise. Il le regarda en se disant qu'il avait peut-être été endommagé lors de la chute sur le haut du mobile. Les jumars étaient des pièces moulées, et il arrivait parfois qu'une bulle dans la matière provoque une amorce de rupture lorsqu'ils étaient soumis à un choc. Ça lui était déjà arrivé, et c'était une belle occasion de sécréter de l'adrénaline. Personne ne pouvait longtemps remonter une corde à la force des poignets.

Mais le jumar finit par tenir après avoir un peu dérapé, et en jouant avec, du bout des doigts, il constata qu'en repoussant la gâchette en place après l'avoir relâchée, il lui permettait de se bloquer plus vite. Alors, avec une patience crispante, au prix d'un combat contre la gravité qui le laissait à bout de souffle, il se contenta d'utiliser l'autre pour le gros effort de remontée, en positionnant le mauvais à la main, pour le maintenir (du moins l'espérait-il) tandis qu'il déplaçait le bon jumar vers le haut.

Il finit par arriver au niveau auquel il voulait descendre depuis le début, et fut enfin prêt à passer vraiment à l'action. Il était trempé de sueur et sa main droite le brûlait. Il essaya d'estimer le temps qu'il avait perdu – en vain. N'importe quoi entre dix minutes et une demi-heure, au jugé. Ridicule.

Penduler n'était pas difficile ; il se retrouva bientôt en train d'osciller d'avant en arrière, jusqu'à ce qu'il réussisse, en tendant le bras, à plaquer une ventouse moyenne sur la vitre du bureau de Laveta. Il se rapprocha, fit doucement le vide à l'intérieur, et elle resta collée du premier coup.

Ainsi plaqué à la fenêtre, il tira une barre en T du sac qu'il avait à la ceinture et se pencha un peu, pour l'encastrer dans la gouttière, le long de la vitre. Cela fait, il se redressa, coinça une planche à laver dans l'encoche au-dessus de la fenêtre et attacha la poignée de la ventouse à la planche avec une corde courte, maintenant la vitre de Laveta en position ouverte.

Il était paré. Il n'avait plus qu'à prendre son cutter, dévisser l'encadrement de la vitre, la soulever vers la planche à laver, presque à l'horizontale, maintenir le bord supérieur dans l'encadrement. Le fixer. L'espace le plus grand se trouvait au coin inférieur. Il se glissa dessous et entra dans le bureau, se tortillant avec l'agilité d'un gibbon, puis s'agenouilla, soufflant et haletant, sur la moquette du sol, en faisant le moins de bruit possible.

Il clipsa le filin au pied d'un fauteuil, juste pour être sûr qu'il ne retomberait pas dans l'atrium, et le laissa coincé là. Alla sur la pointe des pieds jusqu'au bureau de Laveta, et au casier de Diane, où il avait mis sa lettre.

Elle n'y était pas.

Il jeta un rapide coup d'œil sur son bureau. Ne la vit pas.

Il ne voyait pas où il aurait pu la chercher avec la moindre chance de succès. Les couloirs étaient surveillés par des caméras, et puis de toute façon, où irait-il chercher ? Elle était censée se trouver là, Diane était déjà partie quand il l'avait laissée dans son casier. En fait, c'était Laveta qui l'avait prise... Laveta?

Désemparé, il regarda sur les autres bureaux et dans les tiroirs, mais la lettre n'était nulle part. Ne voyant pas ce qu'il pouvait faire d'autre, il retourna vers la fenêtre, décrocha sa ligne de rappel, reclipsa ses poignées ascensionnelles dessus, s'assura que la bonne était en haut, et qu'il avait bien retendu la corde avant de faire porter son poids dessus. Debout devant la vitre inclinée, face au vide, il chassa de son esprit le mystère de la lettre disparue, avec une dernière pensée pour Laveta, et la lueur qu'il croyait parfois voir dans son œil. Une nouvelle histoire de lettre dérobée. Ou peut-être que Diane était revenue. Enfin, ce n'était pas le moment d'y penser; il était temps de se concentrer. Il *devait* se concentrer. La qualité onirique de la descente avait disparu, ce n'était plus maintenant qu'un exercice exténuant, dans une mauvaise lumière, difficile, pénible, un peu dangereux. Sortir, laisser retomber la vitre, revisser l'encadrement, laisser le joint coupé qui remplirait de perplexité le premier laveur de carreaux venu, un jour, plus tard... Par bonheur, bien qu'il se sente assommé par l'insuccès de sa tentative, le pilote automatique qu'il était devenu à l'issue de centaines d'heures d'escalade revint aux commandes. En fin de compte, c'était une vieille expertise, un don d'enfant, une chose qu'il pouvait faire, quoi qu'il arrive.

Ce qui valait mieux, parce que, en réalité, il avait du mal à se concentrer. A des niveaux divers, les pensées se bousculaient dans sa tête. Qu'avait-il bien pu arriver? Qui avait sa lettre? Arriverait-il à retrouver la femme de l'ascenseur?

C'est ainsi que le lendemain matin, quand il entra dans le bâtiment par les moyens normaux, il leva les yeux timidement et remarqua que le mobile pendouillait maintenant selon un angle de quatre-vingt-dix degrés par rapport à la position qu'il avait toujours eue. Mais personne n'avait l'air de s'en rendre compte.

9

Evénement déclencheur

Département de la Sécurité du territoire; CONFIDENTIEL

Transcription NSF 3957396584
Lignes 645d/922a

922a: Frank, t'es prêt à encaisser un truc?

645d: Je sais pas, Kenzo. De toute façon, tu vas me le dire quand même.

922a: Casper le Fantôme des Profondeurs a passé la semaine dernière dans le détroit entre l'Islande et l'Ecosse, et pas une fois il n'a relevé un niveau de salinité supérieur à 34.

645d: Waouh! Et il est descendu à quelle profondeur?

922a: Eaux de surface, zone médiane, couche supérieure des eaux profondes. Et jamais plus de 34. Et 33,8 en surface, à l'entrée dans la mer de Norvège.

645d: Eh ben... Et les températures?

922a: 0,9 à la surface, 0,75 à trois cents mètres de profondeur. Plus chaud à l'est, mais pas de beaucoup.

645d: Oh, mon Dieu! Il va jamais s'enfoncer.

922a: Exactement.

645d: Qu'est-ce qui va se passer?

922a: J'en sais rien. Ça pourrait être la stase.

645d: Mais faut faire quelque chose!

922a: Bonne chance, mon pote! Personnellement, je pense qu'on est partis pour bien se marrer. Mille ans de rigolade.

La porte du bureau d'Anna était ouverte, et son attention fut attirée par la voix tendue de Frank, qui était au téléphone. Ayant déjà surpris une de ses conversations, elle eut moins de scrupules cette fois, d'autant qu'il lui aurait été difficile de ne pas entendre ce qu'il disait alors qu'il haussait le ton :

— *Quoi ?* Mais comment peuvent-ils faire une chose pareille ?

Ensuite, un silence. Ponctué par le grincement de sa chaise et un bref tapotement de doigts.

— Hm-hm. Ouais. Eh bien, qu'est-ce que tu veux que je te dise ? C'est vraiment dommage. Ça pue, c'est sûr... Ouais. Enfin, tu sais comment c'est... toi, tu t'en sortiras toujours, d'une façon ou d'une autre. C'est plutôt ton personnel qui va se retrouver dans la mouise... Non, non, je comprends. Tu as fait de ton mieux. Tu ne pouvais rien faire à partir du moment où tu avais vendu. Ce n'est pas ta faute, Derek... Ouais, je sais. Ils trouveront du boulot ailleurs. Ce n'était pas comme si c'était la seule biotech dans le coin, c'est la capitale mondiale de la biotechnologie, après tout, hein ?... Ouais, bien sûr. Tu me préviens dès que tu seras fixé... D'accord. Moi aussi. Salut !

Il raccrocha brutalement, jura tout bas.

Anna jeta un coup d'œil par sa porte.

— Un problème ?

— Ouais.

Elle se leva et s'approcha de son bureau. Il secouait la tête en regardant par terre d'un air dégoûté.

Il leva les yeux et croisa son regard.

— Small Delivery Systems ferme Torrey Pines Generique, et ils foutent presque tout le monde dehors.

— Quoi ? Mais ils venaient de les racheter, non ?

— Oui. Mais ils ne voulaient pas des gens. Ce qui les intéressait, chez Torrey Pines, c'était sûrement un truc bien précis, une sorte de brevet. Ou l'un des gars qu'ils ont gardé. Ils en ont invité quelques-uns à rejoindre le labo de Small Delivery à Atlanta. Comme ce mathématicien dont je t'ai parlé. Celui qui avait envoyé une demande de subvention, tu vois qui je veux dire ?

— L'un des dossiers qui ont été retoqués ?

— C'est ça.

— Ton panel n'avait pas été impressionné, si je me souviens bien.

— Exactement. Et maintenant, je commence à me demander s'ils ne se sont pas fourré le doigt dans l'œil. Enfin, nous n'aurons plus l'occasion de le savoir. Ils vont lui faire signer un contrat par lequel ils s'arrogeront tous les droits sur ses travaux, et ils les feront breveter, ou ils les protégeront comme un secret de fabrication, ou ils les enterreront, purement et simplement, si ça interfère avec un de leurs produits. Enfin, ce que leur service juridique pensera être le plus juteux.

Anna le regarda un instant ruminer et dit :

— Enfin...

Il la fusilla du regard.

— Un type comme celui-là appartient à la NSF.

Anna haussa un sourcil. Elle était bien consciente de l'attitude ambivalente, voire radicalement négative, de Frank envers la NSF. Il y avait assez souvent fait allusion. Frank comprit son regard, dit :

— Tu comprends, s'il était ici, on pourrait l'inciter à foncer. Lui dire d'attaquer, quoi. Comme un chien.

— Je ne pense pas que nous ayons un programme qui fait ça.

— Eh bien, il faudrait, voilà ce que j'en dis, moi.

— Tu pourras dire ça au comité, cet après-midi, dit Anna.

Elle sembla méditer sa propre réponse. Une sorte de moteur de recherche humain, cherchant des solutions mathématiques...

— Je me suis déjà assez mouillé comme ça, murmura Frank, l'air pas spécialement amusé. D'ailleurs, je me demande bien pourquoi Diane m'a demandé de faire cette intervention.

— Qui sait? Pour que tu nous fasses profiter de ta sagesse avant de partir, va savoir?

— Ouais. C'est ça.

Il regarda son bloc jaune couvert de notes.

Anna l'observait, en proie, de nouveau, à cet élan d'affection légèrement irrationnelle qu'elle avait ressenti pour lui le soir où elle avait invité les Khembalais. Il lui manquerait, quand il partirait.

— Tu veux descendre prendre un café?

— D'accord.

Il se leva lentement, perdu dans ses pensées, en fermant les programmes ouverts sur son ordinateur.

— Hé, qu'est-ce que tu t'es fait à la main?

— Ça? Oh, je me suis amoché en faisant de l'escalade. Je me suis rattrapé à la corde.

— Oh mon Dieu, Frank!

— J'étais assuré, de toute façon. C'était juste un mauvais réflexe.

— Ça doit faire mal.

— Quand je plie la main, seulement.

Ils quittèrent les bureaux et se dirigèrent vers les ascenseurs.

— Et Charlie, ça va mieux, ses brûlures de sumac?

— Il geint et grogne toujours. La plupart des vésicules sont asséchées. Il y en a encore quelques-unes qui continuent à suppurer, mais je pense que le plus dur, maintenant, c'est que ça l'empêche de dormir, la nuit. Il n'a pas beaucoup dormi depuis que c'est arrivé. Entre le prurit et Joe, il est sur le point de devenir dingue.

Arrivée au Starbucks, elle dit:

— Alors, tu as préparé ton intervention devant le comité?

— Non. Enfin, disons que je suis aussi prêt qu'on peut l'être. Je te le répète, je ne sais pas pourquoi Diane m'a demandé de prendre la parole.

— Ça doit être parce que tu t'en vas. Elle veut te soutirer des informations avant ton départ. Elle fait ça avec certains de nos visiteurs. Au moins, ça montre qu'elle s'intéresse à ta façon de voir les choses.

— Mais comment pourrait-elle la connaître ?

— Ça, je n'en sais rien. Pas par moi, en tout cas. Je ne dirais que des choses positives sur toi, évidemment, mais elle ne m'a rien demandé.

Il caressa doucement la brûlure de sa paume.

— Dis-moi, tu as entendu parler de quelqu'un qui se serait fait coller un blâme et qui s'en serait sorti ? Sans représailles, je veux dire ?

— Ça arrive tout le temps.

— Vraiment ?

— Evidemment. Il y a des moments où c'est la meilleure façon de réagir.

— Hum.

Ils étaient arrivés devant la caisse, et ils s'interrompirent pour demander leurs cafés, qui leur furent servis à une vitesse record. Frank avait l'air songeur. Anna repensa à lui, tel qu'il était arrivé chez elle, l'autre soir, trempé par l'averse, et elle demanda :

— Dis, tu as retrouvé la trace de cette femme avec qui tu as partagé un ascenseur ?

— Non. J'allais t'en parler, justement. J'ai fait ce que tu m'as suggéré, j'ai contacté les services du métro, j'ai demandé à la maintenance le rapport sur lequel figurait son nom. J'ai dit que j'avais besoin de la contacter pour mon assurance.

— Ah bon ? Et alors ?

— Alors, le type du métro me l'a lu intégralement, sans problème. Tout ce qu'elle avait écrit. Mais apparemment, elle ne l'a pas rempli correctement.

— Comment ça ?

Ils ressortirent du Starbucks et rentrèrent dans le bâtiment.

— Elle a donné une fausse adresse. Il n'y a personne qui habite là. Et elle a mis un nom du genre Jane Smith. Qui m'a tout l'air d'être inventé.

— C'est bizarre ! J'en déduis qu'ils n'ont pas vérifié votre identité.

— Non.

— Ils auraient peut-être dû.

— Tu sais, les gens qui sont restés coincés dans un ascenseur sont rarement d'humeur à présenter leurs papiers.

— Ça, je veux bien le croire.

La porte de l'ascenseur s'ouvrit et ils entrèrent. Ils étaient tout seuls dans la cabine.

— En tout cas, ton amie n'avait pas l'air disposée à le faire.

— Mouais.

— C'est quand même drôle qu'elle ait donné de faux renseignements.

— Je trouve aussi.

— Et ce qu'elle t'a dit... elle t'a parlé d'un club de cyclisme, c'est ça ?

— J'ai exploré cette piste-là. Aucun des clubs de sports du coin ne veut fournir la liste de ses membres. J'ai réussi à pénétrer dans les fichiers de l'un d'eux, à Bethesda, et il n'y a pas de Jane Smith.

— Mouais. Je vois que tu as creusé l'affaire.

— Oui.

— Peut-être que c'est un fantôme. Euh... tu pourrais peut-être aller à toutes les rencontres des clubs de vélo, juste une fois. Ou t'inscrire dans un de ces clubs et faire des balades avec, la chercher lors des réunions, montrer sa photo...

— Quelle photo ?

— Tu devrais pouvoir en obtenir une avec un programme de génération d'images, de portraits-robots.

— Bonne idée. Sauf que... ça ne lui ressemblerait pas.

— Non. Ce n'est jamais très ressemblant.

— Et il faudrait que je fasse des progrès à vélo.

— Allez, dis-toi que tu as quand même de la chance : elle ne fait pas de parachutisme.

— C'est vrai, dit-il en riant. Je vais y réfléchir. Enfin, merci, Anna.

Plus tard, cet après-midi-là, ils se retrouvèrent pour aller à la réunion du comité directeur de la NSF à laquelle Diane les avait convoqués. Ils montèrent au douzième et parcoururent les couloirs. Par les vitres donnant sur l'extérieur, ils virent que la lumière, au-dehors, s'était subitement assombrie. Dans leur hâte à rejoindre l'Atlantique, de gros nuages noirs crevaient, se déchargeant de leur pluie sur la ville.

Dans la grande salle de conférences, quelques personnes, dont Laveta, disposaient un tableau blanc et un écran PowerPoint selon les instructions de Diane. Frank et Anna étaient les premiers arrivés.

— Entrez, entrez, fit Diane.

Puis elle leur tourna le dos pour s'occuper de l'écran.

Les autres participants arrivèrent au compte-gouttes. Le comité directeur de la NSF comptait vingt-quatre membres, même s'il y avait généralement quelques sièges vacants. Les directeurs étaient tous des puissances dans leur domaine scientifique, nommés pour six ans par la présidence à partir de listes fournies par la NSF et l'Académie nationale des sciences.

Pour le moment, ils arrivaient, trempés et échevelés comme s'ils avaient essuyé une tempête, et s'asseyaient au petit bonheur, seuls ou par deux. Quelques directeurs de la division d'Anna les rejoignirent, puis ce fut le tour de Sophie Harper, qui faisait le lien entre la NSF et le Congrès. Pour finir, ils se retrouvèrent à quinze ou seize autour de la grande table. La lumière vacilla légèrement alors qu'un éclair zigzaguait vaguement à travers la pluie battante. La grisaille, au-dehors, palpitait comme s'ils étaient dans un aquarium.

Diane leur souhaita la bienvenue et esquissa rapidement l'ordre du jour. Après quoi elle lista les grands projets qui avaient été proposés, ou dont ils avaient débattu durant l'année, et demanda un rapport succinct aux membres du comité à qui ils avaient été dévolus. Il y avait des projets de mitigation du climat, souvent très hypothétiques, et tous extrêmement coûteux. Un programme de puits à carbone prévoyait des reforestations qui permettraient aussi de contrôler les inondations ; Anna nota d'en parler aux Khembalais.

Mais rien de tout ça n'aurait d'effet sur la situation globale, compte tenu de l'énormité du problème, ainsi que de la mission et du budget restreints de la NSF. Dix milliards de dollars ! Même les projets à cinquante milliards de leur liste n'abordaient que de petites parties du problème d'ensemble.

Dans ces moments-là, Anna ne pouvait s'empêcher de penser à Charlie en train de jouer avec les dinosaures de Joe. Il brandissait un petit animal qui ressemblait à une souris rose, un mammifère primitif, et s'exclamait : « Hé, la NSF ! »

C'était plutôt flatteur pour la NSF. Au fond, ça rendait hommage à son aptitude à la survie dans un monde gigantesque, ou à la façon dont elle incarnait l'avenir, mais l'analogie se justifiait malheureusement aussi en terme de taille. Une petite bête qui se débattait pour sauver sa peau entre les pattes de dinosaures agonisants – ou, pire encore, qui essayait de sauver les dinosaures mêmes –, où était le mécanisme ? Comme aurait dit Frank : « Comment ça marche ? »

Elle chassa ces pensées et fit rapidement son rapport sur l'infrastructure des programmes de distribution qu'elle avait étudiés. Ils étaient en place depuis quelques années, et elle pouvait donc fournir des données quantitatives, qui faisaient apparaître un rendement scientifique accru dans les pays participants. L'infrastructure avait été pas mal ventilée au cours de la dernière décennie. En conclusion, Anna dit que les programmes étaient un succès, et devraient être multipliés, et cette déclaration fut saluée par des hochements de tête approbateurs. C'était évident. Coûteux, aussi.

Il y eut un silence méditatif.

Pour finir, Diane regarda Frank.

— Frank, vous êtes prêt ?

Il se leva. Il n'avait pas l'air à son aise, contrairement à son habitude. Il s'approcha du tableau blanc, prit un marqueur rouge, le tourna et le retourna. Il était écarlate.

— Tous les programmes décrits jusque-là se concentrent sur la collecte de données, et la vérité c'est que nous en avons déjà suffisamment. Le climat du monde a commencé à changer. La rupture de la banquise dans l'océan Arctique a inondé d'eau douce la surface de l'Atlantique Nord, et d'après les chiffres les plus récents, les eaux de surface n'ont pas pu s'enfoncer dans les profondeurs, ralentissant la circulation du grand courant Atlantique. Ce qui a été identifié d'une façon assez concluante comme un événement déclencheur majeur dans l'histoire du climat de la Terre. Mais ça, vous le savez sûrement. Un changement abrupt de climat s'est probablement déjà amorcé.

Frank regarda le tableau blanc, les lèvres pincées.

— La question, maintenant, est: qu'est-ce qu'on fait? Continuer comme avant ne marchera pas. L'effort de la NSF devrait porter sur la recherche des moyens qui lui permettraient d'avoir un impact beaucoup plus grand qu'elle n'en a eu jusque-là.

— Excusez-moi, dit, l'air un peu irrité, un homme d'une soixantaine d'années, avec une petite barbichette grise, qu'Anna ne reconnut pas. Il me semble que c'est déjà ce que nous essayons de faire. Je veux dire, il en est question à toutes les réunions du comité auxquelles j'ai assisté. Nous passons notre temps à nous demander comment la NSF pourrait faire plus avec les moyens dont elle dispose.

— Peut-être, répondit Frank, mais ça n'a pas marché.

— Que voulez-vous dire, Frank? intervint Diane. Que devrions-nous faire que nous n'avons pas encore essayé?

Il se racla la gorge. Ils s'affrontèrent un long moment du regard, investis dans une sorte de conflit indéfini.

Frank haussa les épaules, s'approcha du tableau blanc, ôta le capuchon de son marqueur rouge.

— Je vais vous faire une liste.

Il traça le chiffre 1 et l'entoura.

— Un. Nous devons unir nos efforts.

Il écrivit « Synergies de la NSF ».

— Ce que je veux dire, c'est que vous devriez encourager les efforts synergiques dans toutes les disciplines qui touchent à ce problème. Ensuite, dit-il en écrivant et en entourant le chiffre 2, vous devriez rechercher les applications découlant directement des recherches fondamentales financées par la Fondation. Ces applications devraient être débusquées partout, par des gens spécialement appelés pour ça. Vous devriez avoir une équipe interne, permanente, d'innovation et de politique.

Exactement le mathématicien qu'il vient de perdre, se dit Anna.

Elle n'avait jamais vu Frank aussi grave. Son attitude était à l'opposé de son comportement habituel. Il n'affichait pas du tout le masque de cynisme, d'assurance, qu'il arborait généralement, comme si tout ça n'était qu'un jeu qu'il condescendait à jouer, alors même que la partie était déjà perdue. Il était sérieux, presque furieux. Furieux envers Diane, d'une certaine façon; il ne la regardait pas, il ne regardait rien ni personne, mais seulement les mots qu'il griffonnait en rouge sur son tableau.

— Trois, vous devriez commanditer les recherches que vous jugez devoir être faites, au lieu d'attendre passivement ce qu'on va vous demander de financer. Vous ne pouvez plus vous permettre cette inertie. Quatre, vous devriez consacrer jusqu'à cinquante pour cent du budget annuel de la NSF au problème le plus énorme que vous aurez identifié – en l'occurrence, le bouleversement catastrophique du climat –, et pousser la communauté scientifique à s'y attaquer et à le résoudre. La communauté scientifique, ça veut dire tout le monde: la recherche publique et privée. Cette démarche pourrait être orchestrée par l'intermédiaire, par exemple, de l'Institut Max Planck, en Allemagne, qui est financé par le gouvernement pour s'attaquer à des problèmes particuliers. Il y a une douzaine d'organismes de ce genre, qui n'existent que tant qu'on en a besoin, et qui sont démantelés quand ils sont devenus sans objet. C'est un bon modèle.

— Cinq, vous devriez vous attacher à accroître l'influence de la science dans tous les domaines de la vie politique. Structurer tous les organismes scientifiques du monde en une organisation plus vaste, une sorte d'ONU de la science, qui s'attaquerait collectivement aux problèmes importants et solliciterait leur financement dans l'intérêt des générations futures de l'humanité.

Il s'interrompit et regarda le tableau blanc en secouant la tête.

— Tout ça peut paraître... quoi? démesuré? Antidémocratique, élitiste, ou je ne sais quoi... En tout cas, au-delà de ce que la science est censée être.

— Nous ne sommes pas en position de faire un coup d'Etat, dit le barbichu qui était déjà intervenu.

Frank écarta son objection d'un geste.

— Voyez cela sous l'angle du paradigme de Kuhn. Le modèle de paradigme qu'il expose dans *La Structure des révolutions scientifiques*.

Le barbichu hocha la tête, lui accordant cette remarque.

— Kuhn postule que, dans l'ordre normal des choses, un consensus général se fait autour d'un ensemble de croyances qui structurent les théories des peuples, un paradigme, et les recherches effectuées à l'intérieur de cet ensemble sont ce qu'il appelle la « science normale ». Par là, il entend une vision théorique de la nature, mais appliquons ce modèle au comportement en sciences sociales. Ce que nous faisons est de la science normale. Et puis, comme le fait remarquer Kuhn, des anomalies apparaissent, s'accumulent. Des événements indéniables, que nous ne pouvons gérer à l'intérieur du vieux paradigme. Au début, les scientifiques s'efforcent d'y intégrer les anomalies. Ce qu'ils font, tant bien que mal, jusqu'au moment où il y en a trop, et où le paradigme commence à s'effondrer. En tentant de réconcilier l'irréconciliable, il devient aussi ahurissant que le système astronomique de Ptolémée. Nous en sommes là. Nous avons des universités, nous avons la Fondation et tout ce qui s'ensuit, mais le système est trop complexe, et il part dans tous les sens. Il est incapable de prendre en compte des données aberrantes.

Frank regarda brièvement le barbichu, comme s'il le prenait à témoin.

— Pour finir, on voit apparaître un nouveau paradigme qui prend les anomalies en compte, les intègre mieux. Après une période de débat et de confusion, une nouvelle science commence à se structurer autour.

— Si je vous comprends bien, dit le barbichu, nous aurions besoin d'un changement de paradigme concernant la façon dont la science entre en interaction avec la société.

— Exactement.

— Mais lequel? Vu de ma fenêtre, nous sommes encore dans la période de confusion.

— Absolument. Mais si nous n'avons pas une vision claire de ce que devrait être le nouveau paradigme, et je vous accorde que nous ne l'avons pas, alors notre tâche, en tant que scientifiques, est de faire avancer les choses, de leur permettre de se produire, en y appliquant toutes nos ressources et en nous organisant pour ça. Pour arriver plus vite de l'autre côté.

L'argent et le pouvoir institutionnel que la NSF concentre depuis toujours doivent être utilisés à cette fin. Et non plus pour traiter les bénéficiaires de nos subventions comme des clients que nous devons satisfaire si nous voulons conserver leur clientèle. Nous ne devons plus aller au Congrès le chapeau à la main, mendier pour que ça change et les laisser mener la danse quand il s'agit de décider comment dépenser l'argent.

— Houlà ! objecta Sophie Harper. La répartition des fonds fédéraux leur incombe, et ils sont très jaloux de ce droit, vous pouvez me croire.

— Pour ça, oui. C'est de là qu'ils tirent leur pouvoir. Et ils sont le gouvernement élu, je n'en disconviens pas. Mais nous pouvons aller les voir et leur dire : Ecoutez, la fête est finie. Nous avons besoin de financer cette liste de projets, ou la civilisation en souffrira pour les décennies à venir. Dites-leur qu'ils ne peuvent pas donner un demi-trillion de dollars par an à l'armée et s'en remettre, pour le sauvetage et la reconstruction du monde, à la chance et à une espèce de religion du libéralisme. Ça ne marchera pas, et la science est le seul moyen de sortir de ce merdier.

— Ce que vous suggérez, c'est le redéploiement de tous les efforts humains dans ces causes par le biais de la science, suggéra Diane.

— Peu importe..., rétorqua sèchement Frank, s'interrompant, comme s'il avait reconnu la phrase prononcée par Diane.

Et il devint encore plus rouge, si c'était possible.

— Ecoutez, je ne sais pas, dit un autre membre du comité. Nous avons essayé d'aller plus loin, d'intensifier le lobbying auprès du Congrès, tout ça. Je ne suis pas sûr que ce soit en nous agitant davantage que nous obtiendrons le grand changement dont vous parlez.

Frank hocha la tête.

— Je ne suis pas sûr que ça marchera, moi non plus. Mais c'est ce que j'ai trouvé de mieux, et il faut en faire davantage là aussi.

— En fin de compte, la NSF est une petite agence, dit quelqu'un d'autre.

— C'est vrai aussi. Mais réfléchissez-y comme à une cascade d'informations. Si la NSF se concentrait exclusivement là-dessus, pendant un moment, il se pourrait que notre impact soit démultiplié. Et il y aurait des retombées en cascade. Les équations mathématiques qui décrivent les cascades sont assez basées sur des probabilités. Vous modifiez suffisamment de paramètres en même temps, et si ce sont les bons paramètres, et si la situation est au point d'équilibre, ou s'il est dépassé, *boum!* Cascade. Changement de paradigme. Nouvelle concentration sur les grands problèmes auxquels nous sommes confrontés.

Ce qui sembla faire réfléchir les gens autour de la table.

— Je me demande, reprit Diane au bout d'un moment, sans quitter Frank des yeux, s'il est tellement évident pour tout le monde que nous sommes au bord du gouffre, et si nous serons écoutés si nous essayons de déclencher une telle cascade.

— Je n'en sais rien, convint Frank. Je pense que nous avons passé le point d'équilibre. Le courant Atlantique s'est figé. Nous nous dirigeons vers une période de changement climatique rapide. Ce qui implique des problèmes qui vont rendre impossible la poursuite de la science normale.

Diane eut un sourire crispé.

— Vous voulez dire que nous devons sauver le monde afin que la science puisse continuer?

— Oui, si vous voulez présenter les choses comme ça. Faute de meilleure raison d'agir.

Diane le regardait, offusquée. Il ne baissa pas les yeux, l'air peu disposé à céder du terrain.

Anna suivait l'échange, assise au bord de sa chaise. Il se passait quelque chose entre ces deux-là, mais elle n'avait pas idée de ce que c'était. Pour alléger la tension, elle écrivit sur son bloc *Sauver le monde afin que la science puisse continuer.* Le Principe de Frank, comme l'appela ensuite Charlie.

— Alors, dit Diane, pour rompre la glace. Qu'en pensez-vous?

Une discussion s'ensuivit. Les idées fusèrent: créer une sorte de « cabinet fantôme » pour doubler le Bureau d'évaluation technologique du Congrès, faire campagne pour que le conseiller scientifique du Président soit membre de son cabinet, et même rédiger un nouvel amendement à la Constitution qui élèverait l'Académie nationale des sciences au niveau d'une branche du gouvernement. Et puis aussi conquérir un statut international, fonder un corps mondial d'organisations scientifiques pour promouvoir tout ce qui pourrait asseoir une civilisation durable. Ces idées et d'autres furent évoquées, de façon hésitante, au début, et puis avec plus d'enthousiasme au fur et à mesure que les participants réalisaient qu'ils avaient tous plus ou moins caressé des idées de cette espèce, des visions trop énormes ou trop échevelées pour qu'ils osent les aborder avec d'autres chercheurs. « Des notions assez ébouriffantes », comme le dit l'un d'eux.

Frank les écoutait, toujours planté devant son tableau blanc.

— Le truc, dit-il, c'est que de la façon dont les choses sont organisées maintenant, les scientifiques ne se mêlent pas des décisions de politique politicienne, de la même façon que les militaires se tiennent à l'écart des affaires civiles. C'est un héritage de la Seconde Guerre mondiale, quand la science était assimilée aux problèmes militaires ; les savants se sont effacés des instances politiques, et on a créé une structure instituant le contrôle civil de la science, si je puis dire. Eh bien, moi, je dis merde à tout ça ! La science, ce n'est pas l'armée. Ce n'est pas le problème, c'est la solution. Elle doit donc se faire entendre. Ce qui paraît extravagant, là-dedans, c'est l'idée que les savants doivent prendre position et faire partie intégrante du processus de prise de décision politique. Si c'étaient les types du Pentagone qui disaient ça, je serais le premier à m'inquiéter, sauf que c'est ce qu'ils font tout le temps. Mais je dis que c'est une revendication parfaitement légitime, et même une démarche nécessaire, parce que, d'abord, nous ne sommes pas l'armée, nous sommes la société civile, et ensuite, les seules méthodes permettant d'aborder les problèmes d'environnement global, c'est nous qui les maîtrisons.

Le groupe rumina un instant ses paroles dans le silence seulement troublé par la pluie torrentielle qui décrivait sur les vitres une infinité de schémas évoquant des deltas mouvants. Des nuages de plus en plus sombres grommelaient au-dessus du bâtiment, environnant la pièce d'une lueur crépusculaire, la réduisant à un cube de lumière fluorescente suspendu dans une grisaille aqueuse.

Le bloc d'Anna était couvert de mots isolés dans un contexte de gribouillis. Tant de problèmes intimement liés, imbriqués dans l'immense problème global. Tant de solutions suggérées, soit partielles, soit utopiques, soit les deux. A ce stade, personne ne pouvait prétendre détenir une grande stratégie pour l'avenir. Sophie Harper donnait l'impression de se retenir de lever les bras au ciel, comme si elle prenait le discours de Frank pour une critique de ses actions à ce jour, ce qui, se disait Anna, était une façon de voir les choses, bien que ce ne soit pas vraiment celle de Frank.

C'est alors que Diane fit un mouvement sec, coupant court à la discussion.

— Frank, dit-elle en étirant son nom, c'est vous qui avez mis le sujet sur le tapis, comme si nous pouvions y faire quelque chose. Alors, je vous propose de diriger un groupe chargé d'imaginer quoi. Qui dresserait l'inventaire de ce que nous pourrions faire, effectivement, et qui rendrait compte à ce comité. Vous pourriez partir de l'idée que votre groupe serait celui qui ouvrirait la voie du nouveau paradigme.

Frank regardait tous les mots qu'il avait si violemment griffonnés en rouge sur le tableau blanc. Il le regarda pendant un long moment, avec une expression sinistre. La plupart de ceux qui étaient là savaient qu'il devait rentrer à San Diego. L'offre de Diane devait leur paraître caractéristique de son style de management, direct, transparent, et souvent pimenté d'un élément de confrontation ou de défi. Quand on manifestait devant elle le désir d'entreprendre quelque chose, elle disait : « Eh bien, allez-y. Faites-le, passez aux actes, si vous en avez tellement envie. »

Frank se retourna enfin, et dit, en la regardant dans les yeux :

— Eh bien, d'accord. Je serai heureux de le faire. Je ferai de mon mieux.

C'est à peine si Diane laissa voir un éclair momentané de triomphe. Dans le temps, quand Anna était jeune, elle avait vu un maître de jeu d'échecs jouer contre une salle entière. Un seul joueur lui donnait du fil à retordre, et quand il l'eut enfin mis échec et mat, elle l'avait vu s'approcher de l'échiquier suivant avec ce même bref regard de jubilation.

Et là, dans cette salle, Diane était déjà passée au point suivant de l'ordre du jour.

Le groupe de bio-informatique se retrouva ensuite dans les bureaux d'Anna et de Frank, au sixième étage, à siroter du café froid, le regard perdu dans l'atrium.

Edgardo pointa son nez et dit allègrement :

— Alors, cette réunion ? Encore des palabres inutiles, je suppose.

— Non, coupa Anna.

— Quoi, Diane a réformé la NSF de fond en comble ? s'esclaffa-t-il.

— Non.

Ils restèrent assis là. Edgardo entra et se versa un café.

— Je ne sais pas, mais si tu avais annoncé à Diane que tu restais une année de plus, tu ne t'y serais pas pris autrement, dit Anna à Frank.

— Ouaip.

Edgardo se retourna, surpris.

— Eh bien, ça prouve que les miracles existent ! J'espère que tu n'as pas résilié le bail de ton appartement !

— Eh si.

— Oh non ! La tuile !

Frank écarta la réplique d'un revers de sa main brûlée.

— Le type revenait, de toute façon.

— Alors, tu as vraiment changé d'avis ? lui demanda Anna.

— C'est-à-dire que...

Les lumières et les ordinateurs s'éteignirent. Une coupure de courant, due à l'orage.

— Il ne manquait plus que ça !

Ils étaient dans le noir complet. L'atrium était un aquarium uniquement éclairé par la lueur verdâtre, glauque, des boîtiers de sécurité. *EXIT*. L'ombre de l'avenir.

Et puis le générateur de secours prit le relais, faisant entendre un bourdonnement perceptible du haut en bas de l'immeuble. L'électricité était revenue, annoncée par une sorte de vibration basse et plusieurs *pings* informatiques.

se déchaînait sur les obstacles, comprimé et intensifié dans ce premier assaut sur la terre ferme.

Ce matin-là, c'était pire que les jours précédents. Les branches des arbres s'agitaient furieusement; trois eucalyptus avaient été arrachés rien que sur Neptune Avenue. Et Leo n'avait jamais vu la mer dans cet état. Du rivage jusqu'à l'endroit où les noires tempêtes qui se ruaient sur eux bouchaient l'horizon, l'océan était une masse gigantesque de vagues en furie. Des millions de crêtes blanches roulaient vers la terre sous les lambeaux d'écume et le crachin emportés par le vent; les vagues hachaient inlassablement l'eau grise, battue par un vent ininterrompu. De violentes bourrasques chargées de pluie passaient à toute vitesse, ou rabattaient de noires explosions de pluie sur le pignon ouest de la maison. De brefs éclairs et des colonnes de lumière dardaient entre ces rafales, sans réussir à éclairer la surface de l'océan. L'eau était trop déchiquetée. Les colonnes grises de lumière semblaient dévorées par les embruns.

D'un côté et de l'autre de Neptune Avenue, leur falaise se délitait. Ça arrivait irrégulièrement, par blocs de tailles différentes, qui cédaient parfois en haut de la falaise, parfois au pied, parfois au milieu.

L'érosion n'était pas une nouveauté. Les falaises de San Diego s'érodaient continuellement, depuis le début de la période de colonisation moderne, comme elles le faisaient probablement depuis des siècles avant cela. Mais le long de cette partie de la falaise, au nord et au sud de Moonlight Beach, les maisons avaient été construites très près du bord. Les topographes qui étudiaient les photos ne remarquaient pas beaucoup de mouvement entre 1928 et 1965, quand les constructions avaient commencé. On n'y voyait pas trace de la tempête du 12 octobre 1889, au cours de laquelle il était tombé vingt centimètres de pluie sur Encinitas en huit heures, déclenchant une inondation et un effondrement de falaise si graves que trois rues – A, B et C – de la ville nouvelle avaient disparu dans la mer. Ils ne voyaient pas non plus qu'en faisant des gradins à flanc de paroi, et en creusant des tuyaux d'évacuation qui débouchaient à même la falaise, ils détruisaient le schéma de drainage naturel qui menait vers l'intérieur des terres. Et c'est ainsi que des maisons et des immeubles avaient été construits sur ces falaises d'où on avait une si belle vue, et dont la stabilisation avait exigé dix ans d'efforts.

Maintenant, entre autres problèmes, elles étaient souvent d'une verticalité anormale, à cause de tous les travaux d'étaiement. Les barrières de béton et d'acier, les parterres de plantes couvre-sol, les parois de bois et les poutrelles, les bardages et les profilés de plastique, les murs de soutènement en parpaings ou en pierre naturelle, les contreforts de béton – tous ces travaux avaient été faits à la même période, une époque où les lagunes, au nord, avaient toutes été réhabilitées et leurs rivières canalisées, tant et si bien que leur sable n'arrivait plus jusqu'à la mer. Alors, avec le temps, les plages avaient disparu, et désormais les vagues frappaient directement la base des falaises de plus en plus abruptes. Le point d'équilibre était dépassé, et de très loin.

La férocité de l'Hyperniño obligeait maintenant à prendre tout ça en compte, balayant tout d'un coup un siècle d'efforts. La veille, juste au sud de la propriété des Mulhouse, une section de la falaise de vingt-cinq mètres de longueur sur quatre ou cinq de hauteur s'était éboulée, ensevelissant la bande de béton qui s'étendait en bas. Deux heures plus tard, un croissant de roche d'une douzaine de mètres de profondeur s'était abattu dans la mer, juste au nord, ouvrant une nouvelle faille à nu entre deux immeubles. La ravine s'était rapidement changée en une coulée de boue et de pierres qui s'était déversée dans les eaux en furie, les teintant en marron sur des centaines de mètres vers le large. Le courant habituel remontait vers le sud, mais l'orage chassait l'océan tout comme l'air vers le nord, de sorte que l'eau, au large, était un chaos de courants où se rencontraient les décharges des fleuves tumultueux et les coups de boutoir des énormes vagues soulevées par le vent qui soufflait sans discontinuer, projetant du crachin partout. C'était tellement violent qu'il n'y avait pas un surfeur en vue.

Alors que la sombre matinée s'avançait, beaucoup de résidents de Neptune Avenue sortirent regarder leur bout de falaise. Il y avait aussi des représentants des autorités, et les curieux se massaient dans les petites rues transversales qui allaient vers la route de la côte et dans les endroits publics, le long du bord de la falaise. Les gens étaient allés, la veille au soir, à la bibliothèque de la ville, écouter une équipe d'ingénieurs de l'armée américaine exposer un plan de stabilisation de la falaise aux points les plus vulnérables, avec des blocs de pierre lâchés d'en haut. Par endroits, le largage de ces pierres par-dessus le bord risquait d'endommager les plantes couvre-sol et de défoncer les routes qui partaient de certains points de la falaise. Mais, compte tenu de la situation, on estimait dans l'ensemble que l'intérêt général justifiait les dégâts possibles, d'autant qu'on leur avait promis de les réparer quand la crise serait passée. Evidemment, il y avait des choses auxquelles on ne pourrait remédier. En bien des endroits, la plage, déjà étroite, serait enfouie, deviendrait un entassement de blocs de roche, même à marée basse – comme les parois d'une jetée, ou une étendue de côte très rocheuse. Certaines personnes, à la réunion, déploraient la disparition de cet aspect caractéristique de la côte, une plage qui faisait quatre cents mètres de large dans les années 1920, et qui, même réduite, faisait de San Diego ce qu'elle était. D'aucuns pensaient qu'elle était plus précieuse que les maisons construites trop près du bord. Tant pis, on n'avait qu'à les laisser tomber à la mer!

Mais les propriétaires des maisons en question avaient répliqué que la rangée de constructions du bord de la falaise ne serait pas forcément la dernière à disparaître. Tout le monde connaissait maintenant l'histoire de D Street, la rue la plus à l'ouest d'Encinitas. Quand on allait au fond des choses, la ville tout entière était construite le long d'une falaise de grès, une falaise méchamment fracturée et pleine de failles. Son érosion rapide, massive, s'était déjà produite, et elle pouvait se reproduire. Il suffisait d'un coup d'œil au Pacifique en furie pour se convaincre que c'était possible.

Et c'est ainsi que, plus tard, ce matin-là, Leo se retrouva, sa veste imperméable et son pantalon plaqués sur son corps par le vent, en train de pousser une brouette sur un large sentier de caillebotis près du bord de la falaise, à l'extrémité sud de Leucadia. Roxanne était dans l'intérieur des terres, chez sa sœur. Il n'avait que ça à faire, et il était heureux de trouver à s'occuper. Le corps d'ingénieurs de l'armée avait garé un camion-benne du comté sur Europa, et des hommes soulevaient à l'aide d'un petit treuil des blocs de granit qu'ils déposaient sur des brouettes. Une profusion de bénévoles grouillait autour, telle une équipe de volontaires venus lutter contre un incendie. Les gars du comté et de l'armée supervisaient les opérations, alignant les planches et dirigeant les pierres vers les différents points du bord de la falaise d'où elles devaient être balancées.

Des dizaines, des centaines de gens étaient sortis dans la tourmente, sur la route de la côte ou dans les parkings du point de vue, pour regarder les blocs de pierre dégringoler dans la mer. C'était le dernier événement à la mode, une sorte de nouveau sport extrême. Certains blocs prenaient vraiment bien l'air, tournoyaient sur eux-mêmes, restaient pour ainsi dire immobiles, ou s'écrasaient dans des gerbes d'eau monumentales. Les surfeurs qui ne contribuaient pas à l'effort général – le nombre de bénévoles susceptibles d'aider en même temps était forcément limité – saluaient les chutes les plus spectaculaires par des hurlements enthousiastes. Tous les surfeurs du pays étaient venus là, attirés comme des papillons par une flamme. Ils étaient fascinés, et ça les démangeait sûrement de sortir ; mais ce n'était vraiment pas possible. Les éléments étaient déchaînés, et ils n'auraient eu aucune chance avec les grandes vagues qui venaient se briser au bas des falaises. Des masses d'eau monstrueuses s'élevaient, se désintégraient en un feu d'artifice de blancheur écumante, farouche, restaient un moment cabrées, très haut, sur la paroi de la falaise, puis s'abattaient et retournaient prendre des forces au large, fonçant comme des taureaux dans les vagues qui arrivaient, créant des collisions tumultueuses, jusqu'à ce que tout, sur les bancs de sable brun, ne soit plus que trouble et chaos, où une nouvelle montagne d'eau venait alors s'écraser.

Et pendant tout ce temps, le vent hurlait au-dessus d'eux, à travers eux, contre eux. C'était un vent chaud, quinze ou vingt degrés. Leo n'arrivait pas à estimer sa vitesse. Les falaises, à cet endroit, étaient basses par rapport à celles de Torrey Pines – vingt-cinq mètres environ, au lieu d'une centaine –, mais elles suffisaient amplement à faire obstacle au terrible vent du large et l'obligeaient à remonter, de sorte que, un peu en retrait, l'air était à peu près immobile, alors, que juste au bord, le courant d'air ascendant était traversé de fréquentes bourrasques, pareilles aux coups de poing d'une main invisible. Leo avait l'impression que s'il s'était penché au bord de la falaise il aurait pu écarter les bras et rester suspendu là, en diagonale, peut-être même sauter et descendre en vol plané jusqu'en bas. De jeunes adeptes du deltaplane allaient probablement essayer ça, ou des surfeurs à la combinaison modifiée, pareils à des espèces d'écureuils volants. Sauf qu'ils n'apprécieraient sûrement pas de se retrouver dans l'eau en ce moment. La hauteur à laquelle le crachin venait s'écraser contre la paroi de la falaise était difficile à croire, vraiment stupéfiante; les embruns soulevés par le vent étaient régulièrement projetés vers l'intérieur des terres, sur les maisons et les gens déjà trempés.

Leo poussa sa brouette vers le bout du chemin de planches où une bande de gars prirent les poignées avec lui et l'aidèrent à faire basculer la pierre au bon endroit. Après ça, il s'écarta et resta un moment planté là, à regarder les autres s'affairer. L'accès à certaines parties plus vulnérables de la falaise serait forcément restreint, et ils en auraient pour des jours à les consolider. Pour le moment, les pierres disparaissaient simplement dans les vagues. Il n'y avait rigoureusement aucun résultat visible.

— Autant laisser tomber des pierres dans l'océan, dit-il dans le vide.

Le bruit du vent était terrifiant, un hurlement interminable, pareil à la poussée des réacteurs d'un avion avant le décollage, ponctué de claques fréquentes, invisibles, sur l'oreille. Il pouvait parler tout seul sans craindre qu'on surprenne ses paroles, et c'est ce qu'il faisait: un journal parlé de sa journée. Le vent le faisait pleurer, mais il lui arrachait aussitôt ses larmes, dégageant sa vue, puis la brouillant à nouveau.

C'était une réaction purement physique aux coups de vent; au fond, il était très heureux d'être là. Heureux de la distraction que lui procurait la tempête. Une catastrophe naturelle, un désastre partagé, qui mettait tout le monde dans le même bateau. D'une certaine façon, c'était même exaltant – pas seulement la réaction humaine, mais la tempête proprement dite.

Le vent en tant qu'esprit. Il se sentait transporté. Comme si le vent l'avait emmené hors de sa vie et très loin.

Ça plaçait assurément les choses sous une perspective très différente. Il avait perdu son boulot, et alors? Quelle importance, en réalité? Le monde était tellement vaste et puissant. Il grouillait de petites créatures pas plus grosses que des puces, et leurs problèmes étaient des soucis de puces.

Alors il retourna au camion-benne chercher une autre pierre et se concentra sur l'effort de la maintenir en équilibre sur le devant de la brouette, en l'inclinant, en lui faisant suivre la ligne flexible de planches, en avançant, l'épaule en avant, dans la bourrasque. Balancer une pierre dans l'océan. Merveilleux, vraiment.

Il revenait en courant, avec sa brouette vide, vers la benne, quand il vit Marta et Brian qui sortaient du pick-up de Marta garé un peu plus loin, au bout de la rue.

— Hé!

C'était une bonne surprise, parce qu'ils n'étaient pas ensemble, ils n'étaient même pas amis en dehors du labo, à sa connaissance, et Leo craignait de ne plus jamais les revoir après la fermeture du labo.

— Marta! hurla-t-il joyeusement. Eh, Braill-anne!

— LEO!

Ils étaient ravis de le voir. Marta courut vers lui et le serra sur son cœur. Brian en fit autant.

— Comment ça va?

— Alors, comment ça va?

Ils étaient galvanisés par les éléments déchaînes, et l'occasion de se rendre utile. Aucun doute que ces deux semaines avaient été longues pour eux aussi, sans travail, sans nulle part où aller, sans rien à faire, à part lézarder sur la plage, ou ailleurs. En tout cas, ils étaient là, et Leo en était ravi.

Ils se mirent très vite au boulot, traînant les rochers vers la falaise. A un moment, Leo se retrouva derrière Marta sur le chemin de planches. Il regarda ses hanches étroites, ses larges épaules musculeuses de surfeuse, ses cheveux noirs, bouclés, trempés, et fut pris pour elle d'une soudaine vague d'amitié et d'admiration. Elle leva la tête dans le vent hurlant, pour hurler en retour. Hurler de joie. Elle lui manquerait. Et Brian aussi.

C'était formidable de leur part d'être venus comme ça ; mais la nature des choses était telle qu'ils trouveraient sûrement un autre boulot, et puis ils s'éloigneraient. Ça ne durait jamais, avec les anciens collègues de travail, le lien n'était pas assez fort. Le travail était une occasion de rencontrer, d'apprécier les gens embauchés comme vous. Pas seulement leur façon à eux d'être, mais aussi la façon dont ils travaillaient, les expériences qu'ils faisaient ensemble. Ça avait été un bon labo.

Les militaires leur faisaient signe de reculer du bord de la falaise, où la pelouse était maintenant complètement dévastée. Un type avec un coupe-vent trempé marqué USGS était accroupi au-dessus d'une grande cantine de métal. Un fonctionnaire du Bureau géologique national. Brian hurla à l'oreille de ses amis qu'ils avaient trouvé une fracture dans le grès, parallèlement au bord de la falaise. Apparemment, ils avaient un peu sondé le sol et l'instrument du géologue indiquait des mouvements. Elle allait s'effondrer. Tout le monde lâcha sa pierre sur place et rapporta les brouettes vides vers Neptune Avenue.

Juste à temps. Avec un bref rugissement assourdi et un *whouf!* qui aurait pu n'être qu'un coup de vent, ou une vague de plus – mais alors une vague vraiment grosse –, le bord de la falaise s'affaissa. Ensuite, à l'endroit où elle se trouvait, ils virent, à travers le vide, la mer grise, sur des centaines de mètres. Le bord de la falaise avait reculé de quatre ou cinq mètres.

Très bizarre. La foule n'eut qu'un cri, qui masqua un instant le bruit du vent. Leo, Brian et Marta s'avancèrent avec les autres pour entrevoir la sale rage de l'eau, tout en bas. La brèche s'étendait sur une centaine de mètres au sud, peut-être quinze au nord. Une modeste perte dans le schéma général des choses, mais c'était comme ça que ça se passait le long de cette partie de la côte, une petite rupture après l'autre. Le type de l'USGS leur dit qu'il y avait une série de failles dans le grès, à cet endroit, toutes parallèles à la falaise, et il était probable qu'elle continuerait à se déliter, bribe par bribe, alors que les vagues sapaient le pied de la paroi. Trois rues avaient disparu comme ça, en une nuit. Ça pouvait aller tout du long, vers l'intérieur des terres, jusqu'à la route de la côte, leur dit-il.

Stupéfiant. Leo n'avait plus qu'à espérer que la maison de la mère de Roxanne ait été construite sur une section plus solide de la falaise. C'est l'impression qu'il avait toujours eue quand il descendait l'escalier, sur le côté, et elle se vérifiait ; la maison était bel et bien dressée sur une sorte de contrefort de pierre. Mais rien ne garantissait qu'un segment quelconque tiendrait ; c'était ce qu'il se disait, debout là dans le vent furieux, en regardant l'océan s'agiter. Rien ne pourrait empêcher un quartier entier de disparaître. Et tout le long de la côte, ils avaient construit très près du bord, alors ça devait être plus ou moins pareil en beaucoup d'autres endroits.

Aucune maison n'avait encore été emportée dans l'effondrement qu'ils venaient de constater, mais il y en avait une, à l'extrémité sud, dont une partie du mur ouest s'était écroulé, et qui était ouverte à tous les vents. Les gens plantés autour regardaient en tendant le doigt, hurlant sans se faire entendre dans le rugissement du vent. Vibrionnant, courant de-ci, de-là, essayant de voir quelque chose.

Il n'y avait rien d'autre à faire, à ce stade. Le bout du chemin de planches avait été emporté avec le reste. L'armée et les types du comté disposaient des chevaux de frise et déroulaient du ruban de plastique orange ; ils allaient barrer la route, l'évacuer, et transférer l'effort de consolidation vers un coin plus sûr.

— Waouh ! lança Leo à l'orage, sentant le vent lui arracher le mot de la bouche et l'emporter vers l'est. Putain, quel vent ! C'est juste là qu'on était ! hurla-t-il à l'intention de Marta.

— Parti ! hurla Marta en retour. Tout est parti ! Parti comme Torrey Pines Generique !

Brian et Leo poussèrent des hurlements approbateurs. Parti à la mer, avec tout ce putain d'endroit !

Ils allèrent retrouver le petit pick-up Toyota de Marta, s'assirent au bord du trottoir, plus ou moins à l'abri du vent, et burent les cafés qu'elle avait apportés, déjà refroidis dans leur tasse en carton avec leur couvercle de plastique.

— Le boulot n'est pas fini, leur annonça Leo.

Ils acquiescèrent. Ils avaient compris qu'il parlait des travaux de terrassement.

— Ça, c'est sûr, répondit Brian. Il paraît que la route de la côte est coupée juste au sud de Cardiff. La lagune de San Eijo est complètement obstruée, et la mer remonte dans l'embouchure du fleuve. La rue des restaurants a purement et simplement disparu. Le pont routier a été emporté, et l'eau a commencé à envahir la route par les deux côtés.

— Eh ben !

— Ça va être un sacré merdier. Je parie que ça va faire pareil à l'embouchure de la Torrey Pines River.

— Comme tout le long de la lagune.

— Peut-être, ouais.

Ils sirotèrent leur café.

— C'est chouette de vous revoir, les gars ! dit Leo. Merci d'être venus.

— Ouais.

— C'est ce qu'il y a de plus terrible dans tout ça, reprit Leo.

— Ouais.

— Dommage qu'ils ne nous aient pas gardés. Ils mettent tous leurs œufs dans le même panier, là.

Marta et Brian regardèrent Leo. Il se demanda avec quelle partie de ce qu'il avait dit ils n'étaient pas d'accord. Et comme ils ne travaillaient plus pour lui, il n'avait pas le droit de leur tirer les vers du nez à ce sujet, pas plus qu'à n'importe quel autre sujet, d'ailleurs. D'un autre côté, il n'avait pas de raison de se gêner.

— Quoi ? Qu'est-ce qu'il y a ?

— Je viens de signer avec Small Delivery Systems, dit Marta, en hurlant pour se faire entendre par-dessus le vacarme.

Elle le regarda, mal à l'aise.

— C'est Eleanor Dufour qui m'a embauchée. Elle est chez eux, maintenant. Ils veulent qu'on reprenne les recherches sur les algues qu'on avait commencées.

— Oh, je vois. Eh bien, tant mieux. Tant mieux pour toi.

— Ouais. Enfin, Atlanta...

Les types de l'armée sifflèrent. Un groupe de Leucadiens les suivirent en marchant au pas, le long de Neptune Avenue, vers un autre camion-benne qui venait d'arriver. Le boulot continuait.

Leo, Marta et Brian les rejoignirent et se remirent à l'ouvrage. Certains partirent, d'autres arrivèrent. Des tas de gens filmaient les événements avec des caméras vidéo ou numériques. Comme la journée avançait, les volontaires prirent avec reconnaissance les gros gants de chantier que leur proposaient les gars de l'armée. Ils avaient déjà assez d'ampoules comme ça.

Vers deux heures de l'après-midi, les mains en sang, ils décidèrent tous les trois de laisser tomber. Leo avait les cuisses et les reins en compote, et il mourait de faim. Le travail sur la falaise se poursuivrait, et ils ne manqueraient pas de volontaires, tout le temps que la tempête durerait. C'était une tâche nécessaire, et puis c'était marrant d'être dehors, dans la tourmente, à faire quelque chose. La plupart des gens seraient sortis pour regarder, de toute façon, mais là ils se sentaient utiles, ils avaient l'impression que c'était mieux que s'ils étaient demeurés chez eux.

Ils restèrent tous les trois plantés sur une pointe, juste au nord de Swami, penchés dans la tempête et s'émerveillant du spectacle. Marta faisait des petits bonds sur place, encore pleine d'énergie, totalement embrasée. Elle semblait à la fois remontée et furieuse, et elle hurlait quand une vague particulièrement grosse s'écrasait sur la petite falaise obstinée de Pipes.

— Ouais ! Regardez-moi ça ! Et allez ! Allez !

Elle était trempée comme une soupe, comme eux tous, la pluie lui collait les cheveux sur la tête, le vent plaquait sa chemise sur sa poitrine. On aurait dit la gagnante d'une espèce de concours de tee-shirt mouillé mâtiné de sport extrême, le mince tissu détrempé soulignant ses seins, son nombril, ses côtes, ses clavicules et ses abdominaux. Une force de la nature, une déesse du surf de San Diego, et tant mieux si elle s'était fait embaucher par Small Delivery Systems. Leo sentit à nouveau poindre un petit bourgeon vert comme l'espoir dans sa poitrine, près de son cœur, pour cette jeune sauvage qui avait été sa collègue.

— C'est tellement génial ! hurla-t-il. Je préfère faire ça plutôt que de travailler au labo !

Brian éclata de rire.

— Ouais, sauf que pour ça, on n'est pas payé.

— Ah, bah ! Et merde. C'est mieux quand même !

Et il hurla dans la tempête.

Et puis Brian et Marta le serrèrent sur leur cœur. Ils s'en allaient.

— Essayons de rester en contact, les gars, dit Leo, devenant sentimental. Vraiment, essayons. Qui sait, on pourrait se retrouver, un jour, retravailler ensemble quelque part.

— Bonne idée.

— Je serai probablement disponible, répondit Brian.

Marta haussa les épaules, détourna le regard.

— On sera disponible ou pas.

Et puis ils s'en allèrent. Leo fit de grands signes alors que le pick-up de Marta s'éloignait dans la rue. Un soudain pincement au cœur – les reverrait-il jamais ? Le reflet des feux arrière du pick-up égrenant deux lignes rouges sur l'asphalte mouillé, le pointillé d'un clignotant à droite, et ils disparurent.

10

Impacts au sens large

Il ne faut pas être une lumière pour décoder le fonctionnement du monde d'aujourd'hui. Un minuscule pourcentage de la population est immensément riche, une partie est aisée, il y a beaucoup de gens qui s'en sortent tout juste, et beaucoup plus qui souffrent. C'est ce qu'on appelle le capitalisme, mais ce mot dissimule des schémas résiduels de féodalisme et de hiérarchies plus anciennes, d'injustices fondamentales qui structurent notre façon de nous organiser. Tout le monde vit dans une relation imaginaire à cette situation réelle. Tel est notre monde. Nous avançons les yeux bandés, et nous ne voyons que ce que nous croyons voir.

Et nous sommes sur une passerelle au-dessus de l'abîme. Il y a des îlots de temps où les choses paraissent stables. Il ne s'y passe pas grand-chose. La routine hebdomadaire. Et puis ces îlots se disjoignent. D'ici quelque temps, aucun des êtres actuellement vivants ne sera plus là ; ce sera d'autres gens. Il n'y aura plus que des histoires pour souder les générations, l'histoire et l'ADN, de longues chaînes de briques élémentaires – la guanine, l'adénine, la cytosine, la thymine, l'amour, l'espoir, la peur, l'égoïsme – tout cela se recombinant encore et encore, jusqu'à ce qu'il y ait un miracle et que l'organisme fasse un bond en avant !

Charlie, réveillé par un hurlement de sirène, se leva d'un bond et resta debout à côté de son lit, les poings brandis comme un boxeur du dix-neuvième siècle.

— Quoi? hurla-t-il en réponse au bruit assourdissant.

Ce n'était pas une alarme. C'était Joe, qui geignait, dans la chambre. Il regarda son père avec stupéfaction.

— Ba!

— Oh non, Joe!

Charlie avait la poitrine et les bras en feu. Il s'était tourné et retourné, en proie à une véritable torture, pendant la majeure partie de la nuit, comme toutes les nuits depuis ce malencontreux accrochage avec le sumac vénéneux. Il n'avait pas dû dormir plus d'une heure ou deux.

— Quelle heure est-il? Pitié, Joe, il n'est même pas sept heures! Ne hurle pas comme ça. Si je dors, tu n'as qu'à me tapoter l'épaule, et me dire: « Bonjour, papa; tu pourrais me réchauffer un biberon, s'il te plaît? »

Joe s'approcha et lui tapota la jambe en le regardant paisiblement.

— Ma. Pa. Wa. Ba.

— Eh ben, dis donc! C'est vraiment bien, Joe! Ecoute, je m'occupe de ton biberon tout de suite! Super! Bon, tu as sali ta couche, là? Parce que sinon, tu pourrais peut-être la baisser, t'asseoir sur ton pot, dans la salle de bains, comme un grand garçon, faire popo comme Nick, et revenir dans la cuisine. Ton biberon serait prêt. Ça te paraît bien?

— Ga. Pa.

Joe trottina vers la salle de bains.

Charlie le suivit, stupéfait, et descendit l'escalier pieds nus, le plus doucement possible, pour ne pas réveiller ses démangeaisons. Dans la cuisine, l'air était d'une fraîcheur soyeuse, délectable. Nick était là, en train de lire un livre. Sans lever les yeux, il dit :

— Je veux descendre jouer au parc.

— Je croyais que tu avais des devoirs à faire.

— Ben, en quelque sorte. Mais j'ai envie de jouer.

— Hmm. Et si tu faisais ton travail d'abord ? On jouerait ensuite, comme ça, quand tu joueras, tu pourrais vraiment en profiter.

Nick inclina la tête sur le côté.

— C'est vrai, ça. D'accord, je vais faire mes devoirs avant.

Il s'éclipsa, son livre sous le bras.

— Oh, et tant que tu y es, remonte tes chaussures dans ta chambre.

— D'accord, papa.

Charlie surprit son reflet sur le côté de la hotte de cuisson. Il avait les yeux ronds comme des soucoupes.

— Hmm, répéta-t-il.

Il mit le biberon de Joe au bain-marie et se fourra l'écouteur de son téléphone dans l'oreille gauche.

— Phone, appelle Phil... Salut, Phil, écoutez, je voulais vous parler d'une idée que je viens d'avoir. Voilà, si on réessayait de faire passer le projet de loi sur les aérosols atmosphériques chinois, on pourrait reprendre tout le problème des émissions de gaz à effet de serre à partir d'une sorte de point d'appui, et donner le coup d'envoi à un processus qui réglerait le problème des centrales à charbon, ici, sur la côte Est, ou qui nous servirait de cheval de Troie, vous voyez ce que je veux dire ?

— Je comprends. Vous voudriez que nous remettions le problème de la Chine sur le tapis ?

— C'est ça, mais dans le cadre de votre package de propositions diverses et variées.

— D'accord. Et si ça marche, tant mieux, et si ça ne marche pas, ça nous donne un levier pour agir ailleurs ? Hmm, bonne idée, Charlie. J'avais oublié cette proposition de loi, mais elle était bonne. Je vais tenter le coup. Appelez Roy et dites-lui de la préparer.

— Bien sûr, Phil. Considérez que c'est fait.

Charlie sortit le biberon du bain-marie et le sécha. Joe apparut à la porte, tout nu, brandissant sa couche pour la soumettre à l'inspection de Charlie.

— C'est formidable, Joe ! Tu as fait dans ton pot ? C'est vraiment bien, alors ! Tiens, ton biberon est prêt. Quelle parfaite récompense pavlovienne !

Joe prit le biberon des mains de Charlie et s'éloigna, une longueur de papier hygiénique coincée dans les fesses traînant derrière lui.

Putain de merde, pensa Charlie. C'était le cas de le dire.

Il appela Roy et lui dit que Phil était d'accord pour revenir à la charge avec la proposition de loi sur les aérosols chinois. Roy n'en revenait pas.

— Tu veux rire ? On s'est ramassés comme pas possible, l'autre fois. On a pris une veste, et ça va être encore pire ce coup-ci.

— Non, pas du tout. On s'est vautrés mais ce n'était pas plus mal, parce que notre cote de popularité avait grimpé en flèche, et on en a profité pour faire passer d'autres trucs. Et ça marchera de la même façon cette fois, parce que c'est pour la bonne cause, Roy. On est du bon côté, sur cette affaire.

— Oui, bien sûr. Ce n'est pas le problème...

— Pas le problème ? Est-ce qu'on en est arrivés à un point de cynisme tel que le fait qu'on soit dans notre bon droit ne veut plus rien dire ?

— Non, bien sûr, mais ce n'est pas le problème non plus. C'est comme quand on joue aux échecs : chaque mouvement n'est qu'un mouvement dans une partie plus vaste, tu comprends ?

— Oui, je comprends. D'autant mieux que c'est mon argument que tu me renvoies, là, mais ce que je veux dire, c'est que c'est un bon mouvement, ça les met en échec, et ils vont être obligés de sacrifier une reine pour s'en sortir.

— Tu penses vraiment que c'est un moyen de pression tellement important ? Pourquoi ?

— Parce que Winston a des liens particuliers avec l'industrie chinoise, et qu'il est mal placé pour défendre sa position vis-à-vis de son noyau dur. La realpolitik chrétienne n'est pas une philosophie super-cohérente, et c'est un point faible pour lui, tu ne vois pas ça ?

— Si, bien sûr. Tu as dit que Phil avait donné le feu vert ?

— Oui.

— Bon. Ça me suffit.

Charlie esquissa une petite danse dans la cuisine, qu'il prolongea dans le salon, où Joe, assis par terre, essayait de remettre sa couche. Les deux adhésifs sur le côté s'étaient détachés.

— C'est bien, Joe. Allez, je vais t'aider.

— Voui, pa.

Joe lui tendit sa couche.

— Hmm, fit Charlie, soudain suspicieux.

Il appela Anna, qui répondit tout de suite.

— Hé, p'tit chou en sucre, ça va ? Ouais, je t'appelle juste pour te dire que je t'aime et te suggérer de prendre deux billets pour la Jamaïque. On part tous les deux, en amoureux. On trouvera bien quelqu'un pour s'occuper des gosses. On va retenir toute une plage rien que pour nous et y passer une semaine, peut-être deux. Ça nous fera du bien.

— Ça, c'est sûr.

— C'est vraiment bon marché, là-bas, en ce moment, à cause des troubles et tout ça, alors on devrait être tout seuls.

— Absolument.

— Alors, je vais juste appeler l'agence de voyages et leur dire d'imputer ça sur ma carte de crédit professionnelle.

— Génial. Vas-y.

Et puis il y eut une sorte de craquement, et Charlie se réveilla pour de bon.

— Et merde !

Il savait exactement ce qui venait de se passer. Ça lui était déjà arrivé. Son rêve lui avait mis la puce à l'oreille ; ça allait trop bien. Anormalement bien – dans ce cas précis, il avait fait preuve d'une puissance de persuasion peu plausible. Il avait échafaudé des scénarios de plus en plus invraisemblables, comme s'il voulait voir jusqu'où il pouvait aller trop loin, jusqu'à ce que le rêve crève comme une bulle, le réveillant.

C'était presque drôle, cette relation au rêve. Sauf que, parfois, il se crashait au moment le plus inopportun. C'était pervers de tester la limite de sa propre crédibilité au lieu de se laisser aller, mais c'était comme ça que son esprit fonctionnait. Il n'y pouvait rien, à part gémir et rire, et essayer d'entraîner son esprit endormi à une plus grande tolérance envers la réalisation de ses souhaits.

Or donc, dans le monde réel, c'était une journée de travail à la maison pour Anna, journée programmée pour procurer à Charlie des espèces de vacances sans Joe. Il avait payé un lourd tribut au sumac vénéneux. Il pensait en profiter pour aller tout seul au bureau, pour une fois, et discuter avec Phil de ce qu'il fallait faire maintenant. Il était crucial de le renvoyer au charbon sur l'ensemble des petites propositions de lois qui sauverait l'essentiel de la loi générale.

Il descendit pieds nus au rez-de-chaussée et trouva Anna en train de faire des crêpes pour les garçons. Joe aimait s'en servir comme de petits frisbees.

— Bonjour, mon bébé !

— Salut, chou.

Il l'embrassa sur l'oreille et sentit l'odeur de ses cheveux.

— Je viens de faire un rêve absolument stupéfiant. J'arrivais à convaincre tout le monde de faire ce que je voulais.

— Et en quoi c'était un rêve, au juste ?

— C'est ça, ouais ! N'en rajoute pas, s'il te plaît. Il est clair que je n'ai aucun pouvoir de persuasion, sur qui que ce soit. Non, c'était bien un rêve. Et puis je suis allé trop loin, et ça m'a réveillé : je t'appelais pour te proposer de partir avec moi pour la Jamaïque, et tu disais oui.

Elle eut un rire joyeux, à cette idée, et il rit de la voir rire. Alors ça parut être un cadeau et non plus de l'ironie.

Il jeta un coup d'œil à l'ordinateur de la cuisine pour voir les nouvelles. Un lundi orageux. Hmm. De fortes tempêtes montaient en tourbillonnant de la zone subtropicale, et le bleu menthe glaciale de l'océan Arctique était ponctué par des taches blanches pareilles à un collier de marguerites drapé vers le sud. Les photos des satellites les plus élevés, qui couvraient l'essentiel de l'hémisphère Nord, rappelaient à Charlie à quoi sa peau ressemblait juste après le contact avec le sumac vénéneux. La veille, une énorme pustule blanche couvrait la Californie du Sud ; une autre, plus chaude que la normale, descendait vers eux, depuis le Saskatchewan, au Canada, énorme, pleine d'eau, capable de tout détruire sur son passage.

Les météorologues des médias faisaient déjà monter la mayonnaise. Ils décortiquaient frénétiquement le phénomène, non seulement de l'explosion arctique, mais aussi d'une tempête tropicale qui quittait maintenant les Bahamas, et qui avait fait moins de dégâts que prévu.

— « Peu impressionnante » ! Tu as entendu comment ce type a qualifié ça ? Mon Dieu ! Tout le monde devient critique. Voilà que les gens *commentent le temps*, maintenant !

— « De délicieux petits cirrus », dit Anna, de quelque part.

— Ouais. Et l'autre jour, j'ai entendu quelqu'un parler, à propos d'un orage approchant, de « menace caractérisée » !

— Du mélodrame, avança Anna. Le climat en tant qu'art brut. Du soap opera. Ou une sorte de télé-réalité non scénarisée.

— Ou scénarisée.

— Tu ne crois pas que tu ferais mieux de rester à la maison ?

— Non, ça va aller.

— D'accord.

Anna aurait eu mauvaise grâce à lui dire que ce n'était pas raisonnable. Il en aurait fallu un paquet pour l'empêcher d'aller au boulot.

— Mais fais attention.

— Ne t'inquiète pas. Je resterai à l'intérieur.

Charlie remonta se préparer. Une journée dehors, sans Joe ! Ça ressemblait à une petite aventure.

Sauf que, lorsqu'il se retrouva dans Wisconsin Avenue, il se rendit compte que son petit tyran lui manquait. Il attendait, à un coin de rue, que le feu passe au vert, quand il vit un gros semi-remorque approcher, et il dit, tout haut : « Oh, le gros camion ! » Ce qui lui valut des regards intrigués des gens qui attendaient à côté de lui pour traverser. C'était embarrassant, mais il avait vraiment du mal à se rappeler qu'il était tout seul. Il n'arrêtait pas de rouler les épaules, étonné par la soudaine absence de fardeau à cet endroit. Par le vent qu'il sentait sur sa nuque. Et il réalisa avec une sorte d'horreur qu'il aurait préféré avoir Joe avec lui.

— Mon Dieu, Quibler, regarde-toi ! Tu es tombé bien bas !

Enfin, ça faisait du bien de ne pas avoir la poitrine cisaillée par les courroies du porte-bébé. Même sans ça, le moindre contact de sa chemise et les gouttes de sueur qui perlaient sur sa peau réveillaient les atroces brûlures du sumac. Depuis l'échauffourée avec l'arbre, il n'avait pas réussi à dormir une seule nuit. Les horribles démangeaisons qu'il ne pouvait pas gratter le tenaient éveillé, au point de le rendre complètement, rigoureusement dingue. Son médecin lui avait prescrit des anti-inflammatoires stéroïdiens puissants. Il lui en avait même fait une piqûre, et les drogues n'étaient peut-être pas étrangères à son état. Cela dit, les démangeaisons à elles seules auraient suffi à le justifier. Mettre des vêtements lui faisait l'effet d'une électrocution.

Quelques jours de ce traitement avaient suffi à le réduire à un état bredouillant, semi-hallucinatoire. Or plus d'une semaine avait passé, et ça ne s'arrangeait pas. Il avait l'impression d'avoir du sable dans les yeux, tout ce qu'il voyait était entouré par une sorte d'aura, il sursautait au moindre bruit. Il se serait cru dans un mauvais trip à l'ecstasy. Ou du moins, c'est ainsi qu'il l'imaginait. Ou alors, dans les retombées d'un trip à l'acide. Un cerveau en papier de verre, spacieux et brut, où tous ses sens se renvoyaient la balle.

Il descendit du métro à Dupont Circle, juste pour faire un tour sans Joe. Il passa chez Kramer, prendre un expresso à emporter, commença à faire le tour du second niveau... et s'arrêta en se rendant compte qu'il faisait exactement ce qu'il aurait fait s'il avait été avec Joe.

Il partit donc se promener dans Connecticut, en direction du Mall. Tout en marchant, il admira le génial spectacle des nuages : d'énormes tours lobées, d'un blanc nacré, qui montaient très haut en bourgeonnant dans le ciel pâle.

Il s'arrêta dans la merveilleuse boutique de cartes routières d'Eye Street, et se perdit un instant dans la contemplation des nuages des autres pays. En ressortant, il eut l'impression que les nuages grandissaient et grossissaient plus qu'ils ne s'accumulaient. D'énormes cumulo-nimbus étincelants étalaient leur tête aplatie comme une enclume à dix-huit kilomètres d'altitude, formant un hyper-Himalaya à l'air aussi massif que du marbre.

Il se fourra son oreillette dans l'oreille gauche.

— Phone, appelle Roy.

Au bout d'une seconde:

— Roy Anastophoulus... ?

— Roy, c'est Charlie. Je passe te voir.

— Je ne suis pas là.

— Oh, arrête, ça va!

— D'accord. Quand est-ce que je t'ai vu en chair et en os pour la dernière fois?

— Je ne sais pas.

— Tu as deux gamins, c'est ça?

— Eh bien, en voilà, un scoop?

— Ha, ha, ha. J'aimerais bien voir ça.

— Oh non, je ne crois pas.

— Pourquoi viens-tu nous voir?

— Il faut que je parle à Phil. J'ai rêvé ce matin que j'arrivais à convaincre tout le monde de ce que je voulais, même Joe. J'avais même persuadé Phil de remettre ça avec la proposition de loi sur les émissions atmosphériques de la Chine, et je te demandais ton approbation.

— Ce sumac vénéneux t'a rendu rigoureusement dingue.

— Parfaitement exact. Ça doit être les stéroïdes. Je veux dire, aujourd'hui, les nuages donnent l'impression de palpiter. Ils ne savent pas de quel côté aller.

— Ça, en revanche, ça se pourrait. Il y a deux systèmes de basses pressions qui se rencontrent ici, aujourd'hui. Tu n'es pas au courant?

— Comment pourrais-je l'ignorer?

— Il paraît qu'il va tomber des cordes.

— Ouais. Je devrais arriver au bureau avant.

— Tant mieux. Hé, écoute : quand Phil arrivera, ne sois pas trop dur avec lui. Il se sent déjà assez péteux.

— Vraiment ?

— Oui, enfin, non. Pas vraiment. Je veux dire, quand as-tu déjà vu Phil se sentir morveux pour quelque chose ?

— Jamais.

— Exactement. Enfin, quand même. Si c'était son genre, il serait dans ses petits souliers, là. Et n'oublie pas qu'il a le chic pour tirer le meilleur parti possible des situations les plus abracadabrantes. Il voit les limites, et il fait de son mieux. Pour lui, ce n'est pas un jeu à somme perdante. Il ne voit pas vraiment ça comme une bataille entre eux et nous.

— Il y a quand même des moments où eux c'est eux, et nous c'est nous.

— D'accord. Mais il voit les choses à long terme. Un jour, certains d'entre eux seront des nôtres. En attendant, il a le don de trouver des échappatoires. Diviser la super-loi en plusieurs articles est peut-être la meilleure façon de procéder. On reviendra tôt ou tard sur la plupart des points.

— Peut-être. On n'a jamais retenté le coup avec les émissions atmosphériques chinoises.

— Pas encore.

Charlie cessa de l'écouter pour observer la rue qu'il traversait. Quand il fit à nouveau attention, Roy disait :

— Alors, tu as rêvé que tu étais Xénophon, c'est ça ?

— Pardon ? Qui donc ?

— Xénophon. L'auteur de *L'Anabase*. Ça raconte comment une poignée de mercenaires grecs et lui se sont retrouvés coincés en territoire hostile et ont dû combattre pour rentrer en Grèce, tout ça en se disputant pour décider quoi faire. Xénophon l'emportait chaque fois, et tous ses plans marchaient à la perfection. Je pense que c'est le premier roman de politic fantasy, et c'est génial. Alors, qui as-tu convaincu d'autre ?

— Eh bien, j'ai réussi à habituer Joe à aller sur son pot, et j'ai persuadé Anna de laisser les enfants à la maison pour m'accompagner en vacances à la Jamaïque.

Roy se mit à rire de bon cœur.

— Les rêves sont parfois vraiment marrants.

— Ouais, mais surtout audacieux. Tellement audacieux. Parfois, quand je me réveille, je me demande pourquoi je ne suis pas tout le temps comme ça. Je veux dire, qu'est-ce qu'on a à perdre ?

— La Jamaïque, mon vieux. Tu sais que certains de ces hôtels, sur la côte nord, sont fréquentés par des couples amateurs d'ébats publics, sur les plages et autour des piscines ?

— Encore des histoires de fantasy, je vois !

— Va savoir. Tu ne penses pas que ce serait intéressant ?

— Là, tu m'as l'air, je ne dirai pas désespéré, mais pour le moins un peu frustré.

— C'est vrai. Je le suis. Ça fait *des semaines.*

— Oh, mon pauvre vieux ! Moi, il y a des semaines que je n'avais pas mis les pieds dehors.

Il est vrai que, pour Roy, quelques semaines entre deux aventures amoureuses, ça faisait long. L'un des secrets les moins bien gardés de Washington DC était que, parmi les jeunes célibataires ambitieux réunis là pour diriger le monde, il y avait énormément d'histoires de cul.

— Enfin, dit Roy d'un ton lugubre, j'ai bien peur d'être obligé d'aller danser quelque part, ce soir.

— Plains-toi, va ! Moi, je serai chez moi en train de ne pas me gratter.

— Je t'envie. Tu seras au milieu des tiens. Hé ! Mon plat vient d'arriver.

— Ah bon. Tu es où, au fait ?

— Au Bombay Club.

— Eh bien dis donc !

C'était un restaurant au décor de palais des *Mille et Une Nuits* tenu par un couple d'Indo-Américains qui faisait une cuisine excellente. L'un des endroits préférés du personnel politique et administratif, des lobbyistes et autres. Charlie en raffolait.

— Du saumon tandoori ? avança-t-il.

— Exactement. Ça a l'air sublime. Et l'odeur... mm !

— Hier, au déjeuner, j'ai eu un petit pot d'épinards Gerber.

— Non... Tu ne manges pas vraiment ça ?

— Ben si, pourquoi ? Ça manque un peu de sel, mais ce n'est pas si mauvais.

— Berk !

— Ouais. Ce que je fais, tu vois, c'est que je mélange un peu d'épinards et un peu de banane.

— Arrête, je t'en supplie !

— Allez, salut.

— Salut !

La lumière, sous les nuages d'orage, était devenue noirâtre. Il allait tomber des cordes. Le dessous des nuages était tout noir. Des gouttes d'eau grosses comme des bombes à eau étoilèrent le trottoir. Charlie pressa le pas et arriva au bureau de Phil juste avant l'averse.

Il jeta un coup d'œil au-dehors, par les portes vitrées, et regarda la pluie marteler toute la longueur du Mall. Le ciel se déversait sur eux. Les gouttes étaient vraiment énormes. On aurait dit que des grêlons gros comme des balles de base-ball s'étaient cristallisés dans les nuages, et avaient réussi à se fondre en eau avant de toucher le sol.

Après avoir observé le spectacle un instant, Charlie monta dans les étages. Là, Evelyn lui apprit que l'avion de Phil avait été retardé, et qu'il serait peut-être obligé de revenir de Richmond en voiture.

Charlie poussa un soupir. Ce n'était pas aujourd'hui qu'il verrait Phil.

Alors, il lut des rapports, prit des notes en prévision du retour de Phil et redescendit prendre son courrier dans son casier. La fenêtre du bureau d'Evelyn donnait vers le sud, sur le Mall, le musée de l'Air et de l'Espace, et le Capitole, au loin, à gauche. Dans la lumière aqueuse, les grands bâtiments prenaient une allure fantomatique. On aurait dit des maisons de géants.

Avec tout ça, il était déjà plus de midi, et Charlie commençait à avoir faim. La pluie semblait s'être un peu calmée, alors il sortit chercher un sandwich chez les Iraniens de C Street, en prenant un parapluie à la porte.

Le gros de l'averse était passé, mais il tombait une petite pluie régulière et les rues étaient désertes. L'eau arrivait au niveau du trottoir dans beaucoup de carrefours et, en quelques endroits, débordait du caniveau jusque sur le trottoir.

Dans le *deli*, le gril crépitait, mais l'endroit était presque aussi vide que les rues. Deux cuisiniers et la caissière regardaient les infos à la télé accrochée en hauteur, dans un coin du plafond. En reconnaissant Charlie, ils retournèrent à la contemplation de la télé. Il fut envahi par l'odeur caractéristique du houmous et du riz basmati.

— Ça va être un gros orage, dit la caissière. Vous êtes prêt à commander ?

— Oui, merci. Comme d'habitude : un sandwich au pastrami avec du pain de seigle et des chips de tomate.

— Et une inondation, aussi, dit l'un des cuistots.

— Ah bon ? répondit Charlie. Quoi, pire que d'habitude ?

— Deux orages et la marée haute, répondit la caissière, sans quitter la télé des yeux. En amont, en aval et au milieu.

— Eh bien !

Charlie se demanda ce qu'elle racontait. Puis il regarda la télévision avec eux. Les photos des satellites météo montraient une immense draperie blanche qui s'avançait au-dessus de New York et de la Pennsylvanie. Et la tempête tropicale tournoyait toujours au-delà des Bermudes. On aurait dit qu'une nouvelle tempête parfaite était en préparation, comme en 1991. Comme s'il fallait une tempête parfaite, par les temps qui couraient, pour qu'on puisse dire que les Etats « Mid-Atlantic » méritaient bien leur nom. Une tempête même imparfaite aurait suffi. La télévision parlait d'un cycle de marée de onze ans, du plus long et du plus fort El Niño jamais enregistré de mémoire de météorologue.

« ... toute la pluie du ciel se déverse sur trente-six mille kilomètres carrés », annonça le présentateur de la météo.

— Ça en fait, de l'eau, observa Charlie.

Les Iraniens hochèrent la tête en silence. Cinq ans plus tôt, ils auraient probablement fermé la boutique, mais c'était la quatrième combinaison synergique de « tempête parfaite » au cours des trois dernières années, et, comme tout le monde, ils commençaient à être blasés. Pierre avait trop souvent crié au loup. Les trois tempêtes précédentes avaient été des catastrophes majeures, au moins en certains endroits. Mais jamais à Washington. Alors les gens se contentaient de vérifier que leur matériel tenait le coup, qu'ils avaient assez de réserves, et les affaires continuaient, le téléphone dans une main, le parapluie dans l'autre. Et force était à Charlie de reconnaître qu'il faisait comme les autres, alors même que c'était lui qui criait au loup, à propos de la situation globale : il était là, à acheter un sandwich au pastrami avant de retourner au travail. Ça paraissait être la meilleure façon de gérer la situation.

Les Iraniens finirent par le servir, tout en regardant la télé : des images de champs inondés dans le bassin hydrographique du haut Potomac, près de Harpers Ferry.

— Trois mètres, dit la caissière en lui rendant la monnaie. Le premier est le pire.

Charlie hocha la tête en se demandant ce qu'elle voulait dire. Le cuistot coupa le sandwich en deux, l'emballa et le mit dans un sac. Charlie le prit et se dépêcha de rentrer, par les rues qui allaient en s'assombrissant. Il passait occasionnellement devant une vitrine éclairée, où des gens travaillaient sur ordinateur. On se serait cru dans un tableau de Hopper.

La pluie avait redoublé, le vent rugissait dans les arbres, hurlait au coin des bâtiments. La nature particulière de la ville faisait qu'il y avait beaucoup de ciel dans l'image, et de vastes taches de nuages bas étaient visibles à travers la pluie.

Charlie s'arrêta à un coin de rue et regarda autour de lui. Il avait la peau en feu. Les choses avaient l'air trop trempées, trop mal éclairées pour être vraies ; on aurait dit un éclairage de théâtre à un moment particulièrement dramatique. Une fois de plus, il eut l'impression d'être passé dans un endroit où le monde réel avait acquis toutes les qualités du rêve, devenant aussi irréel, improbable et beau, brillant d'un sombre éclat, chargé d'une signification insaisissable. Il y avait des moments où il suffisait d'être dehors, sous l'orage.

De retour à la boîte, il mangea à son bureau en regardant sa liste de choses à faire. Le sandwich était bon. Le café de la machine du bureau, lui, était particulièrement mauvais. Il écrivit un rapport réactualisé pour Phil, le pressant d'avancer sur les éléments de la proposition de loi qui étaient manifestement passés à l'as. *Voilà ce qu'il faut faire.*

Le bruit de la pluie, au-dehors, lui fit penser aux Khembalais et à leur île au ras des flots. Que pouvaient-ils bien faire pour aider leur foyer aqueux? Poursuivant sa réflexion, il chercha « Khembalung » avec Google, puis, voyant qu'il y avait plus de huit mille réponses, il précisa « Khembalung + histoire ». Ce qui réduisit les références à quelques dizaines. Il appela la première, qui paraissait intéressante, un site appelé « Etudes shambhaliennes », d'un site en .edu.

Le premier paragraphe le laissa bouche bée : le Khembalung, un royaume mouvant. Naguère appelé Shambhala... Il fit lentement défiler les pages :

... quand les guerriers de Han envahiront le Tibet central, le tour du Khembalung sera venu. Un nommé Drepung viendra de l'est, un nommé Sonam viendra du nord, un nommé Padma viendra de l'ouest...

— Putain de merde !

... La première incarnation de Rudra a vu le jour en 16017 avant J.-C. Il était roi d'Olmolungring...

... Puis la malhonnêteté et l'avidité l'emporteront, une idéologie brutalement matérialiste se répandra sur Terre. Le tyran en viendra à croire qu'il n'y a plus d'endroit à conquérir, mais les brouillards en se levant révéleront le Shambhala. Outragé de découvrir qu'il ne règne pas sur toute chose, le tyran attaquera, mais à ce moment Rudra Cakrin se lèvera et mènera une puissante horde contre l'envahisseur. Après une grande bataille, le mal sera détruit (voir illus. 4).

— Dieu du ciel !

Charlie poursuivit sa lecture, le nez collé sur l'écran, qui était maintenant la seule source de lumière de la pièce. Résurgence du royaume... réincarnation de ses lamas... Tout un passage décrivait les méthodes utilisées pour repérer les lamas réincarnés quand ils réapparaissaient sous une nouvelle enveloppe. Charlie eut tout à coup l'impression que les poils sur ses avant-bras se dressaient, et une vague de démangeaison lui parcourut tout le corps. Des petits enfants parlant des langues inconnues, reconnaissant les objets personnels ayant appartenu à l'incarnation précédente...

Son téléphone sonna. Il fit un bond d'un mètre.

— Allô ?

— Charlie ! Ça va ?

— Salut, chou. Ouais, c'est juste que tu m'as surpris...

— Pardon. Oh, tant mieux. Je m'en faisais. J'ai entendu aux infos que le centre-ville était inondé. Qu'il y avait de l'eau dans le Mall.

— Hein ? Où ça ?

— Tu es au bureau ?

— Ouais.

— Il y a des gens avec toi ?

— Bien sûr.

— Ils font quoi, ils travaillent ?

Charlie jeta un coup d'œil par sa porte pour voir. En réalité, le plateau avait l'air vide. Tout le monde semblait s'être regroupé dans le bureau d'Evelyn.

— Ecoute, je vais voir et je te rappelle, dit-il à Anna.

— D'accord. Dis-moi ce qui se passe par chez toi.

— Je vais faire ça. Merci du tuyau. Hé, avant de raccrocher, tu savais que le Khembalung était une espèce de réincarnation de Shambhala ?

— Qu'est-ce que tu racontes ?

— Shambhala, tu sais, Shangri-La, la ville magique, secrète ?

— Oui. Je connais.

— Eh bien, on dirait une sorte de kermesse ambulante. Quand elle est découverte, ou que le moment est venu, elle disparaît pour un nouvel endroit. Ils ont récemment retrouvé les ruines de l'originale, à Kachgar. Tu le savais ?

— Non.

— Eh bien, apparemment, c'est comme s'ils avaient retrouvé Troie, l'Atlantide, ou Santorin. Mais le destin de Shambhala ne s'est pas arrêté à Kachgar, elle s'est déplacée. D'abord au Tibet, puis dans une vallée à l'est du Népal ou à l'ouest du Bhoutan, une vallée appelée Khembalung. Je suppose que, quand la Chine a quitté le Tibet, ils ont été obligés de se déplacer vers cette île.

— Comment tu sais tout ça, toi?
— Je viens de le trouver sur Internet.
— Charlie, c'est formidable, mais tout de suite, tu ferais mieux d'aller voir ce qui se passe dans les bureaux où tu es! Il se pourrait bien que tu sois dans la zone inondée.
— D'accord, j'y vais. Mais écoute..., dit-il en sortant dans le couloir, Drepung ne t'a jamais dit comment ils trouvaient les nouvelles réincarnations de leurs lamas?
— Non. Allez, va voir ce qui se passe dans tes bureaux!
— C'est ce que je fais, là, mais quand même, trésor, je voudrais que tu lui parles de ça. Tu te souviens, la première fois qu'ils sont venus dîner à la maison, quand le vieil homme jouait aux cubes avec Joe et que ça ne plaisait pas à Sucandra?
— Et alors?
— Alors je voudrais seulement être sûr qu'il n'y a rien là-dessous. C'est sérieux, p'tit chou! Je t'assure. Ces gens qui cherchent le nouveau Panchen Lama ont attiré de terribles ennuis à un pauvre petit gamin, il y a quelques années, et je ne voudrais pas qu'on se retrouve dans ce genre de galère.
— Quoi? Je ne comprends pas ce que tu racontes, Charlie, mais on en parlera plus tard. Pour l'instant, va voir ce qui se passe chez toi.
— D'accord, d'accord. Mais n'oublie pas...
— J'y penserai!
— Bon. Je te rappelle dans une seconde.
Il entra dans le bureau d'Evelyn et vit des gens massés devant la fenêtre, un autre groupe entourant un téléviseur posé sur un bureau.
— Regardez ça, lui dit Andrea en lui indiquant la télé.
— C'est la caméra de l'entrée? s'exclama Charlie en reconnaissant la perspective. C'est la caméra de la porte!
— C'est ça.
— Oh non, c'est pas vrai!
Charlie s'approcha de la fenêtre et se dressa sur la pointe des pieds pour voir par-dessus les têtes. Le Mall disparaissait sous l'eau. Les rues, au-delà, étaient inondées. Constitution Avenue n'était plus qu'un lac qui semblait faire au moins deux pieds de haut, peut-être plus.
— Incroyable, non?

— C'est pas vrai... !
— Vous avez vu ça ?
— Non, mais regardez ça !
— Enfin, les gars, pourquoi vous ne m'avez pas appelé ? s'écria Charlie, choqué par la vue.
— On a oublié que tu étais là, répondit quelqu'un. T'es jamais là.
— C'est monté tout d'un coup, au cours de la dernière demi-heure, peut-être même pas, ajouta Andrea d'une voix tremblante. C'est arrivé tout d'un coup, là, sous mes yeux. On aurait dit que les nuages avaient soudain crevé sur nous, et que la pluie n'avait nulle part où aller, alors elle a fait d'énormes mares, partout, et puis voilà, c'est devenu ça, ce que vous voyez là.
— Une gigantesque mare, partout.
Constitution Avenue ressemblait au Grand Canal, à Venise. Au-delà, le Mall était un lac fouaillé par la pluie. L'eau recouvrait tout de la même façon, les rues, les trottoirs et les pelouses. Charlie se rappela le choc qu'il avait eu, il y avait des années de ça, en sortant de la gare de Venise et en voyant le canal juste là, devant le bâtiment. Une ville où le goudron était remplacé par de l'eau. Elle n'était pas profonde à cet endroit, évidemment, mais devant tous les bâtiments, les marches descendaient dans une étendue d'eau brunie, qui arrivait partout au même niveau, comme un banal lac, ou comme la mer. Brun-bleu, bleu-brun, gris-brun, brun, gris, d'un blanc sale – rien que les teintes mornes de la ville. La pluie criblait la surface, y formant une infinité de minuscules cratères hérissés de gouttelettes qui rejaillissaient.
Charlie manœuvra pour se rapprocher de la vitre. Il se fit la réflexion que l'eau semblait venir de très loin et couler doucement vers eux. L'espace d'un instant, il eut l'impression que leur bâtiment avait levé l'ancre et se dirigeait vers l'ouest. En proie à une sorte de vertige, il mit la main sur la vitre pour se stabiliser.
— La barbe ! Il faut que je rentre chez moi, dit-il.
— Et comment vous pensez y arriver ?
— On nous a recommandé de rester là où on était, dit Evelyn.

— Vous voulez rire ?

— Non non. Franchement, regardez un peu ça. Ça risque d'être vraiment dangereux, dehors, tout de suite. Il ne faut pas plaisanter avec ça – regardez !

Une petite voiture électrique flottait ou plutôt était entraînée le long de la rue, déjà couchée sur le côté.

— Vous pourriez être déséquilibré comme un rien, perdre pied.

— Oh mon Dieu...

— Comme vous dites !

Charlie n'était pas tout à fait convaincu, mais il n'avait pas envie de discuter. L'eau, sur laquelle les coups de vent laissaient des empreintes pareilles à des pattes de chat, montait à plusieurs pieds de hauteur. En dehors de toute autre considération, il trouvait ça trop bizarre pour sortir.

— Ça s'étend loin ? demanda-t-il.

Evelyn changea pour une chaîne d'info locale, où une femme à l'air réjoui expliquait qu'il fallait s'attendre à une marée exceptionnelle, parce qu'on était à un pic comme il s'en produisait tous les onze ans ; c'était cyclique. Elle ajouta que le niveau de l'eau monterait encore plus haut que la normale à cause d'une tempête tropicale, le cyclone Sandy, qui s'avançait maintenant sur la baie de Chesapeake. L'effet combiné de la marée et du cyclone remontait le Potomac, vers Washington, perdant de la hauteur et de la puissance en cours de route, mais s'opposant au courant descendant du fleuve, qui disposait d'un bassin hydrographique de « trente-six mille kilomètres carrés », comme Charlie l'avait appris au *deli* iranien – un bassin hydrographique qui avait, ce matin-là, reçu une quantité de pluie record. Au cours des quatre dernières heures, il était tombé vingt-cinq centimètres de pluie en plusieurs zones largement séparées du bassin hydrographique, et maintenant tout cela se déversait en aval et rencontrait le mascaret, en plein milieu de la zone métropolitaine. Les dix centimètres de pluie qui s'étaient abattus sur Washington au cours de l'averse de la mi-journée, si spectaculaire que ça puisse être, n'avaient fait que s'ajouter au problème plus vaste : l'eau n'avait nulle part où aller. Et la journaliste expliquait tout ça avec un sourire ravi.

Dehors, la pluie ne tombait pas plus violemment qu'au cours de beaucoup d'averses du soir, en été, mais elle ne cessait pas, et quand elle touchait le sol, elle ne rencontrait que de l'eau.

— Stupéfiant, dit Andrea.

— Si seulement ça pouvait emporter le Fonds monétaire international...

Cette remarque ouvrit les vannes, si l'on peut dire, et préluda à l'énumération de tous les organismes et bâtiments que les gens présents dans la pièce auraient voulu voir disparaître de la surface de la terre. Quelqu'un hurla « Le Capitole ! », mais il se dressait sur une colline, à l'est, en un endroit très élevé qui ne redescendait vers l'Anacostia que beaucoup plus loin, à l'est. Les gens qui s'y trouvaient ne seraient probablement même pas isolés, parce qu'il devait y avoir une bande de sol surélevé qui menait vers l'est et le nord.

Contrairement à eux, qui se trouvaient une bonne douzaine de mètres en contrebas du Capitole.

— On est là pour un bout de temps.

— Les trains vont cesser de circuler, c'est sûr.

— Et le métro ? Oh, mon Dieu !

— Il faut que je téléphone chez moi.

Plusieurs personnes dirent cela en même temps, dont Charlie. Les gens s'éparpillèrent, rentrèrent dans leur bureau, se jetèrent sur leur téléphone. Charlie dit :

— Phone, appelle Anna.

La réponse ne se fit pas attendre : « Par suite d'encombrement, nous ne pouvons donner suite à votre appel. Veuillez rappeler ultérieurement. » Il n'aurait su dire depuis combien d'années il n'avait entendu ce message, qui lui fit un choc. D'accord, s'il devait l'entendre un jour, c'était bien en ce moment, où tout le monde devait essayer de joindre quelqu'un, saturant le réseau. Mais si la situation se prolongeait pendant des heures, des jours, ou même plus longtemps ? Cette idée le rendait malade ; il se sentait brûlant, et sa peau a vif le démangea de plus belle. Il se sentit envahi par une sorte de nausée, comme s'il était menacé de l'amputation imminente d'un membre invisible – très précisément le sixième sens qui le reliait à Anna. Tout d'un coup, il comprit à quel point il en était arrivé à compter sur ce lien permanent avec elle. Ils se parlaient dix fois par jour, et ces échanges lui étaient utiles pour mener sa barque. Jamais ce terme ne lui avait paru plus approprié.

Et voilà qu'il était coupé d'elle. Apparemment, personne, dans le bureau, n'arrivait à établir de communication. Ils se rapprochèrent les uns des autres. Quelqu'un avait-il réussi à avoir une ligne ? Non. Y avait-il un système d'urgence leur permettant de se connecter ? Non.

Enfin, il y avait toujours Internet. Tout le monde s'assit devant son clavier pour envoyer un mail à sa famille, et pendant un moment, on se serait cru dans un pool de secrétaires ou d'employés du téléphone.

Après ça, il n'y avait plus rien à faire que de regarder des écrans, ou par la fenêtre. C'est ce qu'il firent, en allant et venant comme s'ils ne tenaient pas en place, disant et répétant toujours les mêmes choses, réessayant de téléphoner, regardant par la fenêtre ou vérifiant les chaînes de télévision et les sites Internet. Les images habituelles des médias, prises d'hélicoptère, et généralement toutes les images aériennes obtenues d'une altitude inférieure à celle des satellites étaient indisponibles à cause de la violence de la tempête, mais presque toutes les chaînes de télévision s'étaient rabattues sur les images en temps réel des diverses caméras de la ville, et l'une des stations météo lâchait dans la tourmente des ballons, des dirigeables ou des drones équipés de caméras, dont elle retransmettait toutes les images. A vrai dire, on voyait surtout des nuages gris, tourbillonnants, mais il y avait aussi des plans stupéfiants de la contrée environnante, changée en un gigantesque lac d'où émergeaient des arbres ou des toits. Une caméra placée en haut du Washington Monument montrait une vue magnifique, vraiment stupéfiante, de l'immense étendue d'eau entourant le Mall. Le Potomac avait presque recouvert Roosevelt Island. Il avait si bien débordé que son lit disparaissait complètement, de même que le Mall, et l'eau venait lécher les marches de la Maison-Blanche et du Capitole, tous deux situés sur des collines, celle du Capitole étant bien plus haute que l'autre. Tout le quartier sud était inondé ; seuls les plus grands bâtiments avaient les pieds au sec. La large vallée de l'Anacostia ressemblait à un bassin de retenue. La ville, au sud de Pennsylvania Avenue, était un lac planté de gratte-ciel.

Et c'était partout pareil: la profonde mais étroite ravine en épingle à cheveux du Rock Creek était pleine à ras bord, et ses eaux se déversaient maintenant dans toute la ville. Les caméras placées sur les ponts de M Street cadraient la vue terrifiante du torrent rugissant à l'endroit où il entreprenait son virage final vers l'ouest en submergeant le collège Saint Francis et continuait vers le sud, dans Foggy Bottom, venant alimenter le lac qui couvrait le Mall.

Sur une autre chaîne, une caméra cadrait le bâtiment du Watergate. La vaste barrière incurvée n'avait jamais aussi bien mérité son nom: on aurait dit une portion isolée d'un barrage sur laquelle les eaux du Potomac venaient s'écraser en vagues d'une telle force qu'elles paraissaient capables de renverser le bâtiment. Il en allait de même pour le Kennedy Center, juste au sud. Sur le monticule qui lui servait de piédestal, Lincoln avait de l'eau jusqu'aux pieds. De l'autre côté du Potomac, l'eau s'apprêtait à inonder la partie en contrebas du cimetière national d'Arlington. L'aéroport Ronald Reagan avait complètement disparu.

— Incroyable.

Charlie retourna regarder par la fenêtre. L'eau était toujours là. Une voix, à la télé, disait que plus d'un milliard deux cents millions de mètres cubes d'eau convergeaient vers la zone métropolitaine, partiellement retenus sur leur trajet en aval par la marée haute. La pluie n'en finissait pas de tomber, et la météo n'annonçait pas d'amélioration.

Par la vitre, Charlie vit que, malgré le vent et les embruns, les gens s'aventuraient maintenant dans les rues avoisinantes avec de petites embarcations: des zodiacs, des kayaks, un hors-bord qui servait au ski nautique, des canots, des barques; il y avait de tout. Et puis, alors que la soirée avançait et que la lumière crépusculaire baissait encore sous les nuages noirs, la pluie redoubla d'intensité. Le seul fait de se trouver sur l'eau devait être dangereux. La plupart des petites embarcations semblaient occupées par des hommes qui ne donnaient pas l'impression d'avoir de raison particulière d'être dehors. Ils étaient sortis pour s'éclater, à la recherche d'émotions fortes. Déjà!

— On se croirait à Venise, dit Andrea, faisant écho aux pensées que Charlie avait eues plus tôt. Je me demande comment ça ferait si c'était tout le temps comme ça.

— On ne va peut-être pas tarder à le découvrir.

— On est à quelle altitude au-dessus du niveau de la mer?

Personne ne le savait, mais Evelyn le découvrit rapidement, et elle afficha une carte topographique sur son écran. Ils se massèrent autour d'elle pour la regarder, ou pour copier l'adresse afin de se connecter sur le site.

— Regardez ça!

— Quoi, trois mètres au-dessus du niveau de la mer? C'est possible, ça?

— C'est ce qu'on appelle un bassin hydrographique.

— Mais l'océan est à... quoi? cent, cent cinquante kilomètres?

— Il y a cent quarante-cinq kilomètres jusqu'à la baie de Chesapeake, confirma Evelyn.

— Je me demande si le métro est inondé.

— Comment pourrait-il ne pas l'être?

— Exact. Il ne peut pas faire autrement que de l'être, au moins en certains endroits.

— Et s'il l'est en certains endroits, comment veux-tu qu'il ne le soit pas partout?

— Eh bien, il y a des sections plus hautes que d'autres. Les zones les plus profondes doivent être submergées. Enfin, de toute façon, les entrées doivent être sous l'eau partout.

— Exactement.

— Eh bien... Quel gâchis.

— Et merde! Je suis venu en métro.

— Moi aussi, dit Charlie.

Ils réfléchirent un instant. Il ne risquait pas d'y avoir de taxis non plus.

— Je me demande combien de temps il faudrait pour rentrer à pied.

Mais bien sûr, entre le Mall et Bethesda, il y avait le Rock Creek.

Des heures passèrent. Charlie vérifiait souvent ses mails, et finalement, il y eut un message d'Anna: « *Ici tout va bien; contente de te savoir au bureau, surtout restes-y jusqu'à ce que ce soit sûr. On se reparle dès que le téléphone remarchera. T'adorons, A et les garçons.* »

Charlie inspira profondément, se sentant grandement rassuré. Quand il avait téléchargé la carte topographique, il avait commencé par regarder Bethesda, et il avait vu que Wisconsin Avenue, la limite du district et du Maryland, était à soixante-seize mètres au-dessus du niveau de la mer. Le Little Falls Creek était tout près, mais suffisamment loin à l'ouest pour ne pas poser de problème, du moins l'espérait-il. D'accord, à l'heure qu'il était, Wisconsin Avenue était probablement une espèce de torrent peu profond, qui s'engouffrait dans Georgetown – et si cette petite snobinarde de Georgetown en prenait pour son grade, ce n'était pas lui qui la plaindrait, seulement voilà : elle se trouvait sur une élévation de terrain qui surplombait le fleuve, selon la corrélation habituelle entre l'argent et l'altitude. Sensiblement plus haut que le Capitole. C'était toujours comme ça : les pauvres gens vivaient dans les basses terres, la partie du sud-est de la vallée de l'Anacostia, qui avait débordé sur ses deux rives, en témoignait.

Il pleuvait toujours. Le réseau téléphonique était toujours HS, et aucun appel n'arrivait à passer. Les gens, dans le bureau de Phil, regardaient la télé, affalés sur des canapés, ou s'allongeaient carrément pour dormir sur les coussins des fauteuils étalés par terre. Dehors, le vent tombait, reprenait de la force, cessait. Et il pleuvait sans discontinuer. Toutes les chaînes de télé déliraient sur le monde hystérique devant des pièces sombres, vides. C'était quand même drôle : ils étaient directement impliqués dans un moment manifestement historique, ils étaient au beau milieu des événements, en fait, et ils le regardaient à la télé, comme tout le monde.

Comme il n'arrivait pas à dormir, Charlie se mit à arpenter les couloirs de l'énorme bâtiment. Il alla bavarder avec l'équipe de sécurité, à la porte d'entrée. Bien qu'ils aient utilisé du ruban adhésif du type anti-attaque par les gaz lacrymogènes, fourni par le département de la Sécurité du territoire, afin d'empêcher l'eau de passer sous les portes, le sol commençait à être trempé, et dans les sous-sols la situation n'était pas brillante. Les travaux avaient dû être bien faits, ils n'étaient pas inondés jusqu'au plafond. Apparemment, dans les bâtiments du Smithsonian, des centaines de gens déménageaient tout ce qu'ils pouvaient vers les étages supérieurs. Dans leur bâtiment, ils s'affairaient surtout devant des écrans d'ordinateurs, même si certains rapportaient maintenant qu'ils avaient du mal à se connecter. Si Internet était coupé, ils seraient complètement isolés du monde.

Pour finir, à force de marcher, Charlie, qui manquait déjà terriblement de sommeil, fut repris de démangeaisons affreuses qui l'obligèrent à retourner dans le bureau de Phil, s'allonger sur un canapé et essayer de dormir.

Il s'allongea du côté brûlé sur les coussins de canapé, mais il eut beau y aller doucement, il ne put retenir un gémissement de douleur, et ses yeux s'emplirent de larmes. Tout d'un coup, il fut pris d'une envie d'être chez lui si forte qu'elle en était insupportable. La pensée d'Anna et des garçons lui arrachait des gémissements. Il avait besoin d'être avec eux ; il n'était pas lui-même, ici, loin d'eux. Voilà l'effet que ça lui faisait de se retrouver dans une situation d'urgence de cette nature : c'est tout juste s'il arrivait à y croire, et il était en même temps affreusement conscient qu'il pouvait arriver des choses terribles. Ses brûlures le suppliciaient. Il pensa qu'il n'arriverait jamais à dormir, mais il était tellement fatigué qu'après s'être tourné et retourné pendant un moment dans un état hypnagogique, où le souvenir de l'inondation lui revenait comme un cauchemar dont il découvrait avec soulagement qu'il n'était pas réel, il sombra dans le sommeil.

De l'autre côté du grand fleuve, c'était différent. Frank était à la NSF quand la tempête devint vraiment terrible. Diane lui avait confié le soin de réunir un nouveau groupe placé sous l'autorité directe du comité directeur, et son acceptation avait déclenché toute une vague d'échanges destinés à formaliser la prolongation de son mandat à la NSF pour un an. Les responsables de son département, à l'université de San Diego, n'y voyaient aucun inconvénient. Il était dans leur intérêt que l'un des leurs travaille à la NSF.

Et voilà. Il était devant son ordinateur et il faisait chauffer Google. Il s'était connecté sur le site de Small Delivery Systems, juste pour voir, et il était tombé sur une page affichant la liste des publications de leurs chercheurs. C'était souvent le meilleur moyen de savoir ce que préparait une entreprise. Presque aussitôt, son regard était tombé sur un article coécrit par le docteur P.L. Emory, PDG de la boîte, et le docteur F. Taolini.

Il tapa rapidement « consultants » dans la case du moteur de recherche et afficha la page de la boîte qui en faisait la liste. Elle était bien là : docteur Francesca Taolini, Massachusetts Institute of Technology, centre d'études bio-informatiques.

— Je veux bien être pendu !

Il s'appuya au dossier de son fauteuil, en réfléchissant. Taolini avait apprécié la demande de subvention de Pierzinski ; elle l'avait gratifiée d'un « Très bon » et avait plaidé en faveur de son financement, d'une façon assez convaincante pour l'effrayer un peu, sur le coup. Elle en avait vu le potentiel...

C'est alors que Kenzo l'appela, en délirant sur la tempête et l'inondation, et Frank rejoignit tous ceux qui étaient présents dans le bâtiment devant les infos télévisées et le site Internet de la NOAA afin d'essayer d'apprécier la gravité de la situation. Une chaîne montra le Rock Creek, qui avait débordé de son lit et se déversait dans les rues, au niveau de Foggy Bottom, où tout le monde avait de l'eau jusqu'à la taille. Ensuite, ce fut le quartier sud-ouest, où les maisons étaient inondées jusqu'au toit, notamment les bâtiments de l'École de guerre, dont la façade à colonnade classique, au confluent du Potomac et de l'Anacostia, sortait de l'eau comme un temple de l'Atlantide.

C'était plus ou moins la même chose au Jefferson Memorial. Dans toute la ville, les caméras fixées sur les immeubles transmettaient les mêmes images de déluge. Frank les contemplait, fasciné. La ville était un lac.

Les spécialistes du climat, au neuvième, affichaient déjà des cartes topographiques montrant l'inondation à différents stades. Si l'eau montait à cent mètres au-dessus du niveau de la mer, au confluent du Potomac et de l'Anacostia, projection que Kenzo considérait comme raisonnable compte tenu du mascaret et de tout le reste, le long de cette courbe de niveau, le nouveau rivage courrait plus ou moins du Capitole, en haut de Pennsylvania Avenue, jusqu'à l'intersection avec le Rock Creek. Le Capitole, sur sa colline, et la Maison-Blanche, un peu plus bas sur la pente, seraient probablement épargnés tous les deux; mais tout, au sud et à l'ouest, serait sous l'eau, comme le confirmaient déjà les vidéos.

En amont, les stations de monitoring montraient que le pic de l'inondation n'avait pas encore été atteint.

— Les éléments se sont conjurés ! beugla Kenzo dans le téléphone. Tout est arrivé en même temps !

Frank ne l'avait jamais vu aussi excité. Lui qui s'exprimait généralement d'un ton mesuré, voilà qu'il parlait comme un impresario – l'agent des désastres –, sur un ton voisin de la fierté paternelle.

— Est-ce que ça pourrait être une conséquence de la stagnation du courant Atlantique ? demanda Frank.

— Oh non, c'est très improbable. Ça n'a rien à voir. C'est un front orageux. Sauf que la stagnation pourrait provoquer la multiplication de tempêtes de ce genre. Plus froides, plus venteuses. Ce n'est qu'un avant-goût de ce qui nous attend !

— Nom de Dieu...

Il n'y aurait pas moyen de traverser le Potomac avant la fin de la tempête.

— Tu peux me dire ce qui se passe du côté de la Virginie ? Les gens travaillent, par chez toi ?

— Ils mettent des sacs de sable le long du cimetière d'Arlington, répondit Kenzo. Si tu veux, il y a des images sur la chaîne 44. Ils font appel à des volontaires.

— Vraiment !

Frank était déjà parti. Il descendit au sous-sol, par l'escalier, pour ne pas courir le risque de se retrouver coincé dans un ascenseur, récupéra sa voiture et sortit du parking. Il y avait de grandes mares, mais leur profondeur n'excédait pas une dizaine de centimètres. Ça n'allait pas tarder à empirer, quand le fleuve remonterait dans les canalisations, empêchant l'eau de s'évacuer. Enfin, pour l'instant, on pouvait encore aller vers le fleuve.

Il tourna à droite et s'arrêta au feu rouge. Les employés du Starbucks étaient sur le trottoir et passaient des cafés et des sachets de papier aux voitures, devant lui. Frank ouvrit sa vitre alors que l'une des employées s'approchait. Elle lui tendit un sachet de viennoiseries et un gobelet de café en carton.

— Merci, les gars ! s'écria Frank. C'est à vous qu'on devrait confier les urgences !

— C'est déjà fait ! Allez, tirez-vous d'ici ! dit-elle en lui faisant signe d'avancer.

Frank repartit en riant vers le fleuve, tout en mangeant ses pâtisseries. Il avançait comme tous les autres, sur la route détrempée, à une dizaine de kilomètres à l'heure. Cinq camions passèrent plus vite, laissant de grandes vagues derrière eux.

En traversant un carrefour, Frank repéra trois hommes qui se cachaient derrière un bâtiment. Ils transportaient quelque chose. Des pillards ? Qui oserait faire une chose pareille ? Quelle tristesse de penser qu'il y avait des gens tellement coincés dans le mauvais mode de fonctionnement qu'ils ne pouvaient pas en sortir, même quand l'occasion se présentait de tout remettre à plat. C'était vraiment ce qui s'appelait perdre une belle occasion !

En arrivant à une rue barrée, il se gara, suivant les instructions d'un homme en gilet orange fluo. La pluie tombait vraiment fort. Au loin, des gens faisaient la chaîne avec des sacs de sable, sur le côté du mémorial aux marines US. Il se précipita pour les rejoindre.

De l'endroit où il était, il voyait le Potomac qui se déversait dans le Boundary Channel, au niveau de Columbia Island, arrachant les ponts, les marinas, menaçant le bas du cimetière d'Arlington. Il s'affairait au milieu de centaines, de milliers de gens peut-être, qui transportaient de petits sacs de sable ressemblant à des sacs de ciment d'une vingtaine de kilos, et qui pesaient bien leurs vingt kilos. De grands gaillards les prenaient dans des camions et les passaient à des gens qui les repassaient à d'autres, le long de la chaîne, ou les transportaient sur leur épaule vers différents points d'un mur de sacs de sable, du côté du Memorial Bridge situé en Virginie, où les pompiers dirigeaient la construction.

Avec le bruit du fleuve et de la pluie, on avait du mal à s'entendre, et il fallait crier pour se transmettre des informations et des instructions. L'aéroport était sous l'eau, la vieille ville d'Alexandria et la vallée de l'Anacostia étaient inondées sur des kilomètres. Tout comme le Mall, évidemment.

Frank travaillait comme un derviche. Quoi qu'on lui dise, il hochait la tête sans chercher à comprendre. C'était très satisfaisant. Il se sentait profondément heureux, et tout le monde autour de lui avait l'air heureux aussi. Et voilà, se dit-il en regardant les gens transbahuter des sacs de sable mous, tels les coolies d'une vieille peinture chinoise. Il faut des événements comme ça pour libérer les gens et qu'ils deviennent généreux.

Plus tard, ce jour-là, il se retrouva debout sur le mur de sacs de sable, d'où il avait une bonne vue sur l'inondation. Le vent avait cessé, mais la pluie tombait toujours aussi fort. Il avait par instants l'impression de respirer plus d'eau que d'air.

Son équipe faisait un break, parce qu'ils s'étaient subitement retrouvés à court de sacs de sable. Il avait le dos cassé et s'étirait par ondes successives, comme les cercles des arbres. Le vent avait tourné plusieurs fois. Ils avaient essuyé de brèves bourrasques venant de l'ouest et du nord, des claques vicieuses comme des micro-tornades. Là, en cet instant, il semblait y avoir une sorte de trêve atmosphérique.

Puis la pluie se calma à son tour, se muant en un très lent crachin. Loin vers l'est, par-delà les eaux écumantes du Boundary Channel et du Potomac proprement dit, une étendue brune, tourbillonnante, s'étendait à perte de vue. Le monument de Washington était un obélisque indistinct sur un horizon plein d'eau. Le Lincoln Memorial et le Kennedy Center étaient deux îles dans le courant. Les nuages noirs formaient un plafond bas, compact, et entre l'eau et les nuages l'air était agité de rafales désordonnées, mais Frank avait encore chaud à cause de tout l'exercice qu'il avait fait, et bien qu'il soit trempé il n'était pas gelé. Il avait juste les oreilles et les mains mordues par le vent. Il resta debout, là, à fléchir la colonne vertébrale, les reins en compote.

Un bateau à moteur remonta lentement, dans un grondement, le Boundary Channel, en dessous d'eux. Frank le regarda passer, s'interrogeant sur son tirant d'eau. Il faisait vingt-cinq ou trente pieds de long, un bateau de sauvetage, une sorte de mince cabin cruiser, à la coque peinte d'un vert qui le rendait presque invisible. Le cockpit illuminé projetait sa lumière sur une personne debout, toute droite, à l'arrière. On aurait dit l'une des sinistres sœurs du film *Ne vous retournez pas*.

Elle regardait par-dessus le niveau de la digue, et Frank reconnut la femme de l'ascenseur du métro. Abasourdi, il mit ses mains en porte-voix devant sa bouche et hurla « Hé ! » de toute la force de ses poumons.

Aucun signe qu'elle l'ait entendu dans le rugissement du courant et de la pluie. Elle ne parut pas non plus le voir agiter les bras. Alors que le bateau commençait à disparaître au détour d'une courbe du canal, Frank repéra des lettres blanches sur la poupe – GCX88A –, puis il disparut. Son sillage avait déjà atteint le mur de sacs de sable et s'était éloigné.

Frank prit son portable dans la poche de son coupe-vent, mit son oreillette et tapa le numéro abrégé du département météo de la NSF. Par bonheur, c'est Kenzo qui décrocha.

— Kenzo, c'est Frank... Ecoute, je voudrais que tu notes tout de suite la référence que je vais te donner, s'il te plaît, c'est très important. D'accord?... GCX88A. Tu l'as? Relis-le-moi... C'est ça, GCX88A. Super. Super! Bon, écoute, Kenzo, c'est l'immatriculation d'un bateau. Un hors-bord, vingt-six pieds à peu près. Je ne peux pas dire si c'est un bateau privé ou appartenant à l'administration. Je pense plutôt que c'est un bateau de l'administration, mais je voudrais savoir à qui il est. Tu pourrais me trouver ça? Je suis sous la pluie et je ne vois pas assez bien mon écran pour chercher avec Google.

— Je vais essayer, dit Kenzo. Attends, laisse-moi... Euh... Eh bien, apparemment, c'est un bateau de la marina de Roosevelt Island.

— Ça pourrait coller. Il y a un numéro de téléphone?

— Voyons un peu... Je devrais trouver ça dans l'annuaire des garde-côtes... Attends, ce n'est pas un numéro à la disposition du public. Une minute, s'il te plaît.

Kenzo adorait ces petits problèmes. Frank patienta en essayant de ne pas bloquer sa respiration. Encore un réflexe instinctif. En attendant, il essaya de graver à nouveau le visage de la femme dans son esprit, en se disant qu'il devrait arriver à en faire réaliser une esquisse par un logiciel de portrait-robot. Elle avait l'air grave et lointain d'une Parque.

— Ouais! Frank, voilà! Tu veux que je fasse le numéro et que je te le passe?

— Oui, s'il te plaît, mais note-le dans un coin pour moi.

— D'accord. Je te le transfère et je raccroche. Faut que j'y retourne, ici.

— Merci, Kenzo. Merci beaucoup.

Frank écouta en se bouchant l'autre oreille avec un doigt. Le silence, puis une sonnerie. Rapide, insistante, comme conçue pour rivaliser avec les bruits d'un moteur de hors-bord. Trois sonneries. Quatre. Cinq. Si un répondeur décrochait, que dirait-il?

— Allô?

C'était sa voix.

— Allô ? répéta-t-elle.

Il devait dire quelque chose, ou elle allait raccrocher.

— Salut, dit-il. Salut, c'est moi.

Il y eut un silence, seulement troublé par des grésillements.

— On était coincés ensemble dans cet ascenseur, à Bethesda.

— Oh, mon Dieu !

Autre silence. Frank lui laissa assimiler l'information. Il n'avait pas idée de ce qu'il devait dire. La balle semblait être dans son camp à elle, et pourtant le silence se prolongeait, et il sentait l'angoisse monter en lui.

— Ne raccrochez pas ! dit-il, se surprenant lui-même. Je viens de voir passer votre bateau. Je suis sur la digue, derrière Davis Highway. J'ai appelé les renseignements et j'ai eu le numéro de votre bateau. Je sais que vous ne vouliez pas... Je veux dire, j'ai essayé de vous retrouver, après, et j'ai bien vu que vous n'aviez pas essayé – que vous ne vouliez pas que je vous retrouve. Alors je me suis dit que j'allais laisser tomber, vraiment, dit-il, s'entendant mentir, avant d'ajouter précipitamment : Ce n'était pas ce que je voulais, mais je ne voyais plus quoi faire. Alors, quand je vous ai vue, là, tout de suite, j'ai appelé un ami qui m'a dit à qui était votre bateau. Je veux dire, comment aurais-je pu faire autrement, en vous voyant, comme ça ?

— Je sais, dit-elle.

Il inspira profondément. Comme s'il se remplissait. Son dos se redressa. Quelque chose dans la façon dont elle avait dit « Je sais » avait tout réveillé en lui. La façon dont elle en avait fait un lien entre eux.

Au bout d'un moment, il dit :

— Je voulais vous retrouver. Je me disais que le moment qu'on avait passé dans l'ascenseur, je pensais que c'était...

— Je sais.

Il avait la peau toute chaude, comme si une espèce de feu Saint-Elme courait sur son corps. Il n'avait jamais rien éprouvé de pareil.

— Mais..., dit-elle.

Et il apprit encore un autre sentiment: une sorte de terreur qui l'étreignait, là, sous les côtes. Il attendit le coup qui devait tomber.

Le silence se poursuivit. Une petite averse isolée s'abattit sur lui, s'éclaircit, et puis il vit à nouveau, de l'autre côté du Potomac haché par le vent, l'énorme monde aqueux, tumultueux, terrible. Onirique.

— Donnez-moi votre numéro, fit sa voix, dans son oreille.

— Quoi?

— Donnez-moi votre numéro, dit-elle à nouveau.

Il le lui donna, et ajouta:

— Je m'appelle Frank Vanderwal.

— Frank Vanderwal, répéta-t-elle, avant de répéter aussi son numéro.

— C'est ça.

— Ecoutez, laissez-moi un peu de temps, dit-elle. Je ne sais pas combien.

Et la communication fut coupée.

Le deuxième jour de tempête passa comme dans un état d'animation suspendue, identique à la veille, tout le monde faisant contre mauvaise fortune bon cœur, serrant les dents en attendant que la situation s'améliore. La pluie était moins torrentielle, mais il avait tellement plu au cours des dernières vingt-quatre heures que les zones inondées restaient sous l'eau. Les nuages continuaient à se bousculer dans le ciel, et les marées étant beaucoup plus hautes que la normale, toute la région, autour de la baie de Chesapeake, était inondée. En dehors d'opérations de sauvetage d'urgence, on ne pouvait rien tenter ; il fallait attendre. Tous les transports étaient impraticables. Le téléphone était toujours coupé, et des centaines de milliers de gens étaient privés d'électricité. Eviter de se noyer prenait le pas même sur l'instinct de journaliste (enfin, presque), et les reporters du monde entier avaient beau converger sur la capitale pour rendre compte de cet événement sensationnel – la capitale de l'hyperpuissance submergée, accablée –, ils ne pouvaient généralement pas aller plus loin que les limites de la tempête, ou de l'inondation. A l'intérieur, c'était l'état d'urgence, et tout le monde était occupé à sauver les gens, à les reloger et à les aider à s'en tirer, d'une façon ou d'une autre. La Garde nationale était sur tous les fronts, tous les hélicoptères étaient réquisitionnés. Les images vidéo et digitales générées pour l'édification du monde étaient encore incidentes par rapport au reste ; cela seul traduisait le fait que les lois naturelles ne s'appliquaient plus, et que la priorité absolue était le retour à la situation normale, c'est-à-dire au tout-spectacle permanent Une partie de la Garde nationale était postée sur les routes autour de la zone inondée, afin d'empêcher les gens de se ruer vers la région avec la même impétuosité que l'eau.

A l'aube du deuxième jour, il fut évident que, bien que la plupart des zones soient déjà inondées, le Rock Creek n'avait pas fini de déborder. Cette nuit-là, les cours d'eau avaient été alimentés par un déluge d'une incroyable violence, et les sols, déjà saturés, ne pouvaient que renvoyer ce nouvel afflux d'eau dans le lit du fleuve. La pente du torrent vers le bassin de marée était abrupte en certains endroits, et sur la majeure partie de sa longueur, il courait au fond d'une gorge étroite sculptée dans le sol plus élevé du nord-ouest du district. Il n'y avait aucun endroit, nulle part, où contenir le volume d'eau en excès.

Tout ça commençait à poser un réel problème pour le National Zoo, qui, situé sur une espèce de péninsule formée par trois boucles du Rock Creek, surplombait directement la gorge. Après le déluge de la nuit, les employés du zoo se réunirent dans les bureaux pour discuter de la situation.

Ils avaient sur les bras des visiteurs d'honneur, qui avaient dû passer la nuit précédente sur place : plusieurs membres de l'ambassade du Khembalung étaient arrivés au zoo la veille, dans la matinée, pour participer à une cérémonie d'accueil pour deux tigres du Bengale qu'ils avaient fait venir de leur pays. La tempête les avait empêchés de retourner en Virginie, mais ils semblaient ravis d'avoir passé la nuit au zoo, parce qu'ils s'en faisaient pour leurs tigres, et pour les autres animaux.

Ils étaient maintenant dans les bureaux, et ils regardaient un des ordinateurs afficher des images du Rock Creek : le courant affouillait les parois de la gorge. Des arbres arrachés s'accumulaient contre les piles des ponts, formant des obstacles temporaires qui faisaient déborder l'eau du torrent, jusqu'à ce que les ponts sautent comme des barrages enfoncés, après quoi les puissants bouchons formés par les débris dévalaient la gorge avec une violence redoublée, la dévastant au passage et menaçant le flanc est du zoo : le torrent marron clair contournait le parc, à quelques pieds à peine en contrebas des parties les plus basses du zoo. Tout montrait que le zoo allait être submergé, et très bientôt, en une sorte de remake du déluge biblique à l'envers : la plupart des gens allaient survivre, mais deux représentants de chaque espèce périraient noyés.

La délégation khembalaise aurait voulu que les employés du zoo évacuent les animaux au plus vite, mais le directeur objectait qu'ils n'avaient pas le temps ni les véhicules nécessaires pour une évacuation en bon ordre. Les Khembalais répondirent que tout ce qu'ils demandaient, c'était qu'on ouvre les cages pour laisser sortir les animaux. Les gardiens du zoo étaient sceptiques, mais les Khembalais, qui étaient des spécialistes en matière d'inondations, et parfaitement rodés aux procédures de mise dans ce genre de situation, leur montrèrent des photos des gardiens du zoo de Prague en pleurs devant les cadavres de leurs éléphants noyés, pour qu'ils comprennent ce qui les attendait s'ils ne prenaient pas des mesures radicales au plus vite. Puis ils appelèrent le GDIN, le Réseau mondial d'information sur les catastrophes, qui avait un protocole complet pour ce scénario précis – les zoos menacés –, ainsi que des photos satellite en temps réel de l'inondation. En réalité, les animaux libérés n'allaient jamais très loin, menaçaient rarement les hommes – qui étaient généralement à l'abri dans des bâtiments, de toute façon – et étaient faciles à récupérer quand les eaux se retiraient. Et toutes les données faisaient apparaître que le Rock Creek allait encore monter.

Cette prévision était facile à accepter, compte tenu du rugissement du torrent café au lait qui entourait quasi complètement le zoo et arrivait presque en haut de la gorge. Les animaux, eux, y croyaient assurément, car ils poussaient des cris comme pour réclamer la liberté. Les éléphants barrissaient, les singes hurlaient, les félins rugissaient et grognaient. Tous les êtres vivants, les animaux comme les êtres humains, étaient terrifiés par cette cacophonie. Le boucan était dantesque. Rien de ce que les films sur la vie sauvage avaient pu leur montrer ne les avait préparés à ça. La panique était palpable.

Connecticut Avenue ressemblait maintenant un peu au canal George Washington, à Great Falls : une voie d'eau étroite, lisse, parallèle à un torrent déchaîné. Toutes les rues latérales étaient inondées aussi. Cela dit, à aucun endroit l'eau n'était très haute

– généralement moins d'un pied –, de sorte que le directeur du zoo s'entendit dire, à sa propre stupéfaction : « D'accord, laissez-les sortir. D'abord les cages, puis les enclos. Partez de la grande grille jusqu'aux points en contrebas du parc. Et vite : ça fait beaucoup de serrures à ouvrir. »

Dans la pénombre noyée de pluie, le long du torrent engorgé, rugissant, le personnel du zoo et ses visiteurs commencèrent à ouvrir les portes aux animaux. Ils les dirigeaient vers Connecticut Avenue quand c'était nécessaire, mais, pour la plupart, ils n'eurent pas besoin de leur montrer le chemin : les animaux foncèrent vers la sortie avec un infaillible sens de l'orientation. Seuls quelques-uns restèrent tapis dans leur enclos, refusant obstinément d'en sortir. Voyant cela, les gardiens du zoo passaient à la cage suivante, en espérant trouver le temps de revenir.

Avec les tapirs et les cerfs, les choses se passèrent en douceur. Ils laissèrent les plus grandes cages à oiseaux fermées ; il y avait peu de risque qu'elles soient inondées jusqu'en haut. Ils passèrent ensuite aux zèbres, aux guépards et aux créatures australiennes, comme les kangourous, qui s'éloignèrent en bondissant, dans de grandes gerbes d'eau. Les pandas s'ébranlèrent méthodiquement, en groupe, comme s'ils avaient prévu le coup depuis des années. Les éléphants se mirent en marche comme à la parade, suivis par les girafes, les hippopotames, les rhinocéros, les ratons laveurs et les otaries. Après avoir cajolé les grands fauves pour les faire monter dans leur camion, les gardiens libérèrent les pumas et les félins plus petits ; puis les bisons, les loups, les chameaux ; les phoques, les lions de mer et les ours ; les gibbons partirent en bande, poussant des hurlements de triomphe ; l'unique jaguar noir se glissa dangereusement dans le crépuscule ; les reptiles, les animaux d'Amazonie avaient déjà l'air comme chez eux. La chute du pont-levis de l'île aux singes provoqua une ruée de primates paniqués ; les gorilles et leurs cousins les suivirent, plus lentement. A ce moment-là, des nappes d'eau brunâtre se répandaient sur le nord du parc, envahissant rapidement les allées, et la partie inférieure était submergée par le flux brun. Très peu de créatures restèrent dans leur enclos, en fin de compte, et beaucoup moins encore se dirigèrent par erreur vers le cours d'eau. Le rugissement était trop terrifiant, le message trop évident. Il faut croire que l'instinct de survie avait la vie dure.

L'eau montait toujours en clapotant, par paliers, à ce qu'il semblait. Il avait fallu deux bonnes heures de frénésie pour déverrouiller toutes les portes, et alors qu'ils finissaient, un mugissement plus violent les submergea, et le parc entier disparut sous un vomissement sale, encombré de débris. Quelque chose avait dû lâcher d'un coup, quelque part en amont. Si des animaux étaient restés dans la partie inférieure du zoo, ils auraient été emportés par le courant, ou seraient morts noyés sur place. Les hommes conduisirent rapidement les quelques fauves et les ours polaires qu'ils avaient fait monter dans leurs camions vers la sortie et sur Connecticut Avenue. Maintenant, tout le Nord-Ouest était un zoo.

Le camion qui avait livré les tigres nageurs du Khembalung quitta le zoo, les tigres à l'arrière et la délégation khembalaise entassée dans la cabine, à l'avant, avec le chauffeur et le gardien du zoo. Suivant les indications de leurs passagers khembalais, ils s'engagèrent lentement, prudemment, sur Connecticut, et prirent vers le nord dans les rues vides, pleines d'eau, déjà sombres. Sous les nuages menaçants, on se serait cru à la fin du jour.

Les tigres nageurs s'agitaient à l'arrière du camion. Ils avaient l'air en colère et apeurés, comme s'ils avaient déjà vécu tout cela. Ils semblaient en vouloir au monde entier, et en entendant leurs rugissements les hommes assis à l'avant rentraient misérablement la tête dans les épaules. Peut-être se battaient-ils ; leurs grands corps heurtaient les parois, et ils rugissaient et grondaient de plus en plus fort.

Par bonheur, la route, qui montait régulièrement vers le nord-ouest, était encore praticable. Et puis, dans Bradley Lane, le chauffeur put prendre vers l'ouest, presque jusqu'à Wisconsin. Quand il fut arrêté par un creux plein d'eau, il battit en retraite et remonta plus au nord, jusqu'à Wisconsin, métamorphosée en un large fleuve qui coulait impétueusement vers le sud, mais sur une profondeur d'une quinzaine de centimètres seulement. Ils suivirent lentement ce courant jusqu'à Woodson, qu'ils remontèrent à contresens, puis ils tournèrent dans l'allée d'une petite maison adossée à un grand immeuble d'habitations.

Les Khembalais sortirent dans le crépuscule pluvieux et allèrent frapper à la porte de la cuisine. Une femme apparut, et redisparut après un bref échange.

Peu après, si quelqu'un dans l'immeuble voisin avait regardé par la fenêtre, il aurait vu un curieux spectacle : des hommes en robe brune ou portant l'uniforme kaki du zoo de la ville faisant descendre de l'arrière d'un camion un tigre portant un collier auquel étaient attachées trois longes. Lorsqu'il fut sorti, ils refermèrent très vite les portes du camion. Le plus vieil homme se dressa devant le tigre, les mains levées. Il prit l'une des longes et mena l'animal trempé le long de l'allée, en direction des marches qui descendaient vers une porte de cave ouverte. Le tigre s'arrêta sur les marches et regarda autour de lui. Le vieil homme lui parla d'un ton pressant. De la fenêtre de la cuisine située au-dessus, deux petits visages les regardaient en ouvrant de grands yeux. Pendant un moment, tout sembla immobile sous la pluie. Et puis le tigre se coula dans l'ouverture.

Au cours de la deuxième nuit, la pluie cessa et l'aube du troisième jour se leva sur un monde gris et détrempé, mais, au fur et à mesure que la journée avançait, les nuages se dispersèrent vers le nord. A neuf heures, le soleil brillait entre de gros amas cotonneux, sur la ville inondée, parcourue de vents capricieux.

C'était la seconde nuit que Charlie passait au bureau. Quand il se réveilla, il regarda par la fenêtre en espérant que la situation se serait suffisamment améliorée pour qu'il puisse tenter de rentrer chez lui. Le téléphone était toujours coupé, mais des e-mails d'Anna l'avaient tenu au courant, et rassuré – au moins jusqu'aux nouvelles de la veille concernant l'arrivée des Khembalais, qui l'avaient un peu alarmé, moins à cause du tigre dans la cave que de l'intérêt qu'ils portaient à Joe. Il n'en avait évidemment rien dit dans ses mails de réponse, mais il n'avait qu'une idée en tête : rentrer chez lui.

L'air grouillait déjà d'hélicoptères et de dirigeables ; toutes les chaînes de télévision du monde pouvaient désormais révéler d'en haut l'étendue de l'inondation. La majeure partie du centre de Washington était sous l'eau. Un gigantesque lac peu profond occupait les endroits publics les plus célèbres de la ville. On aurait dit que quelqu'un avait décidé d'étendre déraisonnablement le bassin étincelant du Mall. Les cours d'eau qui convergeaient vers cette vaste cuvette n'avaient pas réintégré leur lit, et le nouveau lac était encore très haut. C'était une étendue d'eau plate, couleur café au lait, qui moussait sous le soleil délavé.

Sauf que, dans ce lac, se dressaient des centaines de bâtiments changés en îles, quelques vraies îles, et même quelques viaducs d'autoroute, qui faisaient maintenant office de ponts au-dessus de la vallée de l'Anacostia. Le Potomac se déversait toujours dans le lac, débordant ses rives en amont et en aval, partout où il était entouré de basses terres. La surface était piquetée de débris flottants qui se déplaçaient plus lentement que le courant le plus éloigné, en aval. Apparemment, les marées basses ne faisaient que commencer à attirer cette immense masse d'eau vers la mer.

Alors que la matinée avançait, les bateaux apparurent, de plus en plus nombreux. Les prises de vues aériennes donnaient à l'affaire des allures de régate : le Mall, changé en festival nautique, sorte de résurgence de la Chine des Ming. Beaucoup de gens étaient sortis sur des embarcations improvisées qui n'avaient pas l'air très sûres. On disait que les bateaux de police en patrouille commençaient à demander aux gens qui n'effectuaient pas de mission de sauvetage de dégager ; sans grand effet, apparemment. La situation était encore tellement nouvelle que la loi ne s'était pas nettement réaffirmée. Les bateaux à moteur filaient dans tous les sens, abandonnant derrière eux des sillages beiges. Les rameurs ramaient, les pédaleurs pédalaient, les nageurs nageaient, les kayakistes pagayaient ; certaines personnes avaient même pris les pédalos bleus naguère confinés au bassin de marée, et faisaient majestueusement le tour du Mall, tels de mini-bateaux à vapeur.

Ces images du Mall passaient en boucle sur les médias, mais certaines chaînes donnaient d'autres nouvelles de la région. Les hôpitaux étaient pleins. Ces deux jours de tempête avaient fait beaucoup de morts, personne ne savait combien au juste. Et il y avait aussi beaucoup de réfugiés. Le troisième jour, en début de matinée, les hélicoptères de la télé profitaient souvent de leurs survols pour pêcher des gens sur les toits. Il y avait des sauvetages par bateau dans tout le sud-ouest du district et dans le bassin de l'Anacostia. L'aéroport Ronald Reagan était toujours sous l'eau, et il n'y avait pas de pont franchissable sur le Potomac avant Harper's Ferry, très en amont. La Grande

Cascade du Potomac n'était plus qu'une enorme turbulence dans un courant ininterrompu qui se précipitait du haut de la gorge. Le Président avait été évacué à Camp David, d'où il avait déclaré l'état de catastrophe dans toute la Virginie, le Maryland et le Delaware. Quant au district de Columbia, c'était « pire que ça », pour reprendre ses propres termes.

Le téléphone de Charlie se mit à pépier. Il le porta aussitôt à son oreille.

— Anna ?

— Charlie ! Où es-tu ?

— Je suis toujours au bureau ! Et toi, tu es à la maison ?

— Oh oui ! On est là, avec les garçons. On n'a pas mis le nez dehors, tu penses bien. Les Khembalais sont là aussi, avec nous. Tu as eu mes mails ?

— Oui. Et je t'ai répondu.

— C'est vrai. Ils ont été coincés au zoo. Je n'ai pas arrêté d'essayer de te joindre au téléphone pendant tout ce temps !

— Moi aussi. Sauf quand je réussissais à dormir. J'étais tellement content d'avoir tes mails !

— Oui, c'était bien. Je suis vraiment soulagée de savoir que ça va. C'est dingue ! Alors, ton bâtiment est complètement inondé ?

— Non, non, pas du tout. Et les garçons, comment ils vont ?

— Oh, bien. Ils adorent ça. J'ai toutes les peines du monde à les empêcher de sortir.

— Ne les laisse pas aller dehors, surtout.

— Non, non. Alors, le bâtiment où tu es n'est pas inondé ? Mais le Mall est sous l'eau, non ?

— Si, si, absolument, mais pas le bâtiment où je suis. Enfin, pas trop. Ils ont fermé hermétiquement les portes, et ils ont assez bien réussi à les sceller en bas. Ce n'est pas génial, mais au moins, on n'est pas en danger. On n'a qu'à rester dans les étages.

— Et les générateurs marchent ?

— Oui.

— Ils ont dit à la télé que beaucoup de générateurs avaient pris l'eau.

— Ça, je veux bien le croire. Personne n'avait prévu ça.

— Non. Les générateurs dans les sous-sols, c'est vraiment une idée idiote.

— C'est là que se trouve le nôtre.

— D'accord. Mais il est sur une table, et il marche.

— Et pour manger, tu as des provisions, à la maison? demanda Charlie en essayant de se rappeler ce qu'il y avait dans les placards.

— Ne t'en fais pas, on ne mourra pas de faim tout de suite. Enfin, ce n'est pas génial, et ça pourrait devenir embêtant si on n'arrive pas à se ravitailler d'ici peu. Je pense que ça risque d'être un peu compliqué pendant quelques semaines.

— Bah, ça va aller. Je veux dire, d'ici là, ils auront bien réussi à remettre les choses en ordre.

— Sûrement. Et il faudra nous donner de l'eau potable, aussi.

— Tu crois que l'eau va s'en aller très vite?

— Ça, je l'ignore. Comment veux-tu que je le sache?

— Eh bien, je ne sais pas... Tu as une formation scientifique.

— Tu parles!

Ils s'écoutèrent respirer, chacun à un bout de la ligne.

— Je suis rudement content de t'entendre, dit Charlie. C'était terrible de ne pas pouvoir te contacter, comme ça.

— Moi aussi.

— Il y a plein de bateaux autour de nous, maintenant, reprit Charlie. Je vais essayer de rentrer à la maison le plus vite possible. Une fois sur la terre ferme, je pourrai rentrer à pied.

— Ça, ce n'est pas certain. Le pont Taft au-dessus du Rock Creek a été emporté. D'après ce que j'ai vu aux infos, tu ne pourras traverser que sur le pont de Massachusetts Avenue.

— Ouais, j'ai vu que le Rock Creek avait débordé. C'est stupéfiant!

— Ça oui. Le zoo et tout le reste. Drepung dit qu'on retrouvera la plupart des animaux, mais je n'en suis pas si sûre.

La mort des animaux du zoo la préoccupait presque autant que celle des gens. Elle ne faisait pas la différence.

— Bon, alors, je vais prendre Mass Avenue, dit Charlie.

— Ou alors tu pourrais leur demander de te déposer à l'ouest du Rock Creek, dans Georgetown. De toute façon, pas d'imprudence, hein? Ne prends pas de risques pour rentrer ici plus vite. Ça n'en vaut pas la peine.

— Ne t'inquiète pas. Je ferai attention, et je t'appellerai régulièrement. Enfin, j'espère. C'était affreux d'être coupés.

— Je sais.

— Enfin... Eh bien, je n'ai pas vraiment envie de raccrocher, mais ça vaudrait peut-être mieux. Mais je voudrais parler aux garçons, d'abord.

— Oh oui, bien sûr. Tiens, je te passe Joe. J'aime autant te dire qu'il n'a pas apprécié ton absence. Il n'arrête pas de demander après toi. De te demander, en fait. Tiens...

Et alors, dans son oreille :

— Papppa ?

— Joe !

— Pa ! pa !

— Oui, Joe ! C'est papa ! Ça me fait plaisir de t'entendre, mon bout de chou ! Je suis au travail. Mais je rentre bientôt.

— Pa ! Pa ! (Puis, dans une forme de gémissement :) Veux... Paaaa...

— Tout va bien, mon Joe, dit Charlie, la gorge nouée. Je vais bientôt rentrer. Ne t'inquiète pas, va.

— Pa ! fit le bambin dans un hurlement.

Anna reprit le téléphone.

— Désolée. Il pique une crise. Tiens, Nick veut te parler aussi.

— Hé, salut, Nick ! Tu t'occupes bien de maman et de Joe ?

— Ouais. Enfin, je m'en occupais bien, mais Joe est plutôt en rogne, là.

— Il s'en remettra. Alors, comment c'est, à la maison ?

— Eh bien, on a fait brûler ces grosses bougies, tu vois ? Et j'ai fait une grande tour avec la cire fondue, c'est vraiment super. Et puis Drepung et Rudra sont venus et ils ont amené leurs tigres. Ils en ont mis un dans la cave, et l'autre ils l'ont laissé dans leur camion !

— Ça, c'est vraiment, vraiment super. Fais bien attention de ne pas ouvrir la porte de la cave, au fait.

— Elle est fermée à clé, répondit Nick en rigolant. Et c'est maman qui a la clé !

— Bon. Il a beaucoup plu, dans le coin ?

— Je crois. On voit que Wisconsin est sous l'eau, mais il y a encore des voitures qui passent; la plupart des gros problèmes, on ne les a vus qu'à la télé. Maman s'en faisait vraiment pour toi. Quand est-ce que tu vas rentrer?

— Dès que je pourrai.

— Ah, tant mieux.

— Ouais. Enfin, ça t'aura toujours fait quelques jours de vacances, hein? Bon, tu peux me repasser maman?... Allô, chou?

— Ecoute, reste où tu es jusqu'à ce que tu trouves un moyen vraiment sûr de rentrer à la maison.

— Promis.

— On t'aime.

— Moi aussi, je vous aime. Je rentre le plus vite possible.

Et puis Joe se remit à pleurnicher, et ils raccrochèrent.

Charlie rejoignit les autres et leur raconta les nouvelles. Les autres se remettaient à parler dans leurs portables. Tout le monde bavardait. Et puis des cris se firent entendre au bout du couloir.

Une navette de la police était devant les fenêtres du premier étage, du côté de Constitution, prête à ramener les gens à pied sec. Celle-ci allait vers l'ouest, et oui, elle irait à Georgetown s'il y avait des gens qui voulaient qu'on les dépose là-bas. C'était parfait pour Charlie, qui pensait rentrer à pied chez lui une fois qu'il serait de l'autre côté du Rock Creek.

Et c'est comme ça que, quand son tour fut venu, il grimpa par la fenêtre et descendit dans le grand bateau.

Une strophe d'un poème de Robert Frost qu'il avait appris au lycée lui revint tout d'un coup:

Des années passèrent, mais enfin on frappa,
Et je pensai à la porte sans serrure à verrouiller...
On frappa à nouveau, ma fenêtre était large;
Je grimpai sur le bord et descendis au-dehors.

Il riait lorsqu'il alla vers l'avant du bateau pour faire de la place aux autres réfugiés. C'était drôle, les idées qui vous passaient parfois par la tête. Comment ce poème continuait-il? Quelque chose *gna gna gna*... il n'arrivait pas à s'en souvenir.

Peu importait. Ce qui comptait lui était revenu après toutes ces années. Et voilà : il était sorti par la fenêtre et il poursuivait son chemin.

L'embarcation rugit, s'éloigna du bâtiment en glissant et décrivit une large courbe vers l'ouest : Constitution Avenue, puis vers la gauche, et la vaste étendue du Mall. Ils faisaient du bateau sur le Mall.

La National Gallery lui rappela le Taj Mahal ; le même reflet dans l'eau, la même pierre blanche, magnifique. Tous les bâtiments du Smithsonian étaient stupéfiants. On disait que les gars s'étaient démenés toute la nuit pour remonter les choses au-dessus du niveau de l'eau. Ça allait être un furieux gâchis.

Charlie se stabilisa contre le plat-bord. Il se sentait tellement abasourdi. Il crut qu'il allait perdre l'équilibre et tomber. C'était probablement la faute du bateau, mais il titubait bel et bien. Les images de la télé c'était une chose, la vérité vraie en était une autre ; il n'arrivait pas à en croire ses yeux. Des nuages blancs dansaient au-dessus de lui dans le ciel bleu, et le lac brun, lisse, brillait au soleil, réfléchissant un coin de ciel bleu, étincelant, compact – aussi réel qu'on pouvait l'être, et peut-être même plus. Rien de ce qu'il avait pu voir dans sa vie n'avait jamais été aussi réel que ce lac, aujourd'hui.

Leur pilote manœuvra pour les emmener plus au sud. Ils passèrent lentement devant le Washington Monument, accompagnés par le *pocketa-pocketa* du moteur. Il les dominait comme un obélisque dans les crues du Nil, faisant paraître toutes les embarcations minuscules par comparaison.

Les bâtiments du Smithsonian étaient dans l'eau jusqu'à trois mètres de hauteur environ. La partie supérieure des grandes portes destinées au public évoquait les portes basses d'un hangar à bateaux. Pour certains des bâtiments, ce serait une catastrophe. D'autres avaient des marches, ou étaient plus hauts sur leurs fondations. Un désastre, de toute façon.

Le bateau avançait en grondant au rythme de la marche. Vus de loin, les arbres qui flanquaient la partie ouest du Mall ressemblaient à des buissons lacustres. Le monument au Vietnam devait être submergé, évidemment. Le Lincoln Memorial était dressé sur une colline comme sur un piédestal, mais il était juste sur le Potomac et il pourrait y avoir de l'eau jusqu'en haut des marches. La statue de Lincoln avait peut-être même les pieds dans l'eau. Charlie avait du mal à dire, derrière les arbres étrangement raccourcis, de combien l'eau était montée à cet endroit.

Des bateaux de toutes sortes sillonnaient le long lac brun, allant dans tous les sens. Les petits bateaux à pédales étaient particulièrement allègres, mais tous les kayaks, les barques et les canots gonflables apportaient leurs taches de couleurs fluorescentes, auxquelles s'ajoutaient les voiles triangulaires des petits voiliers qui allaient et venaient. Le soleil éclatant faisait étinceler les nuages et le ciel bleu. L'ambiance festive s'exprimait jusque dans la tenue des gens : Charlie voyait des chemises hawaïennes, des costumes de bain et même des masques de carnaval. Il y avait beaucoup plus de visages noirs que Charlie n'avait l'habitude d'en voir dans le Mall. On se serait cru au carnaval à Trinidad. Une sorte de parade de mardi gras, perturbée par une nuit d'orage, resurgissait triomphalement, le matin venu. Les gens se faisaient de grands signes, s'interpellaient pour couvrir le bruit des hélicoptères qui les survolaient. Debout dans les barques, des casse-cou décrivaient des cercles pour filmer à trois cent soixante degrés avec leurs caméras. Il ne manquait qu'un canot de ski nautique pour compléter le tableau.

Charlie s'avança vers la proue du bateau et resta planté là, fasciné, bouche bée, la langue pendante, comme un chien. L'effort de sortir par la fenêtre lui avait remis la poitrine et les bras en feu ; maintenant il était debout, là, la peau à vif, embrasée par le vent de la course, buvant cette vision maritime. Leur bateau teufteufait vers l'ouest comme un vaporetto dans la lagune de Venise. Il ne pouvait s'empêcher de rire.

— Peut-être qu'on devrait laisser ça comme ça, dit quelqu'un.

Une embarcation fluviale de la marine nationale venait sur eux dans un grand bruit de moteur, suivie d'une vague blanche. En arrivant au Mall, le bateau se glissa par une faille entre les cerisiers, coupa les moteurs, se positionna dans l'eau, continua vers l'est à une allure plus calme. Il allait passer près d'eux, et Charlie sentit que leur propre embarcation ralentissait aussi.

Soudain, il repéra un visage familier parmi les gens debout à la poupe du bateau de patrouille. Phil Chase, qui faisait de grands saluts à tout le monde, tel le grand maréchal d'une parade, penché par-dessus le bastingage, à l'avant. Comme bien d'autres sur l'eau, ce matin-là, il avait l'air heureux d'un naufragé qui voyait la terre au loin.

Charlie agita les bras, penché sur le côté de l'embarcation Ils se rapprochèrent l'un de l'autre. Charlie mit ses mains en haut-parleur autour de sa bouche et cria, le plus fort possible :

— Hé, PHIL ! Phil Chase !

Phil l'entendit, leva les yeux, le repéra.

— Hé, salut, Charlie ! s'écria-t-il joyeusement, en faisant de grands signes.

Puis il mit ses mains autour de sa bouche à son tour et dit :

— Heureux de vous voir ! Tout le monde va bien, au bureau ?

— Oui !

— Tant mieux ! C'est cool ! (Il se redressa et engloba l'inondation d'un vaste geste du bras.) C'est incroyable, non ?

— Pour ça oui !... Alors, Phil ! bredouilla Charlie, les paroles se bousculant hors de sa bouche. Maintenant, vous allez faire quelque chose à propos du réchauffement global ?

Phil eut ce beau sourire dont il avait le secret :

— Je vais voir ce que je peux faire !

Achevé d'imprimer sur les presses de

BUSSIÈRE

GROUPE CPI

à Saint-Amand-Montrond (Cher)
en juillet 2008

N° d'édition : C06891/02. — N° d'impression : 082143/1.
Dépôt légal : octobre 2006.

Imprimé en France